Mais Poderosa
Que a Espada

Do autor:

O Quarto Poder
O Décimo Primeiro Mandamento
O Crime Compensa
Filhos da Sorte
Falsa Impressão
O Evangelho Segundo Judas
Gato Escaldado Tem Nove Vidas
As Trilhas da Glória
Prisioneiro da Sorte

As Crônicas de Clifton
Só o Tempo Dirá
Os Pecados do Pai
O Segredo Mais Bem Guardado
Cuidado Com o Que Deseja
Mais Poderosa Que a Espada

JEFFREY ARCHER

Mais Poderosa Que a Espada

AS CRÔNICAS DE CLIFTON
(VOLUME 5)

Tradução:
Milton Chaves de Almeida

1ª edição

Rio de Janeiro | 2018

Copyright © Jeffrey Archer 2015
Publicado originalmente pela Macmllan, um selo da Pan Macmillan, divisão da
Macmillan Publisher Limited. Os direitos morais do autor foram assegurados.

Título original: *Mightier than the Sword*

Texto revisado segundo o novo
Acordo Ortográfico da Língua Portuguesa

2018
Impresso no Brasil
Printed in Brazil

CIP-BRASIL. CATALOGAÇÃO NA PUBLICAÇÃO
SINDICATO NACIONAL DOS EDITORES DE LIVROS, RJ

A712m   Archer, Jeffrey
       Mais poderosa que a espada / Jeffrey Archer; tradução de Milton
Chaves de Almeida. – 1ª ed. – Rio de Janeiro: Bertrand Brasil, 2018.
       23 cm. (As crônicas de Clifton ; 5)

       Tradução de: Mightier than the Sword
       Sequência de: Cuidado com o que deseja
       ISBN 978-85-286-2296-6

       1. Ficção inglesa. I. Almeida, Milton Chaves de. II. Título. III. Série.

                                    CDD: 823
18-48024   CDU: 821.111-3

Todos os direitos reservados. Não é permitida a reprodução total ou parcial desta obra,
por quaisquer meios, sem a prévia autorização por escrito da Editora.

Direitos exclusivos de publicação em língua portuguesa somente para o Brasil
adquiridos pela:
EDITORA BERTRAND BRASIL LTDA.
Rua Argentina, 171 – 2º andar – São Cristóvão
20921-380 – Rio de Janeiro – RJ
Tel.: (21) 2585-2000 – Fax: (21) 2585-2084

Atendimento e venda direta ao leitor:
mdireto@record.com.br ou (21) 2585-2002

A
HARRY

Sou muito grato às seguintes pessoas por seus conselhos inestimáveis e sua ajuda no trabalho de pesquisa:

Simon Bainbridge, Alan Gard, Professor Ken Howard, da Royal Academy, Alison Prince, Catherine Richards, Mari Roberts, Dr. Nick Robins e Susan Watt.

E também a Simon Sebag Montefiore, autor de *Stalin: The Court of the Red Tsar* e *Young Stalin*, por seus conselhos e sua erudição.

OS BARRINGTON

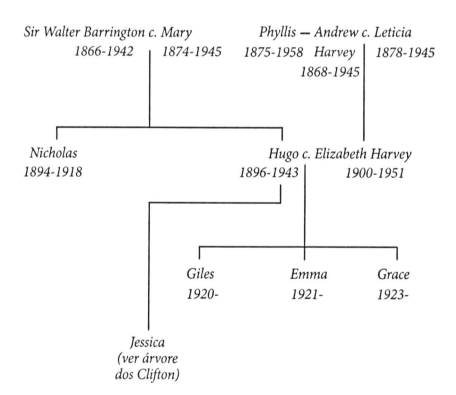

OS CLIFTON

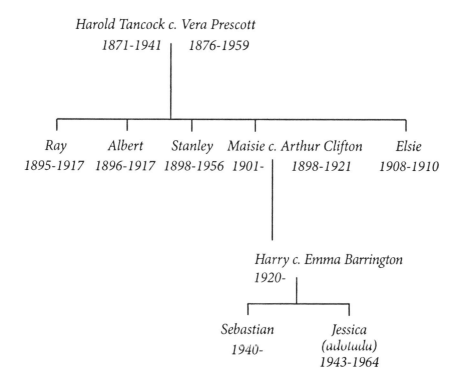

Sob o governo de homens de total grandeza,
a caneta é mais poderosa que a espada

EDWARD BULWER-LYTTON (1803–1873)

Prólogo

Outubro de 1964

BRENDAN NÃO BATEU NA PORTA. Apenas girou a maçaneta e entrou discretamente, olhando para trás para ter certeza de que ninguém o tinha visto. Ele não queria ter que explicar o que um rapaz que viajava na segunda classe estava fazendo na cabine da primeira classe de um nobre idoso àquela hora da noite. Não que alguém teria comentado algo, caso o visse.

— Acha que alguém poderá nos interromper? — perguntou Brendan assim que fechou a porta.

— Ninguém nos incomodará até as sete horas da manhã, e a essa altura não haverá mais ninguém aqui para ser incomodado.

— Ótimo — disse Brendan, que se ajoelhou, destrancou o grande baú, abriu a tampa e ficou examinando o complexo aparelho que ele havia levado mais de um mês para construir. Ele passou os trinta minutos seguintes verificando se havia algum fio solto, se os mostradores estavam ajustados corretamente e se o temporizador funcionava mesmo com o simples acionar de um interruptor. Só quando achou que estava tudo em perfeita ordem é que voltou a levantar-se.

— Está tudo pronto — informou ele. — Quando quer que ela seja detonada?

— Às três da madrugada. E precisarei de trinta minutos para tirar tudo isto daqui — disse o outro, tocando a papada com a ponta dos dedos —, além de tempo suficiente para chegar à minha outra cabine.

Brendan voltou a mexer no aparelho dentro do baú, onde ajustou o temporizador para as três.

— Você só precisará ligar o interruptor antes de sair e verificar se o segundo ponteiro dos segundos está se movendo. Depois disso, você terá trinta minutos.

— E o que pode dar errado?

— Se os lírios ainda estiverem na cabine da sra. Clifton, nada. Ninguém neste corredor e talvez ninguém no convés de baixo terá chance de sobreviver. Pusemos quase dois quilos e meio de dinamite no meio da terra embaixo daquelas flores, muito mais do que o tanto de que precisávamos, mas, dessa forma, podemos ter certeza de que conseguiremos receber a outra parte do dinheiro.

— Você pegou minha chave?

— Sim — respondeu Brendan. — Cabine 706. Seu novo passaporte e sua passagem estão embaixo do travesseiro.

— Há mais alguma coisa com que eu deveria me preocupar?

— Não. Apenas trate de verificar se o ponteiro dos segundos está se movendo quando você partir.

— A gente se vê em Belfast — disse Doherty, sorrindo.

—

Harry abriu a porta da cabine e se afastou para que a esposa entrasse.

— Estou morta de cansaço — disse Emma, curvando-se para cheirar os lírios enviados pela rainha-mãe para felicitá-la pelo lançamento do *Buckingham*, o primeiro transatlântico de luxo da Barrington. — Não sei como a rainha-mãe consegue trocá-los de dois em dois dias.

— É o que ela faz mesmo e é boa nisso, mas aposto que ficaria exausta se experimentasse exercer por alguns dias o cargo de presidente da Barrington.

— Ainda assim, prefiro o meu trabalho ao dela — disse Emma, que tirou o vestido e, depois de tê-lo pendurado no guarda-roupa, desapareceu banheiro adentro.

Enquanto isso, Harry resolveu ler o cartão enviado por Sua Alteza Real. Achou muito pessoal o teor da mensagem. Em todo caso, Emma já havia decidido que poria o vaso em seu gabinete quando voltassem para Bristol, mandando que o enchessem de lírios todas as manhãs de segunda-feira. Harry sorriu ao lembrar-se da ideia de Emma. E por que não?

Quando Emma saiu do banheiro, Harry entrou e fechou a porta. Ela tirou o roupão e foi deitar-se, cansada demais até para pensar na ideia de ler algumas páginas de *O espião que saiu do frio*, obra de um autor cuja leitura Harry lhe tinha recomendado. Então, apagou a luz ao lado da cama.

— Boa noite, querido — embora soubesse que Harry não podia ouvi-la do banheiro com a porta fechada.

Quando ele saiu do banheiro, ela estava num sono profundo. Ele ajeitou as cobertas de Emma, como se ninasse uma criança, e deu-lhe um beijo na testa.

— Boa noite, querida — disse baixinho, achando graça no suave ronco da esposa. Jamais sonharia em insinuar que ela roncava.

Permaneceu acordado, muito orgulhoso de Emma. Achou que a cerimônia de lançamento não poderia ter sido melhor. Virou-se para o lado, achando que adormeceria instantes depois, mas, embora seus olhos estivessem pesados de sono e o cansaço fosse grande, não conseguiu dormir. Havia algo errado.

Outro homem, acomodado numa cabine situada apenas a duas da de Harry, estava acordado também. Embora fossem três horas da madrugada e houvesse terminado um serviço, não estava tentando dormir. Na verdade, estava prestes a voltar a trabalhar.

Sempre a mesma ansiedade quando se precisa esperar. Teria deixado alguma pista que pudesse indicar claramente sua participação na operação? Teria cometido erros que causariam o fracasso do plano e o tornariam alvo de chacota em sua terra natal? Achou que só conseguiria relaxar quando estivesse num bote salva-vidas e, melhor ainda, em outro navio, rumando para outro porto.

Cinco minutos e quatorze segundos...

Sabia que seus compatriotas, soldados em luta pela mesma causa, estariam tão nervosos quanto ele. A espera era sempre a pior parte, algo a respeito do qual não tinham como fazer nada, já que não podiam controlá-la.

Quatro minutos e onze segundos...

Concluiu que a espera era pior do que uma partida de futebol em que seu time está vencendo por 1 a 0, mas sabe que a equipe adversária é mais forte e pode muito bem marcar na prorrogação. Então se lembrou das ordens do comandante regional: assim que o alarme soar, faça questão de estar entre os primeiros passageiros no convés, bem como entre os primeiros a embarcar nos botes salva--vidas, pois, a essa hora amanhã, as autoridades estarão à procura de qualquer um com menos de 35 anos e sotaque irlandês. Portanto, bico fechado, rapazes.

Três minutos e quarenta segundos... trinta e nove...

Fixou o olhar na porta da cabine e tentou imaginar a pior coisa que poderia acontecer. A bomba não explodiria; então, a porta seria aberta com violência e uma dúzia de policiais brutamontes, talvez mais, irromperia brandindo cassetetes para todo lado, sem se importar com quantas vezes o acertassem. Tudo que ouvia, contudo, era o ronco cadenciado do motor, enquanto o *Buckingham* prosseguia sua viagem tranquila através do Atlântico, a caminho de Nova York... uma cidade à qual nunca chegaria.

Dois minutos e trinta e quatro segundos... trinta e três...

Começou a imaginar como seriam as coisas quando estivesse de volta à Falls Road. Jovens de bermuda ficariam olhando-o com assombro quando passasse por eles na rua, jovens cuja única ambição seria virarem alguém como ele quando crescessem. O herói que havia explodido o *Buckingham* apenas algumas semanas depois de o navio ter sido batizado pela rainha-mãe. E não haveria nenhum comentário da perda de vidas inocentes, não há vidas inocentes quando se acredita numa causa. Aliás, ele nunca tivera nenhum tipo de contato com nenhum dos passageiros das cabines dos conveses superiores. Mas leria tudo sobre eles nos jornais do dia seguinte e, se tivesse feito um bom trabalho, não haveria nenhuma menção a seu nome.

Um minuto e vinte e dois segundos... vinte e um...

O que poderia dar errado a essa altura? O artefato, construído num quarto do andar superior da propriedade dos Dungannon, o deixaria na mão no último minuto? Estaria ele prestes a sofrer o silêncio do fracasso?

Sessenta segundos...

Ele começou a fazer a contagem regressiva em voz baixa.

— Cinquenta e nove, cinquenta e oito, cinquenta e sete, cinquenta e seis...

Teria estado o bêbado esparramado na cadeira do salão de gala esperando por ele o tempo todo? Estariam as autoridades se dirigindo para a sua cabine naquele exato momento?

— Quarenta e nove, quarenta e oito, quarenta e sete, quarenta e seis...

Teriam substituído os lírios? Ou jogado fora? Levado embora? E se a sra. Clifton tivesse alergia a pólen?

— Trinta e nove, trinta e oito, trinta e sete, trinta e seis...

Talvez houvessem entrado na cabine de Lorde MacIntyre e achado o baú aberto?

— Vinte e nove, vinte e oito, vinte e sete, vinte e seis...

Estariam já realizando buscas pelo navio à procura do suspeito que tinha saído do banheiro no saguão da primeira classe?

— Dezenove, dezoito, dezessete, dezesseis...

Seria possível que eles... Achou melhor agarrar-se às beiradas da cama. Fechou os olhos e começou a fazer a contagem regressiva em voz alta.

— Nove, oito, sete, seis, cinco, quatro, três, dois, um...

Parou de contar e abriu os olhos. Nada. Apenas o silêncio sinistro que sempre acompanha o fracasso. Ele baixou a cabeça e fez uma súplica a um Deus em que não acreditava e, logo em seguida, houve uma explosão tão forte que ele foi atirado contra uma das paredes da cabine como uma folha arrebatada por uma tempestade. Ele se colocou de pé, zonzo, e sorriu ao ouvir os gritos. Só poderia imaginar quantos passageiros no convés superior teriam sobrevivido.

HARRY E EMMA

1964–1965

1

— Sua Alteza Real — murmurou Harry ao despertar de um sono leve.

Sentou-se na cama de supetão e acendeu a luz ao lado da cama, levantando-se em seguida e se dirigindo às pressas ao vaso de flores. Leu a mensagem da rainha-mãe pela segunda vez: *Obrigada pelo dia memorável em Bristol. Espero que minha segunda casa tenha uma ótima viagem inaugural.* Estava assinado *Sua Alteza Real Rainha Elizabeth, a Rainha-Mãe.*

— Um erro simples — disse Harry. — Como não percebi antes?

— Vestiu o roupão e acendeu as luzes da cabine.

— Já está na hora de acordar? — indagou Emma com uma voz sonolenta.

— Sim, está — respondeu Harry. — Temos um problema.

Emma olhou para o relógio no criado-mudo com os olhos semicerrados.

— Mas ainda são três horas da manhã — queixou-se ela, olhando para o marido, que continuava de olhos fixos nos lírios. — Qual é o problema?

— Sua Alteza Real não é o título da rainha-mãe.

— Todo mundo sabe disso — respondeu Emma, ainda meio adormecida.

— Todo mundo, exceto a pessoa que enviou estas flores, pois ela não sabia que a forma de tratamento correta da rainha-mãe é Sua Majestade, não Sua Alteza Real. Alteza é título de princesa.

Relutante, Emma se levantou da cama e aproximou-se do marido para examinar o cartão por si mesma.

— Peça ao capitão que venha aqui imediatamente — solicitou Harry. — Precisamos descobrir o que há neste vaso. — Ajoelhou-se para examinar melhor o objeto.

— Talvez seja apenas água — arriscou Emma, estendendo a mão.

— Olhe com mais atenção, querida — sugeriu Harry, que agarrou o pulso da esposa antes que ela tocasse o vaso. — O vaso é grande demais para algo tão delicado como uma dúzia de lírios. Chame o capitão — repetiu ele, com mais urgência dessa vez.

— Mas o florista poderia simplesmente ter cometido um erro.

— Vamos torcer para que tenha sido o caso — disse Harry enquanto se dirigia para a porta. — Mas deixar de verificar o que tem aí dentro é um risco que não podemos correr.

— Aonde você vai? — perguntou Emma enquanto pegava o telefone.

— Acordar Giles. Ele tem muito mais experiência com explosivos do que eu; passou dois anos plantando vários sob os pés de alemães na guerra.

Quando Harry pôs os pés no corredor, avistou um idoso desaparecendo na direção da escada de acesso ao salão de gala. Andava rápido demais para um velho. Harry bateu com força na porta da cabine de Giles, mas foi necessário insistir com uma batida mais forte, de punho cerrado, para que finalmente ouvisse o cunhado responder com voz sonolenta.

— Quem é?

— Harry.

A urgência em sua voz fez Giles pular da cama e abrir a porta imediatamente.

— Qual é o problema?

— Venha comigo — solicitou Harry sem dar explicações.

Giles vestiu o roupão e seguiu o cunhado pelo corredor, entrando com ele em sua cabine.

— Bom dia, mana — disse a Emma enquanto Harry lhe dava o cartão.

— Alteza Real — observou Harry.

— Entendi — disse Giles, depois de examinar o cartão. — Não pode ser a rainha-mãe quem mandou essas flores, mas, nesse caso, quem foi? — Ele se abaixou para examinar o vaso com atenção. — A pessoa que fez esta coisa pode tê-la enchido de uma boa quantidade de explosivo.

— Ou com apenas alguns litros d'água — comentou Emma. — Vocês têm certeza de que não estão se preocupando à toa?

— Se é água mesmo, por que as flores já estão murchando? — perguntava Giles quando o capitão bateu à porta, entrando na cabine logo em seguida.

— A senhora solicitou minha presença, presidente?

Emma começou a explicar por que seu marido e seu irmão estavam de joelhos diante do vaso.

— Temos quatro agentes do SAS a bordo — informou o capitão, interrompendo a presidente. — Um deles deve ser capaz de responder a quaisquer perguntas que o sr. Clifton queira fazer.

— Presumo que não seja nenhuma coincidência eles estarem a bordo — comentou Giles. — Não acredito que os quatro tenham resolvido tirar férias em Nova York ao mesmo tempo.

— Eles estão a bordo por solicitação do chefe de gabinete de ministros — explicou o capitão. — Mas Sir Alan Redmayne me assegurou que era apenas uma precaução.

— Como sempre, esse homem sabe de alguma coisa de que não sabemos — comentou Harry.

— Então, talvez tenha chegado a hora de descobrirmos o que é.

O capitão saiu da cabine e atravessou o corredor às pressas, somente parando quando alcançou a cabine 119. Ao contrário de Giles alguns minutos atrás, o coronel Scott-Hopkins atendeu logo quando bateram à porta.

— O senhor tem um especialista em explosivos em sua equipe?

— O sargento Roberts. Ele trabalhou no esquadrão antibomba na Palestina.

— Preciso dele agora e na cabine da presidente.

O coronel não perdeu tempo com perguntas. Ele atravessou o corredor apressado e, quando começou a descer a escada do salão de gala, viu o capitão Hartley correndo em sua direção.

— Acabei de ver Liam Doherty saindo do banheiro no saguão da primeira classe.

— Tem certeza?

— Sim. Ele entrou lá disfarçado de lorde e, minutos depois, saiu como Liam Doherty. Desceu para o convés da terceira classe em seguida.

— Talvez isso explique tudo — observou Scott-Hopkins enquanto continuava a descer a escada às pressas com Hartley logo atrás. — Qual é o número da cabine de Roberts? — perguntou ele, enquanto corria.

— É a 742 — respondeu Hartley enquanto pulavam correndo a corrente vermelha, descendo uma escada mais estreita. Só pararam no convés sete, onde o cabo Crann surgiu diante deles, saindo das sombras.

— Doherty passou por você alguns minutos atrás?

— Merda! — disse Crann. — Eu sabia que tinha visto esse filho da mãe desfilando pela Falls Road. Ele entrou na cabine 706.

— Hartley — ordenou o coronel enquanto atravessava o corredor às pressas —, quero que você e Crann fiquem de olho em Doherty. Não deixem que ele saia da cabine. Se ele sair, prendam-no — ordenou o coronel, que bateu com força na porta da cabine 742. O sargento Roberts não precisou que ele batesse de novo; abriu a porta segundos depois e saudou o coronel Scott-Hopkins com um "Bom dia, senhor", como se seu oficial comandante tivesse o costume de acordá-lo de pijamas no meio da madrugada.

— Pegue seu estojo de ferramentas, Roberts, e me siga. Não podemos perder um segundo sequer — advertiu o coronel, partindo às pressas.

Roberts precisou escalar rápido três lances de escada para alcançar seu oficial comandante. Quando chegaram ao corredor da cabine da presidente, Roberts se deu conta de qual de suas habilidades o coronel precisava. Ele entrou correndo na cabine e observou o vaso bem de perto durante alguns instantes antes de começar a andar em volta dele.

— É uma bomba — alertou ele, por fim. — E das grandes. Não consigo nem imaginar o número de vidas que serão perdidas se não conseguirmos desativar esta coisa.

— Mas você consegue? — perguntou o capitão do navio, parecendo incrivelmente calmo. — Porque, se achar que não, saiba que minha maior responsabilidade deve ser para com a vida dos passageiros. Não quero que esta viagem seja comparada com outra famosa viagem inaugural.

— Não posso fazer nada, a menos que consiga pôr as mãos no painel de controle. Deve estar em algum lugar no navio — explicou Roberts. — Talvez bem perto daqui.

— Aposto que na cabine do lorde — observou o coronel —, pois agora sabemos que ela foi ocupada por um especialista em bombas do IRA chamado Liam Doherty.

— E alguém sabe em que cabine ele estava? — perguntou o capitão.

— A cabine três — respondeu Harry, lembrando-se do velho que ele vira movendo-se rápido demais para a idade que aparentava. — Pouco adiante no corredor.

O capitão e o sargento saíram correndo da cabine e dispararam pelo corredor, seguidos por Scott-Hopkins, Harry e Giles. Lá chegando, o capitão abriu a porta com sua chave mestra e se pôs de lado para que Roberts entrasse. Quando viu um grande baú no centro da cabine, o sargento correu até ele. Levantou a tampa com cautela e fixou os olhos em seu conteúdo.

— Meu Deus, está programada para detonar dentro de oito minutos e trinta e nove segundos.

— Não dá para simplesmente desligar um desses fios? — indagou o capitão Turnbull, apontando para um monte de fios de cores diferentes.

— Sim, mas qual deles? — inquiriu Roberts, sem desviar os olhos do baú, enquanto separava os fios vermelhos, pretos, azuis e amarelos com cuidado. — Já trabalhei na desativação de artefatos como este aqui muitas vezes. A chance de sucesso é sempre de uma em cada quatro tentativas, mas não é um risco que estou disposto a correr. Eu até poderia pensar em fazer isso se estivesse sozinho no meio de um deserto, mas não num navio, em pleno oceano, com centenas de vidas na linha.

— Então, vamos pegar Doherty e trazê-lo aqui o mais rápido possível — sugeriu o capitão Turnbull. — Ele deve saber qual deles precisamos cortar.

— Duvido — refutou Roberts —, pois desconfio que não foi Doherty quem preparou o explosivo. Eles devem ter posto a bordo um agente responsável pelo acionamento, alguém que só Deus sabe onde está.

— Nosso tempo está se esgotando — advertiu o coronel, enquanto mantinha os olhos fitos no avanço implacável do ponteiro de segundos do artefato. — Sete minutos, três, dois, um...

— Então, Roberts, o que acha que devemos fazer? — indagou o capitão calmamente.

— O senhor não vai gostar disso, mas há apenas uma coisa que podemos fazer nessa situação. E é muito arriscado, considerando que só nos restam menos de sete minutos.

— Então, diga logo o que é, homem! — demandou o coronel.

— Pegar este trambolho, jogá-lo no mar e rezar.

Harry e Giles voltaram correndo para a suíte da presidente, onde se postaram em cada um dos lados do vaso. Emma, que agora estava vestida, teve vontade de fazer várias perguntas, mas, como todo presidente sensato, sabia quando devia permanecer em silêncio.

— Levantem-no com cuidado — advertiu Roberts. — Tratem essa coisa como se fosse uma bacia cheia de água fervente.

Como dois levantadores de peso, Harry e Giles se agacharam e tiraram o pesado vaso de cima da mesa devagar, erguendo-o com todo cuidado. Quando estavam confiantes de que seguravam o objeto com firmeza, viraram-se para sair de lado pela porta aberta da cabine. Enquanto faziam isso, Scott-Hopkins e Roberts trataram de remover todo tipo de obstáculo no caminho.

— Sigam-me — disse o capitão quando os dois carregadores da bomba saíram ao corredor e começaram a atravessá-lo de lado e devagar na direção da escada de acesso ao salão de gala.

Harry não conseguia acreditar em como o vaso era pesado. Foi quando se lembrou do homem agigantado que o tinha levado para a cabine. Não era de surpreender que o sujeito nem esperara pela gorjeta. Provavelmente estava voltando para Belfast a essa altura ou sentado ao lado de um rádio em algum lugar, esperando ouvir notícias sobre o destino fatídico do *Buckingham* e quantos passageiros tinham perecido.

Assim que eles chegaram ao primeiro dos degraus na subida da escada do salão de gala, Harry começou a fazer uma contagem em voz alta dos degraus à medida que subiam lentamente. Dezesseis degraus depois pela escada acima, ele parou para tomar fôlego, enquanto o capitão e o coronel mantinham abertas as portas de vaivém que davam acesso ao solário, motivo de orgulho e alegria de Emma.

— Precisamos alcançar a popa o mais rápido possível — advertiu o capitão. — Isso nos dará mais chance de evitarmos que a explosão cause danos ao casco. — Harry não pareceu convicto. — Não se preocupem. Não estamos muito longe de lá agora.

Quão longe é esse não tão longe?, perguntou-se Harry, que teria preferido atirar o explosivo ao mar por um dos lados do navio mesmo. Mas não disse nada enquanto continuavam a avançar penosamente em direção à popa, metro a metro.

— Sei como você se sente — observou Giles, como que lendo o pensamento do cunhado.

E prosseguiram em seu lento e aflitivo avanço para a popa, passando pela piscina, a quadra de tênis e as espreguiçadeiras no convés descoberto, caprichosamente arrumadas, por sinal, aguardando os passageiros agora adormecidos aparecerem mais tarde. Harry tentou não pensar em quanto tempo ainda faltava antes que...

— Dois minutos — avisou o sargento Roberts, inutilmente, checando o relógio.

Do canto de olho, Harry finalmente viu a grade da popa. Estava a apenas alguns passos de distância, mas, como em uma escalada ao Everest, ele sabia que os últimos centímetros pareceriam inalcançáveis.

— Cinquenta segundos — alertou Roberts quando eles pararam diante da grade que se estendia até a cintura.

— Lembra-se daquela vez em que jogamos Fisher no rio, no fim do ano letivo? — perguntou Giles.

— E como poderia esquecer?

— Então, quando eu contar até três, vamos jogá-lo no oceano e ficarmos livres desse filho da mãe de uma vez por todas! — avisou Giles.

— Um — ambos moveram os braços para trás, porém, só conseguiram recuar alguns centímetros —, dois —, talvez um pouco mais —, três —, o máximo que conseguiram, e em seguida, com toda a força que ainda lhes restava, lançaram o vaso pelos ares, por cima da grade da popa. Acompanhando agora a queda do objeto em direção ao mar, Harry chegou a ter certeza de que ele cairia no próprio convés ou, na melhor das hipóteses, se chocaria com a grade, mas passou a alguns centímetros dela e se chocou com o oceano fazendo um barulho abafado, o que fez Giles levantar os braços para comemorar, gritando: "Graças a Deus!"

Segundos depois, a bomba explodiu, atirando-os para o outro lado do convés.

2

Kevin Rafferty tinha ligado o letreiro luminoso de Livre assim que viu Martinez sair da residência na Eaton Square. A ordem que recebera não poderia ter sido mais clara: se o cliente tentasse fugir, ele deveria presumir que não tinha nenhuma intenção de fazer o pagamento da segunda parcela do atentado no *Buckingham* e deveria ser punido de acordo.

A ordem original tinha sido autorizada pelo comandante regional do IRA em Belfast. A única modificação da ordem com a qual o comandante regional havia concordado era que Kevin poderia escolher qual dos dois filhos de Dom Pedro Martinez deveria ser eliminado. Contudo, uma vez que Diego e Luís já haviam fugido para a Argentina e estava claro que não tinham nenhuma intenção de voltar à Inglaterra, o próprio Dom Pedro era o único candidato a inescapável vítima da versão especial de roleta-russa do motorista.

— Heathrow — solicitou Martinez quando entrou no táxi.

Rafferty saiu da Eaton Square e seguiu para a Sloane Street, na direção da Ponte de Battersea, ignorando os protestos ruidosos vindos do banco de trás. Como eram quatro horas da manhã, com uma chuva forte que ainda caía, o motorista passou apenas por uma dúzia de carros antes de atravessar a ponte. Alguns minutos depois, parou na frente de um armazém abandonado em Lambeth. Assim que teve certeza de que não havia ninguém por perto, ele saiu do táxi, abriu depressa o enferrujado cadeado da porta externa do edifício e entrou com o carro. Lá dentro, fez meia-volta com o veículo, deixando-o preparado para uma fuga rápida assim que houvesse terminado o serviço.

Rafferty fechou a porta com um grande ferrolho e acendeu a lâmpada empoeirada que pendia de uma viga no centro do recinto. Tirou uma arma de um bolso interno antes de voltar ao táxi. Embora tivesse a metade da idade de Martinez e estivesse duas vezes mais forte do que nunca, não podia correr riscos. Afinal, quando um homem acha que está prestes a morrer, a adrenalina começa a correr em suas veias e pode dar a ele uma força sobre-humana, num esforço final de sobrevivência. Além disso, Rafferty suspeitava de que essa não era a primeira vez que Martinez enfrentava a possibilidade de morrer. Mas dessa vez não seria apenas uma possibilidade.

Ele abriu a porta traseira do táxi e fez sinal com a arma para que Martinez saísse do veículo.

— Este é o dinheiro que eu estava levando para vocês — alegou Martinez, levantando a mala.

— Esperava me encontrar no Aeroporto de Heathrow, não é? — questionou Rafferty com ironia, embora soubesse que, se a quantia devida estivesse ali mesmo, ele não teria escolha a não ser poupar a vida do argentino. — Todas as 250 mil libras?

— Não, mas tenho mais de 23 mil aqui. Apenas uma espécie de sinal, entende? O restante está lá em casa. Se voltarmos...

O motorista sabia que a residência do argentino na Eaton Square, juntamente com os outros bens de Martinez, havia sido tomada pelo banco. Estava claro que Martinez esperava chegar ao aeroporto antes que o IRA descobrisse que ele não tinha intenção de cumprir sua parte do acordo.

Rafferty tomou a bolsa e a atirou no banco traseiro do táxi. Havia decidido que tornaria a morte de Martinez um pouco mais demorada do que inicialmente planejado. Afinal de contas, não tinha nada para fazer nas próximas horas.

O irlandês sinalizou com a arma na direção de uma cadeira de madeira que tinha sido posta logo abaixo da lâmpada. Já estava manchada de respingos de sangue seco de execuções anteriores. Ele fez com que a vítima se sentasse na cadeira com bastante força e, antes que Dom Pedro tivesse a chance de reagir, havia amarrado os braços dele nas costas, pois já realizara esse procedimento muitas vezes antes. Por fim, amarrou as pernas de Martinez e deu uns passos para trás, contemplando o trabalho.

Tudo que Rafferty precisava fazer agora era decidir por quanto tempo deveria permitir que ele vivesse. Sua única restrição era o fato de precisar chegar ao Aeroporto de Heathrow a tempo para pegar o voo das primeiras horas para Belfast. Ele deu uma olhada no relógio. Sempre gostava de ver, no rosto de suas vítimas, aquele raio de esperança indicando que acreditavam que ainda poderiam ter uma chance de sobreviver.

Ele voltou ao táxi, abriu a bolsa de Martinez e contou os maços de notas de cinco libras novas. Concluiu que, pelo menos com relação a isso, o argentino tinha dito a verdade, embora fosse ficar devendo mais de 226 mil libras ainda. Ele fechou a bolsa e a trancou no porta--malas. Ela não teria mais nenhuma utilidade para Martinez.

A ordem do comandante regional era clara: assim que o serviço tivesse sido feito, ele deveria deixar o corpo no armazém que depois outro agente se encarregaria de se livrar dele. Depois disso, a única coisa que Rafferty teria que fazer seria dar um telefonema para transmitir a seguinte mensagem: "O embrulho está pronto para a entrega." Em seguida, deveria seguir com o táxi para o aeroporto e deixar o veículo, juntamente com o dinheiro, no pavimento superior do estacionamento. Outro agente se responsabilizaria pela coleta de ambos e pela partilha do dinheiro.

Rafferty voltou-se para Dom Pedro, cujos olhos não desgrudaram dele um minuto sequer. Se tivessem dado ao motorista a opção de escolher os detalhes da execução, ele daria um tiro no abdômen da vítima, esperaria alguns minutos, até que os gritos de dor cessassem, e então daria um segundo tiro, dessa vez na virilha. Mais gritos, talvez mais altos, até, por fim, ele enfiar o cano da arma na boca de Martinez. Ficaria olhando a vítima nos olhos fixamente por vários segundos e, depois, sem aviso, apertaria o gatilho. Mas isso envolveria três tiros. Um disparo poderia até passar despercebido, mas três chamariam a atenção com certeza em plena madrugada. Portanto, obedeceria às ordens do comandante regional: só um tiro, nada de gritos.

O motorista sorriu para Dom Pedro, que olhou para ele com o semblante repassado de esperança, até ver o cano da arma se aproximando de sua boca.

— Abra — disse Rafferty, como um dentista benevolente tentando fazer uma criança colaborar. Algo que todas as suas vítimas tinham em comum eram os dentes trepidantes.

Martinez resistiu e acabou engolindo um dos dentes frontais na luta desigual. Um suor abundante começou a escorrer pelos vincos em seu rosto. Rafferty só o fez esperar alguns segundos antes de puxar o gatilho, mas tudo que Martinez ouviu foi um clique do cão da arma.

Alguns desmaiavam, outros apenas o fitavam, incrédulos, e havia aqueles que vomitavam convulsivamente quando se davam conta de que ainda estavam vivos. Rafferty detestava os que desmaiavam, pois faziam com que tivesse de esperar que se recuperassem totalmente antes que pudesse começar todo o processo mais uma vez. Porém, Martinez cooperou, mantendo-se plenamente desperto.

Quando Rafferty tirava o cano da arma da boca de suas vítimas, sua versão mórbida de sexo oral, geralmente as vítimas sorriam, imaginando que o pior havia passado. Contudo, quando ele fez o tambor da arma girar mais uma vez, Dom Pedro soube que morreria. Era apenas uma questão de quando; o onde e o como já estavam decididos.

Rafferty sempre ficava decepcionado quando matava a vítima com o primeiro disparo. Seu recorde pessoal era de nove tentativas, mas a média era de quatro ou cinco. Não que ele desse a mínima para estatísticas. Enfiou o cano da arma novamente na boca de Martinez e deu um passo para trás. Afinal, não queria ficar coberto de sangue. O argentino cometeu a tolice de resistir de novo e perdeu mais um dente, dessa vez de ouro. Rafferty se apossou do pequeno tesouro, enfiando-o no bolso antes de apertar o gatilho pela segunda vez, mas, de novo, não conseguiu nada, a não ser mais um clique da arma. Voltou a retirar o cano da boca da vítima com força na esperança de conseguir arrancar-lhe mais um dente, obtendo, porém, somente metade.

— A terceira vez é a da sorte — observou Rafferty, que tornou a enfiar com vigor o cano da arma na boca de Martinez e puxou o gatilho.

Nada, de novo. O motorista estava ficando impaciente e agora torcia para conseguir concluir seu serviço matinal na quarta tentativa. Dessa vez, girou o tambor da arma com mais entusiasmo, mas, quando levantou a cabeça, viu que Martinez tinha desmaiado. Que decepção. Afinal, gostava que as vítimas estivessem bem conscientes quando a bala penetrasse em seus cérebros. Embora elas sobrevivessem por mais um ou dois segundos, era uma experiência que ele saboreava. De qualquer forma, agarrou Martinez pelos cabelos, abriu sua boca à força e enfiou o cano da arma nela mais uma vez. Estava prestes a apertar o gatilho quando, num dos cantos do recinto, o telefone tocou. O insistente som metálico ecoando forte pelos ares da noite fria pegou Rafferty de surpresa. Ele nunca ouvira falar em uma ocasião em que o telefone tocara numa situação dessas. Afinal, em ocasiões passadas, ele o tinha usado apenas para ligar para um número e transmitir uma mensagem com sete palavras.

Ele relutantemente retirou o cano da boca de Martinez e atravessou o recinto para atender ao telefone. Não disse nada, só ouviu.

— A missão foi abortada — informou uma voz refinada com sotaque carregado. — Você não precisará cobrar a segunda parcela.

Assim que ouviu um clique, seguido por um chiado, Rafferty repôs o fone no gancho. Achou que talvez fosse melhor girar o tambor mais uma vez e, se obtivesse resultado, informaria depois que Martinez já estava morto quando o telefone tocara. Ele só havia mentido para o comandante regional uma vez, e a ausência de um dedo em uma das mãos era prova disso. Mas dizia a todos que lhe perguntavam pelo motivo do dedo decepado que fora resultado de um interrogatório por um oficial britânico, história em que quase ninguém nos dois lados acreditava.

Repôs a arma no bolso com relutância e voltou devagar para o local em que estava Martinez, ainda desmaiado na cadeira e com a cabeça pendendo entre as pernas. Ele se agachou e desamarrou a corda presa nos pulsos e nos tornozelos da vítima. Martinez desabou no chão inerte. O motorista o agarrou pelos cabelos para erguê-lo e, pondo-o nos ombros como se fosse um saco de batatas, jogou-o logo depois na traseira do táxi. Por alguns instantes, chegou a torcer para que a vítima despertasse e opusesse resistência, mas... não teve a sorte esperada.

Depois que se retirou do armazém com o carro, saiu do táxi para trancar a porta com o cadeado, tornou a entrar no veículo e partiu na direção do Heathrow, onde se juntaria a vários outros motoristas de táxi naquela manhã.

Eles estavam a alguns quilômetros do aeroporto quando Martinez voltou ao mundo dos vivos. O motorista ficou observando pelo retrovisor, de relance, seu passageiro começar a recobrar a consciência. Martinez piscou várias vezes antes de resolver olhar para fora, onde viu fileiras e fileiras de casas suburbanas passando rapidamente pela janela lateral do carro. Quando começou a dar-se conta da realidade, ele se inclinou para a frente e vomitou no banco traseiro inteiro. Rafferty achou que seu colega não iria gostar nem um pouco disso.

Instantes depois, Dom Pedro acabou conseguindo suspender o seu corpo exaurido. Firmou-se agarrando-se à borda superior do assento, fixando, em seguida, o olhar naquele que teria sido seu executor. O que o teria feito mudar de ideia?, perguntou-se o argentino. Talvez não tivesse; talvez só quisesse mudar o local do crime. Chegou a inclinar-se cautelosamente para a frente na esperança de conseguir pelo menos uma chance de escapar, mas se segurou ao perceber que Rafferty voltava a olhar desconfiado pelo retrovisor a cada poucos segundos.

Rafferty saiu da estrada principal e, orientando-se pelas placas, rumou para o estacionamento do aeroporto. Quando chegou lá, subiu para o último pavimento, onde estacionou o veículo num recanto distante da entrada. Em seguida, saiu do carro, abriu o porta-malas e depois a bolsa, contentando-se mais uma vez por ver as belas fileiras de maços de notas de cinco libras novinhas. Teria tido imensa satisfação em levar aquela bolada para sua terra natal em prol da causa, mas não podia correr o risco de ser pego com a quantia, agora que havia um número bem maior de seguranças observando a movimentação em todos os aviões de partida para Belfast.

Ele tirou o passaporte argentino da bolsa, juntamente com uma passagem de ida para Buenos Aires na primeira classe e dez libras em dinheiro. Depois, jogou a arma na sacola, pois não podia deixar que o pegassem armado. Assim que fechou e trancou o porta-malas, abriu a porta do motorista e pôs as chaves, além do bilhete de estacionamento, embaixo do banco, para que um colega os recolhesse horas depois, ainda naquela manhã. Em seguida, abriu a porta traseira do veículo e se pôs de lado para que Martinez saísse, mas o argentino nem se mexeu. Será que tentaria escapar? Se ele prezasse a própria vida, não arriscaria. Afinal de contas, não sabia que o motorista já não estava mais com a arma.

34

Cansado de esperar, ele agarrou Martinez firme pelo cotovelo, puxou-o com força para fora do carro e o fez caminhar na direção da saída mais próxima. Dois homens passaram por eles na escada enquanto desciam para o térreo, mas Rafferty não lhes deu atenção.

Nenhum dos dois disse uma palavra sequer durante a longa caminhada até o terminal. Quando chegaram ao saguão, Rafferty deu o passaporte a Martinez, bem como a passagem e duas notas de cinco libras.

— E o restante? — questionou Dom Pedro com rispidez. — Pois está claro que seus colegas fracassaram em afundar o *Buckingham*.

— Considere-se com sorte por estar vivo — retrucou Rafferty, que se virou depressa e desapareceu em meio à multidão.

Por um momento, Dom Pedro pensou em voltar ao táxi para tentar recuperar seu dinheiro, mas desistiu. Em vez disso, dirigiu-se a contragosto para o balcão de atendimento de passageiros da British Airways com destino à América do Sul, onde entregou a passagem a uma atendente.

— Bom dia, sr. Martinez — cumprimentou ela. — Espero que tenha passado uma temporada agradável na Inglaterra.

3

— Por que o senhor está com esse olho roxo, papai? — perguntou Sebastian quando se sentou à mesa para tomar café com a família na churrascaria do *Buckingham* horas depois, naquela manhã.

— Sua mãe me esmurrou quando ousei dizer que ela roncava — respondeu Harry.

— Eu não ronco — refutou Emma, enquanto passava manteiga em mais uma torrada.

— Como você pode saber se ronca ou não quando está em sono profundo? — questionou Harry.

— E quanto ao senhor, tio Giles? Mamãe quebrou seu braço quando o senhor deu a entender que ela roncava? — indagou Sebastian.

— Eu não ronco! — insistiu Emma.

— Seb — disse Samantha com firmeza —, você jamais deveria perguntar algo a alguém quando sabe que a pessoa não quer responder.

— Muito bem falado, como a filha de um diplomata — comentou Giles, sorrindo para a namorada de Sebastian, sentada no lado oposto da mesa.

— Muito bem falado, como um político que não quer responder à minha pergunta — retrucou Sebastian. — Mas estou determinado a descobrir...

— Bom dia. É o capitão falando — disse o comandante com voz estrepitosa pelo sistema de alto-falantes. — Estamos navegando atualmente a uma velocidade de 22 nós. A temperatura está em vinte graus centígrados e achamos que não haverá mudanças no clima durante as próximas 24 horas. Espero que os senhores tenham um bom dia e não deixem de aproveitar as maravilhosas instalações que o *Buckingham* tem a oferecer, principalmente as confortáveis espreguiçadeiras e a piscina no convés principal, atrativos que são exclusividade de nosso navio. — Seguiu-se uma longa pausa antes que ele prosseguisse. — Alguns passageiros vieram me questionar a respeito de um forte estrondo que os acordou no meio da noite. Parece que, por volta das três horas da madrugada, navios da Marinha Real estavam realizando exercícios militares no Atlântico e, embora estivessem a vários quilômetros de distância, numa noite tranquila e de céu sem nuvens, a impressão que se tem é que poderiam estar bem mais perto de nós. Peço desculpas a todos que foram acordados pelos estampidos, mas, como servi na Marinha Real durante a guerra, sei que exercícios noturnos são necessários. Contudo, posso assegurar aos nossos passageiros que, em momento algum, corremos algum tipo de perigo. Obrigado, senhores, e faço votos para que aproveitem bem o dia.

A Sebastian pareceu que o capitão estivesse lendo um roteiro e, quando olhou para a mãe, sentada do outro lado da mesa, não teve dúvida de quem o escrevera.

— Gostaria de fazer parte da diretoria — disse ele.

— Por quê? — perguntou Emma.

— Porque, então — respondeu ele, olhando diretamente para ela —, eu poderia saber o que realmente aconteceu ontem à noite.

—•—

Os dez homens permaneceram de pé até que Emma assumisse seu lugar à cabeceira da mesa, que não era a de costume, mas o salão de festas do *Buckingham* não tinha sido feito para reuniões de emergência da diretoria.

Quando ela olhou para os colegas, viu que nenhum deles estava sorrindo. A maioria havia enfrentado crises em suas vidas, mas nada nessa proporção. Até o almirante Summers estava com os lábios tensos. Emma abriu a pasta de couro azul deixada diante de si, um presente de Harry quando fora eleita presidente. Havia sido seu marido, aliás, refletiu Emma, que a alertara para a crise e, em seguida, lidara com ela.

— Acho que não é necessário dizer aos senhores que tudo que discutirmos aqui hoje deverá permanecer sob o mais rigoroso sigilo, pois não seria exagero afirmar que é o futuro da Barrington, sem falar na segurança de todos a bordo, que está em jogo — começou ela.

Emma olhou de relance para a pauta que tinha sido preparada por Philip Webster, o diretor administrativo, um dia antes da partida de Avonmouth. Já estava desatualizada. Havia apenas um item na pauta revisada e, com certeza, seria o único assunto de que tratariam naquele dia.

— Iniciarei a reunião — disse Emma — relatando, de modo confidencial, tudo que aconteceu nas primeiras horas desta manhã e depois decidiremos as medidas que serão necessárias. Fui acordada por meu marido pouco depois das três horas...

Vinte minutos depois, Emma deu mais uma examinada em suas anotações. Sentiu ter tratado com os colegas de tudo relativo ao passado, mas reconheceu que não tinha como fazer qualquer previsão do que poderia vir a acontecer.

— E conseguimos nos safar com a desculpa? — perguntou o almirante assim que Emma se dispôs a responder a perguntas.

— A maioria dos passageiros aceitou a explicação do capitão sem questionar — respondeu ela, virando uma página em sua pasta. — Contudo, recebemos queixas de 34 passageiros até agora. Todos, exceto um, aceitaram uma viagem gratuita no *Buckingham* no futuro como forma de compensação.

— E a senhora pode ter certeza de que haverá muitos outros — previu Bob Bingham, com sua costumeira franqueza do norte rompendo a aparente serenidade dos membros mais antigos da diretoria.

— O que leva o senhor a afirmar isso? — perguntou Emma.

— Assim que outros passageiros descobrirem que tudo que têm de fazer para conseguir uma viagem gratuita é enviar uma carta se queixando, a maioria deles irá direto para a cabine escrever.

— Talvez nem todos pensem como o senhor — ponderou o almirante.

— É por isso que faço parte da diretoria — retrucou Bingham sem ceder um centímetro em sua convicção.

— A senhora nos disse, presidente, que todos, exceto um passageiro, ficaram satisfeitos com a oferta de uma viagem gratuita — disse Jim Knowles.

— Sim — confirmou Emma. — Infelizmente, um passageiro americano está ameaçando processar a companhia. Ele disse que estava no convés nas primeiras horas da manhã e que não viu nem ouviu nenhum sinal ou som da Marinha Real, mas, ainda assim, acabou com um dos tornozelos quebrado.

De repente, todos os membros da diretoria começaram a falar ao mesmo tempo. Emma ficou esperando que se acalmassem.

— Terei uma reunião com o senhor... — interrompeu-se para checar seus papéis — ... Hayden Rankin, ao meio-dia.

— Quantos outros americanos estão a bordo? — foi a pergunta de Bingham.

— Cerca de cem. Por que a pergunta, Bob?

— Vamos torcer para que não seja grande, entre eles, o número de advogados "caçadores de ambulâncias", pois, do contrário, teremos que enfrentar processos judiciais durante o resto de nossas vidas — advertiu Bob, provocando uma série de risadas nervosas ao redor da mesa. — Só espero que me assegure, Emma, que o sr. Rankin não é advogado.

— Pior — acentuou Emma —, é político, um deputado estadual da Louisiana.

— Como um bichinho que por acaso acabou num caixote cheio de maçãs frescas — observou Dobbs, um membro da diretoria que raramente emitia opinião.

— Não entendi, velho amigo — disse Clive Anscott, sentado do outro lado da mesa.

— Um político regional que talvez ache que lhe caiu do céu uma oportunidade de conquistar fama no palco da política nacional.

— Era só o que faltava — comentou Knowles.

A diretoria permaneceu em silêncio por algum tempo, até que Bob Bingham se manifestou, propondo algo como se fosse a coisa mais natural do mundo.

— Vamos ter que nos livrar dele. A única questão é saber quem apertará o gatilho.

— Terá que ser eu — disse Giles —, já que sou o único outro bichinho no caixote. — Dobbs, não sem razão, pareceu bastante constrangido. — Vou tentar esbarrar nele antes dessa reunião com a senhora, presidente, para ver se consigo resolver a situação. Vamos torcer para que seja um democrata.

— Obrigado, Giles — agradeceu Emma, que ainda não tinha se acostumado com a ideia de ver o irmão chamá-la de presidente.

— Quais foram os danos causados pela explosão? — perguntou Peter Maynard, que não tinha falado até o momento.

Todos os olhares se voltaram para a outra extremidade da mesa, onde o capitão Turnbull estava sentado.

— Nem tantos quanto, inicialmente, imaginei — respondeu ele, levantando-se. — Uma das quatro hélices principais foi danificada, e só poderei substituí-la quando voltarmos para Avonmouth. O casco sofreu avaria, mas apenas superficial.

— Isso nos fará perder velocidade? — perguntou Michael Carrick.

— Não o suficiente para que alguém perceba que estamos viajando a 22 nós, em vez de 24. As outras três hélices permaneceram em bom estado de funcionamento e, como eu havia planejado chegar a Nova York nas primeiras horas do dia 4, somente um passageiro muito observador perceberia que estamos algumas horas atrasados.

— Aposto que o deputado Rankin perceberá — observou Knowles com pessimismo. — E qual foi a explicação que o senhor deu aos tripulantes a respeito das avarias?

— Não dei nenhuma. Eles não são pagos para fazer perguntas.

— Mas e quanto à viagem de volta para Avonmouth? — perguntou Dobbs. — Conseguiremos fazê-la dentro do prazo programado?

— Como nossos engenheiros trabalharão a todo o vapor nas avarias da popa durante as 36 horas que ficaremos atracados em Nova York, deveremos estar, quando chegar a hora de zarparmos, em perfeitas condições operacionais.

— Maravilha — comentou o almirante.

— Mas esse pode ser o menor de nossos problemas — advertiu Anscott. — Pois não devemos nos esquecer de que temos uma célula do IRA a bordo, e só Deus sabe o que mais esses agentes podem ter planejado fazer no restante da viagem.

— Três deles já estão presos — informou o capitão. — Foram postos literalmente a ferros e serão entregues às autoridades assim que chegarmos a Nova York.

— Mas não é possível que haja mais integrantes do IRA a bordo? — indagou o almirante.

— De acordo com o coronel Scott-Hopkins, geralmente células do IRA são formadas por quatro ou cinco agentes. Portanto, sim, é possível que haja mais alguns deles no navio, mas é também provável que estejam procurando manter-se na moita, agora que três de seus colegas foram presos. Está claro que a missão deles fracassou, algo que com certeza não desejam lembrar a seus compatriotas em Belfast. E posso confirmar que o homem que entregou as flores na cabine da presidente não está mais a bordo; ele deve ter desembarcado antes de zarparmos. Se ainda houver alguns deles por aí, podemos ter quase certeza de que não nos acompanharão na viagem de volta.

— Já consigo imaginar algo tão perigoso quanto o deputado Rankin e até quanto o IRA — afirmou Giles. Como o político experiente que era, o parlamentar capturou a atenção da assembleia.

— Quem ou o que você tem em mente? — indagou Emma, olhando para o irmão.

— O quarto poder. Não se esqueça de que você convidou jornalistas para nos acompanhar na viagem na esperança de conseguir boa publicidade. Agora, eles têm uma exclusiva nas mãos.

— É verdade, mas ninguém fora desta sala sabe exatamente o que aconteceu ontem à noite e, em todo caso, apenas três jornalistas aceitaram nosso convite: um do *Telegraph*, um do *Mail* e outro do *Express*.

— Três já é demais — observou Knowles.

— O jornalista do *Express* é correspondente do setor de turismo — disse Emma. — Como, quase sempre, ele fica bêbado até pelo menos a hora do almoço, providenciei para que nunca faltem pelo menos duas garrafas de Johnnie Walker e de gim Gordon's em sua cabine. Como o *Mail* é o patrocinador da viagem de doze passageiros nesta ocasião, é improvável que seja de seu interesse falar mal de nossos serviços. Mas Derek Hart, do *Telegraph*, já andou metendo o nariz onde não é chamado.

— Derek "Sem-Coração", é como ele é conhecido no meio jornalístico — disse Giles. — Terei que dar a ele material para uma reportagem mais sensacional para mantê-lo ocupado.

— O que poderia ser mais sensacional do que o possível afundamento do *Buckingham* pelo IRA em sua viagem inaugural?

— O possível naufrágio da Grã-Bretanha, provocado por um governo do Partido Trabalhista. Estamos prestes a anunciar um empréstimo de 1,5 bilhão de libras concedido pelo FMI, num esforço para conter a desvalorização da libra esterlina. O editor do *Telegraph* ficará feliz em poder ocupar várias páginas de seu jornal com isso.

— Ainda que ele fique — disse Knowles —, acho que, com tanta coisa em jogo, presidente, deveríamos nos preparar para o pior desfecho deste episódio. Afinal de contas, se o político americano decidir vir a público falar sobre o incidente se o sr. Hart do *Telegraph* acabar descobrindo a verdade por acaso ou se ainda, Deus nos livre disso, o IRA tiver um segundo plano, esta poderia ser a primeira e a última viagem do *Buckingham*.

Houve outro momento de silêncio, até que Dobbs disse por fim:

— Bem, nós prometemos mesmo aos nossos passageiros que eles jamais se esqueceriam destas férias.

Ninguém riu.

— O sr. Knowles tem razão — concordou Emma. — Se alguma dessas hipóteses se concretizar, não haverá viagens gratuitas ou garrafas de gim capazes de nos salvar. O preço de nossas ações despencaria da noite para o dia, as reservas financeiras da empresa se esgotariam e, caso futuros passageiros achassem que existe a mínima chance de um terrorista do IRA se alojar na cabine ao lado, não teríamos mais reservas. Portanto, a segurança de nossos passageiros é de suma importância. Considerando isso, sugiro que os senhores passem o resto dia procurando colher toda informação possível, enquanto tentam convencer os passageiros de que está tudo bem. Permanecerei em minha cabine; caso os senhores consigam alguma informação, saberão onde poderão me encontrar.

— Não acho essa uma boa ideia — protestou Giles com firmeza, deixando Emma surpresa. — A presidente deveria ser vista no solário, relaxando e se divertindo, o que faria muito mais para convencer os passageiros de que eles não têm motivos para se preocupar.

— Bem pensado — concordou o almirante.

Emma acenou em concordância. Estava prestes a levantar-se para sinalizar que a reunião havia terminado, quando Philip Webster, o diretor jurídico-administrativo, perguntou em voz baixa:

— Mais alguma coisa?

— Acho que não — respondeu Emma, que estava em pé agora.

— Só mais uma, presidente — disse Giles. Emma voltou a sentar-se. — Agora que faço parte do governo, devo exonerar-me da diretoria, pois não tenho permissão para ocupar cargo remunerado enquanto eu estiver trabalhando para Sua Majestade. Não faço isso para menosprezar o cargo; é uma linha de conduta a que todo novo ministro se compromete a aderir. E, de qualquer forma, só entrei para a diretoria para impedir que o major Fisher se tornasse presidente.

— Graças a Deus que ele não está mais na diretoria — comentou o almirante. — Se estivesse, a esta altura o mundo inteiro saberia o que aconteceu.

— Talvez seja principalmente por causa disso que ele não está a bordo — ponderou Giles.

— Se isso for verdade, ele ficará de bico fechado, a menos que, logicamente, queira ser preso por cumplicidade com os terroristas.

Emma teve um calafrio, não querendo acreditar que mesmo Fisher fosse capaz de se rebaixar a tal ponto. Contudo, depois das experiências de Giles na escola e no exército, em seu convívio com Fisher, Emma não deveria ter se surpreendido com o fato de que, assim que o major começou a trabalhar para Lady Virginia, os dois não haviam se unido para ajudá-la em sua causa, mas para prejudicá-la. Por fim, ela voltou ao assunto relacionado ao irmão.

— Em todo caso, passando agora a um aspecto positivo de nossa jornada, gostaria de deixar registrada minha gratidão a Giles por ter ajudado a empresa como diretor num período crítico de sua história. Todavia, sua saída da diretoria fará que tenhamos duas vagas em aberto, já que minha irmã, dra. Grace Barrington, também se exonerou da diretoria. Os senhores não poderiam indicar candidatos adequados que poderiam ser considerados para substituí-los?

— Se me permitem, gostaria de fazer uma sugestão — disse o almirante, fazendo todos se virarem para o velho lobo do mar. —

A Barrington é uma empresa da região sudoeste, portadora de tradicionais relações comerciais e profissionais com essa parte do país. Como nossa presidente é uma Barrington, talvez tenha chegado a hora de pensarmos na próxima geração e convidarmos Sebastian Clifton a fazer parte da diretoria, permitindo assim que continuemos com a tradição da família.

— Mas ele tem apenas 24 anos! — protestou Emma.

— Não é muito mais jovem do que nossa adorável rainha quando subiu ao trono — observou o almirante.

— Cedric Hardcastle, um homem muito astuto, o considerou bom o bastante para torná-lo seu secretário particular no Farthings — interveio Bob Bingham, piscando para Emma. — E estou informado de que, recentemente, ele foi promovido à função de vice-encarregado do departamento de investimento imobiliário do banco.

— E posso confidenciar aos senhores — disse Giles — que, quando entrei para o governo, não hesitei em encarregar Sebastian da carteira de ações da família.

— Diante de tudo isso — concluiu o almirante —, só me resta propor que Sebastian Clifton seja convidado a integrar a diretoria da Barrington's Shipping.

— É com imensa satisfação que apoio essa proposta — disse Bingham.

— Devo confessar que estou constrangida — disse Emma.

— Há uma primeira vez para tudo — observou Giles, ajudando a deixar o clima mais ameno.

— Posso convocar uma votação, presidente? — perguntou Webster, recebendo como resposta um meneio positivo de Emma, que se recostou na cadeira. — O almirante Summers propôs — prosseguiu o diretor jurídico-administrativo — e foi secundado pelo sr. Bingham que o sr. Sebastian fosse convidado a integrar a diretoria da Barrington. — O diretor fez uma pausa antes que perguntasse: — Quem é a favor? — Todos levantaram as mãos, exceto Emma e Giles. — Quem é contra? — Ninguém levantou a mão. A salva de aplausos que veio a seguir deixou Emma muito orgulhosa.

— Portanto, declaro que o sr. Sebastian Clifton foi eleito membro da diretoria da Barrington.

— Torçamos para que ainda exista uma diretoria em que Sebastian possa ingressar — disse Emma em segredo ao irmão, assim que o diretor jurídico-administrativo deu a reunião por encerrada.

—

— Sempre o achei à altura de Lincoln e Jefferson.

Um homem de meia-idade, usando uma camisa com o colarinho desabotoado, sem gravata, e um casaco esporte, levantou a cabeça, mas não fechou o livro. As poucas mechas de cabelos louros ainda visíveis tinham sido penteadas com capricho na tentativa de ocultar a calvície precoce. Uma bengala jazia apoiada num dos lados de sua cadeira.

— Desculpe — disse Giles. — Eu não queria interrompê-lo.

— Sem problema — disse o homem com um arrastado sotaque do sul dos Estados Unidos inconfundível, mas continuou com o livro aberto. — Aliás, fico sempre constrangido em dizer — acrescentou ele — o pouco que sabemos a respeito da história de seu país, ao passo que vocês parecem tão bem informados sobre a do nosso.

— Isso acontece porque não dominamos mais da metade do mundo — comentou Giles —, enquanto vocês parecem que estão prestes a fazer isso. E me pergunto se um homem entrevado numa cadeira de rodas não conseguiria eleger-se presidente na segunda metade do século XX — acrescentou ele, olhando para o livro do interlocutor.

— Duvido — redarguiu o americano com um leve suspiro. — Kennedy venceu Nixon por causa de um debate na TV. Se as pessoas o tivessem ouvido pelo rádio, teriam chegado à conclusão de que o vencedor foi Nixon.

— Pelo rádio, ninguém pode ver a pessoa suando.

— Mas como é possível — questionou o americano, levantando uma sobrancelha — que o senhor seja tão bem informado a respeito da política americana?

— É porque sou membro do Parlamento. E o senhor?

— Deputado estadual de Baton Rouge.

— E, como não é possível que o senhor tenha mais de 40 anos de idade, presumo que tenha a intenção de chegar a Washington.

Rankin sorriu com a pergunta, mas não emitiu nenhum sinal revelador.

— É minha vez de lhe fazer uma pergunta. Qual é o nome da minha esposa?

— Rosemary — respondeu Giles, sabendo reconhecer que fora derrotado.

— Então, diga-me, Sir Giles, agora que constatamos que este encontro não foi coincidência, como posso ajudá-lo?

— Preciso ter uma conversa com o senhor a respeito de ontem à noite.

— Isso não me surpreende, visto que não tenho dúvida de que o senhor está entre as poucas pessoas a bordo que sabem o que realmente aconteceu nas primeiras horas desta manhã.

Giles deu uma olhada ao redor. Satisfeito quando viu que, aparentemente, ninguém poderia ouvir a conversa, o parlamentar disse:

— O navio foi alvo de um atentado, mas, felizmente, conseguimos...

— Não preciso saber dos detalhes — atalhou o americano, sinalizando com a mão. — Só me diga como posso ajudá-lo.

— Tente convencer seus compatriotas a bordo de que havia mesmo navios da Marinha Real fazendo manobras não muito longe daqui. Conheço uma pessoa que, se o senhor conseguir fazer isso, lhe será eternamente grata.

— Sua irmã?

Giles assentiu; já não estava mais surpreso.

— Percebi, quando a vi hoje mais cedo tomando sol no convés principal e tentando passar a impressão de que não tinha nada com que se preocupar, que o problema era mesmo bem sério. Essa atitude não me parece muito do feitio de uma presidente segura de si que, tenho a impressão, não se interessa nem um pouco pela ideia de ficar se bronzeando num solário.

— A culpa é minha. Mas estamos enfrentando...

— Como eu disse, poupe-me dos detalhes. Assim como ele — reiterou o político americano, apontando para a fotografia na capa de seu livro —, não estou interessado nas manchetes de amanhã. Meus objetivos na política são de longo prazo. Então farei o que está me pedindo. Contudo, Sir Giles, isso significa que o senhor me deve uma. E pode ter certeza de que chegará o momento em que cobrarei esta dívida — assim avisou antes de retomar a leitura de *A vida de Roosevelt*.

—

— Já atracamos? — perguntou Sebastian, enquanto ele e Samantha chegavam para tomar café com seus pais.

— Faz mais de uma hora — respondeu Emma. — A maioria dos passageiros já até desembarcaram.

— E, como é a sua primeira visita a Nova York — observou Samantha enquanto Sebastian se sentava ao lado dela — e só temos 36 horas antes de zarparmos de volta para a Inglaterra, não temos tempo a perder.

— Por que o navio ficará no porto durante apenas 36 horas? — perguntou Sebastian.

— Só temos como ganhar dinheiro enquanto nos mantivermos em trânsito e, além disso, as tarifas portuárias são exorbitantes.

— O senhor se lembra de sua primeira viagem a Nova York, sr. Clifton? — perguntou Samantha.

— Com certeza — respondeu Harry com emoção. — Fui preso por um assassinato que não cometi e passei seis meses num presídio americano.

— Oh, sinto muito — lamentou Samantha, lembrando-se da história que Sebastian contara a ela certa vez. — Foi indelicado de minha parte fazê-lo lembrar-se de uma experiência tão terrível assim.

— Não foi nada, esqueça — disse Harry. — Só peço que faça tudo para que o Seb não seja preso nesta visita, pois não quero que isso se torne uma tradição na família.

— Fique tranquilo — assegurou Samantha. — Já planejei visitas ao Metropolitan, ao Central Park, ao Sardi's e à Frick.

— A galeria de artes favorita de Jessica — observou Emma.

— Se bem que ela nunca chegou a visitá-la — comentou Sebastian.

— Não há um dia que passe sem que eu não sinta saudades dela — confessou Emma.

— E como gostaria de tê-la conhecido melhor... — lamentou Samantha.

— Eu dava como certo — disse Sebastian — que morreria antes de minha irmã. — Seguiu-se um longo silêncio. Sebastian tentou mudar de assunto: — Mas, então, não vamos a uma casa noturna?

— Não temos tempo para uma frivolidade como essa — respondeu Samantha. — Além do mais, meu pai comprou alguns ingressos para o teatro.

— A que peça vocês vão assistir? — perguntou Emma.

— *Hello, Dolly!*

— E isso não é frívolo? — questionou Harry.

— Papai acha *O Anel dos Nibelungos*, de Wagner, um tanto modernoso demais — explicou Sebastian. — Onde está o tio Giles?

— Ele foi um dos primeiros passageiros a sair do navio — respondeu Emma enquanto um garçom lhe servia uma segunda xícara de café. — Nosso embaixador o levou às pressas para a sede das Nações Unidas para que pudessem fazer uma revisão de seu discurso antes da sessão vespertina.

— Será que não deveríamos incluir uma visita à sede das Nações Unidas em nosso programa turístico? — perguntou Samantha.

— Acho que não — respondeu Sebastian. — A última vez em que assisti a um dos discursos de meu tio, ele teve um ataque cardíaco depois de discursar e, com isso, ficou impossibilitado de se tornar líder do Partido Trabalhista.

— Mas você nunca me falou sobre isso!

— Ainda há muita coisa a respeito de minha família que você não sabe — admitiu Sebastian.

— Por falar nisso — disse Harry. — Ainda não tive a chance de lhe dar os parabéns por ter sido eleito membro da diretoria.

— Obrigado, papai. E, agora que li a ata da última reunião, não vejo a hora — disse Sebastian, levantando a cabeça e vendo apreensão no semblante da mãe — de conhecer meus colegas de diretoria, principalmente o almirante.

— Ele é um caso excepcional — reconheceu Emma, se bem que ela continuasse a se perguntar se a próxima reunião da diretoria não seria a última de que participaria, pois, se a verdade viesse à tona, teria de renunciar. Todavia, à medida que a lembrança nebulosa daquela primeira manhã em alto-mar começou a dissipar-se no céu de seu pensamento, ela foi relaxando. Estava até se sentindo um pouco mais confiante, agora que o *Buckingham* aportara em segurança em Nova York.

De repente, resolveu olhar pela janela. Viu que, até onde sua vista alcançava, não havia nem sinal de uma multidão de jornalistas se acotovelando lá embaixo, nas proximidades da prancha de desembarque, gritando e clamando perguntas enquanto tiravam uma série interminável de fotos. Achou que talvez eles estivessem mais interessados no resultado da eleição presidencial americana. Ainda assim, ela só se sentiria aliviada quando o *Buckingham* já estivesse no trajeto de volta.

— Mas como o senhor pretende aproveitar o dia, papai? — perguntou Sebastian, interrompendo a mãe em suas reflexões.

— Vou almoçar com meu editor, Harold Guinzburg, e certamente saberei quais são os planos dele para o meu mais recente livro e o que ele achou da obra.

— Existe alguma possibilidade de eu conseguir um exemplar antecipado para minha mãe? — indagou Samantha. — Ela é uma tremenda fã sua.

— Claro — respondeu Harry.

— Isso lhe custará 9 dólares e 99 centavos — disse Sebastian, estendendo a mão. Samantha pôs um ovo quente cozido na mão dele.

— E quanto à senhora, mamãe? Tem planos para pintar logo o casco?

— Não a provoque — aconselhou Harry, sem rir.

— Serei a última a deixar o navio e a primeira a embarcar, se bem que eu tenha a intenção de fazer uma visita ao meu primo Alistair e pedir desculpas por não ter podido comparecer ao enterro de minha tia-avó Phyllis.

— Seb estava no hospital na época — lembrou-a Harry.

— Então, por onde vamos começar? — perguntou o filho, dobrando o guardanapo.

Samantha olhou para fora pela janela para ver como estava o tempo.

— Pegaremos um táxi para o Central Park e percorreremos a pé o circuito turístico antes de visitarmos o Metropolitan.

— Então, acho melhor irmos andando — sugeriu Sebastian, levantando-se da mesa. — Tenham um bom dia, venerados pais.

Emma sorriu, pondo-se a observar os dois, enquanto deixavam o restaurante de mãos dadas.

— Gostaria de ter sabido antes que eles estavam dormindo juntos.

— Emma, estamos na segunda metade do século XX e, sejamos realistas, não nos achamos em condições de...

— Não, não estou sendo moralista — explicou Emma. — É que eu poderia ter vendido a outra cabine.

4

— Foi muito atencioso de sua parte ter pegado um avião e voltado tão rápido, coronel — disse Sir Alan Redmayne, como se o oficial tivesse escolha.

Um telegrama fora entregue ao comandante do SAS assim que ele desembarcara do *Buckingham* em Nova York, e um carro o levara às pressas para o aeroporto da cidade, onde ele embarcou no primeiro voo disponível para Londres. Quando chegou ao terminal de Heathrow, havia outro carro com motorista esperando por ele, aos pés da escada do avião.

— O chefe do gabinete de ministros achou que o senhor se interessaria pelas manchetes dos jornais desta manhã — foi a única coisa que o motorista disse antes de partir com ele para Whitehall.

NO FUNDO, VOCÊS SABIAM QUE ELE PERDERIA era a manchete do *Telegraph*. O coronel folheou o jornal devagar, mas não viu nenhuma menção do *Buckingham*, tampouco nenhuma matéria com a assinatura de Derek Hart, pois, se algo a respeito do atentado tivesse sido publicado, apesar da vitória eleitoral esmagadora de Lyndon Johnson sobre Barry Goldwater, com certeza teria sido citado com destaque na primeira página.

Já no *Daily Express*, o *Buckingham* apareceu nas principais páginas do noticiário, numa reportagem elogiosa do correspondente do setor turístico do jornal, enaltecendo as delícias de uma travessia do Atlântico a bordo do mais moderno transatlântico de luxo. O *Daily Express* exibia em suas páginas fotografias dos doze afortunados leitores posando para fotos na frente da Estátua da Liberdade. Outras doze passagens gratuitas oferecidas para data futura garantiriam que não haveria qualquer referência a inconveniências causadas pelas manobras militares da Marinha Real.

Uma hora depois, sem nem ter tido oportunidade de trocar de roupa ou se barbear, o coronel Scott-Hopkins estava sentado de frente para o chefe do gabinete de ministros em seu escritório no número 10 da Downing Street.

O coronel iniciou o encontro apresentando um relatório detalhado dos eventos antes de começar a responder às perguntas de Sir Alan.

— Bem, pelo menos algo de bom resultou de todo esse episódio — observou Sir Alan, pegando uma pasta de executivos de couro embaixo da mesa em seguida e pondo-a sobre o tampo. — Graças ao empenho de seus colegas do SAS, conseguimos descobrir um armazém usado pelo IRA em Battersea. Além disso, apreendemos mais de 23 mil libras esterlinas em dinheiro no porta-malas do táxi que levou Martinez para o terminal de Heathrow. Desconfio que em breve Kevin Rafferty, vulgo "Quatro-Dedos", ficará conhecido como "Três-Dedos", se não conseguir explicar o que aconteceu com o dinheiro a seu comandante regional.

— E Martinez? Onde ele está agora?

— Nosso embaixador em Buenos Aires me assegurou que ele continua a frequentar os lugares de sempre. Acho que nunca mais o veremos nem a seus filhos em Wimbledon ou em Ascot.

— E Doherty e seus compatriotas?

— Estão voltando para a Irlanda do Norte, embora não num transatlântico de luxo dessa vez, mas num navio da Marinha Real. Assim que aportarem em Belfast, seguirão direto para o presídio mais próximo.

— Acusados de quais crimes?

— Isso ainda não foi decidido — respondeu Sir Alan.

— A sra. Clifton me contou que um jornalista do *Telegraph* andou fazendo perguntas demais por lá.

— Derek Hart. O filho da mãe ignorou as informações sobre o empréstimo do FMI que Giles forneceu a ele para uma reportagem e, assim que pôs os pés em Nova York, enviou para a redação a matéria sobre o suposto incidente envolvendo a Marinha Real. Contudo, havia tantas dúvidas e incertezas na reportagem que não foi difícil convencer o editor a desconsiderar a publicação, principalmente porque ele estava muito mais interessado em saber como Leonid Brejnev, um conservador linha-dura, conseguiu substituir Kruschev num golpe de Estado surpresa.

— E como ele conseguiu? — perguntou o coronel.

— Sugiro que você leia a edição do *Telegraph* de amanhã.

— E quanto a Hart?

— Disseram-me que está a caminho de Johannesburgo, onde tentará entrevistar um terrorista chamado Nelson Mandela, o que pode se revelar difícil, já que o homem está na prisão há mais de dois anos e nenhum outro jornalista jamais teve permissão de nem ao menos se aproximar dele.

— Isso significa que minha equipe pode ser dispensada da missão de proteger a família Clifton?

— Ainda não — disse Sir Alan. — É praticamente certo que o IRA perca o interesse pelas famílias Barrington e Clifton, agora que Dom Pedro Martinez não está mais por aqui para pagar as contas. No entanto, ainda preciso convencer Harry Clifton a me ajudar a resolver outro assunto — explicou ele, levando o coronel a erguer a sobrancelha, mas o chefe de gabinete simplesmente se levantou e apertou sua mão. — Entrarei em contato com você.

—◆—

— Você já se decidiu? — perguntou Sebastian enquanto os namorados passavam caminhando pelo Boathouse Café, no lado leste do Central Park.

— Sim — respondeu Samantha, soltando a mão dele. Sebastian virou-se para encará-la e ficou esperando ansiosamente. — Enviei uma carta à King's College informando que eu gostaria de aceitar a proposta deles de fazer meu curso de doutorado na London University.

Sebastian pulou de alegria incontida e exclamou "Aí sim!" a plenos pulmões. Ninguém deu a mínima para o casal, mas, também, eles estavam em Nova York.

— Isso significa que você vai morar comigo quando eu achar um apartamento? Poderíamos até procurá-lo juntos — acrescentou ele, antes mesmo que ela pudesse responder.

— Tem certeza de que é isso mesmo que você quer? — perguntou Samantha em voz baixa.

— Mais certeza, impossível — respondeu Sebastian, enlaçando-a nos braços. — E, como você ficará na Strand enquanto eu trabalharei no centro financeiro de Londres, não acha que talvez devêssemos procurar algo ali por perto, como no bairro de Islington?

— Tem certeza? — tornou a perguntar Samantha.

— Tanto quanto tenho do fato de que o Bristol Rovers jamais conquistará a Copa da Inglaterra.

— Quem é Bristol Rovers?

— Nós ainda não nos conhecemos bem o bastante para que eu a incomode com os problemas deles — respondeu Sebastian enquanto saíam do parque. — Talvez com o tempo, muito tempo mesmo, contarei tudo a respeito de onze homens incorrigíveis que vivem estragando minhas tardes de sábado — acrescentou ele quando iam entrando na Quinta Avenida.

Quando Harry entrou na sede da Viking Press, uma jovem mulher que reconheceu de pronto estava esperando por ele na recepção.

— Bom dia, sr. Clifton — saudou-a a secretária de Harold Guinzburg, aproximando-se para cumprimentá-lo. Harry não pôde deixar de imaginar quantos escritores recebiam esse tipo de tratamento. — O senhor Guinzburg está ansioso para falar com o senhor.

— Obrigado, Kirsty.

Ela o conduziu pelas dependências do escritório do editor, com suas paredes forradas de painéis de carvalho e cobertas de fotografias de escritores do passado e do presente: Hemingway, Shaw, Fitzgerald e Faulkner. Harry se perguntou se um autor só conquistava o direito de ter uma fotografia sua adicionada à coleção de Guinzburg depois que morresse.

Embora tivesse quase 70 anos de idade, o editor se levantou da mesa de um pulo assim que o autor entrou em seu gabinete. Harry não conseguiu segurar o sorriso. Guinzburg, com seu terno de três peças, e relógio de bolso com corrente de ouro e mostrador com capa protetora de metal articulada, parecia mais inglês do que os próprios ingleses.

— Então, como vai meu autor favorito? — indagou o editor, fazendo Harry rir enquanto apertava sua mão.

— E quantas vezes por semana você cumprimenta escritores com essas mesmas palavras? — questionou enquanto se sentava, de frente para o outro, numa cadeira de espaldar alto em estilo capitonê.

— Por semana? — perguntou Guinzburg. — Na verdade, três vezes por dia, às vezes mais... principalmente quando não consigo me lembrar do nome deles. — Harry sorriu. — Todavia, no seu caso, posso provar que estou sendo sincero, pois, depois de ter lido *William Warwick e o Vigário Excomungado*, decidi que a primeira tiragem será de 80 mil exemplares.

Harry ficou de queixo caído, mas não disse nada de imediato. Como seu romance anterior com o personagem William Warwick tenha vendido 72 mil exemplares, ficava clara a dimensão do compromisso que seu editor estava assumindo.

— Vamos torcer para que não haja muitas devoluções — disse, por fim.

— Os pedidos antecipados dão a entender, na verdade, que os 80 mil exemplares não serão suficientes. Mas perdoe-me; diga-me primeiro como está Emma. E a viagem inaugural foi um sucesso? Não achei nenhuma menção dela no jornal, apesar de ter examinado bem cada linha do *The New York Times* hoje de manhã.

— Emma não poderia estar melhor e mandou um abraço. Eu não ficaria surpreso se soubesse que, neste exato momento, ela estivesse polindo as peças de latão na ponte de comando. Quanto à viagem inaugural, acho que ela ficará muito aliviada se não houver nenhuma menção do evento no *The New York Times*... embora essa experiência possa ter me dado uma ideia para meu próximo romance.

— Sou todo ouvidos.

— Sem chance — respondeu Harry. — Você terá que ter paciência, embora eu saiba perfeitamente que não é seu ponto forte.

— Então, vamos torcer para que suas novas responsabilidades não roubem muito do tempo que você dedica à literatura. Em todo caso, meus parabéns.

— Obrigado. Contudo, devo dizer que só aceitei que me propusessem como candidato à presidência do PEN Clube inglês por uma única razão — confessou Harry, levando Guinzburg a levantar uma das sobrancelhas. — Quero que um russo chamado Anatoly Babakov seja solto imediatamente.

— Mas por que você se importa tanto com esse Babakov? — questionou Guinzburg.

— Acredite, Harold, que, se você tivesse sido encarcerado numa prisão por um crime que não cometeu, também se importaria muito com esse tipo de coisa. E não se esqueça de que fiquei numa prisão americana, que, sinceramente, é como uma pousada confortável em comparação com um Gulag na Sibéria.

— Não consigo nem me lembrar do que Babakov fez para merecer isso.

— Ele escreveu um livro.

— E isso é crime na Rússia?

— É, se você resolve contar a verdade a respeito de seu patrão, principalmente se seu patrão tiver sido Josef Stalin.

— O *Tio Joe*, me lembro agora — disse Guinzburg —, mas o livro nunca foi publicado.

— Foi publicado, sim, mas Babakov foi preso muito antes que um exemplar chegasse às prateleiras e, depois de um julgamento de fachada, ele foi condenado a vinte anos de prisão sem direito a recurso.

— Medida que faz a gente pensar no que pode haver naquele livro para ter feito com que os soviéticos ficassem tão determinados a providenciar para que ninguém conseguisse lê-lo.

— Eu mesmo não faço ideia — disse Harry. — Mas sei que todos os exemplares de *Tio Joe* foram retirados das prateleiras horas depois da publicação. Fecharam a editora e prenderam Babakov, mas o escritor não foi visto mais depois do julgamento. Se houver um exemplar em algum lugar, pretendo achá-lo quando for à Conferência Internacional do livro em Moscou em maio.

— Se você conseguir mesmo um exemplar, eu adoraria mandar traduzi-lo e publicá-lo aqui, pois posso garantir que não só seria um best-seller absoluto, mas também um instrumento para finalmente desmascararmos Stalin, mostrando ao mundo que ele é tão maligno quanto Hitler. Porém, considere que a União Soviética tem um território gigantesco, no qual a tarefa de achar essa preciosidade literária será como procurar agulha no palheiro.

— É verdade, porém estou determinado a descobrir o que esse Babakov tem a dizer. Não se esqueça de que, como ele foi o intérprete pessoal de Stalin durante trinta anos, poucas pessoas teriam um conhecimento mais profundo das entranhas do regime; se bem que ele mesmo não houvesse conseguido prever como a KGB reagiria quando decidiu publicar sua versão daquilo que ele testemunhou em primeira mão.

— E agora que os antigos aliados de Stalin derrubaram Kruschev e voltaram ao poder, sem dúvida alguns deles têm coisas que preferem manter ocultas.

— Tal como a verdade sobre a morte de Stalin — observou Harry.

— Nunca o vi tão ansioso assim na vida — disse Guinzburg. — Mas talvez não seja sensato cutucar o grande urso com vara curta. Afinal, o novo regime linha-dura de lá parece ter pouca consideração pelos direitos humanos, independentemente do país de origem do visitante.

— Mas qual o sentido em ser presidente do PEN Clube se não posso externar meus pontos de vista?

De repente, soaram as badaladas do relógio em cima da estante que havia atrás da mesa de Guinzburg, indicando que era meio-dia.

— Que tal irmos almoçar no meu clube, onde poderíamos conversar sobre assuntos menos polêmicos, tais como sobre o que Sebastian tem feito nos últimos dias?

— Acho que ele está prestes a pedir a namorada em casamento.

— Sempre achei esse garoto esperto — comentou Guinzburg.

<hr>

Enquanto Samantha e Sebastian apreciavam as vitrines das lojas na Quinta Avenida e Harry saboreava um filé de costela no Harvard Club com seu editor, um táxi amarelo parou na frente de uma elegante mansão com fachada de tijolos ingleses, na esquina da 64ª com a Park.

Emma saiu do veículo carregando uma caixa de sapatos com o logotipo da "Crocket & Jones" na tampa. Dentro dela havia um par de sapatos de couro feito sob medida, com perfurações decorativas, tamanho 42, calçado que sabia ser perfeito para seu primo Alistair, pois ele sempre mandava fazer sapatos na Jermyn Street.

Quando Emma levantou a cabeça e olhou para a lustrosa aldrava de latão da porta principal da residência, lembrou-se da primeira vez em que subira a escada de acesso à entrada. Uma jovem mulher então, recém-saída da adolescência, ficara tremendo como vara verde e tivera vontade de sair dali correndo. Contudo, ela havia gasto todo o seu dinheiro para fazer aquela viagem aos Estados Unidos e não sabia a quem mais poderia recorrer se quisesse mesmo descobrir o paradeiro de Harry, encarcerado num presídio americano por um assassinato que não cometera. Mas Emma, depois de conhecer sua tia-avó Phyllis, só voltou para a Inglaterra um ano depois — quando descobriu que Harry não estava mais nos Estados Unidos.

Dessa vez, ela subiu a escada com mais confiança, batendo firme à porta com a aldrava de latão. Depois, deu um passo atrás e esperou que atendessem. Ela não tinha marcado hora para uma visita ao primo, pois tinha certeza de que ele estaria em casa. De mais a mais, embora houvesse se aposentado recentemente, deixando a função de sócio majoritário da Simpson, Albion & Stuart, ele não gostava da vida no campo; não passaria os fins de semana lá. Alistair era um nova-iorquino típico. Ele nascera na 64ª com a Park e sem dúvida ali morreria.

Quando, instantes depois, abriram a porta, Emma ficou surpresa ao se deparar com um homem que ela reconheceu imediatamente, embora já fizesse mais de vinte anos desde a última vez que o vira. Ele estava usando um fraque preto, calças listradas, uma camisa branca e gravata cinza. Emma concluiu que algumas coisas nunca mudam mesmo.

— Que bom vê-la de novo, sra. Clifton — disse ele, como se ela visitasse a casa todos os dias.

Emma estava constrangida por não recordar o nome do mordomo, coisa que Harry jamais esqueceria.

— É muito bom revê-lo também — respondeu ela com certa hesitação. — Pensei em passar aqui para pôr a conversa com meu primo Alistair em dia. Se ele estiver em casa, claro.

— Lamento dizer que não, madame — informou o mordomo. — O sr. Stuart foi ao enterro do sr. Benjamin Rutledge, um antigo sócio da firma, e ficou de voltar de Connecticut somente amanhã à noite.

Emma não conseguiu esconder a própria decepção.

— Mas a senhora não gostaria de entrar? Eu poderia lhe preparar uma xícara de chá... de Earl Grey, se me lembro bem?

— Muito gentil de sua parte — agradeceu Emma —, mas preciso voltar para o navio.

— Claro. Certamente, a viagem inaugural do *Buckingham* foi um sucesso, não?

— Maior do que eu poderia esperar — reconheceu Emma. — O senhor poderia fazer a gentileza de mandar um abraço a Alistair e dizer-lhe o quanto lamentei não ter podido conversar com ele? — acrescentou, em tom de despedida.

— Terei imenso prazer em fazer isso, sra. Clifton — respondeu o mordomo, que a cumprimentou com uma pequena mesura antes que fechasse a porta.

Emma desceu a escada e, quando começou a procurar um táxi, deu-se conta de que estava com a caixa de sapatos na mão. Apesar de embaraçada, ela voltou a subir a escada e tornou a bater na porta com a aldrava, dessa vez com certa hesitação.

Alguém veio atender pouco depois. Era o mordomo de novo.

— Madame? — disse ele, sorrindo com a mesma cordialidade de antes.

— Desculpe, mas me esqueci de pedir que você entregasse este presente a Alistair.

— Que gentileza de sua parte se lembrar da loja favorita do sr. Stuart... — comentou ele enquanto Emma lhe entregava a caixa. — Tenho certeza de que ele ficará muito grato.

Emma ficou sem saber o que fazer, ainda tentando lembrar-se do nome do empregado.

— Espero, sra. Clifton, que a viagem de volta para Avonmouth seja muito boa também — disse o mordomo por fim, inclinando-se mais uma vez e fechando a porta devagar logo em seguida.

— Obrigada, Parker — agradeceu ela.

5

Assim que Bob Bingham acabou de se vestir, olhou-se no grande espelho fixado na parte interna da porta do guarda-roupa. Embora fosse improvável que seu paletó de gala com fileiras de botões duplas e lapelas largas voltasse a ficar na moda, conforme Priscilla vivia lhe dizendo, ele ponderava com a esposa que esse traje tinha servido muito bem a seu pai quando ele era presidente da Bingham Fish Paste e, portanto, seria o bastante para ele também.

Priscilla não concordava com isso, mas, por outro lado, não havia muita coisa a respeito da qual eles tinham estado de pleno acordo ultimamente. Bob continuava a culpar a amiga íntima da esposa, Lady Virginia Fenwick, pela morte prematura de Jessica e pelo fato de que, desde o dia fatídico, o filho do casal, Clive — noivo da jovem na época —, nunca mais voltara a pôr os pés em Mablethorpe Hall. Sua esposa se deixava levar por uma ingenuidade e reverência cegas quando se tratava de Virginia, mas ele ainda alimentava a esperança de que Priscilla acabasse voltando à razão e percebesse o verdadeiro caráter daquela infeliz, o que permitiria que eles voltassem a viver como uma família de verdade. No entanto, achava que, infelizmente, talvez isso levasse algum tempo. De qualquer forma, Bob tinha preocupações mais imediatas. Afinal, à noite, eles ficariam expostos, acompanhando a presidente à mesa num jantar como convidados especiais. Não estava muito confiante de que Priscilla conseguisse manter seu melhor padrão de conduta por mais que alguns minutos. Esperava que pelos menos conseguissem voltar para a cabine inteiros.

Bob era grande admirador de Emma Clifton, "a Boudicca de Bristol", como era conhecida pelos amigos e inimigos. Suspeitava que, se ela soubesse de seu apelido, o aceitaria com grande honra.

Horas antes, Emma havia enfiado um bilhete por baixo da porta da cabine deles, sugerindo que todos se encontrassem no Saguão da Rainha por volta das sete e meia da noite, antes que fossem jantar. Quando checou seu relógio, Bob se deu conta de que já eram dez para as oito e não havia nem sinal da esposa ainda, embora pudesse ouvir o som de água escorrendo no banheiro. Impaciente, começou a andar de um lado para outro da cabine, quase não conseguindo conter a própria irritação.

Bob sabia que Lady Virginia havia aberto um processo judicial contra a presidente, algo de que, aliás, era praticamente impossível que se esquecesse, visto que estava sentado logo atrás de Emma quando começou a discussão que levou à abertura do processo. Durante a sessão de perguntas na assembleia geral de acionistas, Lady Virginia perguntara, em meio à plateia, se era verdade que um dos diretores da Barrington tinha vendido todas as suas ações com a intenção de arruinar a empresa. Obviamente, ela se referia ao plano de Cedric Hardcastle para salvar a empresa de um esquema perpetrado por Dom Pedro Martinez.

Emma respondera à pergunta com firmeza, recordando a Lady Virginia de que fora o major Fisher, seu representante na diretoria em determinada época, que tinha vendido as ações dela e depois as recomprado quinze dias depois, intencionando prejudicar a reputação da empresa e conseguir um bom lucro para sua cliente.

"A senhora receberá uma notificação de meu advogado!", foi tudo o que Lady Virginia tivera a dizer a respeito do assunto e, uma semana depois, Emma recebeu mesmo. Bob não tinha dúvida de qual dos lados sua esposa apoiaria se o caso fosse levado mesmo aos tribunais. Ele tinha certeza de que, se, durante o jantar, Priscilla recolhesse em suas conversas toda munição aproveitável, capaz de ajudar a causa de sua amiga, ela seria repassada para a equipe de advogados de Virginia logo que tivessem desembarcado em Avonmouth. E ambos os lados sabiam muito bem que, caso Emma perdesse a causa, não seria simplesmente sua reputação que ficaria em frangalhos, mas, com certeza, ela também teria de renunciar ao cargo de presidente da Barrington.

Bob não havia contado nada a Priscilla sobre o IRA nem o que tinha sido discutido na reunião de emergência da diretoria naquela primeira manhã, a não ser o suposto incidente das manobras militares da Marinha Real. E, embora tivesse ficado claro que a esposa não acreditara, a única coisa de que Priscilla soube mesmo foi o fato de Sebastian ter sido eleito membro da diretoria.

Depois de um dia de compras em Nova York para cujo custeio Bob precisaria vender várias caixas de patê, ela não voltou a falar mais no assunto. Todavia, Bob receava a possibilidade de que a esposa o trouxesse à baila durante o jantar com Emma. Se isso acontecesse, ele iria ter que dar um jeito de mudar habilmente de assunto. Deu graças a Deus ao fato de que Lady Virginia não tinha cumprido a ameaça de participar dessa viagem também, pois, se ela assim o fizesse, não teria descansado enquanto não soubesse exatamente o que tinha acontecido nas primeiras horas daquela primeira madrugada.

Priscilla finalmente saiu do banheiro, mas somente quando já eram 20h10.

—

— Talvez seja melhor irmos jantar — sugeriu Emma.

— Mas não ficou combinado que os Bingham viriam juntar-se a nós? — questionou Harry.

— Sim — respondeu Emma, olhando para o relógio. — Só que deveriam ter feito isso há mais de meia hora.

— Não caia nessa, querida — recomendou Harry com firmeza. — Você é a presidente da empresa e não pode deixar que Priscilla perceba que conseguiu irritá-la, pois é exatamente isso o que ela quer. — Emma estava prestes a protestar, mas ele acrescentou: — E evite dizer algo durante o jantar que Virginia possa usar contra você nos tribunais, pois não há dúvida do lado de quem Priscilla Bingham está.

Com todos os outros problemas que tivera de enfrentar ao longo da última semana, Emma havia posto de lado a preocupação com o possível processo judicial e, como não tinha sido contatada pelos advogados de Virginia fazia vários meses, chegara até a se perguntar se sua inimiga não tinha abandonado discretamente a ideia de processá-la. Mas Virginia não fazia nada discretamente.

Emma estava prestes a fazer seu pedido ao maître quando Harry se levantou.

— Sinto muito por tê-los feito esperar tanto — desculpou-se Priscilla —, mas é que simplesmente perdi a noção do tempo.

— Sem problema — disse Harry, puxando a cadeira para a mulher e esperando que ela se acomodasse.

— Talvez seja melhor fazermos logo os pedidos — sugeriu Emma, dando claros sinais de que desejava mostrar à convidada o tanto de tempo que ela os fizera esperar.

Priscilla pegou o menu com encadernação de couro e ficou estudando e folheando suas páginas com a maior calma do mundo, mudando de ideia várias vezes até enfim decidir o que pedir. Assim que o garçom tomou nota, Harry perguntou se ela tinha gostado de seu dia em Nova York.

— Ah, sim. Há lojas maravilhosas na Quinta Avenida, com muito mais coisas a oferecer do que as de Londres, embora eu tenha achado tudo isso muito cansativo. Quando voltei para o navio, simplesmente desabei na cama e adormeci. E você, sr. Clifton, conseguiu fazer compras?

— Não. Tive um compromisso com meus editores, enquanto Emma saiu à procura de um primo que ela não vê faz muito tempo.

— Sim, claro. Esqueci que o senhor escreve romances. Eu não acho tempo para ler livros — disse Priscilla quando o garçom punha uma tigela de sopa de tomate pelando de quente diante dela. — Não pedi sopa — queixou-se ela, olhando para o garçom. — Pedi salmão defumado.

— Desculpe, madame — disse o garçom, que recolheu a sopa.

Enquanto ele ainda se achava a uma distância em que a podia ouvir, Priscilla observou:

— Acho que deve ser muito difícil contratar funcionários experientes para trabalhar num transatlântico.

— Espero que não se importe se começarmos a comer agora — disse Emma, pegando sua colher de sopa.

— Conseguiu pôr a conversa em dia com seu primo? — perguntou Bob.

— Infelizmente, não. Como ele tinha ido a Connecticut, eu me encontrei com Harry depois e tivemos a sorte de conseguir alguns ingressos para assistir a um concerto à tarde no Lincoln Center.

— Quem estava se apresentando? — perguntou Bob quando o garçom punha um prato de salmão defumado na frente de Priscilla.

— Leonard Bernstein, que regeu o prelúdio de sua opereta *Candide* antes de um concerto de Mozart ao piano.

— Simplesmente não entendo como conseguem arranjar tempo para fazer isso — comentou Priscilla entre garfadas.

Emma estava prestes a dizer que não vivia perdendo tempo com compras, mas, quando levantou a cabeça, viu Harry olhando de cara amarrada para ela.

— Uma vez, fui assistir a um concerto da Orquestra Sinfônica de Londres regida por Bernstein no Royal Festival Hall — disse Bob. — Brahms. Simplesmente magnífico.

— E você acompanhou Priscilla pra cima e pra baixo na Quinta Avenida em seu exaustivo dia de compras? — perguntou Emma.

— Não. Fiz uma visita ao Lower East Side para ver se fazia sentido em me aventurar no mercado americano.

— E qual foi sua conclusão? — indagou Harry.

— Concluí que os americanos não estão preparados para aceitar o patê de peixe Bingham.

— Mas quais estão? — perguntou Harry.

— Se quer mesmo saber, apenas a Rússia e a Índia. E olha que eles têm seus próprios problemas.

— Tais como? — perguntou Emma, parecendo sinceramente interessada.

— Os russos não gostam de pagar as contas, e os indianos às vezes simplesmente não conseguem.

— Será que o problema não é só que você tem um único produto? — perguntou Emma.

— Já pensei em diversificar, mas...

— Será que não podemos conversar sobre outra coisa que não seja patê de peixe? — queixou-se Priscilla. — Afinal de contas, estamos de férias.

— Claro — concordou Harry. — Como vai o Clive? — perguntou ele, logo se arrependendo.

— Está bem, obrigado — interveio Bob, rapidamente. — E vocês dois devem estar muito orgulhosos com Sebastian, agora que foi convidado a integrar a diretoria da empresa.

Emma sorriu.

— Ora, o fato não é bem uma surpresa — comentou Priscilla. — Encaremos a realidade. Se sua mãe é presidente da empresa da família e esta é dona da maior parte de suas ações, ela sinceramente poderia colocar até um cocker spaniel em um cargo de diretoria que o resto dos diretores engoliria abanando os rabinhos.

Harry chegou a achar que Emma ia explodir de raiva, mas, felizmente, como ela estava de boca cheia, sobreveio um longo silêncio.

— Está malpassado? — demandou Priscilla quando o garçom pôs um bife na mesa.

— Não, madame — respondeu o garçom depois que examinou o pedido. — Está ao ponto.

— Mas pedi malpassado. Acho que eu não poderia ter sido mais clara. Leve-o embora e tente fazer direito.

O garçom recolheu o prato com extrema habilidade, sem nenhum comentário, enquanto Priscilla se virava para Harry.

— Você consegue sobreviver como escritor?

— É difícil — admitiu Harry. — Principalmente porque existem muitos escritores excelentes por aí. Contudo...

— De qualquer forma, você se casou com uma mulher rica. Portanto, isso não importa muito, não é verdade?

O comentário fez com que Harry se calasse, mas Emma não se conteve.

— Bem, pelo menos descobrimos que temos algo em comum, Priscilla.

— Concordo — disse Priscilla sem se abalar —, mas sou uma pessoa antiquada, pois fui criada para acreditar que faz parte da ordem natural das coisas que cabe ao homem cuidar da mulher e tudo prover. Não me parece que o contrário seja correto   acrescentou ela, tomando um gole de vinho em seguida. Emma estava a ponto de responder quando Priscilla comentou, sorrindo: — Acho que vocês verão que o vinho está com gosto de rolha.

— Achei que estava ótimo — refutou Bob.

— Meu querido Robert ainda não sabe a diferença entre um clarete e um Borgonha. Toda vez que damos uma festa de gala fica sempre aos meus cuidados a escolha do vinho. Garçom! — solicitou ela, virando-se para o sommelier. — Traga-nos outra garrafa do Merlot.

— Sim, claro, madame.

— Imagino que você não costume ir ao norte da Inglaterra com frequência — observou Bob.

— Realmente, não — respondeu Emma. — Mas um ramo de minha família provém das Terras Altas da Escócia.

— É o meu caso também — afirmou Priscilla. — Eu nasci em Campbell.

— Na verdade, esse lugar fica no sul da Escócia — replicou Emma, levando, com a ponta do pé, um leve toque de admoestação de Harry por baixo da mesa.

— Você deve ter razão, com certeza — concordou Priscilla. — Por isso mesmo, sei que não se importará se eu lhe fizer uma pergunta pessoal que parece envolver certo sigilo — acrescentou, levando Bob a largar a faca e o garfo de repente e passar a encarar a esposa com apreensão. — O que aconteceu de fato na primeira noite da viagem? Sei que os navios da Marinha Real não foram vistos por ninguém.

— Como você pode saber disso, já que estava num sono profundo? — questionou Bob.

— Mas o que você acha que aconteceu, Priscilla? — indagou Emma, recorrendo a uma estratégia usada frequentemente por seu irmão quando não queria responder a uma pergunta.

— Alguns passageiros andam dizendo que uma das turbinas explodiu.

— A sala de máquinas pode ser inspecionada pelos passageiros a qualquer hora, sempre que quiserem — assegurou Emma. — Aliás, acho que houve uma visita ao local hoje de manhã orientada por um guia.

— Ouvi dizer também que uma bomba explodiu em sua cabine — disse Priscilla, sem trégua.

— Fique à vontade para visitar nossa cabine. Assim poderá corrigir o fofoqueiro que anda espalhando essas coisas.

— E outra pessoa me disse também — insistiu Priscilla — que um grupo de terroristas irlandeses entrou no navio por volta da meia-noite...

— Mas quebraram a cara, já que descobriram que o navio estava cheio e, como não havia cabines vazias, foram forçados a caminhar sobre a prancha e pular no mar, tendo que voltar nadando para Belfast?

— E você soube daquela segundo a qual alguns marcianos vieram do espaço sideral e aterrissaram numa das chaminés do navio? — perguntou Harry, em tom de zombaria, quando o garçom vinha chegando com outro bife malpassado.

Priscilla só olhou para o prato de relance e, indignada, levantou-se bruscamente para se retirar.

— Vocês estão escondendo alguma coisa — comentou ela, jogando o guardanapo na mesa — e pretendo descobrir o que é antes de chegarmos a Avonmouth.

Os três ficaram observando Priscilla atravessar o salão tranquilamente e, por fim, sumir de vista.

— Peço que me desculpem — disse Bob. — Foi pior do que eu esperava.

— Não se preocupe — disse Harry. — Minha esposa ronca.

— Eu, não! — rebateu Emma, levando os dois a caírem na gargalhada.

— Eu daria metade de minha fortuna para ter o relacionamento que vocês têm.

— Negócio fechado — respondeu Harry. Foi a vez de Emma cutucá-lo com a ponta do pé por baixo da mesa.

— Bem, uma coisa eu agradeço a Deus, Bob — disse Emma, voltando a falar com seu tom de voz presidencial. — Está claro que sua esposa não tem ideia do que realmente aconteceu em nossa primeira noite no mar. Mas se ela descobrir...

— Gostaria de iniciar a reunião dando as boas-vindas a meu filho Sebastian Clifton, o novo membro da diretoria.

Manifestações de aprovação ecoaram pelo salão de festas.

— Embora eu esteja extremamente orgulhosa dessa sua conquista com tão pouca idade, acho que devo avisar ao sr. Clifton que a diretoria ficará observando suas contribuições para o sucesso da empresa com muita atenção.

— Obrigado, presidente — agradeceu Sebastian —, tanto por sua calorosa acolhida quanto por seu generoso conselho. — As palavras de Sebastian fizeram vários membros da diretoria sorrirem. A confiança da mãe, o charme do pai.

— Bem, vamos em frente — prosseguiu Emma. — Gostaria de pôr os senhores a par dos últimos desdobramentos do que ficou conhecido como o incidente da Marinha Real. Embora ainda não possamos relaxar, felizmente, pelo visto, nossos piores receios não se concretizaram. Afinal, nada de realmente importante acabou parando nas páginas da imprensa de nenhum dos lados do Atlântico, principalmente, segundo fui informada, por causa de uma ajudinha do pessoal da Downing Street. Os três irlandeses presos no início de nossa primeira madrugada em alto-mar não estão mais a bordo. Assim que atracamos e os passageiros tinham desembarcado, eles foram transferidos discretamente para uma fragata da Marinha Real, que agora está a caminho de Belfast.

"A hélice danificada, embora ainda não totalmente recuperada, está funcionando a sessenta por cento da capacidade e será substituída assim que chegarmos a Avonmouth. Nossa equipe de manutenção trabalhou dia e noite no casco avariado enquanto ficamos atracados em Nova York, fazendo um trabalho de primeira qualidade. Somente um marinheiro experiente conseguiria identificar sinais de reparo. Trabalhos de reparo complementares no casco serão feitos enquanto estivermos aportados em Avonmouth, de modo que prevejo que, quando o *Buckingham* partir em sua segunda viagem para Nova York, daqui a oito dias, ninguém jamais saberá que tivemos qualquer problema. Todavia, acho que seria insensato algum de nós mencionar o incidente fora da sala de reuniões e, caso algum dos senhores seja questionado sobre o assunto, peço que se atenham à explicação oficial do incidente com os navios da Marinha Real."

— Acionaremos a seguradora para nos ressarcirmos dos prejuízos com base nos termos de nossa apólice de seguros? — perguntou Knowles.

— Não — respondeu Emma com firmeza —, pois, se fizéssemos isso, sem dúvida suscitaríamos muitas perguntas a que não quero responder.

— Entendido, presidente — concordou Dobbs. — Mas quanto nos custou o incidente envolvendo a Marinha Real?

— Ainda não tenho números exatos para apresentar à diretoria, mas estou informada de que o total dos prejuízos pode chegar a nada menos que 7 mil libras esterlinas.

— Considerando as circunstâncias, até que não é assim tão grande — observou Bingham.

— Concordo. Porém, não é necessário registrar nenhuma referência ao fictício incidente envolvendo a Marinha Real na ata da reunião desta diretoria, tampouco comunicá-la aos acionistas.

— Presidente — avisou o secretário —, terei que registrar na ata algum tipo de referência ao que aconteceu.

— Então, atenha-se à explicação das manobras militares da Marinha Real, sr. Webster, e não divulgue nada sem minha aprovação.

— Se a senhora prefere assim, presidente.

— Vamos falar de boas notícias agora — sugeriu Emma, virando uma página em seu fichário. — O *Buckingham* está com cem por cento de suas acomodações reservadas para a viagem de volta para Avonmouth, e já temos 72 por cento de nossas cabines reservadas para a segunda viagem a Nova York.

— Ótima notícia — comentou Bingham. — Contudo, não devemos esquecer as 184 acomodações gratuitas em cabines que oferecemos como compensação e que, com certeza, ainda serão usadas em algum momento.

— Em algum momento é o que realmente importa, sr. Bingham. Se conseguirmos distribuir a utilização dessas acomodações pelos próximos anos, isso afetará muito pouco o nosso fluxo de caixa.

— Mas lamento dizer que existe algo que pode afetar muito nosso fluxo de caixa. E, pior, seu surgimento não tem nada a ver conosco.

— A que o senhor está se referindo, sr. Anscott? — perguntou Emma.

— Tive uma conversa muito interessante com seu irmão enquanto saíamos do navio e o achei bastante confiante nas consequências da necessidade de o país tomar um empréstimo de 1,5 bilhão de libras esterlinas ao FMI, de modo a impedir a desvalorização da libra. Ele mencionou também a possibilidade de o governo forçar as empresas a pagarem um imposto de renda de pessoa jurídica com uma alíquota de 70 por cento e, no caso de pessoas físicas com rendimentos superiores a 30 mil libras esterlinas por ano, a arcar com um imposto de renda de 90 por cento.

— Meu Deus! — espantou-se o almirante. — Será que vou conseguir pagar meu próprio enterro?

— E a última ideia do ministro da Fazenda — prosseguiu Anscott —, algo que acho simplesmente inacreditável, é proibir que todo empresário ou turista saia do país com mais de 50 mil libras em dinheiro.

— Parece que isso não servirá muito para incentivar as pessoas a viajarem para o exterior — comentou Dobbs com um misto de ironia e indignação.

— Acho que tenho uma forma de contornarmos essa dificuldade — atalhou Sebastian, levando os colegas da diretoria a olharem para o mais novo recruta.

— Tenho feito umas pesquisas sobre o que nossos concorrentes andam fazendo e soube que, aparentemente, os donos dos navios a vapor *New York* e *France* descobriram uma solução para seus problemas com impostos. — Sebastian havia captado com afinco a atenção da diretoria. — Nos registros de propriedade do *New York*, por exemplo, não consta mais que ele pertence a uma empresa americana, apesar do fato de que sua sede continua localizada em Manhattan, juntamente com a maior parte de seus funcionários. Para fins de tributação, está registrada no Panamá. Aliás, se os senhores observarem esta fotografia com atenção — prosseguiu Sebastian, pondo uma grande fotografia do vapor *New York* no centro da mesa —, verão uma pequena bandeira do Panamá hasteada na popa, embora a bandeira americana esteja presente em todas as partes e coisas internas do navio, dos pratos aos restaurantes e tapetes das cabines.

— E os franceses estão fazendo a mesma coisa também? — perguntou Knowles.

— Com certeza que estão, mas com uma diferença sutil tipicamente francesa. No *France*, por exemplo, eles navegam com a bandeira da Argélia na popa, medida que desconfio que não passa de um artifício político — comentou o jovem diretor, apresentando mais uma fotografia, dessa vez do transatlântico francês, que fez circular entre os colegas da diretoria.

— E isso é legal? — perguntou Dobbs.

— Não há nada que nenhum dos governos dos dois países possa fazer a respeito — afirmou Sebastian. — Ambos os navios ficam no mar durante mais de trezentos dias por ano e, do ponto de vista dos passageiros, tudo continua do mesmo jeito, como sempre foi.

— Não gosto disso — comentou o almirante. — Não me parece correto.

— Como nosso maior dever é cuidar dos interesses dos acionistas — ponderou Bingham —, não será razoável propor que o jovem Clifton apresente um estudo sobre o assunto, de forma que possamos discuti-lo mais detidamente na próxima reunião?

— Boa ideia — concordou Dobbs.

— Não sou contra a ideia — disse Emma —, mas nosso diretor financeiro pensou numa solução que talvez alguns dos senhores achem interessante — acrescentou ela, acenando com a cabeça na direção de Michael Carrick.

— Obrigado, presidente. É algo muito simples. Se prosseguíssemos com o projeto de construção de um segundo navio e aproveitássemos, dentro do prazo estipulado pelo contrato, as vantagens de renovação de encomenda concedidas pela Harland & Wolff, evitaríamos pagar imposto de renda de pessoa jurídica durante os próximos quatro anos.

— Deve haver alguma condição oculta nisso aí — alertou Knowles.

— Aparentemente não — afirmou Emma. — Qualquer empresa pode requerer dedução fiscal sobre investimento em projeto de grande porte, desde que mantenha o preço acordado no contrato original.

— Por que o governo concordaria com isso, quando as outras medidas que ele propôs e pretende adotar são tão draconianas? — questionou Maynard.

— Porque ajuda a manter baixos os números do desemprego — argumentou Sebastian. — Algo que o Partido Trabalhista prometeu fazer em seu último manifesto.

— Então, sou a favor — concordou Dobbs. — Mas quanto tempo temos para decidir se devemos aceitar ou não a proposta da Harland & Wolff?

— Apenas pouco mais de cinco meses — respondeu Carrick.

— Tempo mais que suficiente para chegarmos a uma decisão — acentuou Maynard.

— Mas isso não resolve o problema da restrição que talvez imponham aos nossos passageiros de poderem sair do país com apenas 50 mil libras — observou Anscott.

— Tio Giles me disse — informou Sebastian, sem conseguir deixar de abrir um largo sorriso — que não há nada que impeça o passageiro de descontar cheques enquanto estiver a bordo.

— Mas não temos instalações bancárias no *Buckingham* — lembrou Dobbs.

— O Farthings ficaria muito feliz com a possibilidade de ter uma agência a bordo — observou Sebastian.

— Então, sugiro — propôs Anscott — que essa proposta seja incluída também no estudo do sr. Clifton e que quaisquer recomendações sejam divulgadas entre os membros da diretoria antes da próxima reunião.

— Concordo — disse Emma. — Então, o que precisamos decidir agora é quando faremos a próxima reunião.

Como sempre, os diretores passaram um longo tempo escolhendo uma data que fosse conveniente para todos.

— E vamos torcer — sugeriu Emma — para que, quando nos reunirmos de novo, o incidente envolvendo a Marinha Real tenha passado a ser visto como pura fantasia. Mais algum assunto? — perguntou ela, olhando ao redor da mesa.

— Sim, presidente — respondeu Knowles. — A senhora pediu que propuséssemos candidatos para ocupar a outra vaga da diretoria.

— E quem o senhor tem em mente?

— Desmond Mellor.

— O homem que fundou a Bristol Bus?

— Esse mesmo, mas ele vendeu a empresa à National Buses no ano passado, obtendo um lucro considerável com o negócio, e agora parece que está com tempo de sobra para outras atividades.

— Munido de muito conhecimento a respeito do setor de transportes — interpôs Anscott, revelando que ele e Knowles estavam trabalhando em equipe.

— Então, acho que eu deveria convidar o sr. Mellor para uma reunião comigo na semana que vem — disse Emma, antes que um dos dois propusesse que a ideia fosse posta em votação.

Um tanto relutantemente, Knowles concordou.

No encerramento da reunião, Emma ficou radiante quando viu quantos diretores se dirigiram a Sebastian para lhe dar as boas-vindas à diretoria. E foram tantas as felicitações que levou algum tempo para que ela pudesse ter uma conversa com o filho.

— Seu plano funcionou perfeitamente — comentou ela baixinho.

— Sim, mas ficou óbvio para a maior parte da diretoria que sua ideia era mais aceitável do que a minha. Porém, ainda não estou convicto, mamãe, de que deveríamos correr o risco de fazer um investimento tão grande na construção de mais um navio. Se as perspectivas econômicas da Grã-Bretanha são tão ruins quanto na visão do tio Giles, podemos acabar nos vendo às voltas com dois fiascos marítimos no próximo Natal. E, se isso acontecer, serão os diretores da Barrington que terão afundado.

6

— Que bom que arranjou um tempinho para encontrar-se comigo, sr. Clifton — agradeceu o chefe do gabinete de ministros, conduzindo Harry até uma cadeira na pequena mesa oval no centro da sala —, principalmente considerando que o senhor é uma pessoa muito ocupada.

Harry teria rido da observação se não estivesse no número 10 da Downing Street, sentado de frente para um dos homens mais ocupados do país. De repente, entrou uma secretária na sala e pôs uma xícara de chá para ele na mesa, como se Harry fosse um freguês em sua lanchonete preferida.

— Espero que sua esposa e seu filho estejam bem.

— Estão, sim. Obrigado, Sir Alan — agradeceu Harry, que teria indagado também acerca da família do chefe de gabinete, mas não tinha ideia se ele era casado. Decidiu ir direto ao ponto. — Suponho que Martinez deve ter estado por trás do atentado a bomba, não? — perguntou ele, tomando um gole do chá.

— Com certeza, mas, como agora ele voltou para Buenos Aires e sabe muito bem que, se ele ou seus filhos puserem os pés na Inglaterra de novo, serão presos imediatamente, acho que não voltará a causar problemas.

— E quanto aos amigos irlandeses dele?

— Eles nunca foram amigos. Estavam apenas interessados no dinheiro e, assim que a fonte secou, ficaram muito propensos a se livrarem dele. Porém, como o chefe da quadrilha e dois de seus comparsas estão atrás das grades agora, imagino que não ouviremos falar deles por um bom tempo.

— O senhor descobriu se havia outros agentes do IRA a bordo do navio na ocasião?

— Dois. Mas não foram vistos desde então. O serviço de espionagem informou que estão escondidos em algum lugar em Nova York. Preveem que não voltarão para Belfast tão cedo.

— Agradeço muito, Sir Alan — disse Harry, achando que a reunião havia chegado ao fim.

O chefe de gabinete acenou com a cabeça positivamente, mas, assim que Harry fez menção de levantar-se, ele disse:

— Devo confessar, sr. Clifton, que não foi só por isso que desejei encontrar-me com o senhor.

Harry voltou a sentar-se, logo tratando de se manter atento. Afinal, se esse homem queria algo mais dele, era melhor ficar bem alerta.

— Certa vez, seu cunhado me contou uma coisa em que achei difícil de acreditar. Portanto, gostaria que o senhor me ajudasse a entender se por acaso ele não estava exagerando.

— Políticos costumam exagerar mesmo — observou Harry.

Sir Alan não disse nada, mas simplesmente abriu um fichário deixado na frente dele, tirou de lá uma folha de papel e a passou para Harry, empurrando-a sobre o tampo da mesa.

— O senhor poderia fazer a gentileza de ler isto com o máximo de atenção?

Harry se viu diante de um memorando que continha cerca de trezentas palavras, com o nome de várias localidades e informações sobre mobilizações militares nas áreas suburbanas ao redor de Londres, envolvendo os escalões de todos os oficiais superiores nas operações. Ele leu os sete parágrafos do documento e, quando terminou, levantou a cabeça e assentiu. O chefe do gabinete pegou a folha e a repôs sobre a mesa, juntamente com um bloco de anotações pautado e uma caneta.

— O senhor poderia fazer a gentileza de transcrever o que acabou de ler?

Harry resolveu entrar no jogo. Pegou a caneta e começou a escrever no bloco. Quando terminou, passou-o para o chefe do gabinete, que comparou a transcrição com o original.

— Então é verdade — constatou ele, alguns instantes depois. — O senhor é mesmo uma das raras pessoas com memória fotográfica. Embora tenha cometido um erro.

— Godalming e não Godmanchester? — indagou Harry. — Só quis ter certeza de que o senhor estava prestando atenção.

Um homem que não se impressionava facilmente ficou impressionado.

— Então, o senhor espera conseguir recrutar-me para integrar sua equipe de programa de auditório? — perguntou Harry com jovialidade, mas Sir Alan não sorriu.

— Não. Lamento dizer que é para algo mais sério do que isso, sr. Clifton. Em maio, o senhor irá a Moscou, onde participará de um congresso como presidente do PEN Clube da Inglaterra. Nosso embaixador na Rússia, Sir Humphrey Trevelyan, conseguiu apoderar-se de um documento tão confidencial que não pode nem se arriscar a enviá-lo no malote de correspondência diplomática.

— Posso saber o que ele contém?

— Uma lista abrangente, com os nomes de espiões soviéticos e dos locais em que estão operando no Reino Unido. Sir Humphrey não mostrou essa lista nem a seu imediato. Se o senhor conseguisse trazê-la para nós gravada na memória, conseguiríamos desmantelar toda a rede de espionagem soviética neste país e, como a operação não envolveria a utilização de nenhum documento impresso, o senhor não correria nenhum tipo de perigo.

— Eu me disporia a fazer isso — concordou Harry sem hesitação —, mas vou querer algo em troca.

— Farei tudo que estiver ao meu alcance.

— Quero que o ministro das Relações Exteriores faça um protesto oficial contra o aprisionamento de Anatoly Babakov.

— O intérprete de Stalin? Ele não escreveu um livro cuja publicação e leitura foram proibidas... qual é mesmo o título?...

— *Tio Joe* — disse Harry.

— Ah, sim, claro. Bem, farei tudo que eu puder, mas não posso garantir nada.

— E ele terá que fazer também um comunicado oficial a todas as agências de notícias nacionais e estrangeiras um dia antes de eu partir no avião para a Rússia.

— Não posso prometer que farei isso, mas pode ter certeza de que recomendarei ao ministro das Relações Exteriores que apoie sua campanha para libertar o sr. Babakov.

— Tenho certeza de que recomendará, Sir Alan. Contudo, se o senhor não conseguir me ajudar a solucionar o drama de Babakov — avisou ele, fazendo uma pequena pausa em seguida —, pode dar o fora e procurar outra pessoa como seu garoto de recados.

A fala de Harry teve o exato efeito desejado. O chefe do gabinete de ministros ficou sem palavras.

Emma levantou a cabeça quando sua secretária entrou no gabinete, acompanhada por um homem do qual ela sentiu, assim que se cumprimentaram com um aperto de mãos, que não iria gostar. Ela conduziu o sr. Mellor para duas cadeiras perto da lareira, onde se sentaram.

— Que bom finalmente ter tido a oportunidade de conhecê-la, sra. Clifton — disse ele. — Ouvi falar, e li também, muita coisa a seu respeito ao longo dos anos.

— E, nos últimos dias, tenho lido muito a seu respeito também, sr. Mellor — disse Emma enquanto se sentava, olhando com mais atenção para o homem à sua frente.

Emma soubera, com base num resumo biográfico publicado no *Financial Times*, que Desmond Mellor havia abandonado os estudos aos 16 anos de idade, quando iniciara sua vida profissional como bilheteiro da Cooks Travel. Aos 23 anos, ele fundou sua primeira empresa, que vendera recentemente por quase 2 milhões de libras esterlinas, embora houvesse enfrentado várias situações de dificuldades financeiras ao longo do caminho. Mas Emma sabia que isso acontecia também com a maioria dos empreendedores de sucesso. Ela estava preparada para lidar com seu charme, mas ficou surpresa quando viu que ele parecia muito mais jovem para uma pessoa de 48 anos. Via-se que ele estava claramente em forma, sem nenhum quilo a mais de que precisasse se livrar, e ela teve que concordar com sua secretária que, realmente, o sujeito era um homem bonito, ainda que a evolução de seu senso de estilo não tivesse acompanhado seu sucesso financeiro.

— Espero que não tenham sido apenas coisas ruins — disse ele com uma risada autodepreciativa.

— Bem, sr. Mellor, a julgar pela dura batalha comercial envolvendo a recente incorporação de sua empresa, certamente o senhor é uma pessoa implacável.

— As coisas estão muito difíceis no mundo dos negócios atualmente, sra. Clifton, e tenho certeza de que a senhora está percebendo isso. Portanto, às vezes, com o perdão da palavra, temos que tirar o nosso da reta.

Emma ficou se perguntando se não seria melhor arrumar uma desculpa para encerrar logo a reunião, apesar do fato de que havia dito à secretária que, por pelo menos trinta minutos, ela não deveria ser interrompida.

— Tenho acompanhado as atividades de seu marido em favor de Babakov — disse Mellor. — Parece que talvez ele acabe tendo que tirar o dele da reta também — acrescentou ele com um sorriso.

— Harry tem firmes convicções com relação ao sofrimento do sr. Babakov.

— Tenho certeza de que todos nós temos também. Mas não posso deixar de perguntar: vale mesmo a pena se importar com isso? Afinal, parece que esses russos não dão a mínima para os direitos humanos.

— Isso não impedirá que Harry continue a lutar por aquilo em que acredita.

— Ele costuma viajar muito?

— Nem tanto — respondeu Emma, tentando não demonstrar que tinha sido pega de surpresa pela repentina mudança de assunto. — Conferências ou turnês de promoção publicitária ocasionais de seus livros. Mas, quando você é presidente de uma empresa de capital aberto, às vezes essas coisas podem ser males que vêm para bem.

— Sei exatamente como a senhora se sente — observou Mellor, inclinando-se para a frente. — Minha esposa prefere morar no campo, e é por isso que fico em Bristol durante a semana.

— O senhor tem filhos? — perguntou Emma.

— Uma filha, do primeiro casamento, que trabalha como secretária em Londres, e outra, do segundo.

— E quantos anos essa tem?

— Kelly tem 4 anos. Já com relação a seu filho Sebastian, sei, é claro, que ele recentemente entrou para a diretoria da Barrington — observou ele, fazendo Emma sorrir.

— Então, talvez eu possa lhe perguntar, sr. Mellor, por que o senhor deseja ingressar na diretoria.

— Des, por favor. Todos os meus amigos me chamam de Des. Como a senhora sabe, minha experiência vem, principalmente, do setor de transportes, embora, desde que vendi a empresa, eu tenha começado a fazer uma ou outra incursão no setor de imóveis. Mas, como ainda continuo com tempo de sobra para fazer outras coisas, achei que poderia ser interessante trabalhar sob o comando de uma presidente mulher.

Emma ignorou a observação.

— Caso se tornasse membro da diretoria, qual seria sua atitude para com uma tentativa de incorporação hostil?

— De início, eu fingiria que não estava interessado para ver quanto mais em dinheiro eu conseguiria arrancar do proponente. Afinal, o segredo está em ser paciente.

— Não haveria alguma situação em que você pensaria em evitar desfazer-se da empresa?

— Não se me fizessem uma boa oferta.

— Mas quando a National Buses comprou sua empresa, o senhor não ficou preocupado com o que poderia acontecer com seus funcionários?

— Se eles tivessem qualquer noção das coisas, poderiam perceber que isso estava para acontecer havia muitos anos. E, em todo caso, eu não teria outra chance como essa.

— Mas, segundo o *Financial Times*, um mês após a incorporação, metade de seus funcionários, alguns dos quais haviam trabalhado para o senhor por mais de vinte anos, foi dispensada.

— Com seis meses de bônus salarial. E muitos deles não tiveram dificuldade para arrumar emprego em outro lugar. Um ou outro inclusive na própria Barrington.

— Porém, mais um mês depois, a National Buses tirou seu nome da empresa e, com isso, destruiu a reputação que você levou tantos anos para criar.

— Você também perdeu seu nome de solteira quando se casou com Harry Clifton — argumentou Des —, mas isso não impediu que a senhora se tornasse presidente da Barrington.

— Mas não tive escolha, e desconfio que até isso ainda possa mudar.

— Sejamos realistas. Quando se trata de produzir um bom resultado, não podemos ser sentimentais.

— Não é difícil entender por que você se tornou um empresário de sucesso, Des, e por que, para a empresa certa, você daria um excelente diretor.

— Fico feliz em saber que você pensa assim.

— Mas precisarei conversar com meus colegas, pois pode ser que eles não concordem comigo. Quando eu tiver feito isso, voltarei a entrar em contato.

— Ficarei esperando com ansiedade, Emma.

7

Sebastian chegou à embaixada americana na Grosvenor Square pouco antes das nove horas do dia seguinte para um encontro com o *chef de mission*.

Depois que se identificou na recepção, um sargento dos Fuzileiros Navais o acompanhou até o segundo andar, onde bateu à porta no fim do corredor. Sebastian ficou surpreso quando viu a porta ser aberta pelo sr. Sullivan.

— Que bom vê-lo, Seb. Entre.

Sebastian entrou numa sala que dava vista para a Grosvenor Gardens, mas não se interessou pela ideia de ficar apreciando a paisagem.

— Aceita uma xícara de café?

— Não, obrigado, senhor — respondeu Sebastian, nervoso demais para pensar em outra coisa que não fossem as palavras do que achava que precisava dizer.

— Então, o que posso fazer por você? — perguntou o *chef de mission* enquanto se sentava à mesa.

Sebastian continuou de pé.

— Gostaria de pedir a mão de sua filha em casamento, senhor.

— Mas que maravilhosamente antiquado — disse o sr. Sullivan. — Fico comovido com o fato de ter-se dado ao trabalho de fazer isso, Seb. Se é isso que Samantha quer, por mim tudo bem.

— Na verdade, não sei o que ela quer — confessou Sebastian —, pois ainda não fiz o pedido a ela.

— Então, boa sorte, pois posso lhe dizer com certeza que nada deixaria a mãe dela e a mim mais contentes.

— Que alívio... — disse Sebastian.

— Você já falou com seus pais sobre isso?

— Ontem à noite, senhor.

— E o que eles acharam?

— Mamãe não poderia ter ficado mais feliz, mas meu pai me disse que, se Samantha tiver o mínimo de bom senso, vai recusar.

— Mas, se ela aceitar — perguntou o sr. Sullivan depois de um sorriso —, você terá condições de mantê-la no estilo de vida a que ela está acostumada? Pois, como sabe, ela tem esperança de tornar-se professora universitária, e professores não ganham lá muito bem.

— Estou trabalhando nesse sentido, senhor. Acabei de ser promovido no banco e tenho agora o segundo maior cargo no departamento de investimento imobiliário. E acho que o senhor talvez saiba que, recentemente, entrei para a diretoria da Barrington.

— Essas coisas parecem muito promissoras, Seb. E, sinceramente, Marion chegou a se perguntar por que demorou tanto para fazer o pedido.

— Isso significa que tenho a bênção de vocês?

— Com certeza que sim. Mas nunca se esqueça de que Samantha estabelece padrões para si mesma, assim como a sua mãe, Seb, com os quais o restante de nós, simples mortais, acha difícil de conviver, a menos que, tal como seu pai, sejam guiados pela mesma bússola moral. Agora que esclarecemos essa questão, não gostaria de sentar-se?

Quando, horas depois naquela manhã, Sebastian voltou para o centro financeiro de Londres, viu em sua mesa um bilhete de Adrian Sloane, pedindo que ele fosse a seu escritório assim que chegasse.

Sebastian franziu o semblante. Afinal, nos últimos meses, seu chefe imediato no banco tinha sido sua única preocupação. Desde o momento em que Cedric Hardcastle o designara subchefe da divisão de investimento imobiliário, Seb jamais conseguira agradar ao chefe. Sloane sempre conseguia dar a impressão de que era um chefe eficiente, embora, a bem da verdade, as receitas e lucros mensais dessa divisão do banco viessem sendo invariavelmente impressionantes. Contudo, por um motivo qualquer, ele parecia não confiar em

Sebastian, nem fazia nenhuma tentativa para confiar nele — aliás, fazia todo o possível para deixar Sebastian desinformado e fora das decisões importantes. Sebastian soube também, por intermédio de um colega, que, toda vez que o nome dele era citado nas discussões, Sloane não hesitava em desqualificá-lo.

Sebastian pensou em levar o problema até Cedric, mas a sua mãe o aconselhara a não fazer isso, dizendo que serviria apenas para torná-lo ainda mais hostil.

— De qualquer forma — acrescentara Emma —, você precisa aprender a se virar sozinho, em vez de ficar esperando que Cedric o socorra toda vez que você se defrontar com um problema.

— Tudo isso é muito bonito, mamãe — ponderou Sebastian —, mas o que mais acha que posso fazer para solucioná-lo?

— Apenas continue a fazer o seu trabalho e trate de fazê-lo bem — aconselhou Emma. — Pois é com isso que Cedric se importará.

— Mas é justamente isso o que estou fazendo. Então, por que Sloane está me tratando dessa forma?

— Posso explicar isso com uma única palavra — afirmou Emma. — Inveja. E acho melhor você se acostumar com isso se quiser progredir na carreira de executivo.

— Mas nunca tive esse problema quando trabalhei diretamente para o sr. Hardcastle.

— Claro que não, pois Cedric nunca o viu como uma ameaça.

— Sloane acha que sou uma ameaça?

— Sim. Acha que você está querendo o lugar dele, e é justamente isso que o torna mais reservado, inseguro, paranoico... chame do que quiser. De qualquer forma, usando uma das frases favoritas de Des Mellor, trate apenas de tirar o seu da reta.

Quando Sebastian se apresentou no escritório de Sloane, seu chefe foi direto ao assunto e não pareceu se importar com o fato de que sua secretária estivesse ouvindo cada uma de suas palavras.

— Como você não estava em sua mesa quando cheguei hoje de manhã, presumo que devia estar visitando um cliente.

— Não. Eu estava na embaixada americana tratando de um assunto pessoal.

A resposta fez com que Sloane se calasse por instantes.

— Bem, no futuro, quando quiser tratar de assuntos pessoais, faça isso em suas horas vagas, não durante o expediente. Nós administramos um banco, não um clube — advertiu ele, levando Sebastian a trincar os dentes.

— Eu me lembrarei disso, Adrian.

— Prefiro que se dirija a mim como sr. Sloane, pelo menos durante o expediente.

— Mais alguma coisa... sr. Sloane? — perguntou Sebastian.

— Não. Por enquanto, não, mas espero ver seu relatório mensal em minha mesa até pouco antes do fim do expediente.

Sebastian voltou para o escritório, aliviado por estar um passo à frente: já havia preparado seu relatório mensal no fim de semana. Mais uma vez, os números de sua produção tinham aumentado de novo, pelo décimo mês seguido, embora lhe houvesse ficado claro recentemente que Sloane estava adicionando os próprios resultados aos dele e levando o crédito por isso. No entanto, se Sloane estava achando que sua estratégia derrotaria Sebastian e sua carreira, que ele tratasse de ficar esperando sentado. Enquanto Cedric fosse presidente do banco, seu cargo estaria garantido e, desde que continuasse a produzir resultados, não precisaria temer Sloane, pois o presidente sabia muito bem ler nas entrelinhas.

Quando deu uma da tarde, Sebastian comprou um sanduíche numa lanchonete próxima e foi comendo pelo caminho, algo que certamente sua mãe teria reprovado — para ela, se necessário, que comesse na mesa do escritório, mas nunca no caminho.

Enquanto procurava um táxi, refletiu em algumas das lições que havia aprendido com Cedric para usar em situações em que estivesse prestes a fechar um negócio, algumas delas simples, outras mais sutis e complexas, mas a maior parte delas tudo questão do mais puro e velho bom senso.

— Saiba bem o quanto você pode gastar. Nunca comprometa mais recursos do que pode e tente se lembrar de que a outra parte está sempre querendo lucrar também. E crie uma boa rede de relações e contatos, pois ela será sua tábua de salvação em tempos críticos, já que, na esfera bancária, apenas uma coisa é certa: tempos difíceis virão. E mais uma coisa: nunca compre a varejo.

— Quem ensinou isso ao senhor? — perguntara Sebastian.

— Jack Benny.

Munido do conselho de Cedric Hardcastle e Jack Benny, Sebastian saiu à procura de um anel de noivado. O contato havia sido sugerido por seu velho amigo de escola, Victor Kaufman, que trabalhava agora no departamento de câmbio do banco do pai, situado apenas a alguns quarteirões do edifício do Farthings. Ele aconselhara Sebastian a visitar um tal de sr. Alan Gard, na Hatton Garden.

— Ele oferecerá a você um anel com uma pedra maior pela metade do preço do de qualquer outro joalheiro do centro comercial inteiro.

Sebastian foi comendo pelo caminho e pegou um táxi, pois sabia que tinha de estar de volta ao escritório dentro de uma hora se não quisesse ter problemas com Sloane mais uma vez. O carro parou na frente de uma loja com uma porta verde, pela qual ele teria passado direto se o número 47 não estivesse indicado nela de forma bem vistosa. Na fachada do estabelecimento não havia nada que desse uma ideia dos tesouros guardados em seu interior. Sebastian pressentiu que faria negócios com um homem reservado e cauteloso.

Ele apertou a campainha e, instantes depois, uma figura humana usando solidéu, com aspecto de personagem das obras de Dickens, rosto emoldurado por longas e negras madeixas encaracoladas, veio atendê-lo. Quando Sebastian disse que era amigo de Victor Kaufman, foi rapidamente conduzido ao arcano sagrado do sr. Gard.

Um homem bastante magro, mas de compleição robusta e feições rijas, medindo não mais que 1,60 metro de altura, trajando da informalidade de uma camisa sem gravata com a parte de cima desabotoada e uma calça jeans bem surrada, levantou-se da mesa e sorriu cordialmente para o possível cliente. Quando ouviu o nome Kaufman, o sorriso do negociante aumentou, seguindo-se a isso uma esfregadela das mãos, como se ele estivesse prestes a lançar dados.

— Se você é amigo de Saul Kaufman, talvez esteja querendo comprar um Koh-I-Noor por 5 libras.

— Quatro — disse Sebastian.

— E olhe que você nem sequer é judeu.

— Não — confirmou Sebastian —, mas fui treinado por um cidadão de Yorkshire.

— Isso explica tudo. Então, como posso ajudá-lo, meu jovem?

— Estou procurando um anel de noivado.

— E quem é a jovem sortuda?

— Uma americana chamada Sam.

— Então, vamos ter que achar uma coisa especial para Sam, não é mesmo?

O sr. Gard abriu uma das gavetas da mesa, pegou um chaveiro enorme e escolheu uma única chave do molho. Em seguida, dirigiu-se a um grande cofre embutido na parede, destrancou sua porta maciça e pesada e, quando a abriu, Sebastian viu pelo menos uma dúzia de tabuleiros caprichosamente empilhados. Depois de certa hesitação, o joalheiro escolheu o terceiro tabuleiro da pilha, tirou-o do cofre e pôs o conteúdo em cima da mesa.

Sebastian ficou contemplando as preciosas cintilações dos vários pequenos diamantes sobre a mesa. Observou-os por alguns instantes, até que, por fim, abanou negativamente a cabeça, com ar sério. Mas o gemólogo não fez nenhum comentário. Pouco depois, repôs o tabuleiro no cofre e tirou outro de lá.

Dessa vez, Sebastian se demorou um pouco mais na apreciação das pedras, agora pertencentes a um lote de gemas maiores, cintilando revérberos de imensas preciosidades na luz de seus olhos. Porém, mais uma vez, achou que não serviam.

— Tem certeza de que pode bancar os sonhos brilhantes dessa jovem? — questionou o joalheiro enquanto recolhia o terceiro tabuleiro de cima da mesa.

Contudo, pouco depois, o semblante de Sebastian se iluminou de esperança quando a luz de seus olhos incidiu sobre uma safira cercada de uma série de minúsculos diamantes, encastoada no centro do negro tecido de veludo do suporte da peça.

— Essa! — disse ele sem hesitação.

Gard pegou uma lupa na mesa para examinar o anel mais de perto.

— Essa bela safira veio do Ceilão e tem 1,5 quilate. Os oito diamantes têm, cada um, meio quilate e foram comprados recentemente, na Índia.

— Quanto?

Gard não respondeu de imediato.

— Como pressinto que você será meu cliente por muito tempo ainda — disse ele finalmente —, sinto-me inclinado a deixar que leve esse anel magnífico por um preço simbólico, de modo que possamos estabelecer uma relação duradoura. Que tal cem libras?

— Você pode dizer o que quiser, mas eu não tenho cem libras.

— Ora, veja a coisa como um investimento.

— Para quem?

— Vou lhe dizer uma coisa — disse Gard, voltando para a mesa, onde abriu um grande livro de registros contábeis. Depois que virou várias páginas, correu o dedo indicador por uma coluna de números. — Para mostrar-lhe o quanto estou confiante de que você será meu cliente por muito tempo ainda, vou lhe vender o anel pelo preço de custo. Sessenta libras.

— Acho que vamos ter que ver o que você tem na prateleira mais baixa de todas — disse Sebastian, hesitante, levando Gard a jogar os braços para o alto.

— Como pode um homem pobre ter a esperança de lucrar quando tem que negociar com alguém tão sagaz quanto você? O menor preço que posso fazer para você é de — disse ele, fazendo uma pausa — cinquenta libras.

— Mas só tenho trinta libras em minha conta bancária.

Gard ficou refletindo na resposta do cliente por alguns segundos.

— Então, vamos fechar o negócio com uma entrada de dez libras e mais cinco libras mensais durante um ano.

— Mas isso faz o preço da joia voltar para setenta libras!

— Onze meses.

— Dez.

— Negócio fechado, meu jovem. O primeiro de muitos, espero — disse ele, apertando a mão de Sebastian.

O jovem emitiu um cheque de dez libras, enquanto o sr. Gard escolhia uma pequena caixa de couro vermelha para acondicionar o anel.

— Foi um prazer fazer negócio com você, sr. Clifton.

— Só uma pergunta, sr. Gard. Quando é que o senhor poderá mostrar-me o que tem a oferecer na última prateleira?

— Só quando o senhor for presidente do banco.

8

Na véspera da viagem de Harry para Moscou, Michael Stewart, o ministro das Relações Exteriores britânico, solicitou que o embaixador russo comparecesse a seu gabinete na Whitehall e, em nome de Sua Majestade, protestou, com os termos mais incisivos possíveis, sobre o infame tratamento a que Anatoly Babakov estava sendo submetido. Chegou a solicitar que Babakov fosse solto imediatamente, bem como suspensa a proibição da divulgação de seu livro.

A declaração que o sr. Stewart fez posteriormente à imprensa foi parar nas primeiras páginas dos principais jornais do país com o apoio dos mais destacados, como o *The Times* e o *The Guardian*, ambos mencionando a campanha criada pelo famoso escritor Harry Clifton.

Durante a sessão de perguntas organizada pelos assessores do primeiro-ministro naquela manhã, Alec Douglas-Home, o líder da oposição, manifestou sua preocupação com o drama de Babakov, lançando apelos ao primeiro-ministro para que boicotasse as conversações bilaterais com o líder soviético, Leonid Brejnev, programadas para serem realizadas dias depois naquele mesmo mês.

No dia seguinte, resumos biográficos de Babakov, juntamente com fotografias de Yelena, sua esposa, foram publicados em vários desses jornais. O *The Daily Mirror* classificou o livro do dissidente como uma bomba-relógio que, se publicado, desmantelaria o regime soviético. Harry, porém, ficou se perguntando como os jornalistas poderiam saber disso, já que não tinham como ler o livro. Mas sentiu que Sir Alan não poderia ter feito mais que isso para ajudá-lo e, portanto, continuou determinado a cumprir sua parte do acordo.

Na viagem de avião noturna para Moscou, Harry revisou várias vezes o discurso que faria na conferência e, quando a aeronave da

BOAC aterrissou no aeroporto de Sheremetyevo, achava-se confiante de que sua campanha estava ganhando força e que conseguiria fazer um discurso de que Giles se orgulharia.

Levou mais de uma hora para passar pela alfândega, principalmente porque sua mala fora desfeita e inspecionada pelos agentes e depois refeita por ele, duas vezes. Ficou claro para Harry que ele não era um convidado bem-vindo. Quando finalmente o liberaram, ele e vários de seus colegas de delegação foram conduzidos para um velho ônibus de escola, que seguiu rangente e barulhento para o centro da cidade, onde parou na frente do Majestic Hotel, cerca de cinquenta minutos depois. Harry estava exausto.

No hotel, a recepcionista lhe assegurou que, por ser chefe da delegação britânica, havia sido reservado para ele um dos melhores quartos do hotel. Ela lhe entregou a chave, mas, como o elevador estava enguiçado e não havia carregadores, Harry teve que subir para o sétimo andar arrastando a mala pela escada. Lá chegando, pois, abriu a porta de um dos melhores quartos do hotel.

Aquele caixote parcamente mobiliado lhe trouxe lembranças de seus tempos de estudante no St. Bede. Uma cama com um colchão fino e cheio de protuberâncias e uma mesa salpicada de marcas de cigarro e manchada com círculos de copos de cerveja eram o que eles chamavam de móveis. Em um dos cantos havia uma pia com torneira, da qual escorria um fio d'água o tempo todo, estivesse ela fechada ou não. Também havia uma placa no cubículo, informando que o banheiro ficava no fim do corredor: "Não se esqueça de levar sua própria toalha, e favor não ficar na banheira por mais de dez minutos nem deixar a torneira aberta." Lembrava-lhe tanto de sua antiga escola que, se alguém batesse na porta, Harry não ficaria surpreso caso se deparasse com a inspetora apresentando-se para verificar o estado de suas unhas.

Como não havia frigobar no quarto, tampouco nada parecido com biscoitos amanteigados, Harry voltou para o térreo, a fim de jantar com os colegas. Após uma refeição simples, de prato único e self-service, ele começou a entender por que o patê de peixe de Bingham era considerado um luxo na União Soviética.

Decidiu recolher-se cedo, principalmente porque soube, pelo prospecto, que no primeiro dia do evento ele discursaria, às onze horas, como o principal orador da conferência.

Embora houvesse preferido deitar-se logo, levou algumas horas para conseguir pegar no sono, e não apenas por causa do colchão desconfortável, do cobertor fino como papel, das berrantes luzes de neon que invadiam todos os cantos do quarto, atravessando as cortinas de náilon, e que, aliás, não se fechavam totalmente. Quando finalmente conseguiu dormir, eram onze da noite em Bristol e duas da manhã em Moscou.

Contudo, Harry se levantou cedo no dia seguinte e resolveu fazer um passeio pela Praça Vermelha. Era impossível deixar de ver o Mausoléu de Lenin, que se destacava do conjunto da praça e servia como uma constante lembrança do homem que fundara o Estado soviético. Notou que o Kremlin parecia resguardado por um enorme canhão de bronze, outro símbolo da vitória sobre outro inimigo. Ainda que agasalhado com o sobretudo, que Emma tanto insistira para que levasse, e o colarinho levantado, as orelhas e o nariz de Harry haviam ficado vermelhos de frio rapidamente. Agora, ele entendia por que os russos usavam aqueles magníficos chapéus de pele, juntamente com cachecóis e longos casacos. Seguindo para o trabalho, vários habitantes locais cruzaram com Harry pelo caminho, mas poucos prestaram atenção nele, embora o inglês ficasse dando tapas em algumas partes do próprio corpo quase o tempo todo na tentativa de espantar o frio.

Quando Harry voltou para o hotel, um pouco mais cedo do que o planejado, o porteiro lhe entregou uma mensagem. Nela, Pierre Bouchard, o presidente da conferência, informava que esperava tomar café com ele no restaurante do hotel.

— Reservei para você o período das onze da manhã de hoje — disse Bouchard, tendo a essa altura desistido de ingerir uns ovos mexidos que não dava para acreditar que tivessem saído das entranhas de uma galinha. — Iniciarei os trabalhos às dez e meia, quando darei as boas-vindas aos delegados de setenta e dois países. Aliás, um recorde no número de participantes — acrescentou ele com a confiança típica de um gaulês elegante. — Você saberá que cheguei ao fim de meu discurso quando eu disser aos delegados que só existe uma coisa que os russos fazem melhor do que quaisquer outros povos da Terra — antecipou, levando Harry a erguer a sobrancelha. — Balé. E teremos a felicidade de poder assistir a *O Lago do Cisne* no Bolshoi. Depois que eu tiver informado isso aos delegados, eu o convidarei a subir ao palco para fazer o discurso de abertura.

— Estou lisonjeado — agradeceu Harry —, mas acho melhor me conduzir com cautela.

— Não se preocupe — recomendou Bouchard. — Os membros do comitê foram unânimes na escolha que fizeram de você como o principal orador do evento. Todos nós admiramos a campanha que você vem comandando a favor de Anatoly Babakov. A imprensa internacional tem se interessado muito pelo assunto, e você achará interessante o fato de que a KGB me perguntou se seus agentes poderiam conhecer antecipadamente o conteúdo de seu discurso.

As palavras de Bouchard fizeram Harry ficar brevemente apreensivo. Afinal, até então, ele não havia percebido o grande e generalizado interesse com que sua campanha vinha sendo acompanhada no exterior e do quanto um grande número de pessoas esperava dele agora. Preocupado, deu uma olhada no relógio, nutrindo a esperança de que ainda houvesse tempo para dar mais uma revisada em seu discurso. Em seguida, terminou de tomar o café, desculpou-se com Bouchard e foi direto para o quarto. Achou um alívio o fato de que o elevador tinha voltado a funcionar. Ninguém precisava adverti-lo de que talvez ele não tivesse outra oportunidade como essa para promover a causa de Babakov e, certamente, ainda por cima no quintal da Rússia.

Entrou no quarto quase correndo e abriu a gaveta do pequeno criado-mudo em que havia deixado o discurso. Mas viu que não estava mais lá. Depois que vasculhou o recinto à procura dos papéis, deu-se conta de que a KGB havia se apoderado do documento, no qual estivera tão ávida por fincar as garras e cujo conteúdo conheceria agora com antecedência.

Harry voltou a olhar para o relógio. Viu que faltavam quarenta minutos para o início da conferência em que deveria fazer um discurso que ele havia passado o mês inteiro preparando, mas do qual não tinha agora uma cópia sequer.

Quando soaram as badaladas do relógio na Praça Vermelha, Clifton estava tremendo como um jovem estudante apreensivo com uma audiência com o diretor de escola a respeito de uma redação que só existia em sua cabeça. Concluiu que não tinha opção a não ser testar quão boa era sua memória.

Voltou para o térreo descendo vagarosamente a escada, experimentando a sensação de como deviam sentir-se os atores momentos antes da abertura das cortinas no palco, e imergiu num rio de delegatários fluindo na direção do centro de conferências. Quando entrou no auditório, teve vontade de voltar direto para o quarto e trancar-se lá dentro. O salão tomado pelo burburinho dos autores lhe pareceria ainda mais intimidador do que alemães marchando.

Vários delegados estavam à procura de assentos num auditório praticamente lotado. No entanto, seguindo a orientação de Bouchard, Harry conseguiu chegar à parte da frente do auditório, onde se sentou no fim da segunda fileira de assentos. Quando olhou em torno do enorme auditório, acabou pousando o olhar num grupo de homens de aspecto impassível e bastante musculosos, trajando longos casacos pretos, posicionados a espaços regulares entre si em torno do salão, em pé e de costas para as paredes. Outra coisa que tinham em comum era que nenhum deles dava a impressão de ter lido um livro na vida.

Quase no fim do discurso inaugural a essa altura, Bouchard fixou o olhar em Harry e sorriu para ele.

— E agora chegamos ao momento que vocês estavam esperando — anunciou ele. — Um discurso de nosso distinto colega da Inglaterra, autor de nove livros de romance policial com o famoso protagonista e sargento investigador William Warwick, personagem de grande sucesso, como bem sabemos. Só gostaria que meu equivalente francês, inspetor Benoît, tivesse a metade da fama dele. Será que estamos prestes a descobrir por que ele não tem?

Depois que as risadas cessaram, Bouchard concluiu:

— Tenho a honra de convidar Harry Clifton, o presidente do PEN Clube da Inglaterra, a discursar.

Harry seguiu devagar para o palco, surpreso com os flashes de tantos fotógrafos em volta dessa parte do auditório, enquanto, ao mesmo tempo, cada um de seus passos era acompanhado de perto por uma equipe de televisão.

Ele trocou um aperto de mão com Bouchard antes de assumir seu lugar no leitoril. Em seguida, respirou fundo e olhou para o pelotão de fuzilamento, na pessoa dos fotógrafos e da plateia.

— Senhor presidente — disse ele —, permita-me começar agradecendo ao senhor pelas generosas palavras. Contudo, devo avisá-lo de que não falarei hoje a respeito do sargento investigador William Warwick nem do inspetor Benoît, mas sobre um homem que não é personagem de obra de ficção, e sim um ser de carne e osso, tal como todos nós neste auditório. Um homem que não pôde estar aqui conosco hoje, pois se acha encarcerado num distante gulag na Sibéria. O crime que ele cometeu? Escreveu um livro. Obviamente, estou me referindo ao alvo de minha campanha, o mártir... e uso a palavra sabendo bem do que estou falando... Anatoly Babakov.

Até Harry ficou surpreso com a intensa salva de aplausos que estrondeou pelo auditório. Geralmente, conferências literárias contam com a presença de um pequeno número de acadêmicos e intelectuais com ares sisudos, que sempre se dignam a dar somente uma polida e discreta salva de aplausos assim que o orador volta para o assento. Todavia, pelo menos a interrupção lhe concedeu alguns instantes para que organizasse os pensamentos.

— Quantos de nós neste auditório leram livros sobre Hitler, Churchill ou Roosevelt? Três dos quatro líderes que foram determinantes para o desfecho da Segunda Guerra Mundial? No entanto, até recentemente, o único relato de fonte confiável a respeito de Josef Stalin a sair da União Soviética foi uma obra panfletária oficial editada por um comitê formado por autoridades da KGB. Como vocês sabem, o homem que traduziu esse livro para a língua inglesa ficou tão decepcionado com a obra que resolveu escrever sua própria biografia não autorizada, que certamente nos teria dado outra visão do homem que conhecemos como Tio Joe. Mas o problema é que, assim que o livro foi publicado, todos os seus exemplares foram confiscados e destruídos, fecharam sua editora e, após um julgamento de fachada, o autor simplesmente desapareceu da face da Terra. E não estou falando da Alemanha de Hitler, mas da Rússia atual.

"Alguns de vocês... e eu mesmo faço parte desse grupo... talvez estejam curiosos para saber o que Anatoly Babakov escreveu que fez as autoridades agirem de uma forma tão tirânica. Afinal de contas, os soviéticos nunca param de alardear as conquistas gloriosas de seu Estado utópico e vivem afiançando que ele é não apenas um modelo para o restante do mundo, mas um que nós, com o tempo, não teremos escolha senão seguir. Se tal é mesmo o caso, presidente, por que não podemos ler escritos contendo uma opinião contrária a essa visão de mundo e nos decidirmos por nós mesmos acerca de qual deles devemos escolher? Não nos esqueçamos de que *Tio Joe* foi escrito por um homem que apoiou Stalin durante treze anos, na condição de confidente de seus pensamentos mais íntimos, bem como testemunha ocular da forma pela qual ele conduzia os assuntos de sua vida diária. Contudo, quando Babakov resolveu compor sua própria versão desses acontecimentos, ninguém, incluindo o povo soviético, teve permissão de conhecer seus pensamentos. Eu pergunto: por quê?

"Vocês não verão um único exemplar de *Tio Joe* em nenhuma livraria da Inglaterra, Estados Unidos, Austrália, África ou América do Sul e certamente não acharão nenhum na União Soviética. Talvez tenha sido muito mal escrito, seja enfadonho, sem nenhum mérito e até impróprio para o nosso tempo, mas, pelo menos, que deixem que sejamos os juízes de seu conteúdo."

Outra intensa salva de aplausos varreu o auditório. Harry teve que abafar um sorriso quando percebeu que os homens de longos casacos pretos continuavam com as mãos firmemente enfiadas nos bolsos e que seus semblantes não se alteraram quando o intérprete traduziu as palavras do conferencista.

Clifton esperou que os aplausos cessassem antes que iniciasse a parte final de seu discurso.

— Temos, presentes na conferência de hoje, historiadores, biógrafos, cientistas e até alguns romancistas, todos os quais não têm dúvida de que seu recente trabalho será publicado em suas nações, por mais que façam críticas aos governos de seus países, a seus dirigentes e até ao sistema político. Por quê? Porque os senhores vêm de países que sabem lidar com críticas, sátiras e humorismo, zombarias e até ridicularização. No entanto, seus cidadãos conservam o direito de decidir acerca do mérito de um livro. Já na União Soviética, as obras de seus autores são publicadas apenas se o Estado aprovar o que eles têm a dizer. Quantos de vocês nesta sala ficariam mofando na prisão se tivessem nascido na Rússia?

"Aproveito, então, para perguntar aos dirigentes deste grande país: Por que não concedem às pessoas os mesmos privilégios que nós do Ocidente consideramos a coisa mais natural do mundo, algo sagrado, imprescindível? Vocês poderiam começar providenciando a soltura de Anatoly Babakov e permitindo que seu livro fosse publicado. Mas, claro, se vocês não tiverem nada a temer. Não descansarei enquanto não puder comprar um exemplar de *Tio Joe* na Hatchard da Piccadilly, na Doubleday da Quinta Avenida, na Dymocks, em Sydney, e na livraria George, na Park Street, em Bristol. Porém, mais que tudo, gostaria de ver um exemplar numa das prateleiras da Biblioteca Lenin na Rua Vozdvijenka, a alguns metros deste auditório."

Embora os aplausos que vieram em seguida fossem ensurdecedores, Harry se ateve como que agarrado ao leitoril, pois ainda não tinha pronunciado seu parágrafo final. Ele esperou que descesse sobre o auditório um silêncio completo antes que levantasse a cabeça e acrescentasse:

— Senhor presidente, em nome da delegação britânica, lanço mao do privilégio de convidar o sr. Anatoly Babakov para ser o principal orador de nossa conferência internacional em Londres no próximo ano.

Todos no auditório que não estavam usando longos casacos negros se levantaram para aplaudir Harry de pé. Um oficial sênior da KGB, sentado num camarote nos fundos do auditório, virou-se para seu superior e disse:

— Foi palavra a palavra. Ele devia ter uma cópia do discurso de que não sabíamos.

— O senhor Knowles na linha um, presidente.

Emma apertou um botão no telefone.

— Boa tarde, Jim.

— Boa tarde, Emma. Achei melhor telefonar porque Desmond Mellor me disse que teve uma reunião com você, a qual, por sinal, ele achou que transcorreu muito bem.

— Certamente que disse — tornou Emma — e tenho que admitir que fiquei impressionada com o sr. Mellor. Sem dúvida, um empresário competente com muita experiência na área de transportes.

— Concordo — disse Knowles. — Então, posso presumir que você recomendará que ele se junte a nós na diretoria?

— Não, Jim, não pode. O sr. Mellor tem muitas qualidades admiráveis, mas, em minha opinião, tem também um defeito crítico.

— E que defeito seria esse?

— Ele só se interessa por uma pessoa: por ele mesmo. A palavra *lealdade* lhe é abominável. Ao me sentar para ouvir o sr. Mellor, ele me fez lembrar de meu pai. Na diretoria, quero apenas pessoas que me façam lembrar de meu avô.

— Isso me deixa numa situação muito constrangedora.

— E por que é o caso, Jim?

— Porque fui eu quem recomendou Mellor para ocupar a vaga na diretoria e, sendo assim, sua decisão me desprestigia.

— Lamento saber que pensa assim, Jim — disse Emma, fazendo uma pausa. — Logicamente, eu compreenderia se você achasse melhor exonerar-se do cargo.

—◆—

Harry passou o resto do dia trocando apertos de mão com pessoas com as quais nunca tivera contato, várias prometendo ajudar a promover a causa de Babakov em seus respectivos países. Aqueles apertos de mão agradecidos era algo que Giles, como político, exercia com grande habilidade e naturalidade, mas Harry achou a experiência exaustiva. Contudo, ficava agradecido por ter percorrido as ruas de Bristol nas últimas campanhas eleitorais com o cunhado, pois só agora percebia quanto havia aprendido com ele.

Quando Harry entrou no ônibus para acompanhar os delegados da conferência numa visita ao Teatro Bolshoi, estava tão cansado que chegou a recear a possibilidade de acabar dormindo durante a apresentação. Porém, desde o momento em que as cortinas se abriram, viu-se capturado, assistindo com imenso fascínio aos movimentos artísticos dos bailarinos, sua habilidade, sua graciosidade e seu vigor, que impossibilitaram que ele desgrudasse os olhos do palco. Quando finalmente baixaram as cortinas, ele não tinha mais dúvida de que essa era mesmo uma das áreas em que os soviéticos caminhavam na vanguarda do mundo.

Assim que Harry voltou para o hotel, a recepcionista lhe entregou uma mensagem confirmando que um carro da embaixada o pegaria às dez para as oito da manhã seguinte para que pudesse tomar café com o embaixador. Isso lhe daria tempo mais que suficiente para que pegasse, ao meio-dia, o avião de volta para Londres.

No saguão do hotel, dois homens sentados a um canto observavam cada um de seus movimentos. Harry sabia que eles deviam ter lido a mensagem do embaixador muito antes. Ele pegou a chave, abriu um largo sorriso para os espiões e lhes deu boa noite, pegando em seguida o elevador para o sétimo andar.

Assim que tirou a roupa, Harry desabou na cama e logo caiu num sono profundo.

9

— Não acho que tenha sido uma boa decisão, mamãe.

— Por que não? — questionou Emma. — Jim Knowles nunca apoiou a presidência e, sinceramente, ficarei contente por me livrar dele.

— Lembre-se do que Lyndon Johnson disse a respeito de J. Edgar Hoover? Prefiro tê-lo dentro da barraca mijando para fora a que fique lá fora mijando na barraca.

— Às vezes é de perguntar por que seu pai e eu gastamos tanto dinheiro com a sua educação. Mas que mal você acha que Knowles poderia nos fazer?

— Ele tem informações que poderiam arruinar a empresa.

— Ele não ousaria divulgar o incidente da Marinha Real. Se fizesse isso, nunca mais conseguiria emprego no centro financeiro.

— Ele não precisa fazer isso. Tudo de que precisa é um almoço discreto com Alex Fisher em seu clube que, meia hora depois, Lady Virginia saberá todos os detalhes do que realmente aconteceu. E a senhora pode ter certeza de que ela guardará as partes mais sensacionalistas para o banco da testemunha. Lamento dizer, mamãe, que a senhora terá que engolir o orgulho e voltar atrás se não quiser ficar pensando todo dia quando finalmente a bomba vai estourar.

— Mas Knowles deixou claro que, se Mellor não se tornar diretor, ele se demitirá da diretoria.

— Então, teremos que oferecer a Mellor um cargo na diretoria.

— Só por cima do meu cadáver.

— A escolha é sua, mamãe.

Toc, toc, toc. Harry abriu os olhos, pestanejando. Toc, toc, toc. Havia mesmo alguém batendo na porta ou seria uma pessoa fazendo barulho lá fora? Toc, toc, toc. Era a porta, com certeza. Teve vontade de fingir que não havia escutado, mas a persistência parecia indicar que a pessoa não desistiria. Toc, toc, toc. Relutantemente ele pôs finalmente os pés no frio piso forrado de linóleo, vestiu o roupão e se arrastou até a porta.

Se Harry ficou surpreso quando abriu a porta, aparentemente tentou não demonstrar.

— Oi, Harry — disse uma mulher com voz sensual.

Com um misto de espanto e incredulidade, Clifton fitou a mulher pela qual ele se apaixonara vinte anos antes. Uma cópia fiel de Emma, quando em seus vinte e poucos anos de idade estava em pé diante dele, cobrindo o corpo apenas com um casaco de pele e, presumiu ele, mais nada por baixo. A bela mulher tinha um cigarro numa das mãos e, na outra, uma garrafa de champanhe. "Russos espertos", pensou Harry.

— Meu nome é Alina — apresentou-se ela com voz langorosa. — Eu estava ansiosa para conhecê-lo.

— Acho que você veio parar no quarto errado — observou Harry.

— Não. Acho que não — refutou Alina, tentando insinuar-se jeitosamente para dentro do quarto, mas Harry se manteve plantado na porta, obstruindo a passagem. — Sou sua recompensa, Harry, por ter feito um discurso tão brilhante. Prometi ao presidente que lhe daria uma noite da qual você jamais se esqueceria.

— Você já conseguiu fazer isso — redarguiu Harry, perguntando a si mesmo para qual presidente Alina trabalhava.

— Mas será possível que não existe nada que eu possa fazer por você, Harry?

— Nada que me ocorra no momento, mas, por favor, agradeça a seus patrões e diga a eles que simplesmente não estou interessado — recomendou, deixando Alina aparentemente decepcionada.

— Rapazes, talvez?

— Não, obrigado.

— Dinheiro? — sugeriu ela.

— Muito gentil, mas já tenho o suficiente.

— Então quer dizer que não há nada mesmo com que eu possa seduzi-lo?

— Bem — respondeu Harry —, já que você mencionou. Existe uma coisa que eu sempre quis ter na vida e, se seus patrões forem capazes de dá-la a alguém, eu sou a pessoa certa para isso.

— E o que seria essa coisa, Harry? — indagou a mulher, parecendo esperançosa pela primeira vez.

— O Prêmio Nobel de literatura.

Alina pareceu confusa. Por fim, Harry não resistiu, inclinou-se para a frente e a beijou em ambos os lados do rosto, como se ela fosse uma de suas tias favoritas. Em seguida, fechou a porta devagar e se enfiou de novo na cama.

— Maldita mulher! — disse ele, incapaz de voltar a dormir.

—

— Um tal de sr. Vaughan está na linha, sr. Clifton — informou a jovem telefonista do banco. — Diz que precisa falar com o sr. Sloane com urgência, mas ele está numa conferência em Nova York e só voltará na sexta-feira.

— Passe a ligação para a secretária dele e peça que ela o atenda.

— Sarah não está atendendo ao telefone, sr. Clifton. Acho que ainda não voltou do almoço.

— Tudo bem. Passe a ligação para mim então — concordou Sebastian com relutância. — Bom dia, sr. Vaughan. Como posso ajudá-lo?

— Sou o sócio majoritário da imobiliária Savills — apresentou-se Vaughan — e preciso falar com o sr. Sloane com urgência.

— O senhor não poderia esperar até sexta-feira?

Não. Tenho duas propostas de compra da Shifnal Farm, em Shropshire, e, como o prazo de ofertas de compra termina na sexta-feira, preciso saber se o sr. Sloane ainda está interessado.

— Se o senhor me passasse informações sobre a transação, sr. Vaughan — sugeriu Sebastian, pegando uma caneta —, eu poderia ver isso para o senhor imediatamente.

— Queira informar ao sr. Sloane que o sr. Collingwood está disposto a aceitar a oferta dele de 1,6 milhão de libras, o que significa que precisarei fazer um depósito de garantia de 160 mil libras até as cinco da tarde de sexta-feira se ele ainda quiser assegurar a negociação.

— Um milhão e seiscentas mil libras — repetiu Sebastian, sem saber se tinha ouvido o valor corretamente.

— Isso. Logicamente, esse valor inclui os mil acres e a casa em si.

— Entendido — disse Sebastian. — Vou informar isso ao sr. Sloane assim que ele telefonar — prometeu, desligando o telefone em seguida.

Como a quantia envolvida era muito maior do que a de qualquer outra negociação de que o jovem Clifton participara, até mesmo comparada com as de imóveis londrinos, ele resolveu verificar o assunto com a secretária de Sloane. Quando atravessou o corredor e chegou à sala dela, viu Sarah pendurando o casaco.

— Boa tarde, sr. Clifton. Em que posso ajudá-lo?

— Preciso dar uma olhada na pasta de Collingwood, Sarah, para deixar o sr. Sloane a par de uma negociação quando ele telefonar.

— Nunca ouvi falar nesse cliente — comentou Sarah, intrigada —, mas vou verificar.

Ela abriu a gaveta de um fichário com pastas de A a H e correu rapidamente os dedos pelas ordenadas na letra C.

— Parece que não é um dos clientes do sr. Sloane — concluiu ela.

— Deve ter havido algum engano.

— Tente procurar uma pasta com o nome de Shifnal Farm — sugeriu Sebastian.

Sarah concentrou sua busca nas pastas classificadas entre S e Z, mas voltou a abanar negativamente a cabeça pouco depois.

— O erro deve ter sido meu — disse Sebastian. — Talvez fosse melhor você não comentar isso com o sr. Sloane — recomendou enquanto ela fechava a gaveta do fichário. Sebastian voltou devagar para o escritório, fechou a porta e ficou pensando na conversa com o sr. Vaughan durante algum tempo antes que resolvesse pegar o telefone e ligar para o auxílio à lista.

Quando atenderam a ligação, Sebastian pediu informações sobre um tal de sr. Collingwood, da Shifnal Farm, em Shropshire. A telefonista levou algum tempo para voltar a falar.

— Temos um cliente aqui chamado sr. D. Collingwood, da Shifnal Farm. É esse?

— Deve ser ele. Você poderia me informar o telefone dele?

— Infelizmente, não, senhor. Ele solicitou que seu número não fosse publicado na lista.

— Mas isso é uma emergência.

— Pode ser, senhor, mas, em hipótese alguma, tenho autorização para informar números de telefone de pessoas não listadas — explicou a telefonista, desligando em seguida.

Sebastian hesitou durante alguns instantes antes de tirar o fone do gancho de novo e ligar para um número interno.

— Gabinete do presidente — respondeu uma pessoa de voz conhecida.

— Rachel, preciso conversar quinze minutos com o patrão.

— Pode ser às 5h45, mas não mais do que quinze minutos, pois ele terá uma reunião com o vice-presidente às seis da noite, e o sr. Buchanan nunca se atrasa.

—

O Rolls-Royce da embaixada, com bandeiras do Reino Unido adejantes em ambos os lados do veículo, já estava à espera na frente do Majestic Hotel muito antes de Harry aparecer no saguão faltando dez minutos para as oito. Os mesmos dois homens postados no local para vigiá-lo continuavam sentados no canto de sempre, fingindo que não haviam notado sua presença. Será que eles não dormem?, perguntou-se Harry.

Após o check-out, Harry não pôde resistir à ideia de se despedir dos vigilantes com uma ligeira reverência antes de deixar o hotel, que de majestoso não tinha nada, exceto o nome. Um motorista abriu a porta traseira do Rolls-Royce para que Harry entrasse. Quando se recostou no banco do carro, o autor ficou pensando na outra razão de sua visita a Moscou.

O carro seguiu tranquilamente pelas ruas molhadas de chuva da capital, passando pela Catedral de São Basílio, um edifício de rara beleza, aninhado na extremidade sul da Praça Vermelha. O veículo cruzou a ponte sobre o rio Moscova, dobrou à esquerda e, alguns instantes depois, os portões da embaixada britânica, dividindo a insígnia real em duas partes quando separados, se abriram para que ele passasse. O motorista avançou com o carro por alguns metros pelo complexo da embaixada adentro, parando por fim na porta principal do prédio e deixando Harry impressionado. Viu, imponente, um verdadeiro palácio, digno de um czar, levando seus visitantes a se lembrarem do império britânico do passado, em vez da posição de menor poder e prestígio a que fora rebaixado no pós-guerra.

A outra surpresa veio quando ele viu o embaixador em pé na escada da embaixada esperando para saudá-lo.

— Bom dia, sr. Clifton — disse Sir Humphrey Trevelyan enquanto Harry saía do carro.

— Bom dia, Excelência — tornou Harry quando os dois se cumprimentaram com um aperto de mão. Muito apropriado, já que estavam prestes a fechar um acordo.

O embaixador o conduziu para um enorme salão circular, cujo interior ostentava uma estátua da rainha Vitória em tamanho natural, bem como um retrato de corpo inteiro de sua tataraneta.

— O senhor não deve ter lido a edição do *The Times* de hoje — avisou Trevelyan —, mas eu posso lhe dizer que parece que seu discurso na conferência do PEN Clube surtiu o efeito desejado.

— Vamos torcer para que tenha mesmo — disse Harry. — Mas só ficarei convencido disso quando Babakov for solto.

— Talvez isso leve mais algum tempo — advertiu o embaixador.

— Afinal, os soviéticos não costumam agir precipitadamente, principalmente quando a ideia não foi deles. Portanto, talvez seja melhor o senhor se preparar para uma situação de longo prazo. Mas não desanime, pois posso afiançar que o Politburo ficou surpreso com o apoio que o senhor recebeu da comunidade internacional. Contudo, o outro lado da moeda é que, agora, o senhor é considerado... *persona non grata.*

O embaixador conduziu o convidado por um longo corredor com piso de mármore, ostentando paredes cheias de retratos de monarcas britânicos que não haviam tido o mesmo destino fatídico de seus congêneres russos. De repente, uma porta dupla que se estendia do chão ao teto foi aberta por dois serviçais, embora o embaixador ainda estivesse a vários passos dela. Ele seguiu direto para o gabinete, onde se sentou numa grande mesa bem arrumada e fez sinal com a mão para que Harry se sentasse de frente para ele.

— Dei ordens para que não nos incomodassem — disse Trevelyan enquanto escolhia uma chave num chaveiro com a qual abriu uma gaveta logo depois.

Extraiu dela uma pasta, donde tirou uma folha de papel, que entregou a Harry em seguida.

— Pode ler com calma, sr. Clifton. Aqui, o senhor não está sob o controle das mesmas restrições a que Sir Alan lhe impôs.

Harry começou a examinar uma lista de nomes, endereços e números de telefone relacionados aleatoriamente no papel e que pareciam constar ali sem nenhum critério de ordenação ou lógica. Depois que examinou a lista pela segunda vez, ele disse:

— Acho que a memorizei, senhor.

O semblante de ceticismo do embaixador parecia indicar que ele não se convencera disso.

— Bem, vamos confirmar, certo? — propôs ele, recolhendo a lista e substituindo-a por folhas de papel de carta da embaixada e uma caneta-tinteiro.

Harry respirou fundo e começou a transcrever da memória para o papel os doze nomes, nove endereços e vinte e um números de telefone. Assim que concluiu a tarefa, entregou o fruto de seu esforço ao embaixador para que corrigisse a lista e lhe desse nota. Sem nenhuma pressa, Sir Humphrey a comparou com a lista original.

— O senhor escreveu Pengelly com um l apenas.

Harry franziu o semblante.

O senhor poderia fazer a gentileza de repetir o teste, sr. Clifton? — solicitou o embaixador, recostando-se na cadeira.

Em seguida, acendeu um fósforo e queimou o primeiro teste de Harry, que concluiu a segunda tentativa com muito mais rapidez.

— Bravo! — exultou o embaixador depois que a reconferiu. — Bem que eu gostaria que o senhor fizesse parte de meu quadro de funcionários. Agora, já que podemos presumir que os soviéticos devem ter lido a mensagem que deixei em seu hotel, talvez seja melhor não os decepcionar.

Ele apertou um botão embaixo da mesa e, momentos depois, as portas voltaram a se abrir e dois empregados, trajando paletós de linho branco e calças pretas, entraram no gabinete empurrando um carrinho de serviço.

Durante um desjejum com café quente, torradas de pão integral, geleia de laranja de Oxford e ovos produzidos por uma galinha de verdade, os dois conversaram sobre vários assuntos, desde as chances da seleção de críquete da Inglaterra na longa partida contra os sul--africanos — Harry achava que a Inglaterra venceria; já o embaixador não estava muito confiante — à extinção da pena de morte — Harry era a favor, mas o embaixador era contra; à entrada da Grã-Bretanha no Mercado Comum — a única coisa com a qual pareciam estar de pleno acordo. Em nenhum momento, tocaram no assunto da verdadeira razão pela qual estavam tomando café juntos.

Quando os serviçais se retiraram com o carrinho e os dois voltaram a ficar sozinhos no gabinete, Trevelyan solicitou:

— Peço que me desculpe pela insistência, velho amigo, mas poderia fazer a gentileza de realizar o teste mais uma vez?

Harry voltou para a mesa do embaixador e reproduziu a lista no papel pela terceira vez.

— Impressionante. Agora entendo por que Sir Alan o escolheu — comentou Trevelyan, saindo do gabinete com o convidado em seguida. — Meu motorista o levará para o aeroporto e, embora talvez o senhor ache que tem tempo mais que suficiente, tenho o pressentimento de que as autoridades alfandegárias presumirão que lhe pedi que levasse algo para a Inglaterra e, por isso, o submeterão a uma revista demorada. Terão razão, é claro, mas, infelizmente para eles, não é algo em que poderão pôr as mãos. Portanto, só me resta agora agradecer-lhe, sr. Clifton, e sugerir que não registre a lista por escrito de forma alguma, pelo menos até que as rodas do avião estejam fora de contato com a pista. Digo, até, que seria mais aconselhável que o senhor esperasse que o avião não estivesse mais no espaço aéreo soviético. É bem capaz que haja alguém a bordo vigiando cada movimento seu.

Sir Humphrey acompanhou o convidado até a porta de entrada, onde se cumprimentaram com um aperto de mãos pela segunda vez, antes que Harry se sentasse no banco traseiro do Rolls-Royce. O embaixador ficou no último degrau da escada, até que visse o carro sumir de vista.

O motorista deixou Harry no aeroporto de Sheremetyevo duas horas antes de seu avião partir. Harry acabou constatando que o embaixador tinha mesmo razão, pois ele ficou uma hora na alfândega, onde as autoridades inspecionaram e reinspecionaram tudo que ele tinha dentro da mala, até que resolvessem, no fim de tudo, descosturar o forro de seu paletó e de seu sobretudo para ver se havia algo escondido ali dentro.

Quando chegaram à conclusão de que talvez não houvesse nada mesmo de suspeito que pudessem achar, levaram-no para uma pequena sala, onde pediram que se despisse. Assim que viram, mais uma vez, que seus esforços haviam sido em vão, um médico se apresentou no local e fez uma revista em lugares que Harry não tinha sequer pensado que poderiam ter sido alvos de inspeção, procedimentos que, com certeza, ele não relataria de forma explícita em seu próximo livro.

Uma hora depois, um dos agentes alfandegários relutantemente fez uma cruz em sua mala com um pedaço de giz, objetivando indicar que estava liberada, mas, no fim das contas, ela nunca chegou a Londres. Harry achou melhor não protestar, se bem que os guardas da alfândega também não houvessem devolvido seu sobretudo, um presente de Natal dado por Emma. Teria de passar na Ede & Ravenscroft e comprar um sobretudo idêntico antes de voltar a Bristol, já que não queria que sua esposa descobrisse o verdadeiro motivo de Sir Alan ter solicitado que ele comparecesse a seu gabinete para uma conversa.

Quando Harry finalmente embarcou no avião, ficou muito contente ao saber que tinha recebido o privilégio de viajar na primeira classe dessa vez, tal como havia acontecido na última ocasião em que prestara um serviço ao chefe de gabinete de ministros. Igualmente agradável foi saber que tinham providenciado para que ninguém ocupasse o assento ao lado do seu. Sir Alan nunca deixava nada nas mãos do destino.

Só depois que o avião tinha completado mais de uma hora de voo, ele pediu à aeromoça algumas folhas de papel de carta da BOAC para transcrever o que havia memorizado na embaixada. Todavia, quando vieram as folhas, ele mudou de ideia, já que dois homens, sentados na fileira de assentos do outro lado do avião, haviam olhado de relance para ele vezes demais.

Assim, ajustou o assento, fechou os olhos e ficou repassando a lista mentalmente várias vezes seguidas para não se esquecer dela. Quando o avião aterrissou no Aeroporto de Heathrow, ele estava mental e fisicamente esgotado. Deu graças a Deus pelo fato de que seu papel de espião não era uma ocupação em tempo integral.

Harry foi o primeiro a deixar a aeronave e não ficou surpreso quando viu Sir Alan esperando por ele na pista, ao pé da escada de desembarque. Logo depois, entrou com o chefe de gabinete num carro, no qual saíram rapidamente do aeroporto sem que fossem incomodados pelo chefe da alfândega.

A não ser um simples "bom dia, Clifton", o chefe de gabinete de ministros não disse nem uma palavra antes que repassasse a Harry os inevitáveis bloco de anotações e a caneta.

Clifton transcreveu na folha os doze nomes, os nove endereços e os vinte e um números de telefone que haviam ficado armazenados em sua mente por várias horas. Ele reconferiu a lista antes que a entregasse a Sir Alan.

— Sou-lhe extremamente grato, Clifton — agradeceu Sir Alan. — E acho que ficará contente em saber que acrescentei alguns parágrafos ao discurso que o ministro das Relações Exteriores fará na sede das Nações Unidas na próxima semana, discurso que espero que sirva para ajudar a causa do sr. Babakov. A propósito, chegou a ver os dois guarda-costas sentados na fileira de assentos do seu lado na primeira classe? Mandei que viajassem ali para protegê-lo, por via das dúvidas.

—◆—

— Que eu saiba, não temos nenhum negócio de 1,6 milhão de libras prestes a ser fechado — disse Cedric —, e é pouco provável que seja algo de que eu tenha me esquecido. Sou obrigado a me perguntar o que será que Sloane anda aprontando.

— Eu mesmo não faço ideia — disse Sebastian —, mas estou certo de que deve haver alguma explicação justa para isso.

— E ele só estará de volta na sexta-feira?

— Isso mesmo. Está no momento numa conferência em Nova York.

— Então, teremos alguns dias para investigar o assunto. Talvez você tenha razão. Deve haver mesmo uma explicação para isso. Mas 1,6 milhão de libras? — repetiu ele. — E o sr. Collingwood aceitou a proposta?

— Foi o que disse o sr. Vaughan, da Savills.

— Ralph Vaughan é um homem rigoroso e não cometeria esse tipo de erro — observou Cedric, que permaneceu em silêncio por alguns instantes antes que acrescentasse: — Acho melhor você ir a Shifnal amanhã cedo para fazer uma investigação. Comece pelo bar local. Donos de bar sempre sabem de tudo que acontece no povoado e, com certeza, uma transação de 1,6 milhão de libras deve ter dado muito o que falar. Depois que houver tido uma conversa com ele, tente obter informações dos corretores de imóveis locais, mas procure não chegar nem perto do sr. Collingwood, pois, se você fizer isso, certamente Sloane ficará sabendo e achará que você está tentando prejudicá-lo. Acho melhor mantermos o assunto apenas entre nós para o caso de descobrirmos que não se trata de nada escuso. Quando voltar para Londres, vá direto para a Cadogan Place, onde poderá me pôr a par de tudo durante o jantar.

Em vista da situação, Sebastian achou melhor não dizer a Cedric que ele havia reservado uma mesa no Mirabelle, onde pretendia jantar com Samantha no dia seguinte. De repente, o relógio em cima da cornija da lareira informou que eram seis, levando-o a concluir que o vice-presidente, Ross Buchanan, devia estar esperando lá fora. Levantou-se.

— Bom trabalho, Seb — elogiou-o Cedric. — Vamos torcer para que haja uma boa justificativa para isso. Mas, de qualquer forma, obrigado por ter me informado a respeito do caso.

Sebastian agradeceu o elogio meneando positivamente a cabeça. Quando alcançou a porta e virou-se para dar boa noite, viu Cedric ingerindo um comprimido. Ele fingiu que não viu, saiu e fechou a porta devagarinho.

10

Sebastian acordara, vestira-se e saíra de casa bem antes que Samantha despertasse na manhã seguinte.

Cedric nunca viajava na primeira classe, mas sempre permitia que os membros dos escalões mais altos da empresa o fizessem quando partiam em longas viagens. Embora Sebastian tivesse comprado a edição do *Financial Times* em Euston, não chegou nem a ler direito as manchetes durante a viagem de três horas para Shropshire. Estava com a mente absorta na ideia da melhor forma de aproveitar o tempo quando chegasse a Shifnal.

O trem chegou à estação de Shrewsbury pouco depois da onze e meia. Sebastian não hesitou em pegar um táxi para Shifnal, preferindo não ter que esperar o trem de baldeação, pois, nessa ocasião, tempo seria dinheiro. Esperou que tivessem se afastado um pouco do condado para que fizesse sua primeira pergunta ao motorista.

— Qual é o melhor bar de Shifnal?

— Depende do que o senhor esteja procurando: boa comida ou a melhor cerveja do condado.

— Sempre achei que a melhor forma de se julgar um bar é conhecendo seu dono.

— Então, o senhor tem que ir ao Shifnal Arms, cujos donos são Fred e Sheila Ramsey. Eles não administram só o bar, mas o povoado inteiro. Ele é presidente do clube de críquete local e, no passado, iniciava a primeira série de arremessos em partidas de críquete. Chegou até a jogar no time do condado algumas vezes. E sua esposa faz parte da administração municipal. Mas vou logo avisando: a comida é horrível.

— Então, é o Shifnal Arms — disse Sebastian.

Em seguida, recostou-se no assento e começou a pensar numa estratégia, ciente de que não podia deixar que Sloane soubesse por que ele não estava no escritório.

O táxi parou na frente do Shifnal Arms alguns minutos após o meio-dia. Sebastian teria dado ao motorista uma gorjeta maior, mas não queria chamar atenção.

Ele entrou no bar tentando parecer espontâneo, o que não é fácil quando você é o primeiro freguês do dia, e olhou com atenção para o homem em pé atrás do balcão. Notou que, embora talvez ele tivesse mais de 40 anos e suas bochechas e seu nariz revelassem ser um apreciador do produto que vendia, com sua pança dando a impressão de que ele preferia tortas de carne de porco a comida leve e requintada, não foi difícil acreditar que esse gigante de homem iniciava outrora a série de arremessos nas partidas do time de críquete de Shifnal.

— Boa tarde! — disse o dono do bar. — Como posso ajudá-lo?

— Meia caneca de sua cerveja local estaria excelente — respondeu Sebastian, que não costumava beber durante o expediente, mas nesse dia fazia parte do expediente.

O taberneiro extraiu meia caneca do barril de Wrekin e a pôs em cima do balcão.

— Um xelim e seis *pence* — disse ele. Era a metade do preço que Sebastian teria pagado em Londres. Ele tomou um gole.

— Nada mau — concluiu Sebastian antes de sua primeira virada significativa de caneca. — Não é uma das que temos no sudoeste, mas nada mau mesmo.

— Então você não é das regiões próximas? — questionou o taberneiro.

— Não. Sou nascido e criado em Gloucestershire — respondeu Sebastian, tomando outro gole em seguida.

— Mas o que o trouxe a Shifnal?

— Minha empresa está abrindo uma filial em Shrewsbury e minha esposa não concorda com a ideia de se mudar, a menos que eu ache uma casa no campo.

— Por acaso você joga críquete?

— Eu inicio a série de rebatidas pelo Somerset Stragglers. Mais uma razão por que não estou entusiasmado com a ideia de me mudar.

111

— Temos uma equipe de onze jogadores de respeito, mas estamos sempre à procura de novos talentos.

— Aquele é você segurando a taça? — indagou Sebastian, apontando para uma fotografia.

— Sim, em 1951, quando eu era cerca de quinze anos mais jovem e tinha uns sete quilos a menos. Ganhamos o campeonato do condado naquele ano, pela primeira e, infelizmente, última vez, apesar de termos chegado à semifinal no ano passado.

Sebastian achou que era a hora de tomar mais um grande gole.

— Se eu estivesse pensando em comprar uma casa na área, com quem você me recomendaria negociar?

— Temos apenas uma imobiliária realmente boa na cidade. De Charlie Watkins, meu guarda-meta. O estabelecimento dele fica na High Street. Não há como errar.

— Então, vou lá ter uma conversa com o sr. Watkins e depois voltarei para comer alguma coisa.

— O prato do dia é torta de carne com rins — informou o dono do bar.

— A gente se vê mais tarde — disse Sebastian depois que tomou o restante da cerveja.

Não foi difícil achar a High Street, nem localizar a Watkins Estate Agency, com seu neon de cores berrantes oscilando ao sabor da brisa. Sebastian permaneceu algum tempo analisando os anúncios de imóveis à venda na janela. Os preços pareciam variar entre 700 libras e 12 mil libras. Então como era possível que alguma propriedade na região pudesse valer 1,6 milhão de libras?

Abriu a porta aos sons tilintantes de sininhos presos em sua parte interna e, assim que pôs os pés no interior do estabelecimento, um rapaz sentado na mesa da recepção levantou a cabeça.

— O sr. Watkins está? — perguntou Sebastian.

— No momento, está com um cliente — respondeu o jovem —, mas não deve demorar — ia dizendo ele quando a porta que havia atrás de si se abriu e dois homens saíram de uma sala.

— Farei a documentação estar pronta até segunda-feira, no máximo. Portanto, se você passasse logo o depósito de garantia ao seu advogado, isso ajudaria a acelerar o processo — disse o homem mais velho dos dois enquanto abria a porta para o cliente.

— Esse cavalheiro está esperando para falar com o senhor — informou-lhe o rapaz sentado à mesa.

— Bom dia — disse Watkins, estendendo a mão com certa brusquidão. — Venha comigo ao meu escritório — acrescentou, abrindo a porta da outra sala e fazendo com que seu possível cliente entrasse.

Sebastian se viu numa sala pequena com uma mesa que parecia de sócio do negócio e três cadeiras. Nas paredes havia fotografias de sucessos de venda, todas elas exibindo um adesivo vermelho informando VENDIDA. Passando os olhos pelo ambiente, Sebastian se deparou com uma grande propriedade constituída de vários acres. Ele precisava tomar partido para que Watkins percebesse logo qual o tipo de negócio em que estaria interessado. Tal como esperado, o corretor abriu um largo sorriso.

— Esse é o tipo de imóvel que o senhor está procurando?

— Estou querendo uma grande casa de campo com vários acres de terras agrícolas — respondeu Sebastian enquanto se sentava de frente para Watkins.

— Lamento dizer que esse tipo de imóvel não costuma ser posto à venda com muita frequência. Mas tenho algumas propriedades que talvez interesse — explicou o corretor, que se encostou à cadeira e, abrindo a gaveta do único fichário do escritório, tirou três pastas de lá.

— Porém, vou logo avisando, senhor, que o preço de terras agrícolas deu um salto depois que o governo decidiu conceder incentivo fiscal a todos que investissem em propriedades agrícolas — acrescentou, mas Sebastian não fez nenhum comentário, preferindo apenas observá-lo enquanto ele abria a primeira pasta.

— A Asgarth Farm fica na fronteira com o País de Gales e tem 700 acres, a maior parte deles cultiváveis, além de uma magnífica mansão ao estilo vitoriano... mas precisa de alguns reparos — acrescentou ele com relutância.

— E o preço?

— Trezentas e vinte mil libras — respondeu Watkins, passando uma brochura para o cliente, acrescentando rapidamente em seguida — ou uma proposta girando em torno desse valor.

— Estou querendo algo com pelo menos cerca de mil acres — disse Sebastian, meneando a cabeça.

Os olhos de Watkins brilharam, como se ele tivesse faturado o maior prêmio da loteria.

— Temos uma propriedade extraordinária, posta à venda recentemente, mas estou no agenciamento apenas como corretor secundário e, infelizmente, as propostas de compra têm que ser apresentadas até as cinco da tarde desta sexta-feira.

— Se for a propriedade que procuro, não haverá problema.

Quando ouviu isso, Watkins abriu uma gaveta na mesa e, pela primeira vez, ofereceu a um cliente a Shifnal Farm.

— Essa parece mais interessante — observou Sebastian enquanto folheava as páginas do prospecto. — Quanto eles estão pedindo?

O corretor hesitou, como se não quisesse revelar o preço do imóvel. Mas Sebastian esperou com paciência.

— Fui informado de que apresentaram uma proposta à Savills de 1,6 milhão de libras — disse Watkins. Foi a vez de o corretor esperar com paciência, imaginando que o cliente rejeitaria o negócio de cara.

— Talvez seja melhor eu estudar os detalhes do negócio durante o almoço e depois voltar aqui à tarde para discutir o assunto com o senhor, não acha?

— Enquanto isso, eu deveria providenciar para que o senhor pudesse dar uma olhada na propriedade?

Como era a última coisa que queria fazer, Sebastian respondeu rapidamente.

— Tomarei essa decisão assim que eu tiver uma chance de analisar bem as características e as condições do negócio.

— Mas nosso tempo é curto, senhor.

É verdade, concordou Sebastian em pensamento.

— Eu lhe informarei minha decisão quando voltar à tarde — respondeu o jovem Clifton com um pouco mais de firmeza.

— Sim, claro, senhor — concordou Watkins, levantando-se de um pulo para acompanhar o cliente até a porta, e, depois que o cumprimentou com um aperto de mão, disse: — Aguardarei ansiosamente seu retorno.

Assim que pôs os pés na High Street, Sebastian tratou de voltar logo para o bar. O sr. Ramsey estava atrás do balcão secando e polindo um copo quando Sebastian se sentou no banquinho em frente.

— Teve sorte?

— Talvez — disse Sebastian, pondo o lustroso prospecto em cima do balcão, de modo que o dono do bar não deixasse de vê-lo. — Outra meia caneca, por favor. E não vai me acompanhar?

— Não, obrigado, senhor. O senhor vai almoçar?

— Vou querer a torta de carne com rins — respondeu Sebastian, olhando para o menu grafado com giz num pequeno quadro-negro atrás do bar.

Ramsey não tirou os olhos do prospecto, mesmo enquanto extraía a cerveja do barril para o freguês.

— Posso dizer umas coisas sobre essa propriedade — comentou, enquanto sua esposa aparecia, saída da cozinha.

— O preço me parece um tanto exagerado — disse Sebastian, tomando seu terceiro grande gole.

— Eu diria que sim — concordou Ramsey. — Apenas alguns anos atrás, ela foi posta à venda por 300 mil libras e, mesmo assim, o sr. Collingwood não conseguiu se livrar dela.

— Os novos incentivos fiscais poderiam ser a razão disso — aventou Sebastian.

— Isso não explica o preço de que tenho ouvido falar.

— Talvez os donos tenham recebido permissão para executar um projeto de construção nessas terras. Um condomínio residencial ou até um daqueles parques industriais de que o governo tanto gosta.

— Certamente que não — refutou a sra. Ramsey, que vinha chegando. — Talvez a administração municipal não tenha poder, mas os figurões do County Hall em Londres têm que nos avisar antes se quiserem construir algo por aqui, ainda que seja uma simples caixa postal ou até um estacionamento com vários andares. É um direito nosso, desde a aprovação da Carta Magna, apresentar objeções a coisas desse tipo e, com isso, sustar o processo por noventa dias. Não que eles deem a devida importância ao caso depois disso e resolvam fazer alguma coisa.

— Então, só pode haver petróleo, ouro ou o tesouro perdido dos faraós enterrado nessas terras — comentou Sebastian, de brincadeira.

— Cheguei a ouvir ideias ainda mais absurdas do que essa — disse Ramsey. — Tal como moedas romanas que valem milhões, um verdadeiro tesouro enterrado lá. Mas a de que mais gosto é aquela segundo a qual Collingwood foi um dos assaltantes ao trem-pagador e que foi na Shifnal Farm que eles enterraram o dinheiro roubado.

— E não se esqueça — lembrou a sra. Ramsey ao marido, voltando com a torta de carne e rins — de que o sr. Swann afirmou que sabe muito bem por que o preço subiu tanto, mas que não dirá nada a ninguém, a não ser que façam uma boa doação à campanha de arrecadação de fundos para o teatro do liceu.

— Senhor Swann? — indagou Sebastian enquanto pegava o garfo e a faca.

— Era o diretor do liceu local. Aposentou-se alguns anos atrás e agora dedica seu tempo a arrecadar fundos para o teatro. Está obcecado com essa ideia, se quer saber.

— O senhor acha que conseguiremos vencer os sul-africanos? — perguntou Sebastian, já que havia obtido as informações de que precisava e achou que era melhor mudar de assunto logo.

— M. J. K. Smith vai ter muito trabalho com esses caras — previu o taberneiro —, mas, se quer saber...

Depois de mais uma bebericada na cerveja, Sebastian escolheu com cuidado quais partes da torta de carne com rins achava que podia ingerir com segurança. Achou melhor ater-se às partes mais ou menos tostadas da comida, procurando, ao mesmo tempo, ouvir com atenção os pontos de vista do proprietário a respeito dos mais diferentes assuntos, desde o fato de terem premiado os Beatles com a Ordem do Império Britânico (na época de Harold Wilson, após sua campanha para tentar conquistar votos da juventude) à possibilidade de os americanos fazerem com que um de seus cidadãos aterrissasse na Lua (pra quê?).

Logo que um grupo de fregueses barulhentos entrou no bar e Ramsey se distraiu com eles, Sebastian deixou meia coroa no balcão e saiu de mansinho. Assim que alcançou a rua, perguntou a uma mulher que passava pelo local segurando a mão de uma criança onde ficava o liceu.

— A uns oitocentos metros adiante — respondeu ela. — O senhor não tem como errar.

Estava mais para dois quilômetros, pensou Sebastian, depois de uma boa caminhada, mas não teve mesmo como errar: lá estava o imponente edifício de tijolos ingleses ao estilo vitoriano que John Betjeman teria apreciado muito.

Sebastian não precisou nem mesmo atravessar os portões do liceu para localizar o que estava procurando. Pelo lado de fora, viu uma faixa anunciando uma campanha para arrecadar 10 mil libras para a construção de um novo teatro na escola. Ao lado dela havia o desenho de um termômetro enorme, mas Sebastian notou que a linha vermelha indicava que o esforço de arrecadação só tinha alcançado 1.766 libras. "Para saber mais sobre o projeto, entre em contato com o sr. Maurice Swann (Mestre graduado por Oxford) pelo telefone 2613."

Sebastian anotou os dois números em sua agenda, 8234 e 2613. Depois, virou-se e seguiu de volta para a High Street. Pelo caminho, viu uma cabine telefônica vermelha ao longe e ficou contente por ver que estava desocupada. Entrou na cabine e ensaiou as frases por alguns instantes, antes que desse mais uma olhada no número anotado na agenda. Ligou para o número 2613, pôs quatro *pence* no telefone e ficou esperando, até que, por fim, ouviu a voz de uma pessoa idosa do outro lado da linha.

— Maurice Swann.

— Boa tarde, sr. Swann. Meu nome é Clifton. Sou o chefe do departamento de donativos do Farthings Bank e andamos pensando na possibilidade de fazer uma doação à sua campanha de arrecadação de fundos para a construção do teatro. Será que poderíamos marcar um encontro? É claro, eu ficaria muito satisfeito em ir aí encontrar-me com o senhor.

— Não. Prefiro que nos encontremos na escola — objetou Swann, mas entusiasmado com a ideia do encontro. — Pois, lá, poderei mostrar-lhe nossos planos.

— Tudo bem — concordou Sebastian —, mas, infelizmente, só ficarei em Shifnal até o fim do dia e voltarei para Londres hoje à noite mesmo.

— Então, vou para lá imediatamente. Que tal encontrar-se comigo em frente aos portões do liceu dentro de dez minutos?

— Terei imenso prazer de ficar esperando pelo senhor lá — respondeu Sebastian, desligando em seguida e voltando pelo mesmo caminho que trilhara quando deixara a escola. Não teve que esperar muito, logo discernindo a figura de um homem de aparência frágil, caminhando vagarosamente em sua direção com o auxílio de uma bengala.

— Já que o senhor tem pouco tempo, sr. Clifton — acentuou o sr. Swann depois que Sebastian se apresentara —, acho melhor levá-lo direto para o Memorial Hall, onde poderei mostrar-lhe os planos do arquiteto para o novo teatro e responder a quaisquer perguntas que o senhor queira fazer.

Sebastian passou pelos portões do liceu na companhia do idoso, atravessou o pátio e entrou com ele no auditório, enquanto o ouvia falar a respeito da importância de os jovens terem um teatro feito especialmente para eles e de quanta diferença isso faria para a comunidade local.

Sem nenhuma pressa, Sebastian observou com atenção os minuciosos desenhos do arquiteto fixados na parede, enquanto o sr. Swann continuava a falar com entusiasmo a respeito do projeto.

— Como pode ver, sr. Clifton, embora tenhamos um arco de proscênio em mira, ainda assim haveria espaço suficiente para guardar objetos cênicos atrás do palco, e os atores não se sentiriam espremidos nos bastidores. E, se eu conseguir arrecadar todo o dinheiro necessário, os meninos e as meninas poderão ter camarins separados — disse ele, por fim, dando um passo atrás. — O sonho de minha vida — confessou —, que espero ver concluído antes de morrer. Mas posso perguntar por que seu banco estaria interessado num pequeno projeto em Shifnal?

— É que, atualmente, estamos comprando terras na região, em nome de clientes interessados em aproveitar os últimos incentivos fiscais concedidos pelo governo. E, como achamos que talvez isso não seja muito bem-visto pelos moradores do povoado, resolvemos apoiar alguns projetos locais.

— Parte dessas terras seria da Shifnal Farm?

Sebastian foi pego de surpresa com a pergunta; levou algum tempo para conseguir responder.

— Não. Demos uma olhada na propriedade do sr. Collingwood e, no fim das contas, concluímos que estava cara demais.

— A quantas crianças o senhor acha que dei aulas na vida, sr. Clifton?

— Não faço ideia — respondeu Sebastian, intrigado.

— A pouco mais de 3 mil. Portanto, sei quando alguém está tentando me embromar.

— Não sei se entendi, senhor.

— Entendeu perfeitamente, sr. Clifton. A verdade é que o senhor está numa missão exploratória, coletando informações, e não tem absolutamente nenhum interesse na construção do teatro. Aquilo que o senhor quer mesmo é saber por que alguém está disposto a pagar 1,6 milhão de libras esterlinas pela Shifnal Farm, quando, até agora, ninguém fez nenhuma proposta de compra que chegue pelo menos perto disso. Não estou certo?

— Sim — admitiu Sebastian. — E, se eu descobrisse a resposta para essa pergunta, tenho certeza de que meu banco se disporia a fazer uma generosa doação à sua campanha.

— Quando se é um homem idoso, sr. Clifton, e um dia o senhor será também, tem sempre algum tempo de sobra, principalmente se levou uma vida dinâmica e compensadora. Portanto, quando alguém ofereceu um preço muito alto pela compra da Shifnal Farm, fui vencido pela curiosidade e resolvi empregar parte de meu tempo na tentativa de descobrir o porquê. Iniciei a investigação, tal como todo bom detetive, procurando pistas e posso lhe dizer com certeza que, depois de seis meses de zelosas buscas, embora seguindo até mesmo as pistas menos promissoras, sei agora exatamente por que alguém está disposto a pagar muito mais do que o preço inicial da Shifnal Farm.

Sebastian sentiu o coração disparar.

— E se o senhor quiser saber o que eu descobri não terá apenas que fazer uma boa doação para a construção do teatro da escola, mas financiar o projeto inteiro.

— Mas e se o senhor estiver equivocado?

— É um risco que o senhor terá que correr, sr. Clifton, pois faltam apenas alguns dias para o encerramento do prazo de apresentação de propostas de compra.

— Então, o senhor deve se dispor a correr risco também — advertiu Sebastian —, pois não vamos desembolsar 8 mil libras enquanto o senhor não provar que tem razão.

— Antes que eu concorde com isso, quero que me responda uma pergunta.

— Sim, claro — concordou Sebastian.

— Por acaso o senhor é parente do escritor Harry Clifton?

— Sim. Ele é meu pai.

— Bem que o achei parecido. Embora eu nunca tenha lido nenhum de seus livros, acompanhei sua campanha em favor de Anatoly Babakov com grande interesse. E, se Harry Clifton é seu pai, então está tudo bem para mim.

— Obrigado, senhor — agradeceu Sebastian.

— Agora, sente-se, meu jovem, pois nosso tempo é curto.

Sentado na beira do palco, Sebastian ficou ouvindo com atenção o sr. Swann relatar a meticulosa investigação que ele tinha feito nos últimos seis meses e que o fizera chegar a uma única conclusão. Uma que Sebastian achou isenta de falhas. Quando o outro terminou, Seb desceu do palco.

— Posso fazer uma última pergunta antes de partir, senhor?

— Claro, meu jovem.

— Por que não revelou a Collingwood a sua descoberta? Afinal de contas, ele não teria perdido um centavo se não tivesse que pagar a dívida, pelo menos não até que ficasse provado que o senhor estava certo.

— Fui professor de Dan Collingwood no liceu — explicou Swann. — Mesmo ainda garoto na época, ele era ganancioso e estúpido. E não melhorou muito desde então. Mas ele não estava interessado no que eu poderia dizer ou aconselhar. Simplesmente me deu um donativo-cala-boca de cinco libras e me desejou sorte.

— Então, quer dizer que o senhor não contou isso a mais ninguém? — perguntou Sebastian, tentando não parecer ansioso.

O velho professor hesitou por alguns instantes.

— Sim, contei isso a uma pessoa — confessou ele —, mas não a vi mais desde então.

Sebastian nem precisou perguntar quem havia sido.

Sebastian bateu na porta do número 37 da Cadogan Place pouco depois das oito da noite. Cedric atendeu e, sem dizer nada, levou o jovem protegido para a sala de estar. Os olhos de Sebastian logo se fixaram numa paisagem pintada por Hockney, o quadro pendurado acima da lareira, antes de admirar a maquete de Henry Moore no aparador. Sem dúvidas, se Picasso houvesse nascido em Yorkshire, suas obras também fariam parte da coleção de Cedric.

— Gostaria de tomar uma taça de vinho comigo? — perguntou Cedric. — Châteauneuf-du-Pape 1959, bebida que, considerando a sua expressão, me parece bem merecida.

— Obrigado, senhor — agradeceu Sebastian, sentando-se na cadeira mais próxima. Cedric deu um copo e se sentou de frente a ele.

— Quando tiver recuperado o fôlego, conte-me tudo, devagar.

Sebastian tomou um gole do vinho. Certamente não seria uma bebida servida pelo sr. Ramsey no Shifnal Arms aquela noite.

Quando, vinte minutos depois, o jovem terminou de contar sua história, Cedric comentou:

— Swann me parece um sujeito sagaz; tenho a impressão de que gostaria dele. Mas o que você aprendeu nesse encontro? — perguntou Cedric, o que ele costumara fazer com frequência quando Sebastian fora seu assessor.

— Só porque alguém é fisicamente frágil, não significa que não tem mais uma mente sagaz.

— Ótimo. Mais alguma coisa?

— A importância de uma reputação.

— A de seu pai, nesse caso — observou Cedric. — Ainda que você não aprenda mais nada hoje, Sebastian, essa lição, por si só, já serve para fazer sua viagem a Shifnal ter valido a pena. Contudo, agora tenho que encarar o fato de que um dos meus funcionários de alto escalão anda fazendo negócios em nome da empresa sem o meu conhecimento — lamentou ele, tomando um gole do vinho antes de prosseguir. — É possível, claro, que Sloane tenha uma boa explicação para isso, mas duvido.

Sebastian abafou um sorriso.

— Mas não acha que deveríamos fazer algo com relação ao negócio, agora que sabemos aquilo que o governo pretende fazer?

— Tudo a seu tempo, Seb. Primeiro, precisarei ter uma conversa com Ralph Vaughan, pois ele não vai gostar nem um pouco quando eu cancelar a proposta do banco e ficará ainda mais irritado quando eu disser a ele a razão para isso.

— Mas ele não poderia simplesmente aceitar uma das propostas de compra de menor valor?

— Não se ele achar que ainda existe uma chance de conseguir um preço maior caso ele decida esperar mais alguns dias para tomar uma decisão.

— E quanto ao sr. Swann?

— Estou disposto a dar-lhe 8.234 libras independentemente do que acontecer. Acho que ele merece — respondeu Cedric, tomando mais um gole do vinho antes de acrescentar: — Porém, como não há mais nada que possamos fazer hoje, Seb, sugiro que vá para casa. Aliás, já que amanhã o mundo virá abaixo, talvez seja melhor você tirar um dia de folga e ficar o mais longe possível do banco. Contudo, na segunda-feira de manhã, apresente-se em meu escritório, pois tenho o pressentimento de que talvez você precise voltar a Shropshire.

Enquanto saíam da sala e atravessavam o corredor em direção à porta de saída, Cedric disse:

— Espero que você não tenha precisado cancelar nenhum compromisso hoje.

"Nada de especial", pensou Sebastian. "Eu só ia levar Samantha para jantar e pedi-la em casamento."

11

Assim que Sebastian soube que só teria que estar de volta ao escritório na segunda-feira de manhã, começou a planejar um fim de semana-surpresa para Samantha. Passou a manhã fazendo reservas em trens, aviões, hotéis e até procurou saber os horários de abertura da Rijksmuseum. Como ele queria que o fim de semana em Amsterdã fosse perfeito, quando saíram da alfândega, ignorou as placas de ônibus e trens e seguiu direto para a fila do táxi.

— Cedric deve ter ficado contente quando você descobriu o que Sloane andava tramando — comentou Samantha enquanto o táxi se misturava ao trânsito de veículos que iam deixando o aeroporto. — O que acha que acontecerá agora?

— Acho que Sloane será despedido por volta das cinco da tarde.

— Por que esse horário?

— Porque é o momento em que ele estava esperando fechar a compra da Shifnal Farm.

— Isso tudo tem um quê de tragédia grega. Então, com um pouco de sorte, Sloane terá sido mandado embora quando você voltar a trabalhar na segunda-feira.

— É praticamente certo, pois Cedric pediu que eu me apresentasse em seu gabinete de manhã cedo.

— Você acha que ficará com o cargo de Sloane? — perguntou Samantha enquanto o táxi seguia para a via expressa.

— Talvez. Contudo, provavelmente, será apenas um cargo temporário, enquanto Cedric procura alguém mais experiente.

— Mas, se você conseguiu solucionar o caso da compra da Shifnal, talvez ele não se dê ao trabalho de procurar outra pessoa.

— É uma possibilidade também, e eu não ficaria surpreso se me visse num trem de volta a Shrewsbury na segunda-feira. O motorista dobrou à esquerda, contornando aquela rotatória?

— Não. À direita — respondeu Samantha, rindo. — Não se esqueça de que estamos no continente. — Ela se virou para Sebastian, que estava segurando firme nas beiradas do banco dianteiro, e pôs uma mão na perna dele. — Sinto muito — compadeceu-se ela. — Às vezes, eu me esqueço daquele terrível acidente.

— Eu estou bem — assegurou Sebastian.

— Pelo que vocês andam falando do sr. Swann, gosto dele. Talvez fosse aconselhável tentar fazê-lo ficar do seu lado.

— Cedric acha que devo fazer isso também. E, se conseguirmos cancelar a negociação, talvez tenhamos que construir um auditório para a escola dele — disse Sebastian enquanto eles entravam na periferia da cidade.

— Vamos ficar hospedados no Amstel? — perguntou Samantha quando o luxuoso hotel de cinco estrelas, com vista para o rio Amstel, começou a surgir diante deles.

— Dessa vez não. Isso só quando eu me tornar presidente do banco. Até lá, vamos ter que nos contentar com a Pension de Kanaal mesmo, famosa hospedaria de uma estrela frequentada pelos emergentes.

Samantha sorriu. O táxi parou na frente de uma pequena hospedaria espremida entre uma mercearia e um restaurante indonésio.

— Muito melhor do que o Amstel — comentou ela enquanto entravam no saguão apertado. Assim que deram entrada na hospedagem, Sebastian carregou com esforço as bagagens de ambos para o último andar, já que a pensão não tinha elevador nem carregadores. Lá chegando, abriu a porta do quarto e acendeu a luz.

— Um verdadeiro palácio — observou Samantha.

Sebastian achou difícil acreditar em quanto o quarto era apertado. Viu que havia espaço suficiente apenas para se movimentarem nos lados da cama de casal.

— Sinto muito — lamentou ele. — Eu queria que este fim de semana fosse perfeito.

— Você é um tolinho às vezes — disse Samantha, tomando-o nos braços. — Isso aqui *é* perfeito. Prefiro ser emergente. Isso nos faz alimentar boas expectativas para o amanhã.

— Eu bem sei a expectativa que estou alimentando agora — disse Sebastian, recostando-se pesadamente na cama.

— De fazer uma visita à Rijksmuseum? — indagou Samantha, fingindo-se de desentendida.

—

— O senhor queria falar comigo? — perguntou Sloane, entrando no gabinete do presidente, sem nem sequer esperar que fosse convidado a sentar-se.

Cedric levantou a cabeça e encarou o chefe da divisão de imóveis do banco, mas não sorriu.

— Acabei de ler seu relatório mensal — disse o presidente.

— Dois por cento a mais em relação ao mês passado — apontou Sloane.

— Muito impressionante. Mas eu me pergunto se você não teria se saído ainda melhor se...

— Se o quê, presidente? — perguntou Sloane de modo abrupto.

— Se a Shifnal Farm tivesse sido incluída em seu relatório também — disse Cedric, pegando um prospecto deixado em cima da mesa.

— Shifnal Farm? O senhor tem certeza de que essa propriedade não é responsabilidade de Clifton? — indagou Sloane, endireitando nervosamente o nó da gravata.

— Tenho certeza absoluta de que é responsabilidade sua, Sloane. Só não tenho certeza se ela pertence ao banco.

— O que está querendo dizer com isso, senhor? — questionou Sloane, na defensiva.

— Quando, alguns momentos atrás, telefonei para Ralph Vaughan, o sócio majoritário da Savills, ele confirmou que você faria uma proposta de compra no valor de 1,6 milhão de libras pela propriedade, tendo o banco como fiador — explicou Cedric, fazendo Sloane, apreensivo, mudar de posição na cadeira.

— O senhor tem toda razão, presidente, mas, como o negócio ainda não foi fechado, o senhor só terá os detalhes da transação quando eu lhe enviar o relatório no próximo mês.

— E um dos detalhes que precisará ser explicado é por que a conta de depósito do valor negociado pertence ao cliente de um banco em Zurique.

— Ah, sim — tentou explicar Sloane. — Agora me lembro. O senhor está certo. Estávamos agenciando o negócio em nome de um cliente suíço que prefere manter-se no anonimato, mas o banco cobra três por cento de comissão sobre cada transação que fazemos para esse cliente.

— E não foi necessário investigar muito — redarguiu Cedric, dando uns tapinhas numa pilha de documentos deixados em cima da mesa na frente dele — para descobrir que esse cliente realizou outras seis transações ao longo do ano passado, obtendo com isso um lucro considerável.

— Mas não é isso que meu departamento deve fazer? — protestou Sloane. — Gerar lucros para nossos clientes e, ao mesmo tempo, obter uma boa comissão para o banco?

— Sem dúvida — concordou Cedric, tentando permanecer calmo. — Mas é uma pena que a conta desse cliente suíço esteja em seu nome.

— Como o senhor pode saber disso — questionou Sloane, gaguejante —, uma vez que contas de clientes na Suíça não são identificadas por nomes, mas apenas por números?

— Eu não soube. Todavia, como você acabou de confirmar meus maiores receios, sua conta numerada está com os dias contados.

Sloane se levantou de chofre da cadeira.

— Consegui dar ao banco um lucro de 23 por cento nos últimos dez meses.

— E, se meus cálculos estiverem corretos — retrucou Cedric com firmeza —, você conseguiu também outros 41 por cento de lucro para você mesmo nesse período. E tenho o pressentimento de que a Shifnal Farm seria seu maior salário até hoje.

— Mas... — disse Sloane com desespero estampado no rosto, sentando-se pesadamente na cadeira.

— Lamento ser portador de más notícias — prosseguiu Cedric —, mas essa transação para seu cliente suíço você não vai conseguir fazer, pois, alguns minutos atrás, telefonei para o sr. Vaughan, da Savills, e cancelei nossa proposta de compra da Shifnal Farm.

— Mas poderíamos conseguir um lucro enorme com esse negócio — observou Sloane, agora fitando o presidente com desafio nos olhos. — Talvez nada menos que um milhão de libras.

— Não acho que, com isso, você quis dizer *nós* — refutou Cedric. — Na verdade, você quis dizer *você*. Se bem que fosse o dinheiro do banco que você estava oferecendo como garantia, e não o seu.

— Mas o senhor sabe apenas da metade dos fatos.

— Posso assegurar, Sloane, que, graças ao sr. Swann, conheço todos os fatos.

Dessa vez, Sloane se levantou devagar.

— O senhor é um velho estúpido — disse ele com raiva. — Está desatualizado e longe de entender o mundo das finanças e operações bancárias modernas. Quanto mais cedo der lugar a um homem mais jovem, melhor.

— Sem dúvida, com o tempo, farei isso — disse Cedric, levantando-se para encarar seu adversário —, mas de uma coisa estou certo também: esse jovem não será mais você.

— O senhor ainda se arrependerá disso — ameaçou Sloane, inclinando-se sobre a mesa e olhando fixamente para o presidente.

— Não perca seu tempo tentando me ameaçar, Sloane. Homens muito maiores e mais importantes do que você fizeram isso e fracassaram — advertiu Cedric, alteando a voz a cada palavra. — O que lhe resta fazer é tratar de tirar todos os seus pertences de sua mesa e sair das dependências do banco em trinta minutos, pois, caso contrário, eu mesmo os pegarei e atirarei na calçada para todos verem.

— O senhor receberá uma notificação de meus advogados! — gritou Sloane, virando-se para se retirar.

— Duvido, a menos que você pretenda passar os próximos anos na prisão, pois garanto que, assim que este velho estúpido denunciá-lo à comissão de ética do Banco Central da Inglaterra, você jamais voltará a trabalhar no centro financeiro de Londres.

Sloane se virou de repente, com o rosto pálido como o de um defunto e, tal como um apostador com apenas uma ficha sobrando, girou a roleta pela última vez.

— Mas eu ainda poderia conseguir uma fortuna para o banco se ao menos o senhor...

— Vinte e nove minutos! — advertiu Cedric, aos gritos, tentando controlar-se e, ao mesmo tempo, inclinando-se bruscamente para a frente e agarrando firme a beirada da mesa.

Sloane nem se mexeu ao ver Cedric abrir uma gaveta e pegar um pequeno frasco de comprimidos. Nervoso e agitado, o presidente tentou destravar a tampa de segurança, mas acabou deixando o frasco cair na mesa. Ambos ficaram observando o frasco rolar e ir ao chão. Cedric tentou pegar um pouco d'água, mas já não tinha forças nem para levantar o jarro.

— Preciso de ajuda — suplicou com esforço o presidente, olhando para Sloane, que ficou parado, apenas observando a tudo atentamente.

Cedric se levantou cambaleante, deu um passo à frente e acabou desabando pesadamente no chão, esforçando-se por respirar. Quando isso aconteceu. Sloane contornou a mesa devagar, sem jamais tirar os olhos do presidente, estendido no chão, agarrando-se à vida. Sloane pegou o frasco e o destampou. Olhos arregalados, Cedric o fitou fixamente, vendo-o despejar as pílulas no chão, mas fora de alcance e, em seguida, limpar o frasco com um lenço tirado do bolso superior do paletó e colocá-lo na mão do patrão.

Inclinando-se o mais possível sobre o presidente estendido no chão, constatou que o esforço dele para respirar não era mais tão intenso. Cedric tentou levantar a cabeça, mas, impotente, só conseguiu ficar assistindo a tudo que seus olhos podiam alcançar ao redor, vendo Sloane recolher todos os papéis em cima da mesa, documentos que o presidente viera organizando nas últimas 24 horas. Uma vez feito isso, Sloane se virou e começou a se retirar vagarosamente, sem se virar uma vez sequer, evitando encarar o olhar ardente do presidente.

Ele abriu a porta e deu uma espiada no corredor. Ninguém à vista. Ele fechou a porta devagar e partiu em busca da secretária do presidente. Ao ver que o chapéu e o casaco dela não estavam mais no cabideiro, presumiu que já tinha ido embora. Tentou permanecer calmo enquanto atravessava o corredor, mas gotas de suor continuavam a aflorar em sua testa, e seu coração batia forte e acelerado.

De repente, Sloane parou, buscando aguçar a audição, como um cão de caça tentando farejar a possível existência de perigo. Por fim, resolveu lançar a sorte.

— Tem alguém aí?! — perguntou em voz alta.

Sua voz ecoou pelo corredor de pé-direito alto como se o local fosse uma grande sala de espetáculos, mas não houve resposta. Ele passou por todos os escritórios dos executivos do banco para sondar a situação, mas encontrou todas as portas trancadas. Afinal, ninguém que trabalhava no último andar, exceto Cedric, ainda estaria no escritório às seis da noite de uma sexta-feira. Sloane sabia que deveria haver ainda funcionários menos graduados que não pensariam na ideia de deixar o local de trabalho antes de seus chefes, mas nenhum deles se atreveria a incomodar Cedric. Já o pessoal da limpeza só estaria de volta ao prédio a partir das cinco da manhã do dia seguinte. Desse modo, restaria passar despercebido apenas por Stanley, o porteiro noturno, o que não seria problema, pois o sujeito jamais desgrudaria o traseiro de sua confortável cadeira na recepção se o edifício não estivesse em chamas.

Sloane pegou o elevador para o térreo e, quando atravessou o saguão, viu que Stanley estava cochilando tranquilamente. Não o acordou.

—

— A Rijksmuseum — disse Samantha enquanto eles entravam na galeria de artes nacional da Holanda — abriga uma das melhores coleções de obras de arte do mundo. As de Rembrandt são espetaculares, mas as de Vermeer, Wittes e Steens estão entre os mais esplêndidos exemplos dos mestres da arte holandesa que você verá na vida.

De mãos dadas, os dois percorreram lentamente a magnífica galeria, com Samantha parando muitas vezes para chamar atenção para um elemento ou característica de uma obra sem jamais consultar seu guia. Sempre que as pessoas se viravam para ela, e faziam isso com frequência, Seb tinha vontade de dizer em voz alta: "E ela também é inteligente!"

Na extremidade da galeria havia uma pequena multidão, admirando uma única obra.

— *A Ronda Noturna* — disse Samantha — é uma obra-prima e talvez o mais famoso trabalho de Rembrandt. Embora, infelizmente, jamais consigamos saber como era o original, pois a câmara municipal mandou aparar os lados da tela para que a pintura coubesse no espaço entre duas colunas da prefeitura.

— Eles deveriam era ter mandado demolir as colunas — opinou Sebastian, incapaz de desgrudar os olhos do grupo rodeando um homem bem-vestido com uma lanterna na mão.

— Pena que você não fizesse parte da câmara municipal — respondeu Sam enquanto os dois entravam na próxima sala da galeria. — E aqui temos um quadro que será destaque na minha tese de doutorado. — Pararam diante de um grande quadro. — É difícil acreditar que Rubens haja concluído esse trabalho num fim de semana, já que precisava comparecer à cerimônia de assinatura de um tratado de paz entre os ingleses e os espanhóis na segunda. A maioria das pessoas não sabe que ele era não só artista, mas diplomata também.

Sebastian sentiu que precisava anotar tudo aquilo, mas sua atenção estava voltada para outras coisas.

— Essa é uma de minhas favoritas — disse Sam, parando diante de *O Casamento dos Arnolfini*.

— Vi essa obra em outro lugar também — observou Seb.

— Ah, então você presta atenção no que falo às vezes. Você a viu quando visitamos a National Gallery no ano passado.

— Mas então o que ela está fazendo aqui?

— Talvez por empréstimo — explicou Sam. — Mas apenas por mais um mês — acrescentou, olhando mais de perto o rótulo ao lado do retrato. — Aliás, você se lembra do que falei dela na época?

— Sim. É o casamento de um comerciante rico e que Van Eyck deve ter sido contratado para registrar o evento na tela.

— Nada mau — comentou Sam. — Portanto, na verdade, Van Eyck apenas fez o trabalho de um fotógrafo de casamento moderno.

Sebastian estava prestes a dizer algo, mas ela acrescentou:

— Observe bem a textura do vestido da noiva e a pele de animal na lapela do casaco do noivo. É como se pudéssemos experimentar uma sensação tátil dessas coisas.

— A noiva me parece grávida, e de muitos meses.

— Quanta sagacidade, Seb. Mas, na época, todo homem rico precisava ter certeza de que sua futura esposa seria capaz de gerar um herdeiro de sua fortuna.

— Que gente prática esses holandeses eram — comentou Seb. — Mas e se a pessoa não fosse rica?

— As pessoas das classes inferiores tinham que se comportar com mais decência.

Seb se apoiou num dos joelhos na frente do quadro, olhou para Sam e disse:

— Samantha Ethel Sullivan, eu adoro você e sempre adorarei. E quero, mais do que qualquer outra coisa na Terra, que você seja minha esposa.

Sam, corada, curvou-se e sussurrou:

— Levante-se, seu bobo. Está todo mundo olhando pra gente.

— Só quando você responder à minha pergunta.

Um pequeno grupo de visitantes havia parado de admirar os quadros e agora estava esperando que ela respondesse.

— Claro que me casarei com você — respondeu ela. — Amo você desde o dia em que acabei sendo presa por sua causa — acrescentou, fazendo com que vários dos que assistiam, um tanto intrigados, tentassem traduzir as palavras.

Seb se levantou, tirou uma pequena caixa de couro vermelha do bolso da jaqueta e lhe deu de presente. Quando Sam abriu a caixa e viu a primorosa safira cercada de pequenos diamantes, ficou pela primeira vez, desde que chegaram, sem saber o que dizer.

Seb tirou o anel da caixa e o pôs no dedo anular da mão esquerda dela. Quando se inclinou para beijar sua noiva, os dois receberam uma salva de palmas. Enquanto se retiravam do local, de mãos dadas, Samantha olhou de relance para trás na direção do quadro e se perguntou, no íntimo, se deveria lhe contar.

12

— O senhor poderia dizer a que horas deixou o escritório na sexta-feira à noite?

— Deve ter sido por volta das seis da noite, inspetor — respondeu Sloane.

— E a que horas foi sua reunião com o sr. Hardcastle?

— Às cinco horas. Sempre nos reuníamos a essa hora na última sexta-feira do mês para fazermos uma análise dos números de meu departamento.

— E, quando o senhor o deixou no gabinete, ele parecia bem-disposto?

— Nunca o vi melhor — respondeu Sloane. — Meus resultados tinham aumentado 2,2 por cento e pude lhe contar detalhes de um novo projeto em que eu vinha trabalhando com o qual ele ficou muito entusiasmado.

— É que, como o patologista determinou que a morte ocorreu por volta das seis da noite de sexta, o senhor deve ter sido a última pessoa que o viu ainda com vida.

— Se esse foi mesmo o caso, só gostaria que nossa reunião tivesse durado um pouco mais — alegou Sloane.

— Muito bem. O sr. Hardcastle tomou algum comprimido enquanto o senhor esteve com ele?

— Não. E, embora todos nós soubéssemos que Cedric tinha problema de coração, ele fazia questão de não tomar o remédio na frente dos funcionários.

— Parece estranho o fato de que seus comprimidos estavam espalhados pelo chão do gabinete e ele tinha o frasco vazio numa das mãos. Por que será que ele não conseguiu pegar pelo menos um dos comprimidos?

Sloane não respondeu.

— E Stanley Davis, o porteiro da noite, me disse que o senhor telefonou para cá no sábado de manhã para saber se um pacote que o senhor estava esperando havia chegado.

— Sim, telefonei. Eu precisava de um documento especial para uma reunião programada para a manhã de segunda-feira.

— E ele chegou?

— Sim, mas só hoje de manhã.

— O sr. Davis afirma que nunca soube de uma ocasião em que o senhor houvesse telefonado para cá numa manhã de sábado.

Sloane não mordeu a isca.

— O patologista emitiu um certificado de óbito atestando que o sr. Hardcastle morreu de ataque cardíaco, fato que não tenho dúvida de que o médico-legista confirmará na autópsia. — Mais uma vez, Sloane não disse nada. — Posso presumir que o senhor estará por perto nos próximos dias, sr. Sloane, para o caso de eu ter necessidade de fazer mais perguntas?

— Sim, claro, embora eu estivesse planejando fazer uma viagem a Huddersfield amanhã para apresentar meus pêsames à viúva do sr. Hardcastle e ver se existe algo que eu possa fazer para ajudar nas providências para o enterro.

— Quanta gentileza sua. Bem, preciso interrogar apenas mais uma ou duas pessoas, sr. Sloane, e depois irei embora.

Sloane esperou o inspetor sair do escritório e fechar a porta antes de pegar o telefone.

— Preciso que aqueles documentos estejam prontos para serem assinados até o fim do expediente.

— Tenho uma equipe providenciando isso neste exato momento, senhor.

O segundo telefonema de Sloane foi feito a Savills, de Ralph Vaughan, que apresentou pêsames, mas não entrou em detalhes sobre sua conversa com Cedric Hardcastle na sexta-feira à tarde.

— E, assim como você — disse Sloane fingidamente —, estamos todos com a mente e o coração voltados para Cedric e sua família neste momento. Mas a última coisa que ele me disse na sexta-feira à noite foi que eu não deixasse de fechar o negócio com a Shifnal Farm.

— Mas certamente você sabe que ele cancelou a proposta de compra da fazenda na sexta-feira à tarde, uma decisão que, no mínimo, foi constrangedora.

— Isso foi antes de eu ter conseguido pô-lo a par dos detalhes da negociação e sei que ele pretendia telefonar para você de manhã cedo hoje.

— Se é assim, estou disposto a estender o prazo por mais uma semana, mas não mais que isso — enfatizou Vaughan.

— Muita gentileza sua, Ralph. E pode ter certeza de que um depósito de garantia estará em suas mãos daqui a algumas horas e depois só teremos que esperar para ver se alguém faz uma proposta melhor do que a minha.

— Acho que ninguém fará — disse Vaughan. — Mas sinto-me na obrigação de perguntar se você tem autoridade para fazer uma proposta de 1,6 milhão de libras em nome do banco.

— Não estou fazendo mais do que o meu dever de providenciar para que o último desejo de Cedric seja realizado — afirmou Sloane, desligando.

O terceiro e o quarto telefonemas de Sloane foram para dois dos principais acionistas do banco que haviam dito que o apoiariam, mas somente se a sra. Hardcastle concordasse com a proposta.

— Providenciarei para que os documentos estejam em sua mesa, prontos para serem assinados, até o fim do expediente amanhã — assegurou ele.

O quinto telefonema foi para o Banco de Zurique, na Suíça.

⚊

Sebastian telefonou do escritório para a mãe naquela manhã para transmitir a notícia.

— Sinto muito — lamentou Emma. — Sei quanto você admirava Cedric.

— Não consigo evitar pensar que meu emprego no Farthings esteja com os dias contados, principalmente se Adrian Sloane assumir o lugar dele.

— Continue a agir com prudência e discrição e lembre-se de que é muito difícil que a pessoa seja demitida quando está fazendo um bom trabalho.

— Está claro que você não conhece Sloane mesmo. Ele teria demitido Wellington na manhã da batalha em Waterloo se conseguisse com isso o posto de general.

— Não se esqueça de que Ross Buchanan ainda é o vice-presidente e o candidato com mais possibilidade de substituir Cedric.

— Espero que a senhora esteja certa — disse Sebastian.

— Tenho certeza de que Cedric manteve Ross bem informado a respeito das atividades de Sloane. E, por favor, diga-me quando e onde será o enterro, já que eu e seu pai queremos comparecer.

❦

— Sinto muito incomodá-la a uma hora dessas, sra. Hardcastle, mas ambos sabemos que Cedric não teria esperado menos do que isso de minha parte.

Beryl Hardcastle enrolou o xale em torno de si com firmeza e se retraiu, quase desaparecendo no estofamento da grande poltrona de couro.

— O que quer que eu faça? — perguntou ela baixinho.

— Nada que exija muito da senhora — respondeu Sloane. — Apenas assinar alguns documentos. Aliás, o reverendo Johnson está esperando pela senhora para conversar sobre o funeral. A única preocupação dele é com a possibilidade de que a igreja não seja grande o suficiente para acomodar a comunidade local e os amigos e colegas de Cedric que virão de Londres na quinta-feira.

— Cedric não gostaria que perdessem um dia de trabalho por causa dele — observou Beryl.

— Não tive coragem de convencê-los a desistir.

— Muito atencioso de sua parte.

— Não foi nada que ele não merecesse — comentou Sloane. — Mas temos uma questãozinha a resolver. — Tirou três grossos documentos da pasta. — Só preciso de sua assinatura para que o banco possa prosseguir com os negócios cotidianos.

— Isso não poderia ser feito à tarde? — perguntou Beryl. — Meu filho Arnold está a caminho de Londres. Como talvez o senhor saiba, ele é conselheiro da rainha e geralmente me orienta também com relação a assuntos do banco.

— Infelizmente, não — respondeu Sloane. — Terei que pegar o trem das duas de volta para Londres se eu quiser atender a todos os compromissos que o sr. Hardcastle tinha programado. Se for necessário, terei o prazer de enviar cópias dos documentos para o gabinete de Arnold assim que eu tiver voltado ao banco — acrescentou ele, segurando a mão dela. — Só preciso de três assinaturas, sra. Hardcastle. Mas, de qualquer forma, se estiver em dúvida, fique à vontade para ler os documentos.

— Mal não deve fazer — concluiu Beryl, por fim, pegando a caneta que Sloane deu a ela e não fazendo nenhuma tentativa de ler os documentos impressos em letras miúdas.

Sloane deixou a sala e foi pedir ao vigário que se juntasse a eles. Assim que voltou, ajoelhou-se ao lado da sra. Hardcastle, abriu o primeiro documento na última página e pôs um dedo em cima da linha pontilhada. Beryl assinou os três documentos na presença do reverendo Johnson, que inocentemente testemunhou a assinatura.

— Fico ansioso para encontrá-los novamente na quinta — disse Sloane, levantando-se —, quando poderemos rememorar com admiração e gratidão tudo que Cedric realizou em sua vida notável.

E se retirou, deixando a senhora com o vigário.

— Senhor Clifton, poderia me dizer onde o senhor estava às cinco da tarde na sexta-feira à noite?

— Estava em Amsterdã com minha namorada, Samantha, visitando a Rijksmuseum.

— Quando foi a última vez que o senhor esteve com o sr. Hardcastle?

— Estive na casa dele na Cadogan Place pouco depois das oito da noite na quinta-feira, depois que voltei de Shifnal, em Shropshire.

— Posso saber por que Hardcastle quis que o senhor lhe fizesse uma visita fora do expediente quando o senhor poderia ter-se reunido com ele no escritório na manhã seguinte?

Sebastian passou algum tempo pensando antes de responder, embora estivesse bem ciente de que tudo que precisava dizer era que se tratava de um assunto particular do banco para que o inspetor prosseguisse com o interrogatório.

— Fui verificar uma transação, a qual o presidente tinha motivos para acreditar que um de seus funcionários de alto escalão estava realizando sem o conhecimento dele.

— E o senhor descobriu quem era a pessoa envolvida no negócio e que estava fazendo isso sem o conhecimento dele?

— Sim, descobri.

— Por acaso esse graduado membro da equipe de funcionários do banco é o sr. Adrian Sloane?

Sebastian não respondeu, preferindo silenciar.

— Qual foi a atitude do sr. Hardcastle depois que o senhor disse a ele o que havia descoberto?

— Informou-me que pretendia demitir essa pessoa no dia seguinte e me aconselhou a ficar o mais longe possível do escritório quando ele fizesse isso.

— Foi porque ele iria demitir seu chefe?

— E foi por essa razão que eu estava em Amsterdã na sexta-feira à noite — declarou Sebastian, ignorando a pergunta do inspetor. — Algo de que me arrependo agora.

— Por quê?

— Porque, se eu tivesse ido trabalhar nesse dia, eu poderia ter conseguido salvar o sr. Hardcastle.

— O senhor acredita que o sr. Sloane o teria salvado caso ele se achasse nessas mesmas circunstâncias?

— Meu pai sempre diz que o policial jamais deveria fazer uma pergunta hipotética.

— Só que nem todos nós conseguimos solucionar todos os crimes tão facilmente quanto o sargento investigador Warwick.

— O senhor acha que Sloane assassinou o sr. Hardcastle? — perguntou Sebastian.

— Não. Não acho — respondeu o inspetor. — Se bem que teria sido perfeitamente possível para ele salvar a vida do presidente. Mas até o investigador Warwick acharia difícil provar isso.

O reverendo Ashley Tadworth, bispo de Huddersfield, subia a escada com meia dúzia de degraus e assumiu seu lugar no púlpito durante a leitura do último verso de "Comigo Habita".

Ele olhou para a igreja lotada e aguardou que todos silenciassem. Alguns dos presentes que não tinham conseguido assento permaneceram em pé nas naves, enquanto outros que haviam chegado tarde ao local ficaram espremidos nos fundos da igreja. Foi um recorde do reverendo ter conseguido reunir uma congregação tão grande.

— Cerimônias fúnebres são, é claro, acontecimentos tristes — começou o bispo. — Ainda mais quando o falecido não tenha feito muito além de viver uma vida irrepreensível, o que torna fazer o panegírico bem difícil. Não tive esse problema, no entanto, quando precisei falar da vida exemplar de Cedric Arthur Hardcastle.

"Se comparássemos a vida de Cedric com um extrato bancário, veríamos que ele deixou este mundo com todas as contas no azul. Por onde devo começar a contar-lhes a história incrível desse notável cidadão de Yorkshire?

"Cedric abandonou os estudos aos 15 anos e foi trabalhar com o pai no Farthings Bank. Sempre chamava o pai de 'senhor', tanto no trabalho quanto em casa. Aliás, seu pai se aposentou bem a tempo de não precisar chamar o filho de 'senhor' no trabalho."

A observação fez prorromper uma série de risadas entre os presentes.

— Cedric iniciou a carreira profissional trabalhando como aprendiz. Dois anos depois, tornou-se caixa, muito antes de ter idade suficiente até para abrir uma conta. Depois disso, alcançou o cargo de subgerente, de gerente de filial e, mais tarde, de contador regional, até que, por fim, se tornou o mais jovem diretor da história do banco. E, a bem da verdade, ninguém ficou surpreso quando, aos 42 anos, ele se tornou presidente, cargo em que permaneceu nos últimos 23 anos, durante os quais transformou o Farthings, um banco antes limitado a uma pequena cidade de Yorkshire, numa das mais respeitáveis instituições do centro financeiro de Londres.

"Mas algo que não teria mudado, ainda que Cedric tivesse se tornado presidente do Banco Central da Inglaterra, era sua fidelidade ao princípio de que, se você cuidar bem das moedas, as notas cuidarão bem de si mesmas."

— Acha que conseguimos nos safar? — perguntou Sloane nervosamente.

— Se, com isso, você quer saber se tudo que você fez nos últimos quatro dias é honesto e juridicamente correto, a resposta é sim.

— Vamos ter quórum?

— Sim, vamos — respondeu Malcolm Atkins, o principal consultor jurídico do banco. — O diretor-executivo, o diretor jurídico-administrativo e seis diretores consultivos estão esperando por você na sala de reuniões. Mas, veja bem — acrescentou ele —, eu teria imensa satisfação em saber o que você disse a eles quando comentaram que talvez fosse melhor comparecer a um enterro em Huddersfield hoje do que participarem de uma reunião de diretoria em Londres.

— Eu simplesmente disse que a escolha era deles. Poderiam votar para decidir se era melhor continuar em seu lugar ao sol neste mundo ou tentar garantir uma vaga no próximo.

Atkins sorriu e, então, olhou para o relógio.

— É melhor nos reunirmos com eles. São quase dez horas.

Ambos deixaram o escritório de Sloane e atravessaram em silêncio o corredor forrado com um grosso tapete. Quando Sloane entrou na sala de reuniões, todos se levantaram, tal como sempre haviam feito diante da chegada do falecido presidente.

— Senhores — disse o diretor jurídico-administrativo assim que todos haviam se acomodado —, esta reunião extraordinária foi convocada por um bom motivo, a saber...

—

— Sempre que pensamos em Cedric Hardcastle — prosseguiu o bispo —, deveríamos nos lembrar, principalmente, do fato de que ele foi um cidadão de Yorkshire por excelência. Se a segunda vinda de Cristo acontecesse em Headingley durante uma sessão de chá, no intervalo de uma partida entre os times de críquete de Yorkshire e Lancaster, ele não ficaria surpreso. Afinal, era ponto de fé inabalável de Cedric que

Yorkshire era um país, não um condado. Aliás, ele achava que o Farthings Bank se tornara uma instituição internacional não quando a empresa abriu uma filial em Hong Kong, mas quando abriu uma em Manchester. O bispo esperou que as risadas cessassem para prosseguir.

— Cedric não era uma pessoa fútil, mas isso não o impediu de ser um homem orgulhoso. Orgulhoso do banco ao qual bem serviu em todos os dias em que nele trabalhou e ainda mais orgulhoso dos muitos clientes e funcionários que prosperaram sob sua orientação e liderança. Muitos de vocês presentes aqui hoje, desde o mais humilde aprendiz ao presidente da Sony International, se beneficiaram com sua sabedoria e previdência. Mas aquilo que mais fará que nos lembremos dele será sua boa e inquestionável reputação, sua honestidade, integridade e decência. Qualidades cuja existência ele dava como certo no caráter de seus parceiros aqui na Terra. Ele considerava um bom negócio aquilo em que ambas as partes envolvidas lucravam, em razão do qual teriam o prazer de levantar seus chapéus para se cumprimentarem sempre que se cruzassem pela rua.

—

— O único item da agenda hoje — prosseguiu o diretor jurídico-administrativo — é referente à necessidade de a diretoria realizar uma votação para a escolha do novo presidente depois da morte trágica de Cedric Hardcastle. O nome de uma única pessoa foi proposto como candidato, qual seja o do sr. Adrian Sloane, o chefe do setor imobiliário, divisão que tem apresentado lucros consideráveis. O senhor Sloane já obteve o apoio legal de 66 por cento de nossos acionistas, mas achou que sua nomeação deveria ser ratificada pela diretoria também.

— Tenho, pois, a satisfação de propor, senhores — disse Malcolm Atkins, aproveitando a deixa —, que o sr. Sloane seja o próximo presidente do Farthings Bank, porquanto sinto que teria sido este o desejo de Cedric se ainda estivesse vivo.

— É com muita satisfação também que apoio essa proposta — atalhou Desmond Mellor, um diretor consultivo recém-designado para o cargo.

— Todos a favor? — perguntou o diretor jurídico-administrativo. Oito braços se ergueram. — Declaro a moção aprovada por unanimidade.

— Senhores — disse Sloane, levantando-se devagar —, permitam-me, antes de mais nada, agradecer a confiança que demonstraram elegendo-me o novo presidente do Farthings. Substituir Cedric Hardcastle não é uma tarefa fácil. Tomarei o lugar de um homem que nos deixou em circunstâncias trágicas, alguém que supúnhamos que permaneceria conosco por muitos anos ainda. Um homem que eu não poderia ter admirado mais do que admirei, que eu considerava não apenas um colega de trabalho, mas um amigo, fato que me deixa ainda mais orgulhoso da tarefa de pegar-lhe o bastão e conduzi-lo no trecho seguinte da corrida empreendedorista do banco. Proponho com o maior respeito, portanto, que nos levantemos e baixemos nossas cabeças em homenagem a um grande homem.

—

— Mas, acima de tudo — continuou o bispo —, ele será mais lembrado como um homem de família. Ele se apaixonou por Beryl no dia em que ela lhe deu um copo extra quando era monitora da distribuição de leite na escola primária de Huddersfield. E ele não se conteve de orgulho quando Arnold, seu filho único, se tornou conselheiro da rainha, ainda que jamais tivesse conseguido compreender por que ele escolheu Oxford em vez de Leeds para concluir os estudos.

"Gostaria de terminar resumindo meus sentimentos para com um de meus amigos mais antigos e queridos citando as palavras do epitáfio a Sir Thomas Fairfax feito pelo duque de Buckingham:

'Nem inveja nem ódio ele jamais conhecera;
Sua alma era cheia de valor e honestidade,
E de ainda algo mais, muito raro nesta era,
Chamado humildade.'"

—

Malcolm Atkins ergueu uma taça de champanhe.

— Ao novo presidente do Farthings! — brindou ele enquanto Sloane se sentava à mesa de Cedric pela primeira vez. — Então, qual será sua primeira medida como presidente?

— Fazer tudo para que fechemos o negócio com a Shifnal antes que alguém descubra por que está tão barata, com preço fixado em 1,6 milhão de libras.

— E a segunda medida? — perguntou Mellor.

— Demitir Sebastian Clifton — respondeu ele com raiva —, juntamente com todos que tinham estreita ligação com Hardcastle e concordavam com sua filosofia antiquada. Este banco está prestes a ingressar no mundo real, onde lucros, e não pessoas, serão seu único objetivo. E, se algum cliente ameaçar transferir sua conta para outro banco, que trate de fazer isso, principalmente se ele for de Yorkshire. Daqui por diante, nosso lema será: "Se você só tem moedas, pode guardar seu dinheiro em outro banco."

—

Para que ninguém visse suas lágrimas, Sebastian baixou a cabeça quando os carregadores desceram o caixão de Cedric no túmulo. Já Ross Buchanan não tentou esconder seus sentimentos, enquanto Emma e Harry se mantiveram o tempo todo de mãos dadas. Todos eles haviam perdido um amigo bondoso e sábio.

Quando, com passos lentos, começaram a se afastar do túmulo, Arnold Hardcastle e sua mãe os acompanharam.

— Por que Adrian Sloane não veio? — perguntou Ross. — Sem falar em pelo menos meia dúzia de diretores?

— Papai não teria se incomodado com a ausência dele — comentou Arnold. — Até porque, antes de morrer, ele estava prestes a demiti-lo.

— Ele lhe disse isso? — indagou Ross.

— Sim. Na sexta-feira, telefonou de manhã cedo para saber qual medida legal deveria tomar se o chefe do departamento fosse pego usando o dinheiro do banco, visando realizar negócios particulares.

— Ele disse quem era esse chefe de departamento? — perguntou Ross.

— Nem precisava.

— Você disse meia dúzia de diretores? — atalhou Emma.

— Sim — respondeu Ross. — Mas por que isso é importante?

— Porque é o número para formar quórum. Se Cedric ainda estivesse vivo, ele teria percebido o que Sloane vinha tramando.

— Oh, meu Deus. Agora, entendi por que ele disse que precisava que eu assinasse aqueles documentos — lamentou-se Beryl. — Cedric jamais me perdoará.

— Assim como você, mamãe, estou abismado, mas não se preocupe. Você ainda é dona de 51 por cento das ações do banco.

— Algum de vocês poderia explicar do que estão falando? — solicitou Harry.

— Adrian Sloane acabou de se eleger presidente do Farthings — respondeu Sebastian. — Alguém sabe onde fica o telefone mais próximo?

13

Sebastian consultou o relógio. Viu que tinha tempo para dar um telefonema. Ficou aliviado quando constatou que a única cabine telefônica à vista estava vazia e funcionando. Ele discou um número que sabia de cor.

— Victor Kaufman.

— Vic, é o Seb.

— Oi, Seb. Parece que você está telefonando do outro lado do mundo.

— Nem tanto. Estou na estação de Huddersfield. Acabei de vir do enterro de Cedric Hardcastle.

— Li a notícia do falecimento dele no *Financial Times* hoje. Você trabalhava para um homem incrível.

— Você não sabe nem a metade da história. É por isso que estou telefonando. Preciso encontrar-me com seu pai com urgência.

— É só ligar para a secretária dele. Vou garantir que ela consiga um horário.

— Mas o que preciso conversar com ele não pode esperar. Preciso encontrar-me com ele hoje à noite mesmo ou amanhã de manhã no máximo.

— Será que estou sentindo o cheiro de um grande negócio?

— O maior que já passou por minha mesa.

— Então, vou falar com ele imediatamente. Quando você estará de volta a Londres?

— Meu trem partirá para Euston às 16h10.

— Telefone para mim da estação que eu...

Sebastian ouviu um forte apito e, quando se virou, viu o ferroviário sinalizando com uma bandeira verde. Ele largou o telefone, disparou correndo pela plataforma e pulou para dentro do trem em movimento.

Escolheu um lugar na traseira do vagão para sentar-se e, assim que recuperou o fôlego, ficou pensando na ocasião em que conhecera Vic, no St. Bede, quando dividiu um dormitório com ele e Bruno Martinez, os quais haviam se tornado seus melhores amigos; um deles, filho de um imigrante judeu, e o outro, filho de um negociante de armas argentino. Com o passar dos anos, tornaram-se amigos inseparáveis. Essa amizade aumentou ainda mais quando Sebastian, na tentativa de ajudar seu amigo judeu, acabou ficando com o olho roxo, embora não soubesse muito bem o que era ser judeu. Tal como um cego incapaz de perceber raça ou religião, descobriu rapidamente que, muitas vezes, preconceito é algo que se aprende na mesa do café da manhã.

Algum tempo depois, concentrou-se no conselho que sua mãe lhe dera pouco antes de ela e seu pai terem partido na viagem de carro de volta para Bristol, após o enterro. Ele sabia que sua mãe tinha razão.

Sebastian preparou um primeiro rascunho com calma; depois, um segundo. Quando o trem entrou na estação de Euston, ele havia concluído a parte final do rascunho, o qual esperava que fosse aprovado não só por sua mãe, mas também pelo próprio Cedric.

—

Sloane reconheceu a caligrafia imediatamente. Ele abriu o envelope e tirou a carta, ficando cada vez mais irritado a cada palavra que lia.

Prezado sr. Sloane,

Não posso acreditar que o senhor fosse capaz de se rebaixar tanto, fazendo uma reunião da diretoria no dia do enterro de Cedric Hardcastle com o único objetivo de se eleger presidente.

Ao contrário de mim, talvez Cedric não ficasse surpreso com sua falsidade.

O senhor pode achar que conseguirá safar-se dessa, mas garanto que está enganado, pois não descansarei até que todos saibam o impostor que é, já que ambos sabemos que o senhor é a última pessoa que Cedric teria desejado que o sucedesse.

Depois que tiver lido esta carta, não ficará surpreso em saber que não quero trabalhar mais para um charlatão abjeto como o senhor.

S. Clifton

Sloane se levantou bruscamente, descontrolado e bufando de raiva. Entrou num ímpeto na sala da secretária e gritou:

— Ele ainda está no edifício?

— Quem? — perguntou Rachel, sem saber de nada.

— Clifton, é claro!

— Não o vi mais desde que ele me entregou uma carta e pediu que eu a pusesse em cima da mesa do senhor.

Sloane saiu da sala pisando duro e atravessou o corredor bufando, alimentando ainda a esperança de pegar Clifton em sua mesa para que pudesse demiti-lo na frente de todos.

— Onde está Clifton? — perguntou ele assim que entrou na sala de Sebastian. Bobby Rushton, o jovem assistente de Sebastian, levantou a cabeça, mas ficou tão petrificado de medo que não conseguiu dizer uma palavra sequer. — Você é surdo? — questionou Sloane. — Não ouviu o que eu disse? Onde está Clifton?!

— Ele recolheu as coisas dele e foi embora há alguns minutos — respondeu Rushton por fim. — Ele nos disse que havia se demitido e que não voltaria mais.

— Minutos antes que acabasse sendo demitido — disse Sloane e, olhando para o rapaz, acrescentou: — E você também. Esteja fora das dependências do banco dentro de uma hora e não deixe nada nesta sala que dê o menor indício de que Clifton um dia existiu.

Sloane voltou para o escritório soltando faíscas e se sentou à mesa, onde havia mais cinco envelopes, todos com a indicação de Confidencial, à sua espera.

—

— Só tive contato com Cedric Hardcastle em meia dúzia de ocasiões, a maioria delas reuniões sociais — disse Saul Kaufman. — Nunca fizemos nenhum tipo de negócio, mas bem que eu gostaria de ter feito, pois ele era um dos poucos homens do centro financeiro que ainda acreditava que um bom e sincero aperto de mão, não um contrato, fechava um acordo comercial.

— Mas, no caso do novo presidente, nem mesmo um contrato será, necessariamente, um bom acordo comercial — advertiu Seb.

— Nunca tive contato com Adrian Sloane. Apenas o conheço pelo que ouço falar. Foi por causa dele que você queria encontrar-se comigo com tanta urgência?

— Sim, senhor — respondeu Sebastian. — Eu estava investigando uma importante negociação envolvendo Sloane quando o presidente teve um ataque cardíaco.

— Então, fale-me sem pressa sobre essa negociação e não omita nenhum detalhe.

Sebastian iniciou o relato falando ao sr. Kaufman a respeito do telefonema que recebera de Ralph Vaughan, da Savills, explicando que isso acabara servindo para alertá-lo para o que Sloane vinha tramando. Contou também que, na manhã seguinte, por orientação de Cedric, ele tinha feito uma viagem a Shifnal, onde conhecera o sr. Swann e descobrira por que Sloane estava disposto a pagar um preço excessivo por uma fazenda de mil acres em Shropshire.

Quando Seb chegou ao fim do relato, viu um sorriso enigmático no rosto de Kaufman.

— Será que o sr. Swann descobriu algo de cuja existência nenhum de nós nem desconfiava? Em todo caso, saberemos a resposta em breve, pois, segundo consta, o governo ficou de anunciar a descoberta do velho professor nas próximas semanas.

— Mas não dispomos de um prazo tão grande, mas de apenas alguns dias. E não se esqueça de que as últimas propostas de compra só poderão ser apresentadas até as cinco da tarde de amanhã.

— Então, você quer que eu cubra a proposta de Sloane, contando com a possibilidade de que o sr. Swann tenha descoberto aquilo que o governo pretende?

— Cedric estava disposto a correr esse risco.

— E olhe que, ao contrário de Sloane, Cedric Hardcastle tinha fama de ser um homem cauteloso... — observou Kaufman, juntando as mãos em posição de prece, quando achou que a tinham atendido, disse: — Precisarei dar alguns telefonemas antes de tomar uma decisão. Volte ao meu escritório às 16h40 amanhã. Se eu me convencer de que devo fazer isso, apresentaremos a proposta.

— Mas, a essa altura, será tarde demais.

— Acho que não.

Seb saiu do banco com a mente confusa e nem um pouco convencido de que Kaufman seguiria em frente com a ideia de fazer a proposta. Todavia, por outro lado, ele não tinha a quem mais recorrer.

Voltou para casa correndo. Queria dividir com Samantha tudo que havia acontecido desde as primeiras horas da manhã. Ela sempre via as coisas de um ponto de vista diferente e, para usar uma de suas expressões favoritas, muitas vezes tirando um coelho da cartola.

Enquanto Sam preparava o jantar, Seb contou a ela quem tinha ido ao enterro de manhã, e, mais importante, quem não tinha, e o que Sloane e seus companheiros fizeram enquanto ele estava em Huddersfield... e também por que agora ele teria que começar a procurar emprego.

Quando ele finalmente parou de andar de um lado para outro na cozinha e se sentou, Sam advertiu:

— Mas você sempre soube que Sloane era um canalha. Portanto, não deveria ter sido nenhuma surpresa o fato de ele haver convocado uma reunião de diretoria quando todos os que se oporiam a ele estavam fora da cidade. Aposto que sua mãe teria percebido o plano.

— E percebeu mesmo, só que tarde demais. Mas ainda acho que podemos vencer Sloane com suas próprias armas.

— Com suas próprias armas não — protestou Sam. — Tente imaginar o que Cedric teria feito nessa situação, não Sloane.

— Mas acho que, para vencê-lo, terei que pensar como ele.

— Talvez, mas não significa que você terá que agir como ele.

— O negócio da Shifnal Farm é uma oportunidade que só aparece uma vez na vida.

— Isso não é motivo para você achar que deve rastejar pela mesma sarjeta de Sloane.

— Mas, Samantha, talvez eu não tenha mais uma chance como essa.

— Claro que terá, Seb. Pense a longo prazo e você entenderá a diferença entre Adrian Sloane e Cedric Hardcastle, pois de uma coisa tenho certeza: poucas pessoas irão ao enterro de Sloane.

Sexta-feira acabou se revelando aquele dia mais longo da vida de Sebastian. Ele não tinha conseguido dormir quase nada na noite anterior tentando decifrar o que Kaufman planejava fazer.

Quando Sam saiu para mais um dia de aula na King's College, Sebastian gastou seu tempo andando pelo apartamento à procura de pequenas tarefas para fazer, tentou distrair-se com a leitura de um jornal, passou um número exorbitante de minutos lavando a pouca louça usada no café da manhã e até saiu para uma corrida no parque, mas, quando voltou, ainda eram apenas pouco mais de onze horas.

Ele tomou banho, barbeou-se e depois abriu uma lata de feijão cozido. Ficava olhando a todo momento para o relógio, mas o ponteiro teimava em levar sessenta segundos para percorrer todo o mostrador.

Depois daquele simulacro de refeição, ele subiu para o quarto, tirou o mais elegante de seus ternos do guarda-roupa, vestiu uma camisa recém-passada e pôs sua velha gravata de estudante. Por fim, poliu os sapatos de tal forma que até um sargento teria ficado orgulhoso.

Às quatro da tarde, Sebastian estava no ponto de ônibus, esperando o número 4 para levá-lo ao centro financeiro de Londres. Saltou próximo à St. Paul's e, embora tivesse caminhado devagar, às 16h25 já estava em frente ao edifício do banco de Kaufman, na Cheapside. Só podia dar uma volta no quarteirão para matar o tempo. Enquanto passava na frente dos edifícios de muitas instituições financeiras já familiares, percebeu como gostava de trabalhar ali. Tentou não pensar no fato de que estava desempregado.

Às 16h38, Sebastian entrou no banco e disse à recepcionista:

— Tenho hora marcada com o sr. Kaufman.

— Qual sr. Kaufman? — perguntou ela sorrindo afavelmente para ele.

— O presidente.

— Pois não, senhor. Queira sentar-se, por gentileza, que vou avisar que o senhor está aqui.

Sebastian ficou andando de um lado para outro no saguão, observando outro ponteiro de segundos percorrer um mostrador bem maior, mas com o mesmo resultado de antes. Foi interrompido por um tapinha no ombro e as palavras:

— O presidente está esperando por nós no gabinete. Vou levá-lo para lá.

Seb ficou impressionado com o fato de Vic não ter dito "meu pai". Durante a subida ruidosa e lenta do elevador, sentiu as mãos suando e tratou de esfregá-las nas calças. Quando entraram no gabinete do presidente, depararam com o sr. Kaufman ao telefone.

— Preciso falar com um colega antes de tomar essa decisão, sr. Sloane. Telefonarei para o senhor por volta das cinco. — Sebastian parecia horrorizado, mas Kaufman pôs o dedo indicador nos lábios, pedindo silêncio. — Se lhe for conveniente.

—

Sloane pôs o fone no gancho, mas, logo em seguida, voltou a pegá-lo e, sem passar a ligação pela secretária, discou um número.

— Ralph, é Adrian Sloane.

— Bem que pensei que fosse — concluiu Vaughan, dando uma olhada no relógio. — Acho que gostará de saber que ninguém telefonou demonstrando interesse pela Shifnal Farm. Portanto, faltando apenas quinze minutos para o encerramento do prazo, suponho que seja razoável concluir que a propriedade é sua. Telefonarei logo depois das cinco para que possamos conversar sobre a forma pela qual você deseja lidar com a documentação.

— Por mim, está ótimo — concordou Sloane —, mas não se surpreenda se a linha estiver ocupada quando você telefonar, pois estou cuidando agora de uma negociação ainda maior do que a da Shifnal Farm.

— Mas, se alguém fizer uma proposta maior até as cinco...

— Ninguém vai — assegurou Sloane. — Só trate de enviar o contrato para o Farthings de manhã cedo. Teremos um cheque esperando por você aqui.

—

— Já são dez para as cinco — disse Vic.

— Paciência, garoto — disse o pai. — Apenas uma coisa realmente importa quando você está prestes a fechar um negócio: o momento certo.

O velho Kaufman se recostou na cadeira e fechou os olhos, embora, por assim dizer, eles estivessem bem abertos. Ele havia dito à secretária que não deveria ser incomodado em hipótese alguma entre as 16h50 e 17h10. Nem Vic nem Sebastian, por sua vez, disseram uma palavra que fosse.

Saul reabriu os olhos, empertigando-se de súbito na cadeira. Verificou se os dois telefones em cima da mesa estavam exatamente onde ele queria que estivessem. Quando faltavam seis minutos para as cinco, ele se inclinou para a frente e tirou do gancho o fone do telefone preto. Ligou para um corretor de imóveis da Mayfair e pediu para falar com o sócio majoritário.

— Senhor Kaufman, mas que surpresa agradável — saudou-o Vaughan. — Em que posso ajudá-lo?

— Comece informando-me que horas são, sr. Vaughan.

— No meu relógio, são cinco para as cinco — respondeu Vaughan, intrigado. — Mas por que a pergunta?

— Porque eu queria ter certeza se o senhor ainda tem condições de aceitar propostas de compra da Shifnal Farm, em Shropshire.

— Com certeza que sim. Mas devo informá-lo de que já temos uma proposta de 1,6 milhão de libras esterlinas feita por um banco.

— Então, pago 1,61 milhão de libras.

— Obrigado, senhor — agradeceu Vaughan.

— E que horas são agora?

— Faltam três minutos para as cinco.

— Por favor, sr. Vaughan, continue na linha, pois preciso falar com uma pessoa em outro telefone. Não demoro. — Kaufman pôs o fone preto em cima da mesa, pegou o fone do telefone vermelho e discou um número.

Depois de três chamadas, uma pessoa atendeu.

— Adrian Sloane.

— Senhor Sloane, estou telefonando para falar sobre os títulos de petróleo nigeriano que seu banco está oferecendo a investidores especiais. Como eu disse antes, o negócio me parece muito interessante. Qual o tamanho máximo do investimento permitido nesse caso?

— Dois milhões de libras, sr. Kaufman. Eu lhe ofereceria mais, mas a maior parte das ações já foi vendida.

— O senhor poderia esperar um pouco enquanto consulto um de meus colegas?

— Claro, sr. Kaufman.

Saul repôs na mesa o fone do telefone vermelho e pegou o preto.

— Peço que me desculpe por tê-lo feito esperar, sr. Vaughan, mas não posso deixar de lhe perguntar mais uma vez: que horas são?

— Falta um minuto para as cinco.

— Ótimo. O senhor poderia fazer a gentileza de abrir a porta de seu escritório agora?

Kaufman pôs o fone do telefone preto em cima da mesa de novo e pegou o do vermelho.

— Meu colega está perguntando se, caso investíssemos os 2 milhões, isso nos daria o direito de ocupar um lugar na diretoria da nova empresa?

— Com certeza — respondeu Sloane. — Aliás, o senhor teria direito a duas vagas, já que seria dono de dez por cento das ações.

— Por favor, deixe-me consultar meu colega mais uma vez. — Kaufman pôs mais uma vez o fone vermelho em cima da mesa e pegou o preto. — O que aconteceu quando abriu a porta, sr. Vaughan?

— Um portador me entregou um envelope contendo uma letra de câmbio no valor de 161 mil libras esterlinas.

— Os dez por cento para fechar o negócio. Que horas são agora, sr. Vaughan?

— Cinco horas e dois minutos.

— Então, negócio fechado. E, desde que eu pague os noventa por cento restantes dentro de trinta dias, a Shifnal Farm é minha.

— Certamente — confirmou Vaughan, não querendo admitir o quanto estava satisfeito em poder contar a Sloane que ele havia perdido o negócio.

— Tenha um bom fim de semana — disse Kaufman, repondo em seguida o fone no gancho e voltando-se para o fone vermelho.

— Senhor Sloane, quero investir 2 milhões de libras nesse projeto extremamente interessante — disse Kaufman, tomado de uma vontade imensa de ver a cara de Sloane a seguir. — Todavia, infelizmente, não consegui fazer com que meus colegas concordassem comigo. Portanto, lamento dizer que terei de retirar minha proposta. Contudo, como o senhor me disse que a maior parte das ações já foi vendida, acho que isso não será algo muito problemático para o senhor.

14

Sebastian não contou a Samantha a estratégia a que o sr. Kaufman recorrera para conseguir fechar o negócio da Shifnal Farm, pois sabia que ela não as aprovaria, ainda que o derrotado na disputa tivesse sido Sloane. O que contou a ele, por outro lado, foi que recebera uma oferta de emprego dele.

— Mas eu achava que esse banco não tinha uma divisão de negócios imobiliários.

— Agora tem — disse Sebastian. — Ele pediu que eu criasse meu próprio departamento. No começo, para cuidar de pequenos negócios, mas com planos de expansão se eu provar minha capacidade.

— Que notícia maravilhosa! — exultou Samantha, dando um forte abraço nele.

— E talvez não seja muito difícil conseguir bons funcionários, já que Sloane demitiu minha equipe inteira, sem falar em vários outros que pediram demissão, incluindo Rachel.

— Rachel?

— Ela era secretária de Cedric, mas durou apenas uma semana no novo regime. Perguntei a ela se não queria trabalhar comigo. Começamos na segunda-feira com uma carteira de clientes vazia. Bem, na verdade, não exatamente vazia, pois Sloane demitiu meu assistente e ordenou que ele retirasse da sala tudo que lembrasse a minha existência. Portanto, ele pegou todas as pastas com informações de clientes com os quais eu estava trabalhando, atravessou a Cheapside e as entregou a mim.

— Isso não é ilegal?

— E quem se importa com isso, já que Sloane nunca descobrirá?

— O Farthings não é formado apenas por Sloane. Você ainda tem obrigações para com a instituição.

154

— Depois do que Sloane fez comigo?

— Não. Depois do que Cedric fez por você.

— Mas isso não se aplica à Shifnal Farm, pois Sloane estava tramando pelas costas de Cedric.

— E agora é você que está fazendo isso com Sloane.

— Pode apostar que sim, ainda mais se isso servir para comprarmos um apartamento em Chelsea.

— Não deveríamos pensar em comprar nada até que você tenha pagado todas as suas dívidas.

— Só que, como o sr. Kaufman me prometeu uma comissão de 45 mil libras quando o governo fizer o anúncio, não terei mais dívidas.

— Isso *se* o governo fizer o tal anúncio — advertiu Sam. — Não comece a gastar o dinheiro antes mesmo de tê-lo recebido. E não se esqueça de que, mesmo que você consiga se dar bem nessa negociação, ainda deve mais de 8 mil libras ao sr. Swann. Não deveríamos ficar pensando na ideia de nos mudarmos ainda.

Esse era outro assunto a respeito do qual Sebastian decidiu que não diria nada a ela.

—

Por decisão própria, Seb passou as próximas semanas trabalhando sob um regime de horas que teria impressionado até mesmo Cedric. Com a ajuda de Rachel e também de sua equipe de colegas demitidos do Farthings, fizeram com que o departamento começasse a funcionar muito antes do que o sr. Kaufman teria achado possível.

Sebastian não ficou satisfeito apenas em recuperar scus antigos clientes, mas, como um pirata sedento, começou a tirar vários outros clientes do Farthings, buscando convencer-se de que não era mais do que aquilo que Sloane merecia.

Três meses depois que começara a trabalhar para Kaufman, o presidente solicitou que ele se apresentasse em seu gabinete.

— Você leu o *The Financial Times* hoje de manhã? — perguntou o chefe, antes mesmo que Sebastian fechasse a porta.

— Só a primeira página e a seção de negócios imobiliários. Por quê?

— Porque estamos prestes a saber se a previsão do sr. Swann estava correta. — Seb achou melhor não interromper. — Parece que o ministro dos Transportes fará um pronunciamento na Câmara dos Representantes às três horas da tarde de hoje. Talvez seja melhor que você e Victor estejam lá para ouvir o que ele tem a dizer e depois me telefonar para informar se ganhei ou perdi uma fortuna.

Assim que Sebastian voltou para o escritório, telefonou para seu tio Giles na Câmara e perguntou se ele poderia obter dois ingressos para que, à tarde, ele e seu amigo pudessem ouvir o pronunciamento do ministro dos Transportes acomodados na Galeria dos Ilustres Desconhecidos.

— Deixarei os ingressos no Saguão Central — prometeu Giles.

Depois que pôs o fone no gancho, Giles ficou examinando o formulário de requerimento, perguntando-se por que Sebastian estaria interessado em uma decisão que afetaria apenas um pequeno grupo de moradores de Shropshire.

—

Sebastian e Vic se acomodaram na quarta fileira de assentos da galeria muito antes de o ministro se levantar para fazer o pronunciamento. Sentado nas bancadas do governo, tio Giles sorriu para os rapazes lá em cima, ainda intrigado com o que havia no pronunciamento que pudesse interessar tanto ao sobrinho.

Os dois jovens bancários estavam sentados na ponta do banco de couro verde quando o presidente da Câmara solicitou que o ministro dos Transportes fizesse seu pronunciamento.

— Senhor presidente — disse o ministro, segurando com certa firmeza as bordas do atril —, apresento-me para informar à Câmara a rota escolhida por meu ministério para a construção do trecho de ampliação da via expressa que atravessará o território do condado de Shropshire.

Se a palavra SILÊNCIO não constasse em letras garrafais nas paredes forradas com painéis de madeira da Câmara, Sebastian teria dado pulos de alegria quando o ministro se referiu à periferia de Shifnal, incluindo a Shifnal Farm, confirmando que seria por lá que passaria o trecho de ampliação da via expressa.

Logo que o ministro terminou de tratar de vários assuntos com membros locais do Parlamento, voltou para seu assento na primeira bancada, dando a vez aos colegas que iniciariam um debate sobre negócios estrangeiros.

Como Sebastian e Vic não tinham nenhum interesse em saber se o governo pretendia impor sanções econômicas à África do Sul, retiraram-se discretamente da galeria, desceram a escada em demanda do saguão central e foram dar na Parliament Square. Ali, Sebastian não teve como se segurar. Deu pulos e mais pulos para comemorar, gritando:

— Conseguimos!

—

Samantha estava lendo o *The Guardian* quando Sebastian, sonolento, apareceu para tomar café na manhã seguinte.

— Onde você estava ontem à noite? — perguntou ela. — Nem ouvi você chegar.

— Vic e eu saímos para comemorar. Desculpe. Eu deveria ter telefonado para avisar.

— Comemorar o quê? — perguntou Sam, mas Seb, preparando uma tigela de mingau com flocos de milho, não respondeu. — Não seria o fato de que o sr. Swann descobriu que o trecho de uma nova via expressa passaria bem no meio da Shifnal Farm e, citando o *The Guardian* — questionou Sam, olhando para a reportagem diante de si —, isso daria uma pequena fortuna a um punhado de especuladores?

Ela passou o jornal para Seb, que olhou para a manchete apenas de relance.

— Você precisa entender — respondeu ele, entre uma colherada e outra — que isso fará com que tenhamos dinheiro suficiente para comprar um imóvel em Chelsea.

— Mas sobrará dinheiro suficiente para que o sr. Swann possa construir seu teatro em Shifnal?

— Depende...

— De quê? Você prometeu a ele que, se fosse confirmada a informação fornecida por ele, daria a ele 8.234 libras para a conclusão das obras do teatro.

— Mas só ganho 4 mil libras por ano — protestou Sebastian.

— E está prestes a ganhar uma comissão de 40 mil.

— Com a qual terei que pagar imposto sobre ganho de capital.

— Não no caso de doação de caridade.

— Mas não firmamos nada por escrito.

— Seb, você ouviu o que acabou de dizer?

— Em todo caso — acrescentou Seb depressa —, será o sr. Kaufman que ganhará essa pequena fortuna, não eu.

— Mas não se esqueça de que foi o sr. Kaufman que assumiu o risco e poderia ter *perdido* uma pequena fortuna, ao passo que você não tinha nada a perder e tudo a ganhar.

— Você não entende... — tentou argumentar Sebastian.

— Entendo muito bem — retrucou Sam, enquanto Seb empurrava a tigela para o lado e se levantava da mesa.

— Preciso ir — disse ele. — Já estou atrasado e tenho muita coisa a fazer hoje.

— Como por exemplo decidir como gastar o dinheiro que o sr. Swann o ajudou a ganhar?

Ele se inclinou para beijá-la, mas ela se esquivou.

— A verdade é que você não tinha nenhuma intenção de pagar ao sr. Swann, não é?

Sebastian não tentou responder, mas apenas se virou e caminhou depressa em direção à porta.

— Você não entende que, se não pagar ao sr. Swann, se revelará tão mau quanto Adrian Sloane? — inquiriu Sam.

Sebastian não disse nada. Apenas pegou a pasta e saiu às pressas do apartamento sem se despedir dela. Assim que chegou à rua, fez sinal para um táxi. Enquanto o veículo seguia pela City Road, começou a se perguntar quanto tempo levaria ainda para ter, como Saul Kaufman, seu próprio carro com motorista. Ao mesmo tempo, as palavras de Sam ecoavam em sua cabeça: "Você se revelará tão mau quanto Adrian Sloane."

Reservaria uma mesa para dois no Mirabelle, quando conversariam sobre tudo, exceto sobre banco e finanças. E, na hora do almoço, faria uma visita ao sr. Gard na Hatton Garden, onde compraria um broche com pedras de marcassita para ela. Com certeza, feito isso, Samantha começaria a apreciar as vantagens de ter aceitado casar-se com Sebastian Clifton.

—

— A mesa de sempre, sr. Kaufman?

Seb se perguntou quando o maître passaria a perguntar: "A mesa de sempre, sr. Clifton?"

Durante o almoço na Grill Room, ele disse ao presidente que já havia descoberto a existência de alguns imóveis cujos donos pareciam ignorar seu verdadeiro valor.

Depois de um almoço em que exagerara um pouco na bebida, pegou um táxi para a Hatton Garden. Na joalheria, o sr. Gard abriu o cofre e pegou o terceiro tabuleiro a partir do topo. Sebastian ficou radiante quando viu que ele ainda estava lá: um broche com gemas de marcassita vitoriano e seu aro rodeado de diamantes que Samantha acharia irresistível.

Na viagem de táxi de volta para Islington, teve certeza de que, durante o jantar no Mirabelle, conseguiria convencê-la a pensar como ele.

Quando enfiou a chave na fechadura, seu primeiro pensamento foi que não continuariam morando ali por muito tempo, mas, quando abriu a porta, ficou intrigado quando viu que todas as luzes do apartamento estavam apagadas. Será que Samantha tinha ido assistir a uma aula à noite? Assim que acendeu uma das luzes, sentiu que havia algo errado. Alguma coisa não estava mais lá, mas o quê? Ficou sóbrio no mesmo instante em que se deu conta de que vários objetos pessoais, incluindo uma fotografia de ambos no Central Park, um dos desenhos de Jessica e a reprodução de Sam de *A Ronda Noturna* não estavam em nenhum lugar do apartamento.

Aflito, entrou correndo no quarto e abriu com força as portas do armário do lado da cama de Samantha. Tudo vazio. Quando olhou embaixo da cama, viu que as malas dela não estavam mais lá.

— Não, não! — gritou ele, saindo do quarto correndo e entrando rápido na cozinha, onde viu o envelope. Estava apoiado num dos lados de uma pequena caixa de couro vermelha e endereçado a Sebastian. Ele a abriu às pressas e tirou uma carta redigida com a letra firme e marcante de Sam.

Querido Seb,

Esta é a carta mais difícil que tive que escrever na vida, pois você foi minha vida. Mas receio que o homem que apareceu na Agnew's Gallery, disposto a gastar cada centavo do pouco que tinha para comprar um dos quadros da irmã, não é o mesmo com o qual tomei café hoje de manhã.

O homem que tinha tanto orgulho de trabalhar com Cedric Hardcastle e desprezava tudo que Adrian Sloane representava não é o mesmo que agora acha que não tem nenhuma obrigação com o sr. Swann, que foi quem fez com que ele ganhasse uma vultosa comissão. Será que se esqueceu das palavras do sr. Swann: "Se Harry Clifton é seu pai, então está tudo bem para mim?"

Se pelo menos Cedric estivesse vivo hoje, nada disso teria acontecido, pois você sabe que ele faria questão de que você cumprisse sua parte do acordo e, caso contrário, ele a cumpriria em seu lugar.

Não tenho dúvida de que sua carreira continuará a avançar de vento em popa e que você terá uma vida de sucesso em tudo que fizer. Mas esse não é o tipo de sucesso do qual eu desejo fazer parte.

Eu me apaixonei pelo filho de Harry e Emma Clifton, pelo irmão de Jessica Clifton. Essa é uma das muitas razões pelas quais eu queria ser esposa de Sebastian Clifton. Mas esse homem não existe mais. Apesar de tudo, guardarei como um tesouro, durante o restante de minha vida, o breve tempo que tivemos juntos.

Samantha

Sebastian caiu de joelhos no chão com as palavras do pai de Samantha ecoando em seus ouvidos: "Samantha estabelece padrões para si mesma, assim como a sua mãe, Seb, com os quais o restante de nós, simples mortais, acha difícil de conviver, a menos que, tal como seu pai, sejam guiados pela mesma bússola moral."

LADY VIRGINIA FENWICK

1966

15

— Vou ver se a patroa está em casa — disse o mordomo.

"Que resposta ridícula", pensou Lady Virginia. "Morton sabe muito bem que estou em casa. O que ele quis dizer foi: 'Vou ver se a patroa quer falar com você.'"

— Quem é, Morton? — perguntou ela quando o mordomo ia entrando na sala.

— A senhora Priscilla Bingham, milady.

— Mas claro que estou em casa para a sra. Bingham — queixou-se ela, atendendo ao telefone ao lado de si. — Priscilla, querida.

— Virginia, querida.

— Há quanto tempo.

— Muito mesmo. E tenho tanta coisa para lhe contar...

— Por que não aparece em Londres para passar alguns dias aqui? Será como nos velhos tempos. Podemos sair para fazer compras, assistir a um espetáculo, experimentar um ou outro dos novos restaurantes e até curtir uma noite na Annabel's, onde simplesmente não podemos deixar de ser vistas, querida.

— Parece ótimo. Vou dar uma olhada na agenda e depois telefonarei para você.

Virginia pôs o fone no gancho e ficou pensando na amiga. Lembrou-se de que não haviam tido muito contato desde sua última visita a Mablethorpe Hall, quando Robert, o marido de Priscilla, a tratara muito mal. E o pior é que, depois disso, o sujeito passara para o lado do inimigo. Agora, ele não apenas era membro da diretoria da Barrington Shipping, como também tinha contribuído para fazer com que o major Fisher, o representante de Virginia na empresa, fosse despedido da diretoria. Para piorar as coisas, havia insistido para que Priscilla o acompanhasse na viagem inaugural do *Buckingham* para

Nova York, embora Virginia houvesse dito à amiga que eles tinham lhe recusado uma cabine na primeira classe.

Quando, quinze dias depois, Priscilla voltou para casa, contou a Virginia que havia acontecido algo de muito grave na primeira noite da viagem, mas Robert se recusava a dizer a ela o que era. Virginia jurou que investigaria isso a fundo, mas essa investigação teria que esperar, pois, por enquanto, não era Emma Clifton que ela tinha sob mira, mas Bob Bingham.

Alguns dias depois, quando Priscilla apareceu no apartamento de Virginia, relatou uma lista enorme de desastres acontecidos durante a viagem, incluindo um jantar extremamente desagradável que ela teve que suportar com aquela alpinista social que era Emma Clifton. Disse também que a comida era simplesmente intragável, que o vinho estava com gosto de rolha e que era bem possível que os garçons deviam ter vindo de um dos centros de veraneio do Butlin's. Todavia, em mais de uma ocasião, assegurou Priscilla, ela tinha posto a sra. Clifton em seu devido lugar.

— E você descobriu o que realmente aconteceu na primeira noite? — perguntou Virginia.

— Não, mas ouvi Robert dizer a um dos diretores que, se algum dia a verdade vazasse, a presidente teria que pedir demissão do cargo e a empresa poderia até entrar em crise de falência. Com certeza, isso a ajudaria em seu processo por calúnia.

Virginia não havia dito à amiga que o processo tinha sido suspenso, pois seus custosos advogados achavam que suas chances de vencer a causa eram, no máximo, de cinquenta por cento, e seu último extrato bancário lhe fizera ver que ela não estava numa situação financeira muito boa para arriscar. No entanto, o que ela havia planejado para Bob Bingham tinha uma porcentagem bem maior de sucesso. Ela tinha certeza de que ele teria que abrir mão de pelo menos metade da própria fortuna, tudo isso com uma surpresa especial. E, assim que ela tivesse lidado com ele, Virginia se concentraria no caso de Emma e no incidente com a Marinha Real. Todavia, se o plano dela para o acerto de contas com Bob Bingham desse certo, ela teria que contratar, mais uma vez, os serviços do major Alex Fisher, uma pessoa que odiava tanto a família Barrington quanto ela.

Bob Bingham não gostou nem um pouco quando Priscilla informou que ficaria na casa deles em The Boltons para passar alguns dias com Virginia. Ele sentia que aquela mulher estava tramando alguma, e não era difícil descobrir o que ela poderia ter em mente.

A única coisa boa no fato de que Priscilla se ausentaria durante uma semana era que isso lhe daria uma chance para convidar Clive a passar alguns dias com ele em Mablethorpe Hall. Clive tinha sido promovido recentemente e não dependia mais da ajuda financeira de Bob. Aliás, talvez a morte trágica de Jessica fosse a razão de ele ter se tornado uma pessoa tão independente. Bob tinha visto poucas vezes o filho desde a noite terrível em que Jessica Clifton tirara a própria vida, algo que jamais teria ocorrido se Priscilla não houvesse convidado aquela víbora a passar o fim de semana com eles. Somente tarde demais, sua esposa havia confessado que Virginia tinha recusado o convite no começo, mas mudara de ideia ao ficar sabendo que Jessica Clifton estaria entre os convidados e que Clive tinha a intenção de pedi-la formalmente em casamento naquele fim de semana.

Bob tentou tirar aquela mulher vil do pensamento, já que precisava concentrar-se na leitura da ata da última reunião da Barrington. Ele concordava com o jovem Sebastian — e tinha que parar de pensar nele como um rapaz. Afinal de contas, ele já havia provado seu valor na diretoria, e poucos de seus integrantes tinham dúvida de que, com o tempo, o jovem se tornaria presidente da empresa. Além disso, a julgar por seu novo estilo de vida, estava claro que ele vinha se saindo muito bem no banco de Kaufman, ainda que seu pai houvesse confidenciado brevemente que sua vida pessoal estava uma bagunça.

Nos últimos anos, Bob Bingham e Harry Clifton haviam se tornado amigos, algo que parecia improvável, considerando o fato de que tinham muito pouca coisa em comum além de Jessica. Harry era um homem de letras, cuja ininterrupta campanha em favor de Anatoly Babakov havia cativado muito o interesse do público. Bob, por outro lado, era um homem de negócios, de balanços patrimoniais, e que só lia um ou outro livro quando estava de férias. Talvez fossem apenas os jogos de críquete que aproximavam os dois, exceto nas ocasiões em que Gloucestershire jogava contra Yorkshire.

Bob concentrou a atenção num estudo que seria apresentado por Sebastian à diretoria, onde expunha as razões pelas quais achava que a empresa não deveria investir na construção de um novo transatlântico de luxo no momento.

—

— Major Fisher — anunciou o mordomo.

— Alex, que bom vê-lo novamente! — disse Virginia, logo tratando de preparar um copo de gim-tônica duplo para ele. — Espero que as coisas estejam indo bem para você.

— Com altos e baixos, assim como a Tower Bridge — comparou Alex quando ela lhe entregou a bebida, perfeitamente ciente de que Lady Virginia só o convidava para uma visita quando queria alguma coisa. Não que ele pudesse se queixar; afinal, não era exatamente uma pessoa abastada desde que perdera o cargo na diretoria da Barrington. Em todo caso, Virginia não perdeu tempo e foi direto ao assunto.

— Lembra-se daquele nosso pequeno ataque aos interesses de Bob Bingham alguns anos atrás?

— Como eu poderia me esquecer? — tornou Alex. — Mas, veja bem, não é algo que eu gostaria de fazer de novo — apressou-se em acrescentar.

— Não. Não é isso que tenho em mente. Mas preciso de você para fazer uma pequena investigação para mim. Gostaria de saber quanto Bingham vale. Sua empresa, suas ações, seus imóveis, principalmente estes, e conhecer qualquer outra fonte de renda que ele tenha e a respeito da qual ele não gostaria que o fisco soubesse. Cave fundo e não deixe escapar nenhum detalhe, por mais insignificante que possa parecer.

— E...

— Eu pagarei cinco libras por hora, mais despesas, e uma bonificação de 25 libras se ficar satisfeita com seu trabalho.

Alex sorriu. Afinal, Virginia jamais pagara as bonificações prometidas no passado, e a ideia dela de despesas envolvia fazer viagens na terceira classe e nunca pernoitar no destino. Porém, considerando a situação atual, ele não estava em condições de desprezar cinco libras por hora.

— Quando terei que lhe apresentar um relatório?

— Dentro de dez dias, Alex. É bem possível que, então, eu tenha outro serviço para você, mais perto de casa.

—

Virginia tinha planejado a visita de Priscilla Bingham a Londres com rigor militar. Não deixou nada nas mãos do destino.

Na segunda-feira, as duas foram levadas de carro para Epsom, onde se reuniram com Lorde Malmsbury em seu camarote particular, à altura da linha de chegada. Priscilla claramente gostou de receber um crachá que dava acesso à tribuna real, onde vários homens elogiaram seu elegante modelo assinado por Hartnell e seu chapéu ao estilo Jackie Kennedy. Fazia anos que não recebia tanta atenção.

Na terça-feira, após um almoço leve no Simpson's, marcaram rápida presença num coquetel no distinto Banqueting House, antes que partissem para um jantar de gala beneficente no Savoy, em prol da Cruz Vermelha, onde Matt Monro cantou para os convidados.

Na quarta-feira, foi a vez do Queen's Club, onde assistiram a uma partida de polo entre uma equipe de Windsor capitaneada pelo jovem príncipe Charles e uma equipe convidada de jogadores argentinos, da maioria dos quais Priscilla não conseguiu desgrudar os olhos. À noite, tiveram lugares especiais para assistir a *Uma Garota Genial*, um novo musical que contava com Barbra Streisand, a atriz do elenco original da Broadway, e que gerava filas imensas para a compra de ingressos para o espetáculo que eram motivo de inveja de todos os teatros do West End.

Na quinta-feira, e só Deus sabe como Virginia conseguiu os ingressos para isso, elas participaram de uma festa real ao ar livre no Buckingham Palace, onde Priscilla foi apresentada à princesa Alexandra. À noite, elas jantaram com o duque de Bridgewater e seu filho mais velho, Bofie, que não conseguiu tirar os olhos de Priscilla. Aliás, Virginia teve que chamar a atenção dele, pois, apesar do incentivo dela, achou que talvez ele estivesse exagerando.

Na sexta-feira, Priscilla estava tão cansada que ficou quase a manhã inteira na cama e só conseguiu levantar-se quando já ia passando da hora para chegar a tempo ao cabeleireiro, antes que seguisse depois para uma noite no Covent Garden, onde assistiriam a uma produção de *Giselle*.

No sábado de manhã, compareceram a um exótico desfile militar, com coloridas bandeiras de regimentos e soldados montados a cavalo, acompanhando a cerimônia acomodadas no edifício do Scottish Office, que dá vista para a praça do Horse Guards. À noite, participaram de um tranquilo jantar *à deux* no apartamento de Virginia.

— Ninguém em Londres sonharia em sair às ruas num sábado à noite — explicou Virginia. — As ruas ficam cheias de estrangeiros e torcedores arruaceiros de times visitantes.

Mas, na verdade, fazia alguns dias que Virginia havia deliberado que aproveitaria aquela noite para plantar as primeiras sementes de dúvida na mente da amiga.

— Que semana! — disse Priscilla enquanto se sentavam para jantar. — Muito divertida. E pensar que amanhã terei que voltar para a Mablethorpe.

— Você não precisa voltar — sugeriu Virginia.

— Mas Robert está me esperando.

— Está? Sinceramente, será que ele se importaria mesmo se você passasse mais alguns dias em Londres?

Priscilla largou o garfo e a faca, claramente pensando a respeito. Na verdade, Virginia não queria que ela ficasse nem mais um dia em Londres, já que estava exausta e não tinha nada planejado para a semana seguinte.

— Você já pensou em se separar de Robert? — perguntou Virginia enquanto Morton enchia mais uma vez de vinho o copo de Priscilla.

— Vivo pensando. Mas como eu poderia sobreviver sem ele?

— Razoavelmente bem, acredito. Afinal de contas, você tem uma casa adorável em The Boltons, sem falar...

— Mas não é minha.

— Poderia ser — afirmou Virginia, entusiasmando-se com o que se propunha a fazer.

— O que você quer dizer com isso?

— Você leu aquela matéria sobre Robert no caderno de economia e negócios do *The Telegraph* algumas semanas atrás?

— Nunca leio a seção de economia e negócios de nenhum jornal.

— Bem, achei extremamente revelador. Parece que a Bingham Fish Paste vale uns 15 milhões de libras. Além do mais, não tem dívidas e possui boas reservas de caixa.

— Mas, se eu me separasse de Robert, eu não iria querer ter nenhuma ligação com a empresa.

— Você não teria que ter nenhuma ligação com ela. Mablethorpe Hall, a casa em The Boltons e sua mansão de veraneio no sul da França, sem falar nos 3 milhões de libras na conta bancária, corresponderiam a menos de metade da propriedade de Robert. E metade é o que você pode esperar obter com a separação, depois de 26 anos de casamento e um filho que você criou praticamente sozinha por causa de todas aquelas horas que seu marido passou fora de casa cuidando da carreira.

— Como você sabe que a empresa tem 3 milhões de libras na conta bancária?

— Está registrado na Companies House, informação a que qualquer pessoa pode ter acesso. São 3.142.900 milhões, para ser mais exata.

— Eu nem fazia ideia.

— Em todo caso, independentemente do que você decidir, querida, estarei sempre aqui para apoiá-la.

—

Até Virginia ficou surpresa quando, na sexta-feira seguinte, recebeu um telefonema de Mablethorpe Hall, com a amiga chorando ao telefone.

— Estou tão solitária... — queixou-se Priscilla — e não tenho nada para fazer aqui.

— Então, por que não vem ficar comigo em Londres por uns dias, querida? Ontem mesmo, Bofie Bridgwater me perguntou quando você voltaria à cidade.

Quando, na tarde do dia seguinte, Priscilla apareceu ao pé da porta de Virginia, a primeira coisa que ela disse foi:

— Você conhece um bom advogado especializado em divórcio?

— Na verdade, uma. E a melhor, por sinal — respondeu Virginia.

— Afinal de contas, ela me representou em duas ocasiões.

Vinte e dois dias depois, Robert Bingham recebeu uma notificação de pedido de divórcio. Mas nem assim o major Fisher ganhou seu bônus.

—

Todos se levantaram quando a juíza Havers entrou na sala do tribunal. Depois que se sentou, a juíza deu uma espiadela nas partes litigantes. Afinal, ela havia examinado minuciosamente os dois documentos de pretensão e, tendo arbitrado mais de mil processos de divórcio, sabia exatamente o que estava procurando com essa olhadela para a assistência.

— Senhora Everitt.

A advogada de Priscilla se levantou imediatamente.

— Milady — disse ela.

— Vejo que as partes chegaram a um acordo e peço que façam a gentileza de me apresentar um resumo.

— Certamente, meritíssima. Neste caso, eu represento a demandante, sra. Priscilla Bingham, enquanto meu douto amigo, sr. Brooke, representa o demandado, sr. Robert Bingham. Milady, a sra. Bingham é casada com o demandado há 26 anos. Durante esse tempo, ela tem sido uma esposa fiel, sincera e cumpridora de seus deveres. Ela deu à luz um filho, Clive, que, por causa dos vários compromissos comerciais do marido, teve que criar praticamente sozinha.

— Com a ajuda de uma babá, um cozinheiro, uma empregada e uma faxineira — disse Bob baixinho, mensagem que seu advogado captou bem.

— Mesmo durante as férias escolares, milady, foram raras as vezes em que o sr. Bingham passou mais de uma semana com a esposa e o filho, ansioso por voltar para sua fábrica em Grimsby. Portanto, propomos — continuou a advogada — que a sra. Bingham fique com a casa da família, na qual reside há 26 anos, juntamente com a casa em Londres e a mansão de veraneio perto de Cap Ferrat, no sul da França, onde ela e o filho sempre passaram as longas férias de verão juntos. A senhora Bingham gostaria de solicitar à corte que lhe conceda o direito de receber 3 milhões de libras esterlinas do patrimônio do marido, de modo que possa conservar as três casas e continuar a ter um padrão de vida a que está acostumada. Devo acentuar também, milady, que isso é muito menos da considerável fortuna do sr. Bingham — rematou a sra. Everitt, pedindo vênia para sentar-se em seguida.

— E o sr. Bingham concorda com essas condições, sr. Brooke?

O advogado de Robert se levantou devagar, ajeitou as lapelas da beca e disse:

— Com certeza, milady. O sr. Bingham ficará com a empresa da família, a Bingham's Fish Paste, fundada por seu avô mais de cem anos atrás. Ele não tem mais nenhuma outra exigência.

— Que assim seja então — disse a juíza —, mas, antes que se faça o acordo definitivo, sempre gosto que as partes confirmem que estão mesmo satisfeitas com a partilha dos bens, de forma que não haja queixas e recriminações no futuro, tampouco nenhuma insinuação de que não entenderam bem o que havia sido proposto. Senhor Bingham. — O advogado de Robert deu uma leve cutucada em seu cliente, fazendo Bob levantar-se. — O senhor está satisfeito com a partilha de seus bens?

— Estou, meritíssima.

— Obrigada, sr. Bingham — agradeceu a juíza e, voltando-se para o outro lado do tribunal, fez a mesma pergunta à sra. Bingham.

Priscilla se levantou, sorriu para a juíza e respondeu:

— Estou satisfeita. Aliás, eu me disporia a concordar com meu ex-marido se ele quisesse escolher com qual das metades dos bens prefere ficar.

— Quanta generosidade de sua parte, senhora — comentou a juíza.

Mas a declaração deixou espantados os dois advogados, totalmente despreparados para aquela intervenção fora do roteiro. Embora isso não fosse fazer nenhuma diferença no resultado final do processo, advogados não gostam de ser tomados de surpresa.

— Então, voltarei a perguntar ao sr. Bingham — disse a juíza. — Mas, como o assunto precisa ser muito bem analisado, permitirei que o sr. Bingham tenha até amanhã para pensar na decisão. O prosseguimento do processo está suspenso até as dez horas de amanhã — rematou ela, levando Bob a levantar-se de chofre.

— É muita gentileza sua, meritíssima, mas já me decidi...

O advogado de Bob fez que ele voltasse a se sentar, até porque a juíza Havers já tinha deixado a sala do tribunal.

Se essa foi a primeira surpresa do dia para Bob, a segunda foi deparar-se com Sebastian Clifton sentado discretamente nos fundos do tribunal fazendo anotações. Ficou ainda mais surpreso quando Seb perguntou se Bob tinha tempo para jantar com ele.

— Bem, eu pretendia voltar para Lincolnshire hoje à noite, mas, agora que tenho de assistir pelo menos a uma pequena parte da fase final do processo amanhã de manhã, terei imenso prazer em aceitar seu convite.

Ambos ficaram observando Priscilla se retirar da sala do tribunal, escorando-se no braço de Virginia. Sua ex-esposa chorava baixinho.

— Eu poderia matar essa mulher — disse Bob — e cumpriria prisão perpétua com imensa satisfação.

— Acho que isso não será necessário — comentou Sebastian. — Acredito que arranjei uma solução muito melhor para lidarmos com Lady Virginia.

—

Às dez horas da manhã seguinte, estavam todos de volta aos seus lugares quando a juíza Havers entrou no tribunal. Assim que se acomodou em seu lugar, ela olhou para o banco dos advogados e disse:

— Resta-nos a solução de apenas uma questão agora, como seja com qual das metades dos bens o sr. Bingham decidiu ficar — disse a juíza, fazendo Bob se levantar.

— Agradeço muito, milady, por ter dado a oportunidade de pensar melhor em minha decisão. Decidi ficar com os três imóveis, juntamente com os 3 milhões de libras. Gostaria de agradecer a minha esposa por seu gesto de extrema generosidade e desejar-lhe sucesso na administração da empresa.

A decisão inesperada provocou ruidoso alvoroço no tribunal. Com exceção de Bob Bingham, apenas duas outras pessoas não pareceram surpresas: a juíza e Sebastian Clifton.

16

— O que deu em você que a levou a fazer algo tão estúpido? — questionou Virginia.

— Eu só queria que Robert soubesse quanto achei justo o nosso acordo.

— Bem, o tiro acabou saindo pela culatra.

— Mas jamais imaginei que ele abriria mão da tão adorada empresa dele.

— E não estou convicta de que ele tenha feito isso mesmo — observou Virginia. — Aqueles dois devem estar tramando alguma coisa.

— Aqueles dois?

— Sim. Eu deveria ter percebido que Sebastian Clifton tinha um motivo oculto para estar presente no tribunal. Ele me pegou de surpresa dessa vez, mas não conseguirá fazer isso de novo.

— Mas é apenas uma criança.

— Uma criança que está conquistando rapidamente a fama de garoto prodígio no centro financeiro de Londres. Além disso, ele é filho de Harry e Emma. Então não podemos confiar nele.

— Mas o que ele ganhará com isso?

— Ainda não sei, mas pode ter certeza de que ele está aprontando alguma. Contudo, conseguiremos impedi-los de seguir em frente com o plano deles se eu agir rápido.

— Mas o que poderei fazer, agora que estou sem um tostão e um lugar para morar?

— Ânimo, Priscilla. Você é dona de uma empresa que vale 15 milhões de libras esterlinas e que, só no ano passado, anunciou um lucro de mais de um milhão.

— Mas por quanto tempo, agora que Robert não está mais comigo para administrá-la?

— Não se preocupe com isso. Conheço a pessoa perfeita para substituí-lo. Ele tem bastante experiência com gerenciamento de recursos humanos, trabalhou como diretor de uma empresa de capital aberto e, o mais importante, pode começar imediatamente.

—

Sebastian, Bob e Clive Bingham se encontraram no escritório de Sebastian horas depois naquela manhã para conversarem sobre o que precisavam fazer em seguida.

— A primeira parte de nosso plano correu bem — comentou Sebastian. — Mas Virginia não vai demorar muito a perceber o que estamos tramando. Portanto, teremos que agir com rapidez, muita rapidez, se quisermos remover todas as peças do tabuleiro a tempo.

— Então terei que ir de carro a Grimsby hoje à tarde — informou Bob.

— E é bom ir logo — disse Sebastian —, pois o senhor precisa estar de volta a Londres amanhã à noite, no máximo. Quero que todos na Bingham, da chefia aos funcionários da fábrica, bem como todos os seus clientes de norte a sul do país, achem que a única razão pela qual estamos visitando a fábrica é para nos despedirmos dos funcionários e desejá-los boa sorte sob a nova direção. Pouco antes de o senhor partir, Clive fará à imprensa o comunicado que vem preparando.

Clive abriu a pasta e pegou duas folhas de papel almaço.

— O comunicado tem que ser sucinto, claro e objetivo — disse ele, passando uma cópia para seu pai e outra para Sebastian. — Só o divulgarei ao saber que papai está a caminho de Londres, quando então enviarei uma cópia ao *Grimsby Evening Telegraph*. Com certeza, será publicado na primeira página. Depois disso, eu o divulgarei entre os correspondentes do setor de finanças e negócios da imprensa de Londres.

Bob leu o comunicado devagar e ficou impressionado com o que seu filho havia preparado. Contudo, sabia que era necessário fazer muito mais se quisessem que o público e, principalmente, Lady Virginia acreditasse que ele pretendia mesmo fazer o que dizia.

— E, assim que eu tiver voltado para Londres, que farei então?

— Pegue um avião para Nice, vá direto para sua casa em Cap Ferrat e não saia de lá — recomendou Sebastian.

— E depois? — perguntou Bob. — Nunca fiquei mais do que alguns dias no sul da França sem me ver morrendo de tédio e pegar um avião de volta para casa.

— Bem, dessa vez teremos que lidar melhor com isso — advertiu Clive —, se o senhor quiser convencer o mundo de que está aproveitando ao máximo a aposentadoria precoce e que não tem absolutamente nenhum interesse em voltar para Grimsby.

— E veja bem: a maior parte das pessoas não achará muito difícil acreditar nisso — observou Sebastian.

— Aposentadoria? — questionou Bob, ignorando o comentário de Sebastian. — Prefiro morrer a me aposentar. E quanto a essa ideia de que estou me divertindo... não nasci para o ócio e o lazer. Portanto, talvez você possa me dizer, Seb, o que poderei ficar fazendo durante o dia.

— Que tal uma partida de golfe de vez em quando, seguida de um longo almoço num dos muitos restaurantes às margens da Riviera francesa recomendados pelo guia Michelin e, para coroar o dia, uma noite numa das mais exóticas casas noturnas de Nice?

— E onde acharei uma caneca de cerveja do Bateman's, com bacalhau e batatas fritas servidas em jornal?

— Acredito que você não achará muitas lojas vendendo peixe e fritas em Cap Ferrat — reconheceu Sebastian.

— E não há muita procura por creme de ervilhas na Riviera — acrescentou Clive.

Os três caíram na gargalhada.

— Sinto pena de sua mãe, Clive — disse Bob. — Ela está prestes a descobrir que grande amiga Lady Virginia Fenwick realmente é.

—

— Bem, pelo menos dessa vez, major, você será presidente de uma empresa que não tem diretoria, nem ninguém a quem prestar contas. Você poderá começar do zero.

— Talvez. Mas acho que você deveria saber que as ações da empresa despencaram ontem, depois do comunicado de Bingham à imprensa.

— Que comunicado? — perguntou Virginia.

Fisher pegou um exemplar do *The Times* deixado em cima da mesinha de centro e o abriu na página da principal reportagem do caderno de finanças e negócios. Virginia encarou a fotografia de Bob cumprimentando alguns funcionários da fábrica com apertos de mão após seu discurso de despedida e leu com atenção a declaração: "Claro, estou triste por deixar a fábrica que meu avô fundou em 1857, principalmente por ter sido seu presidente nos últimos 23 anos. Mas não tenho receio pelo futuro da empresa enquanto ela estiver nas competentes mãos de Priscilla, minha ex-esposa. Espero que todos continuem a apoiá-la, tal como sempre fizeram comigo. Contudo, está na hora de eu me aposentar e me recolher em minha linda casa no sul da França, onde pretendo desfrutar de um merecido descanso."

— Não acredito em uma palavra que seja — comentou Virginia. — Portanto, quanto mais cedo você partir para Grimsby, melhor, major. Você precisará lançar mão de toda a sua habilidade e experiência como oficial do exército para manter todas aquelas pessoas na linha.

———

Quando, horas depois naquela noite, Clive levou o pai de carro ao Heathrow, não conseguiu fazer com que dissesse uma só palavra.

— Qual é o problema, papai? — perguntou ele por fim.

— Alguns dos funcionários da fábrica estavam chorando quando parti. Pessoas com as quais trabalhei durante mais de vinte anos. Precisei de toda a minha força de vontade para não arregaçar as mangas e começar a ajudá-los a carregar os caminhões.

— Entendo como se sente, papai, mas acredite: o senhor tomou a decisão certa.

— Espero que sim — disse Bob no momento em que paravam na frente do aeroporto.

— E não se esqueça de que, se o senhor se deparar com um fotógrafo, trate de sorrir e parecer relaxado. Não podemos deixar que a imprensa ache que o senhor parece infeliz, pois logo Lady Virginia descobrirá o que estamos tramando.

— Aposto que ela já sabe.

— Papai, podemos derrotá-la, desde que o senhor não perca a calma.

— Por favor, torne esse meu exílio o mais breve possível — implorou-lhe o pai depois que dera entrada no registro da mala no aeroporto e um forte abraço no filho.

— Telefonarei todos os dias — prometeu Clive — para mantê-lo a par de tudo que estiver acontecendo deste lado.

— E fique de olho em sua mãe. Será um choque terrível para ela quando finalmente conhecer a verdadeira Virginia.

—

Quando o major pôs os pés na plataforma em Grimsby, ele sabia exatamente o que precisava fazer. Seu plano era infalível, e sua estratégia, elaborada com o máximo de esmero e detalhes.

A essa altura, com base na pesquisa que havia feito para Lady Virginia, ele já sabia muita coisa sobre Robert Bingham e a maneira pela qual ele administrara a fábrica. Dessa vez, ela não tentara fechar a mão, mas cedera a todas as exigências: 20 mil libras por ano mais despesas, incluindo a reserva de uma suíte no Royal Hotel sempre que ele tivesse que ficar em Grimsby.

Como sabia que não podia perder um minuto sequer, pediu que o taxista o levasse direto para a fábrica. Durante a corrida, ficou revendo e ensaiando mentalmente o discurso que tinha preparado, discurso que não deixaria nenhuma dúvida de que ele era o chefe. Não devia ser difícil dirigir uma fábrica de patê de peixe. Afinal, ele havia comandado uma companhia em Tubruq com os alemães babando em seu encalço.

O taxista o deixou na frente da fábrica. Um homem de boné, sujo e desarrumado, com a camisa aberta em cima e um macacão emporcalhado de graxa, ficou espiando o major do lado de dentro dos portões trancados.

— O que você quer? — perguntou ele com certa rispidez.

— Sou o major Fisher, o novo presidente. Portanto, abra o portão agora mesmo, meu bom homem.

Depois de um toque na pala do boné, o homem abriu o portão.

— Onde fica o escritório do presidente? — inquiriu Fisher.

— Bob nunca teve o que você chama de escritório, mas a gerência fica no fim daquela escada — informou o homem, apontando para o outro lado do pátio.

O major atravessou o pátio em marcha, um tanto surpreso com a falta de movimento, pois sabia que a fábrica tinha mais de duzentos funcionários trabalhando em tempo integral com outros duzentos em meio expediente. Ele subiu para o primeiro andar pela escada com degraus de ferro e, quando abriu a porta, se deparou com um escritório formado por um único salão, sem divisórias e com uma dúzia de mesas, apenas duas das quais estavam ocupadas.

O jovem sentado a uma delas se levantou de um pulo.

— O senhor deve ser o major Fisher — disse ele, como se o estivesse esperando. — Sou Dave Perry, o subgerente. Mandaram que eu lhe apresentasse as instalações da fábrica e respondesse a toda pergunta que o senhor quisesse fazer.

— Eu estava, na verdade, esperando ter uma reunião com o diretor-geral para que me pusesse a par de tudo o mais depressa possível.

— Ah, mas o senhor não soube?

— Soube do quê?

— O sr. Jopling apresentou a carta de demissão ontem. Disse que, como faltavam apenas alguns anos para se aposentar, talvez fosse o momento certo para que alguém o substituísse.

— E você é essa pessoa? — perguntou Fisher.

— Ah, de jeito nenhum — respondeu Perry. — Estou aqui apenas há alguns meses. E, de qualquer forma, não estou querendo arcar com mais responsabilidade.

— Então, essa pessoa deve ser Pollock, o chefe da produção — disse Fisher. — Onde ele está?

— O sr. Jopling o demitiu ontem por insubordinação. Foi praticamente a última coisa que fez antes de pedir as contas. Mas, veja bem, Steve Pollock não pode se queixar. Foi para casa, mas receberá o salário integral até que o sindicato conclua a investigação do caso. Ninguém duvida que ele será reempossado. O único problema é que, geralmente, o comitê de sindicância leva alguns meses para chegar a uma decisão.

— Mas ele deve ter um substituto, ou não? — indagou Fisher, incapaz de esconder a frustração.

— Sim, Les Simkins. Mas ele está fazendo um curso de estudo de tempo e movimentos em Hull Poly. Perda de tempo e quase nenhum movimento, se quer saber minha opinião.

Fisher atravessou o salão e olhou para o chão da fábrica, lá embaixo no térreo.

— Por que as máquinas não estão trabalhando? A fábrica não deveria funcionar 24 horas por dia sem parar? — questionou ele, fixando o olhar em uma dúzia de trabalhadores, conversando em pé, aqui e ali, com as mãos nos bolsos e um deles enrolando o fumo de um cigarro com a mortalha.

— Geralmente, trabalhamos em turnos de oito horas — informou Perry —, mas, de acordo com a parte do estatuto da empresa que regula o funcionamento, precisamos de um número mínimo de trabalhadores qualificados para que as máquinas possam ser ligadas... normas, entende?... e esta semana, infelizmente, uma quantidade extraordinariamente grande dos rapazes está de licença médica.

Nesse instante, o telefone na mesa dele começou a tocar. O rapaz atendeu e ficou ouvindo a pessoa falar por alguns instantes.

— Lamento saber disso, senhor, mas, como nosso novo presidente acabou de chegar, vou passar a ligação para ele. — Perry cobriu o bocal do telefone com a mão e disse: — É o oficial encarregado do porto, capitão Borwick. Parece que está com um problema.

— Bom dia, Borwick. É o major Fisher, o presidente da empresa. Como posso ajudá-lo?

— Bom dia, major. É algo muito simples. Sua empresa está com o equivalente a três dias de carga de bacalhau acumulada em minha zona portuária e eu gostaria que ela fosse recolhida o mais cedo possível.

— Vou providenciar isso agora mesmo.

— Obrigado, major, pois, se ela não tiver sido tirada daqui até as quatro da tarde, não terei escolha, a não ser devolver o bacalhau para o mar. — A ligação foi encerrada.

— Onde estão os caminhões que recolhem a pesca matinal?

— Os motoristas ficaram na fábrica até o meio-dia, mas, como não havia ninguém com autoridade para ordenar que fossem ao porto recolher a carga, trocaram de roupa e foram para casa. Saíram só uns minutos antes de o senhor chegar, major. Mas estarão de volta amanhã às seis. Bob estava sempre aqui de manhãzinha. Gostava de ir ao porto para supervisionar o carregamento pessoalmente. Pois, com ele lá, ninguém o enganava, dizendo que havia recolhido toda a pesca, quando, na verdade, só tinha carregado a pesca do dia anterior.

Desanimado, Fisher se sentou pesadamente numa cadeira e ficou olhando fixamente para uma pilha de correspondências fechadas endereçadas a Bob Bingham.

— Por acaso eu tenho uma secretária? — perguntou ele.

— Val. E não há nada neste lugar a respeito do qual ela não saiba.

Fisher conseguiu abrir um sorriso amarelo.

— E onde ela está?

— De licença-maternidade. Só voltará daqui a alguns meses. Mas sei que ela pôs um anúncio no *Grimsby Evening Telegraph* oferecendo uma vaga temporária para substituí-la — acrescentava o rapaz quando um homem que mais parecia um peso-pesado entrou pisando firme e barulhento no salão.

— Qual de vocês dois é o encarregado aqui? — perguntou ele.

Perry apontou para o major.

— Precisamos de ajuda num descarregamento, chefe.

— Descarregamento do quê?

— De 148 caixotes de potes de patê de peixe. É assim toda terça. Se o senhor não tiver ninguém para descarregá-los, teremos que levá-los de volta para Doncaster, mas isso terá um preço.

— Talvez você pudesse dar uma mãozinha a eles, Perry.

— Sou funcionário da gerência, major. Os sindicatos convocariam uma greve se eu simplesmente olhasse para um caixote.

Somente então Fisher percebeu que estavam todos ali tocando a mesma orquestra, e o regente não era ele.

O major durou três dias, durante os quais nem um único pote de patê de peixe da Bingham saiu da fábrica. Feitas as contas, chegou à conclusão de que travar batalhas com os alemães no norte da África era muito mais fácil do que tentar trabalhar com uma turma de representantes de sindicato pirracentos em Humberside.

Na sexta-feira à noite, depois que os trabalhadores — todos os duzentos deles — haviam pegado seus envelopes com o salário das horas trabalhadas e ido para casa, o major baixou a cortina do espetáculo. Pouco depois, Fisher fez check-out na hospedagem no Humber Royal Hotel e pegou o último trem de volta para Londres.

—

— As ações da Bingham caíram mais dez por cento — informou Sebastian.

— Qual é o preço atual? — perguntou Bob.

Sebastian deu uma olhada na fita do teleimpressor do escritório.

— Sete xelins e seis *pence*. Digo, seis xelins e quatro *pence*.

— Mas era de uma libra apenas uma semana atrás.

— Sim, mas isso foi antes de o major ter batido em retirada de volta para Londres.

— Então, deve estar na hora de eu voltar lá para reorganizar tudo — disse Bob.

— Ainda não. Mas já fique com o número de um agente de viagens na mão.

— E o que vou ficar fazendo enquanto isso? — perguntou Bob, irritado.

— Canastra?

—

Virginia e Priscilla praticamente não se falavam já havia uma semana. Um comentário fortuito durante o café da manhã provocou uma discussão que vinha fermentando fazia um tempo.

— Bofie Bridgwater estava me dizendo ontem à noite...

— Bofie Bridgwater é um parasita e um asno — retrucou Priscilla com rispidez.

— Mas tem um título de nobreza e milhares de acres de terra.

— Não dou a mínima para o título dele e, antes de tudo isso, eu tinha milhares de acres de terra.

— E ainda teria — redarguiu Virginia — se não tivesse cometido aquela tolice no tribunal.

— Como eu poderia saber que Robert abriria mão da empresa? Eu estava simplesmente tentando demonstrar que achei que ele havia sido muito generoso e agora não tenho nem um teto para morar.

— Bem, você pode ficar aqui por mais um tempinho, mas talvez seja melhor começar a procurar um lugar para morar. Afinal, não se pode esperar que eu a sustente para sempre.

— Mas você disse que eu sempre poderia contar com sua ajuda.

— Não me lembro de ter dito *sempre* — refutou Virginia enquanto punha uma fatia de limão no chá.

Priscilla se levantou, dobrou o guardanapo e o pôs em cima da mesa. Em seguida, retirou-se da sala sem dizer nada, subiu para o quarto de hóspedes e começou a arrumar as malas.

—

— Papai, o senhor pode pegar o próximo avião para casa agora.

— Até que enfim! Mas por que agora?

— Parece que mamãe finalmente caiu na real. Ela deixou o apartamento de Lady Virginia há cerca de uma hora.

— E o que faz você achar que não voltará mais?

— Ela estava levando três malas e pegou um táxi para o Mulberry Hotel, em Pimlico.

— Estou indo para o aeroporto agora — disse Bob.

Clive pôs o fone no gancho.

— Será que devo pegar papai no Heathrow e levá-lo de carro para o Mulberry?

— Acho que não — respondeu Sebastian. — Você só vai atrapalhar se fizer isso. Espere que ele telefone para você.

—

Horas depois naquela noite, Clive se reuniu com a mãe e o pai no Savoy para tomar um drinque.

— Tão romântico... — comentou Priscilla, segurando a mão de Bob. — Seu pai reservou a mesma suíte em que passamos nossa primeira noite de lua de mel.

— Mas, desse jeito, vocês estarão pecando — brincou Clive.

— Não por muito tempo — replicou Priscilla. — Vamos procurar a juíza Havers amanhã de manhã. Nosso advogado acha que ela pode resolver nosso problema.

— Tenho o pressentimento de que a meritíssima não ficará muito surpresa — observou Clive.

— E como foi que você ficou tão sábio assim, de repente? — perguntou Bob.

— Quando vocês não me deram escolha a não ser aprender a me virar.

—

— Temos um tal de sr. Bingham querendo falar com o senhor — informou a telefonista.

— Bob, você ainda está em Londres? — perguntou Sebastian. — Preciso tratar de um assunto com você.

— Não. Voltei para Grimsby, onde reempreguei a maior parte de meus antigos funcionários. Parece que gostaram tanto das férias prolongadas como eu.

— Vi que o preço das ações subiu um pouco.

— Sim, mas levará algum tempo ainda para que tudo volte a ficar bem e funcionando a contento de novo. Talvez fosse melhor comprar algumas ações enquanto o preço está tão baixo.

— Faz um mês que eu as venho comprando — disse Sebastian. — E agora tenho cerca de quatro por cento da Bingham's Fish Paste.

— Se eu tivesse uma diretoria — disse Bob —, eu o colocaria nela. Em todo caso, ainda estou endividado com você, principalmente por causa de seu papel de casamenteiro. Portanto, por que não me envia uma conta bem gorda cobrando por seus serviços profissionais?

— Agora que fizemos Lady Virginia sumir de vez, prefiro que me dê conselhos sobre outro problema meu.

— Virginia Fenwick não sumirá enquanto não estiver debaixo de sete palmos de terra. Mas como posso ajudá-lo?

— Quero assumir a presidência do Farthings Bank e me livrar de Adrian Sloane de uma vez por todas. Mas não posso alimentar a esperança de conseguir realizar essa façanha sem sua ajuda.

— Não se pode vencer todas — observou Lady Virginia —, mas, tal como Wellington advertiu depois de Waterloo, somente a derradeira batalha é que realmente importa.

— E quem está fazendo o papel de Napoleão nesse campo de batalha?

— Ninguém menos do que Emma Clifton.

— E qual será o meu papel? — perguntou Fisher.

— Preciso que você descubra o que realmente aconteceu na primeira noite da viagem inaugural do *Buckingham*, pois está claro que essa história de Marinha Real não passou de um subterfúgio. Afinal, Priscilla Bingham ouviu por acaso os diretores dizerem a seu marido que, se um dia a verdade vazasse, Emma Clifton teria que se demitir e a empresa poderia até falir. Nada poderia ser mais conveniente para mim, pois deixaria nossa querida presidente sem opção, a não ser chegar a um acordo e pagar minhas dívidas.

Fisher permaneceu em silêncio por algum tempo, até que, por fim, disse:

— Recentemente, uns diretores da Barrington tiveram um desentendimento com a sra. Clifton, um dos quais costuma exceder-se um pouco na bebida, principalmente quando não está pagando a conta. Você teria algo para oferecer caso ele decida exonerar-se do cargo?

— Um cargo na diretoria do Farthings Bank.

— Isso resolveria o problema, mas o que a faz achar que você conseguiria esse cargo para ele?

— O presidente, Adrian Sloane, tem todos os motivos do mundo para odiar Sebastian Clifton e fará qualquer coisa para arruiná-lo.

— Como você sabe disso?

— É incrível o que a gente consegue captar em festas de gala, principalmente quando seu anfitrião acha que mulheres não têm a mínima condição de entender o que acontece no centro financeiro de Londres.

GILES BARRINGTON

1970

17

Giles não havia parado para pensar em como gostaria de comemorar seu aniversário de 50 anos, mas Gwyneth, sim.

Sempre que Giles pensava em seu casamento — e ele fazia isso com frequência —, não conseguia identificar com exatidão o momento em que as coisas começaram a desandar. A morte trágica de seu filho Walter, quando tinha apenas 3 anos de idade, e a constatação de que Gwyneth não poderia ter outro filho haviam transformado sua mulher, antes um espírito luminoso que iluminava a vida de todos a seu redor numa sombra de melancolia, perdida no próprio mundo. Giles descobriu que, em vez de a tragédia ter servido para aproximá-los ainda mais, estava fazendo com que os dois se afastassem aos poucos, situação agravada pelas horas de trabalho incomuns de Giles como parlamentar e, depois, por sua agenda estressante como ministro.

Giles vinha alimentando a esperança de que o tempo acabasse curando essa ferida, mas, na verdade, eles começaram a viver em mundos à parte, como se não fossem mais um casal, e agora ele não conseguia nem se lembrar da última vez em que tinham feito amor. Apesar disso, estava determinado a manter-se fiel a Gwyneth, já que não queria se divorciar pela segunda vez e ainda estava esperançoso de que conseguiriam se reconciliar.

Sempre que saíam juntos em público, tentavam ocultar a verdade, torcendo para que os eleitores de Giles, seus colegas e até seus familiares não percebessem que aquele casamento era uma farsa. No entanto, toda vez que Giles via Harry e Emma juntos, sentia inveja.

Giles presumira que, no dia de seu aniversário, estaria a caminho de algum destino, ou voltando de lá, para representar os interesses do governo de Sua Majestade relacionados com algum assunto internacional. Gwyneth, porém, fazia questão de que um marco tão importante fosse comemorado apropriadamente.

— O que pretende fazer?

— Que tal um jantar, apenas entre familiares e alguns amigos íntimos?

— Onde?

— Na Câmara dos Comuns. Poderíamos reservar uma das salas de jantar particulares.

— É o último lugar em que eu gostaria de que me lembrassem da minha idade.

— Mas lembre-se, Giles, de que o lugar é bem especial para a maioria de nós que não vai ao Palácio de Westminster todo dia.

Giles sabia reconhecer a própria derrota. Assim, no dia seguinte, enviaram os convites e quando, três semanas depois, sentado à mesa, passou o olhar pela sala de jantar, ficou claro para ele que Gwyneth tinha mesmo razão, pois todos pareciam estar se divertindo muito.

Emma, que se sentou à direita dele, e Grace, sentada à esquerda, conversavam animadamente com seus vizinhos comensais. Giles aproveitou o momento para pensar no discurso que faria na ocasião, fazendo anotações de vez em quando no lado do avesso do guardanapo.

— Sei que não deveríamos falar de negócios numa ocasião como esta — disse Emma a Ross Buchanan —, mas você sabe quanto aprecio seus conselhos.

— Um velho como eu — comentou Ross — sempre fica lisonjeado quando uma jovem procura aconselhar-se com ele.

— Farei 50 anos no ano que vem — observou Emma — e você é o velho galanteador de sempre.

— Mas alguém que fará 70 anos no próximo ano — disse Ross.

— Talvez, quando eu chegar lá, terá chegado também a hora de eu me aposentar. Portanto, enquanto ainda tenho 69, aproveito para perguntar: em que posso ajudá-la?

— Estou tendo problemas com Desmond Mellor.

— Para início de conversa, eu nunca entendi por que você o pôs na diretoria.

— *Force majeure* — explicou Emma em voz baixa. — Mas agora ele está fazendo tudo para ocupar a vice-presidência.

— Procure impedir isso a todo custo. Ele verá esse cargo apenas como um trampolim para alcançar o que realmente quer.

— Mais uma razão para que eu aguente as pontas até achar que Sebastian está preparado para me substituir.

— Seb acha que já está preparado para substituí-la — observou Ross. — Porém, se Mellor acabasse se tornando o vice-presidente da empresa, você teria que viver alerta. É uma regra de ouro que um presidente só deve instituir um vice-presidente que, primeiro, não estiver querendo tomar o seu lugar; segundo, chegou ao topo da carreira inquestionavelmente por méritos próprios ou, terceiro, é idoso demais para assumir seu lugar.

— Bem pensado — comentou Emma —, mas não há muita coisa que eu possa fazer para impedi-lo de chegar lá se ele conseguir convencer a maior parte da diretoria a apoiá-lo. E, para piorar as coisas, Seb acha que Mellor pode ter entrado em contato com a primeira esposa de Giles.

— Lady Virginia Fenwick? — perguntou Ross, enojado.

— E talvez com Alex Fisher também.

— Bem, então é melhor você ficar duplamente alerta.

—

— Agora, diga-me, venerável tia — indagou Sebastian —, a senhora já chegou à reitoria da universidade?

O duque de Edimburgo é nosso reitor, como você sabe muito bem — respondeu Grace.

— Então, que tal a vice-reitoria?

— Nem todo mundo é tão ambicioso quanto você, Seb. Para alguns de nós, exercer uma função digna, por mais humilde que seja, já é bastante compensatório.

— Então, não pensou pelo menos na ideia de se tornar diretora da faculdade? Afinal, ninguém lá é mais admirada do que a senhora.

— Muita gentileza sua dizer isso, Sebastian, e vou lhe dizer, cá entre nós, que, quando madame Elizabeth se aposentou do cargo recentemente, fui procurada por uma ou duas pessoas para falar sobre o assunto. Contudo, deixei claro que não nasci para ser administradora, mas professora, e estou feliz assim.

— Pelo visto, a senhora nasceu mesmo para isso.

— Mas diga-me, Seb, já que está sozinho esta noite: devo presumir que não existe ninguém especial em sua vida agora?

— Realmente, não houve ninguém especial, tia Grace, desde que cometi a estupidez de perder Samantha.

— Concordo que esse não foi seu maior momento de glória. Percebi, já na primeira vez que a contatei, que ela era uma jovem excepcional e, quanto a esse assunto, falo com autoridade.

— E a senhora acertou. Desde então, nunca conheci ninguém que pelo menos chegasse aos pés dela.

— Sinto muito, Seb. Foi falta de tato de minha parte tocar no assunto, mas tenho certeza de que, com o tempo, você conhecerá outra pessoa.

— Espero que sim.

— Você ainda mantém contato com Samantha? Não haveria a mínima chance...?

— Nenhuma. Escrevi para ela várias vezes nos últimos anos, mas ela nem responde.

— Você pensou em ir aos Estados Unidos e reconhecer que estava errado?

— Todos os dias.

—

— Como vai a sua campanha para tentar fazer com que Anatoly Babakov seja solto? — indagou Priscilla.

— Infelizmente, acho que "vai" não é bem a palavra — lamentou Harry, que se sentou na mesa de frente para Giles. — Sabe como é, com os soviéticos nunca se pode ter certeza de nada. Um dia você acha que talvez estejam prestes a soltá-lo, mas, no dia seguinte, você fica convicto de que jogaram a chave fora.

— Nada pode mudar isso?

— Uma mudança da liderança no Kremlin talvez ajudasse. Pondo alguém lá que queira que o mundo saiba quem Stalin realmente foi.

Contudo, não há muita chance de isso acontecer enquanto Brejnev estiver no poder.

— Mas ele deve saber que nós sabemos que ele sabe.

— Sabe, mas só que não está disposto a admitir isso em público.

— Esse Babakov tem família?

— A esposa fugiu da Rússia pouco antes da prisão dele. Agora, ela mora em Pittsburgh. Entrei em contato com ela e espero poder visitá-la na próxima vez que eu for aos Estados Unidos.

— Espero que consiga — disse Priscilla. — Por favor, jamais pense que nós, simples espectadores, nos esquecemos de sua campanha. Muito ao contrário: somos inspirados por seu exemplo.

— Obrigado — agradeceu Harry. — A senhora e Bob têm sido muito solidários comigo ao longo dos anos.

— Robert é um grande admirador de sua esposa, mas tenho certeza de que você sabe disso. Só que eu mesma demorei um pouco para entender o porquê.

— O que Bob anda planejando fazer, agora que a empresa voltou a ficar tão bem?

— Está pensando em construir uma nova fábrica. Pelo jeito, a maioria de suas máquinas atuais é da Idade da Pedra.

— Isso não vai sair barato.

— Não, mas acho que ele não vai ter muita escolha, agora que parece que vamos entrar para o Mercado Comum.

— Eu o vi jantando em Bristol com Seb e Ross Buchanan.

— Sim, eles estão tramando alguma coisa, mas só consegui identificar uma ou duas pistas reveladoras. Já se eu fosse o sargento investigador Warwick...

— *Inspetor* Warwick — informou Harry, sorrindo.

— Sim, claro, agora me lembro. Ele foi promovido em seu livro anterior. Sem dúvida, o inspetor Warwick teria descoberto o que eles estavam tramando algum tempo atrás.

— Talvez eu possa contribuir com algumas novidades — disse Harry baixinho.

— Então, vamos trocar informações.

— É importante lembrar que Seb jamais perdoou Adrian Sloane da sua artimanha de ter-se eleito presidente no dia do enterro de Cedric Hardcastle.

— Em Huddersfield — observou Priscilla.

— Sim, mas por que isso é importante?

— Porque sei que Robert atravessou o Humber de barca várias vezes ao longo dos últimos meses.

— Seria para visitar outra mulher, que por acaso tem 51 por cento das ações do Farthings?

— Talvez, pois, recentemente, Arnold Hardcastle dormiu lá em casa e, exceto para fazer refeições, ele e Robert não saíram do escritório.

— Então, seria melhor que Adrian Sloane ficasse de olhos bem atentos, pois, se Bob, Seb e Arnold estiverem trabalhando em equipe, que Deus o ajude — comentou ele, olhando de relance para o marido de Priscilla, sentado do outro lado da mesa.

—

— Parece que a Bingham's Fish Paste desapareceu das manchetes nos últimos dias — observou Gwyneth, virando-se para o presidente da empresa.

— E isso não é ruim — comentou Bob. — Agora podemos continuar com nossa missão de alimentar a nação, em vez de ficarmos servindo de assunto para as colunas de fofoca.

Isso provocou risadas em Gwyneth.

— Devo confessar uma coisa: nunca tivemos um pote de seu patê lá em casa.

— E devo confessar que nunca votei nos trabalhistas, embora talvez votasse se morasse em Bristol.

Gwyneth sorriu.

— Em sua opinião, quais são as chances de Giles ser reeleito no Parlamento?

— Raspando — respondeu Gwyneth. — O resultado da zona portuária de Bristol sempre foi muito difícil de prever e, segundo as pesquisas de intenção, parece que dessa vez só Deus sabe qual partido vai levar. Portanto, muito dependerá de quem o partido Conservador escolher como candidato.

— Mas Giles é um ministro bastante popular, muito admirado em ambos os lados da Câmara. Isso não conta?

— Cerca de mil votos, na opinião de Griff Haskins. Mas o chefe de campanha vive me lembrando de que, se o clima nacional estiver contra o seu partido, não há muito o que se possa fazer.

—

— Imagino que você deva ter que vir à Câmara com certa frequência, não? — indagou Jean Buchanan.

— Na verdade, nem tanto — respondeu Griff. — Nós, chefes de campanha, temos que permanecer com a mão na massa, fazendo tudo para que os eleitores continuem a adorar o membro da casa — explicava ele quando, de repente, um homem abriu a porta da sala de jantar levando todos a parar de conversar.

— Não, não, por favor, sentem-se. Não quis interromper — desculpou-se o homem com seu forte sotaque, típico dos naturais de Yorkshire e que, mesmo depois de vários anos exercendo o cargo de professor em Oxford, não havia mudado nem um pouco.

— Quanta gentileza sua nos honrar com sua presença, primeiro--ministro — agradeceu Giles, levantando-se bruscamente.

— É um prazer imenso — disse Harold Wilson. — E serviu para que eu fugisse por alguns minutos de um jantar com o executivo do Sindicato Nacional de Mineradores. Mas, veja bem, Giles — acrescentou ele, olhando ao redor —, eu não ficaria surpreso se houvesse mais conservadores do que trabalhistas aqui. Porém, não se preocupe, pois Griff dará um jeito nisso. — Ele se inclinou sobre a mesa e trocou um aperto de mão com o chefe de campanha de Giles. — E quem são essas adoráveis senhoras?

— Minhas irmãs Emma e Grace.

— Mas que honra, senhoras — disse o primeiro ministro, saudando ambas com ligeira reverência. — A primeira presidente de uma empresa de capital aberto e a famosa intelectual inglesa — observou ele, fazendo Grace corar. — E, se não estou enganado — acrescentou, apontando para o outro lado da mesa com o dedo em riste —, aquele é Bob Bingham, o rei do patê de peixe. Minha mãe sempre tinha um pote de seu patê na mesa na hora do chá de fim de tarde.

— E na Downing Street? — inquiriu Bob.

— Não temos chá de fim de tarde na Downing Street — respondeu o primeiro-ministro, circundando devagar a mesa enquanto trocava apertos de mão e autografava menus.

Giles ficou comovido com quanto tempo o primeiro-ministro se dispôs a ficar, só deixando o local quando um zeloso assessor o fez lembrar que ele era o convidado de honra do jantar dos mineradores, onde deveria fazer um discurso. Contudo, pouco antes de partir, ele levou Harry para um canto e disse baixinho:

— Obrigado por sua ajuda em Moscou, sr. Clifton. Não pense que nos esquecemos disso. E não desista de Babakov, pois nós não desistimos.

— Eu é que agradeço, senhor — tornou Harry.

Todos os comensais se levantaram quando o primeiro-ministro deixou a sala. Depois que todos tinham voltado a se sentar, Jean Buchanan disse a Griff:

— Deve ser muito interessante ser um velho amigo do primeiro--ministro.

— Eu só falei com ele uma única vez — confessou Griff. — Mas, como os elefantes, ele nunca se esquece das coisas.

Harry se levantou, deu umas leves batidas num dos lados da taça de vinho com uma colher e esperou que todos silenciassem.

— Caros convidados, peço a todos que me acompanhem num brinde ao mais antigo e querido de meus amigos. O homem que me apresentou a sua irmã e que é padrinho de nosso filho Sebastian. Portanto, queiram levantar-se e unir-se a mim num brinde ao digníssimo deputado Sir Giles Barrington, o principal ministro de Estado de Sua Majestade no Ministério das Relações Exteriores e um homem que ainda acredita que deveria ser o capitão da seleção inglesa de críquete.

Harry esperou que as risadas cessassem para que pudesse acrescentar:

— E torçamos para que Giles consiga preservar seu cargo na próxima eleição e talvez até realizar sua ambição de tornar-se ministro das Relações Exteriores.

As palavras de Harry fizeram ecoar pela sala uma fervorosa salva de aplausos, acompanhada de gritos de "É isso aí!", enquanto Giles se levantava para agradecer.

— Obrigado, Harry. É maravilhoso ter não apenas minha família, mas também meus mais caros e mais íntimos amigos à minha volta, reunidos aqui por um único objetivo: lembrar-me de quanto estou velho. Fui abençoado por Deus por uma família maravilhosa e um grupo de verdadeiros amigos. E, certamente, nenhum homem sensato poderia almejar mais do que isso na vida. Contudo, muitos de vocês fizeram a gentileza de me perguntar que presente de aniversário eu gostaria de ganhar. — Giles relanceou o olhar lentamente ao redor da mesa antes de dizer: — Os cargos de primeiro-ministro, de ministro das Relações Exteriores e de ministro das Finanças, tudo ao mesmo tempo. — Risadas e uma nova salva de aplausos irromperam espontaneamente. — Todavia, por enquanto, eu ficaria satisfeito se conseguisse preservar meu papel de representante da zona portuária de Bristol.

Mais aplausos, mas nenhuma risada dessa vez.

— Não. O que eu realmente quero para todos vocês reunidos aqui esta noite é que cresçam e prosperem — Giles fez uma pausa — num país governado pelos trabalhistas.

Os apupos abafaram os aplausos e os gritos de aclamação, provando que o primeiro-ministro tinha razão com respeito ao fato de que Giles e seus aliados estavam em menor número na festa de seu próprio aniversário.

— Então, permitam-me terminar dizendo que, se eu não ganhar a eleição, vou ficar amuado — disse Giles, fazendo as risadas voltarem a ecoar pelo ambiente. — Certa vez, um sábio me disse que o segredo de um grande discurso está no senso de oportunidade... — rematou ele, sentando-se em seguida, enquanto todos se levantaram para aplaudi-lo.

— Então, para onde está prestes a partir agora? — perguntou Emma quando os garçons retornavam para servir aos convidados café com After Eight, pastilhas de hortelã com cobertura de chocolate.

— Berlim Oriental, uma reunião de ministros de Relações Exteriores — respondeu seu irmão.

— Você acha que algum dia eles vão demolir aquele muro hediondo?

— Não enquanto aquele fantoche do Ulbricht estiver no poder executando as ordens de seus patrões no Kremlin.

— E, aqui em nosso país, quando acha que será a eleição geral?

— Harold quer que seja em maio, pois está confiante de que venceríamos.

— Tenho certeza de que você conseguirá continuar a ser o representante de Bristol — afirmou Emma —, a não ser que aconteça um acidente. Porém, ainda assim, acho que os conservadores vencerão por uma diferença mínima.

— E você continuará leal ao Partido Trabalhista? — perguntou Giles, virando-se para a irmã caçula.

— Claro — respondeu Grace.

— E você, Emma?

— Sem chance.

— Certas coisas nunca mudam.

18

Gwyneth resmungou quando o alarme disparou, porém, não se deu ao trabalho de olhar as horas. Ela tinha aperfeiçoado a arte de voltar a dormir minutos depois que Giles houvesse deixado o quarto. Ele sempre tomava banho na noite anterior e deixava a roupa que usaria no dia seguinte no vestiário para não ter que acender a luz e incomodá-la.

Ele olhou de relance pela janela que dava vista para a Smith Square. O carro já estava parado na frente do prédio esperando por ele. Não gostava de pensar em quando seu motorista tinha que acordar para não se atrasar.

Assim que se barbeou e se vestiu, Giles desceu para a cozinha, preparou uma xícara de café puro e devorou uma tigela de cereal com frutas. Cinco minutos depois, pegou a pasta e seguiu para a porta de saída. Gwyneth fazia apenas uma pergunta quando ele partia em viagem: quantos dias? Dois, dissera ele nessa ocasião, e ela arrumara as malas de acordo, pondo nelas apenas o necessário para esse período. Ele não precisaria nem verificar se tinha mesmo na mala o necessário, pois sabia que tudo de que precisava estaria lá.

Sua primeira esposa fora uma prostituta de luxo, enquanto a segunda, uma mulher pura e casta. Giles, porém, tentava não admitir, nem para si mesmo, que preferia uma sutil combinação de ambas. Virginia no quarto, e Gwyneth em todo o resto. Vivia pensando se outros homens tinham as mesmas fantasias. Com certeza, Harry não; estava mais apaixonado ainda por Emma do que no dia em que se casaram. Giles invejava o relacionamento deles, embora isso fosse mais uma coisa que ele não admitiria, nem mesmo para o melhor amigo.

— Bom dia, Alf — disse Giles enquanto entrava na parte de trás do carro.

— Bom dia, ministro — respondeu o motorista, animado.

Alf trabalhava como motorista de Giles desde o dia em que ele se tornara ministro e, quase sempre, era uma fonte de informações sobre o que estava acontecendo no mundo real melhor do que seus colegas de gabinete.

— Então, para onde está de partida hoje, senhor?

— Berlim Oriental.

— Antes o senhor do que eu.

— Sei como você se sente. Mas então, o que tem para mim hoje?

— A eleição será em junho, provavelmente no dia 18.

— Mas a imprensa mantém a previsão de que será em maio. Onde você conseguiu essa informação?

— Clarence, o motorista do primeiro-ministro.

— Então, vou ter que informar isso a Griff imediatamente. Mais alguma coisa?

— O ministro das Relações Exteriores anunciará hoje de manhã que deixará a pasta depois da eleição, independentemente do resultado.

Giles não disse nada por alguns instantes, procurando refletir na bomba lançada casualmente por Alf. Se conseguisse preservar o assento no Parlamento e se o Partido Trabalhista vencesse a eleição geral, ele poderia ter uma chance de ser convidado a ocupar a pasta. O problema: dois "se". Ele sorriu um tanto amargamente.

— Nada mau, Alf, nada mau — comentou ele, abrindo sua pasta vermelha em seguida e começando a folhear seus documentos.

Ele sempre gostava de pôr a conversa em dia com seus pares de outros países da Europa, trocando pontos de vista em corredores, elevadores e bares em que a *realpolitik* acontecia, em vez de nas infindáveis reuniões formais, as minutas das quais funcionários públicos já haviam preparado muito antes de terem sido convocadas.

Alf passou rápido com o carro por uma entrada sem nenhuma placa ou sinalização e entrou na pista de número três do Heathrow, onde parou ao pé da escada de embarque do avião. Se não conseguisse preservar o cargo, Giles sentiria muita falta dessas coisas. E teria que voltar a entrar em filas de coleta de bagagens, passar em balcões de check-in, submeter-se a verificações de passaporte e até a revistas, fazer longas caminhadas para o portão de embarque e depois ter que aguentar uma espera interminável, até que, finalmente, informassem que ele podia embarcar.

Alf abriu a porta traseira do veículo e, logo depois, Giles subiu a escada de embarque. "Não fique mal-acostumado", aconselhara-o Harold Wilson. "Somente a rainha pode dar-se a esse luxo."

Giles foi o último passageiro a embarcar, fechando a porta à tripulação enquanto ele se acomodava em seu assento na primeira fileira, ao lado de seu chefe de gabinete.

— Bom dia, ministro — disse ele, sem jeito para conversa-fiada.

— Embora, pelo visto — prosseguiu ele —, essa conferência não pareça nada promissora, talvez surjam várias oportunidades das quais poderíamos nos beneficiar.

— Tais como?

— O primeiro-ministro precisa saber se o secretário-geral Ulbricht está prestes a ser substituído. Se estiver, eles darão indícios de quem será seu substituto, e nós precisamos saber quem será o escolhido.

— Mas fará diferença? — questionou Giles. — Independentemente de quem for, o sujeito continuará a ligar a cobrar para Moscou antes de tomar qualquer decisão.

— E o ministro das Relações Exteriores — prosseguiu o chefe de gabinete, ignorando o comentário de Giles — está ansioso para que o senhor descubra isso, pois vem querendo saber se a ocasião não seria boa para o Reino Unido fazer outra solicitação de ingresso na Comunidade Econômica Europeia.

— Será que De Gaulle morreu e eu não fiquei sabendo?

— Não, mas o poder de influência dele enfraqueceu depois da aposentadoria no ano passado, e é possivel que Pompidou ache que chegou a hora de ele mostrar a que veio.

Os dois passaram o resto da viagem conversando sobre a agenda de compromissos oficiais e aquilo que as autoridades do governo de Sua Majestade esperavam conseguir na conferência: uma cutucada amiga aqui, uma piscadela simpática ali, sempre que conseguissem chegar a um acordo.

Quando o avião estacionou no aeroporto berlinense de Tegel, o embaixador britânico estava esperando por eles ao pé da escada de desembarque. Com a ajuda de uma escolta policial, o Rolls-Royce os levou às pressas para a Berlim Ocidental, mas teve que fazer uma parada brusca quando chegaram ao Checkpoint Charlie, tal como os aliados do Ocidente haviam apelidado o mais famoso ponto de travessia do muro.

Giles levantou a cabeça e olhou para o muro horrível, coberto de pichações e encimado por arame farpado. O Muro de Berlim tinha sido erguido em 1961, praticamente da noite para o dia, para estancar a enxurrada de gente em fuga que escorria do lado oriental para o ocidental. Agora, Berlim Oriental era uma prisão gigantesca, fato que não ajudava nem um pouco a melhorar a imagem do comunismo. Giles refletiu que, se fosse mesmo a maravilha que os comunistas afirmavam ser, teriam sido os alemães ocidentais que haveriam construído um muro para impedir que seus cidadãos fugissem para o lado oriental.

— Ah, se eu tivesse uma picareta... — disse ele.

— Eu iria ter que o impedir de usá-la — advertiu o embaixador.

— A menos que, logicamente, você fizesse questão de provocar um incidente diplomático.

— Já com meu cunhado seria necessário mais que um simples incidente diplomático para impedi-lo — observou Giles.

Assim que seus passaportes foram examinados, eles puderam deixar o setor ocidental, autorização que permitiu que o motorista avançasse mais algumas centenas de metros, até que, por fim, parasse com o veículo na terra de ninguém. Giles olhou para os guardas armados nas torres de vigilância, que observavam de cara fechada os visitantes britânicos.

Eles permaneceram parados entre as bordas das duas fronteiras enquanto o Rolls-Royce era revistado do para-choque dianteiro ao porta-malas, como se o veículo fosse um tanque Sherman, até que, finalmente, tiveram permissão para entrar na Berlim Oriental. Contudo, sem a ajuda de uma escolta policial, levaram mais uma hora para chegar ao hotel, situado no outro lado da cidade.

Como de praxe, assim que deram entrada na hospedagem e receberam as chaves dos quartos, o ministro trocou de quarto com o chefe de gabinete para que não fosse incomodado por garotas de programa, nem tivesse que tomar cuidado com cada palavra que dissesse, pois, com certeza, o quarto estava grampeado. Mas o problema era que a Stasi havia descoberto o truque e agora simplesmente grampeava ambos os quartos.

— Se o senhor quiser ter uma conversa confidencial — avisara o embaixador —, o banheiro, com as torneiras abertas, é o único lugar seguro.

Giles desfez a mala, tomou um banho e desceu para se juntar a alguns colegas holandeses e suecos num almoço ajantarado. Embora fossem velhos amigos, a antiga amizade não os impedia de tentar extrair informações uns dos outros.

— Então, diga-me, Giles, os trabalhistas vão ganhar a eleição? — perguntou Stellen Christerson, o sueco.

— Oficialmente falando, afirmo que não temos como perder. Já extraoficialmente, acho que vai ser uma disputa acirrada.

— E, se vocês vencerem mesmo, o sr. Wilson o tornará ministro das Relações Exteriores?

— Extraoficialmente, eu diria que minhas chances são boas.

— E oficialmente? — perguntou Jan Hilbert, o holandês.

— Servirei ao governo de Sua Majestade em qualquer cargo que o primeiro-ministro julgar conveniente.

— E eu vou vencer o próximo Rally de Monte Carlo — disse Hilbert.

— E eu vou retornar para minha suíte a fim de dar uma olhada em meus documentos — rebateu Giles, ciente de que apenas iniciantes preferiam permanecer no bar, perdendo tempo com conversa-fiada e bebidas para, no fim de tudo, ficar bocejando o tempo todo no dia seguinte. Era necessário estar bem acordado e alerta para captar uma revelação descuidada que fazia valer a pena as muitas horas passadas negociando.

———

Na manhã seguinte, a conferência começou com um discurso do secretário-geral da Alemanha Oriental, Walter Ulbricht, que deu as boas-vindas aos emissários. Ficou claro que o teor do discurso tinha sido redigido em Moscou, mas as palavras foram proferidas pelo fantoche dos soviéticos na Berlim Oriental.

Giles se recostou na cadeira, fechou os olhos e fingiu que estava acompanhando a tradução de um discurso que ele tinha ouvido muitas vezes antes, deixando a mente vaguear. Porém, de repente, ouviu alguém dizer com uma voz ansiosa:

— Será que há alguma coisa errada com minha tradução, Sir Giles?

Giles olhou em torno de si, procurando ver quem era. O Ministério das Relações Exteriores havia deixado claro que, embora todo ministro tivesse seu próprio intérprete nessas conferências, essa comodidade tinha que ser vista com cautela. Advertiu que a maioria deles trabalhava para a Stasi e que, com certeza, qualquer observação infeliz ou deslize seria do conhecimento de seus chefes no Politburo da Alemanha Oriental.

Mas o que havia surpreendido Giles não fora tanto a pergunta, mas o fato de que ele poderia jurar que tinha percebido um leve sotaque do sudoeste inglês.

— Sua tradução está ótima — disse ele, olhando para ela com mais atenção. — É que já ouvi esse discurso ou, pelo menos, uma ligeira variação dele várias vezes antes.

Ela usava um vestido cinza disforme, cuja barra chegava quase aos tornozelos, e concluiu que só podia ter sido comprado numa loja de roupas prontas de uma das cooperativas de camaradas. Mas ela tinha algo que não se podia comprar na Harrods: bastos cabelos de um castanho-avermelhado com tranças enroladas num coque austero, de modo que escondessem qualquer indício de feminilidade. Era como se não quisesse chamar atenção. Contudo, seus grandes olhos castanhos e um sorriso cativante teriam feito com que a maioria dos homens olhasse com mais interesse, inclusive Giles. Ela era como um daqueles patinhos feios de um filme qualquer que a pessoa sabe que, nas cenas finais, acaba se revelando um lindo cisne.

A coisa cheirava a armação. Giles presumiu imediatamente que estava diante de uma agente da Stasi e começou a pensar se não conseguiria induzi-la a cometer um deslize revelador.

— Se não estou enganado, você tem um ligeiro sotaque do sudoeste inglês — comentou ele baixinho.

Ela confirmou a observação com um meneio afirmativo da cabeça, exibindo o mesmo sorriso irresistível.

— Meu pai nasceu em Truro.

— Mas então o que você está fazendo aqui?

— Nasci na Berlim Oriental. Meu pai conheceu minha mãe quando estava aqui com o exército britânico em 1947.

— Não posso crer que ambos os lados tenham sido favoráveis a essa união — observou Giles.

— Ele teve que abrir mão da patente e depois conseguir um emprego na Alemanha para poder continuar com ela.

— Um verdadeiro romântico.

— Mas a história não teve um fim romântico, infelizmente. Foi algo mais ao estilo das histórias de John Galsworthy do que das de Charlotte Brontë, pois, quando, em 1961, o muro foi construído, meu pai estava em Cornwall numa visita aos pais e, desde então, não o vimos mais.

Giles achou melhor prosseguir com cautela.

— Isso não faz sentido, pois, se seu pai é um cidadão do Reino Unido, você e sua mãe poderiam apresentar um requerimento solicitando autorização para fazer uma visita à Grã-Bretanha quando quisessem.

— Fizemos isso 34 vezes nos últimos nove anos, mas aqueles dos quais obtivemos resposta voltaram marcados com o mesmo carimbo vermelho: recusado.

— Lamento saber disso — disse Giles. Depois disso, ele se virou, ajeitou os fones de ouvido e ficou ouvindo o restante do discurso de boas-vindas.

Quando finalmente, uma hora e doze minutos depois, o secretário-geral se sentou, Giles era uma das poucas pessoas no auditório ainda acordadas.

Ele deixou o auditório e se juntou aos membros de um subcomitê para discutirem uma possível suspensão de certas sanções entre os dois países. Recebeu um claro relato das propostas da contraparte, assim como seu colega, porém, durante o encontro, ele teve a nítida impressão de que sua intérprete estava incluindo observações esporádicas provenientes de agentes da Stasi, não do ministro. Ele continuou desconfiado dela, embora, quando procurou informações sobre a jovem, viu que seu nome era Karin Pengelly. Achou, portanto, que pelo menos ela dissera a verdade a respeito da descendência.

Giles logo se acostumou com a ideia de ser acompanhado por Karin em suas idas de uma reunião para outra. Ela continuava a transmitir tudo que a outra parte dizia, sem jamais deixar transparecer no semblante algum indício de emoção. Mesmo assim, as respostas dadas por Giles eram sempre elaboradas com cuidado, já que ainda não tinha certeza de que lado ela estava.

No fim do primeiro dia, Giles achou que a conferência havia gerado alguns resultados positivos, principalmente por conta da intérprete. Ou será que ela estava simplesmente dizendo o que ele queria ouvir?

Durante o jantar oficial no Palast der Republik, Karin se sentou logo atrás dele, traduzindo cada uma das palavras dos discursos repetitivos e intermináveis, até que, por fim, Giles acabou fraquejando.

— Se você escrever uma carta para seu pai, posso remetê-la para ele pelo correio quando eu voltar para a Inglaterra, além de ter também uma conversa com um colega do serviço de imigração.

— Obrigada, Sir Giles.

Em seguida, Giles voltou a atenção para o ministro italiano, sentado à sua direita, empurrando a comida de um lado para outro no prato, enquanto se queixava do fato de que tivera que trabalhar sob as ordens de três diferentes primeiros-ministros no espaço de um ano.

— Por que não tenta ocupar o cargo você mesmo, Umberto? — sugeriu Giles.

— De jeito nenhum — respondeu ele. — Não estou querendo me aposentar cedo.

⸺

Giles ficou exultante quando o último prato da refeição interminável foi finalmente servido e os convidados tiveram permissão de se retirarem. Despediu-se de alguns colegas emissários dando-lhes boa noite enquanto ia deixando o salão. Encontrou-se com o embaixador lá fora e foi levado de carro para o hotel.

Ele pegou a chave na recepção e, quando voltou a pôr os pés na suíte, eram pouco mais de onze da noite. Fazia cerca de uma hora que havia adormecido quando foi acordado por alguém batendo na porta. Era óbvio que parecia alguém determinado a ignorar a placa de "Não perturbe". Mas isso não o surpreendeu, pois o Ministério das Relações Exteriores havia emitido um comunicado prevenindo-o dessa eventualidade. Portanto, ele sabia perfeitamente o que poderia esperar e, ainda mais importante, como lidar com isso.

Embora com relutância, levantou-se da cama, vestiu o roupão e foi atender à porta, já tendo sido avisado de que tentariam seduzi-lo com uma sósia de sua esposa, só que vinte anos mais jovem.

Quando ele abriu a porta, ficou momentaneamente estupefato. Diante dele, estava uma loura lindíssima, com as maçãs do rosto salientes, olhos de um azul profundo e a minissaia mais curta que ele já vira na vida.

— Esposa errada — disse Giles assim que se recuperou, ainda que a loura o tivesse feito lembrar-se por que ficara perdidamente apaixonado por Virginia naquela época. — Mas obrigado, madame — disse ele, pegando a garrafa de champanhe, cujo rótulo leu em seguida. — Veuve Clicquot 1947. Por favor, leve meus cumprimentos à pessoa que mandou isso. Excelente safra.

Giles sorriu quando voltou a se deitar na cama. Harry teria ficado orgulhoso.

O segundo dia de conferência foi ficando mais e mais agitado, já que os emissários estavam procurando fazer tudo para fechar acordos, de forma que não voltassem para seus países de mãos vazias. Giles ficou muito contente quando os alemães orientais concordaram em abolir as tarifas de importação sobre produtos farmacêuticos britânicos, e muito satisfeito, embora houvesse tentado não demonstrar, quando seu colega francês disse que, se o governo britânico apresentasse um convite oficial para que o presidente francês fosse à Grã-Bretanha no ano seguinte, seu país analisaria o convite com bastante seriedade. Ele anotou as palavras "com bastante seriedade" para que não houvesse nenhum mal-entendido futuro.

Como sempre acontece em situações como essa, as reuniões começaram a se estender até o fim da tarde e avançar pelas primeiras horas da noite. Giles acabou, pois, marcando uma para antes do jantar com o ministro da Indústria e Comércio da Alemanha Oriental, bem como outra, durante o próprio jantar, com o seu colega holandês, e uma, por fim, depois do jantar, com Walter Scheel, da Alemanha Ocidental. Para tanto, pediu que Karin jantasse com eles, depois que chegara à conclusão de que, se ela estava trabalhando mesmo para a Stasi, era uma atriz melhor do que Peggy Ashcroft. E torceu para que, caso ela aceitasse o convite, comparecesse de cabelos soltos.

Karin disse a ele que o ministro holandês falava inglês fluentemente e ponderou que, por isso, talvez fosse melhor que ambos jantassem sozinhos. Mas Giles achou que a presença dela seria útil, só para o caso de não perder nenhuma nuança na troca de idioma.

Não conseguiu deixar de se perguntar se algum de seus colegas emissários havia percebido que ele tinha se virado muitas vezes, durante sua reunião com o ministro da Indústria e Comércio alemão, para olhar com mais atenção para sua intérprete, fingindo que estava ouvindo atentamente a tradução, quando, na verdade, queria era receber aquele sorriso. Todavia, assim que ela apareceu para jantar, trajando um estonteante vestido de seda vermelho tomara que caia, o qual, com certeza, não tinha sido comprado na loja de uma das cooperativas de camaradas, com seus cabelos castanho-avermelhados soltos sobre os ombros, Giles não conseguiu tirar os olhos dela, embora a moça continuasse fingindo que não percebia.

Quando ele retornou para sua suíte, onde teria a última reunião da noite, Scheel não perdeu tempo em sua missão de defender os interesses de seu governo.

— A taxa de importação de vocês sobre os produtos da BMW, Volkswagen e Mercedes está afetando muito a nossa indústria automobilística. Se não for possível revogá-la, será que não poderiam pelo menos baixá-la?

— Infelizmente, isso não é possível, Walter, pois estamos apenas a algumas semanas de uma eleição geral e o Partido Trabalhista está esperando conseguir grandes doações da Ford, da BMC e da Vauxhall.

— Vocês não terão escolha quando se tornarem membros da CEE — advertiu o alemão, sorrindo.

— Tomara — disse Giles.

210

— De qualquer forma, agradeço sua sinceridade — tornou o alemão.

Em seguida, os dois apertaram as mãos e, quando Scheel se virou para se retirar, Giles pôs o dedo indicador nos lábios e o acompanhou para fora do quarto. Depois que olhou para ambos os lados do corredor, perguntou:

— Quem substituirá Ulbricht no cargo de secretário-geral?

— Os soviéticos estão apoiando Honecker — respondeu Scheel — e, sinceramente, não consigo imaginar que alguém conseguirá vencê-lo.

— Mas ele é um bajulador que nunca teve um pensamento original na vida — comentou Giles. — Acabaria se tornando mais um simples fantoche, tal como Ulbricht.

— É justamente por isso que o Politburo o está apoiando.

Giles atirou as mãos para o alto. Já Scheel conseguiu apenas esboçar um sorriso irônico.

— A gente se vê em Londres depois da eleição — disse ele, rumando na direção do elevador em seguida.

— Vamos torcer para que isso aconteça — disse Giles baixinho. Quando voltou para o quarto, ficou feliz ao ver Karin ainda lá. Ela abriu a bolsa, pegou um envelope e o entregou a ele.

— Obrigada, Sir Giles.

Giles deu uma olhada no nome e no endereço sobrescritos no envelope, enfiou-o num bolso interno do paletó e prometeu:

— Eu o enviarei para seu pai pelo correio quando eu chegar à Inglaterra.

— Sei que minha mãe ficará muito grata com isso.

— É o mínimo que posso fazer — afirmou Giles, caminhando a seguir para a mesa encostada na parede, onde pegou a garrafa de champanhe e deu a ela.

— Um pequeno sinal de minha gratidão por sua dedicação no trabalho. Espero que você e sua mãe gostem.

— Muita gentileza sua, Sir Giles — agradeceu ela em voz baixa, devolvendo a garrafa —, mas eu não passaria da saída do hotel antes que um agente da Stasi a confiscasse — explicou ela, apontando para um candelabro.

— Então, vamos pelo menos tomar um copo juntos.

— Tem certeza de que seria prudente, Sir Giles, considerando...

— Agora que estamos sozinhos, acho que você pode me chamar de Giles — sugeriu ele enquanto tirava a rolha da garrafa e enchia dois copos, um dos quais ele levantou para fazer um brinde. — Vamos torcer para que não demore muito para que você consiga rever seu pai.

Karin tomou um gole e depois pôs o copo na mesa.

— Preciso ir — disse ela, estendendo a mão.

Giles segurou sua mão e a puxou gentilmente para perto de si, mas ela o afastou com delicadeza.

— Isso não pode acontecer, Giles, pois, assim, você só pensará...

Ele a beijou antes que ela conseguisse dizer mais alguma coisa. Enquanto se beijavam, ele abriu o zíper na parte de trás de seu vestido e, quando ele caiu no chão, Giles deu um passo atrás, sentindo-se tomado de um desejo imenso de apalpar todas as partes do corpo dela ao mesmo tempo. Ele voltou a estreitá-la nos braços e, quando se beijaram de novo, os lábios dela se abriram num anseio de fusão carnal enquanto se deixavam cair enlaçados sobre a cama. De repente, ele se conteve para encarar seus olhos castanhos e disse baixinho:

— Se você trabalha para a Stasi, só me diga depois de eu ter feito amor com você.

19

Giles estava sentado na primeira bancada na Câmara dos Comuns, ouvindo um pronunciamento do ministro das Relações Exteriores sobre a decisão da Federação de Críquete Anglo-Galesa de cancelar uma série de amistosos da seleção inglesa de críquete na África do Sul quando lhe entregaram uma mensagem enviada pelo líder do partido na Câmara. "Eu poderia ter uma conversa com você depois do pronunciamento do ministro?"

Giles sempre viu uma convocação do líder do partido como uma intimação do diretor da escola para comparecer à diretoria: o mais provável era que fosse para uma reprimenda. Embora o líder não faça parte do gabinete de ministros, seu poder é desproporcional ao seu cargo na organização. Ele é como o sargento de uma companhia, cuja função é fazer com que os soldados se mantenham na linha, facilitando assim a vida dos oficiais.

Logo que o ministro das Relações Exteriores terminou de responder à última pergunta do representante de Louth no Parlamento, a respeito das sanções do governo contra o regime de apartheid da África do Sul, Giles saiu discretamente da Câmara, passou pela sala de atendimento à imprensa e seguiu para o gabinete do líder.

A secretária do chefe estava claramente à sua espera, pois o levou diretamente para o interior. Assim que Giles entrou no gabinete, concluiu, pelo semblante do chefe, que só podia ser mesmo uma reprimenda.

— Infelizmente, não tenho boas notícias — disse Bob Mellish, tirando um grande envelope pardo de uma gaveta e entregando-o a Giles.

Giles abriu o envelope com as mãos trêmulas e tirou dele uma série de fotografias em preto e branco. Depois de examiná-las por alguns instantes, disse:

— Não faz sentido.

— Acho que você não entendeu.

— É que simplesmente não consigo acreditar que Karin estava a serviço da Stasi.

— Então, quem mais poderia ter feito isso? — questionou o líder do partido. — Ainda que ela não estivesse a serviço da agência, só Deus sabe a pressão que deve ter sofrido.

— Você tem que acreditar em mim, Bob. Karin não é esse tipo de pessoa. Entendo que fui um completo idiota e decepcionei muito meu governo e minha família. Mas de uma coisa tenho certeza: Karin não é culpada por isso.

— Devo confessar que é a primeira vez que a Stasi usa fotografias. No passado, só nos enviavam fitas cassete. Terei que comunicar isso ao Ministério das Relações Exteriores imediatamente.

— Mas posso lhe assegurar que jamais conversamos a respeito de assuntos do governo — asseverou Giles. — Aliás, ela estava com mais medo de ser pega do que eu.

— Contudo — explicou o líder do partido, erguendo a sobrancelha —, tenho que lidar com o que tenho em mãos aqui e agora. Suponho que cópias destas fotografias já devem estar nas mãos de um dos tabloides. Portanto, acho melhor se preparar para um telefonema bastante desagradável. E só posso lhe dar um conselho, Giles: conte tudo a Gwyneth antes que a notícia se espalhe.

— Devo renunciar? — indagou Giles, segurando firme a borda da mesa para tentar fazer suas mãos pararem de tremer.

— Não sou eu quem deve decidir isso. Não tome nenhuma decisão apressada. Pelo menos aguarde uma reunião com o primeiro-ministro. E me avise quando a imprensa entrar em contato.

Giles deu mais uma olhada nas fotografias dele com Karin, mas continuou a se recusar a acreditar.

— Como pôde fazer uma coisa dessas, Giles? Cair numa armadilha tão óbvia? — questionou Gwyneth. — Principalmente depois que Harry lhe disse o que aconteceu com ele em Moscou.

— Eu sei, eu sei. Foi mesmo uma estupidez sem tamanho. Peço que me desculpe pelo sofrimento que lhe causei.

— Mas será que você não pensou um minuto sequer em mim ou em sua família quando essa prostituta estava tentando seduzi-lo?

— Ela não é prostituta — redarguiu Giles serenamente.

Gwyneth ficou em silêncio durante algum tempo e perguntou por fim:

— Você está me dizendo que conhecia essa mulher antes?

— Ela foi minha intérprete.

— Então, foi você que a seduziu e não o contrário?

Giles não fez nenhuma tentativa de refutar. Seria uma mentira grave demais.

— Se você tivesse sido vítima de uma armação, estivesse bêbado ou simplesmente houvesse dado uma de idiota, Giles, talvez eu conseguisse conviver com isso. Mas está claro que você agiu com certa premeditação... — Ela se interrompeu e se levantou da cadeira. — Vou para Gales hoje à noite. Por favor, não tente entrar em contato.

Giles não saiu do lugar. Preferiu permanecer sentado enquanto o manto da noite descia sobre a Smith Square, pensando nas consequências de ter contado a verdade a Gwyneth. Achou que não teria feito muito sentido ter tomado essa atitude se Karin não passasse de uma prostituta a serviço da Stasi. Pensou em quanto teria sido mais fácil para ele ter dito à esposa que Karin era mesmo só uma prostituta, uma aventura de uma noite, e que ele nem sequer sabia o nome dela. Mas então por que não fez isso?

Porque a verdade era que ele nunca tinha conhecido alguém como ela na vida. Gentil, espirituosa, ardente, bondosa e brilhante. Ah, e como era brilhante. E, se ela não pensava o mesmo com relação a ele, por que adormeceu em seus braços? E por que fez amor com ele de novo de manhã, logo depois que acordaram, já que poderia ter partido às escondidas no meio da noite depois que fizera o seu trabalho? Em vez disso, ela optara por correr um risco tão grande quanto o dele e, agora, provavelmente estava sofrendo consequências igualmente graves.

Toda vez que o telefone tocava, Giles achava que devia ser um jornalista no outro lado da linha — *Temos algumas fotografias aqui conosco, Sir Giles, e gostaríamos de saber se o senhor tem algo a dizer...*

O telefone tocou, e, com relutância, ele atendeu.

— Temos um tal de sr. Pengelly na linha — informou sua secretária.

Pengelly. Só podia ser o pai de Karin. Será que ele estava envolvido na tramoia?

— Passe a ligação — solicitou Giles.

— Boa tarde, Sir Giles. Meu nome é John Pengelly. Estou telefonando para agradecer-lhe por ter ajudado minha filha quando esteve em Berlim — disse o homem, revelando o mesmo sotaque da filha. — Acabei de ler a carta enviada por Karin que o senhor fez a gentileza de repassar. É a primeira carta dela que recebo em meses. Eu já tinha quase perdido a esperança.

Giles não quis dizer a ele que a esperança duraria pouco.

— Envio uma carta a Karin e à mãe dela toda semana, mas nunca sei quantas cartas chegam a elas. Contudo, agora que o senhor a conheceu, sinto-me mais confiante e entrarei em contato com o Ministério do Interior de novo.

— Já contatei o departamento responsável por imigração. Todavia...

— Muita gentileza sua, Sir Giles. Minha família e eu temos uma dívida para com o senhor, embora o senhor nem seja meu representante no Parlamento.

— Posso lhe fazer uma pergunta pessoal, sr. Pengelly?

— Sim, claro, Sir Giles.

— O senhor acha possível que Karin pudesse estar trabalhando para a Stasi?

— Não, jamais. Ela detesta essa gente ainda mais do que eu. Aliás, vivo dizendo a ela que a recusa em aceitar cooperar com as autoridades poderia ser a razão pela qual não lhe concedem visto para sair do país.

— Mas ela conseguiu emprego como intérprete numa conferência internacional.

— Só porque eles estavam desesperados. Karin disse na carta que havia mais de setenta emissários de mais de vinte países na conferência e achou que teve muita sorte por ter sido designada para trabalhar com o senhor.

— Nem tanta assim, pois devo avisá-lo de que a imprensa pode ter conseguido algumas das fotografias de nós dois juntos, o que, na melhor das hipóteses, pode ser considerado lamentável, mas na pior...

— Não posso acreditar — conseguiu dizer por fim o sr. Pengelly. — Normalmente, Karin é uma pessoa cautelosa, nunca se arrisca desse jeito. O que deu nela?

— Ela não tem culpa nenhuma, sr. Pengelly — afirmou Giles. — A culpa foi só minha e devo me desculpar com o senhor pessoalmente, pois, se os jornalistas descobrirem que o senhor é pai de Karin, transformarão sua vida num inferno.

— Eles fizeram isso quando me casei com a mãe dela — disse Pengelly —, mas nunca me arrependi de ter feito o que fiz.

Foi a vez de Giles ficar em silêncio, procurando pensar no que deveria dizer a seguir.

— A verdade é muito simples, sr. Pengelly, embora eu nem tenha tido a chance ainda de contá-la a minha esposa — disse Giles, fazendo mais uma pausa. — Eu me apaixonei por sua filha. Se eu pudesse ter evitado isso, com certeza o teria feito. E posso lhe assegurar que, para ficar com ela, estou plenamente disposto a passar pelo mesmo sofrimento do qual o senhor deve ter passado. O pior é que nem ao menos sei o que ela sente por mim.

— Eu sei — afirmou Pengelly.

———

Ele recebeu o malfadado telefonema no sábado à tarde, pouco depois das quatro. Logo ficou claro para ele que o *Sunday People* tivera exclusividade nas fotos, embora Giles reconhecesse o fato de que, lá pela meia-noite, a maioria dos editores estaria trocando a manchete do dia seguinte.

— Posso presumir que o senhor viu as fotografias cujas cópias temos conosco aqui também, ministro?

— Sim, vi.

— Gostaria de fazer algum comentário?

— Não. Não gostaria.

— O senhor pedirá demissão do cargo?

— Sem comentário.

— Como sua esposa reagiu à notícia? Soubemos que ela foi para a casa dos pais no País de Gales.

— Sem comentário.

— É verdade que o senhor está se divorciando?

Giles desligou o telefone com força. Não conseguiu parar de tremer enquanto procurava o número do telefone da casa do líder do partido.

— Bob, é Giles. A notícia será divulgada amanhã no *Sunday People*.

— Sinto muito, Giles. Se isso servir de consolo, você foi um ótimo ministro, do qual sentiremos muita falta.

Quando Giles desligou o telefone, apenas uma palavra parecia soar em seus ouvidos — "foi". Você foi um ótimo ministro. Ele pegou uma folha de papel timbrado da Câmara dos Comuns num porta-papéis diante de si e começou a escrever.

Prezado Primeiro-Ministro:
É com grande pesar...

———

Giles entrou no gabinete do Conselho Privado Real na Whitehall por outro caminho, de forma que evitasse o tumulto provocado por jornalistas da imprensa marrom que o esperavam na Downing Street ou pelo menos aqueles que não sabiam da existência de uma entrada pelos fundos do número 10 da rua.

Uma das lembranças do episódio que contaria aos netos seria a da ocasião em que viu Harold Wilson, assim que entrou na sala do gabinete de ministros, tentando reacender, sem sucesso, seu cachimbo feito de pau de sarça.

— Giles, muita gentileza sua ter vindo aqui, principalmente levando em conta aquilo pelo que deve estar passando. Mas acredite, e falo com experiência nessas coisas: vai passar.

— Talvez, primeiro-ministro. Mas, mesmo assim, é o fim de minha carreira de político sério, a única coisa que eu sempre quis ser na vida.

— Não sei se concordo — disse Wilson. — Pense melhor no assunto. Se você conseguir preservar sua cadeira no Parlamento na próxima eleição, e estou convicto de que conseguirá, com isso o eleitorado terá manifestado nas urnas o que ele pensa a respeito do episódio, e quem sou eu para discordar? E, caso eu volte para a Downing Street, não hesitaria em convidá-lo a voltar a integrar o gabinete.

— Temos dois "se" aí, primeiro-ministro.

— Trate de me ajudar com um deles, Giles, e verei o que posso fazer com relação ao outro.

— Mas, primeiro-ministro, depois de todas aquelas manchetes...

— Concordo que não foram edificantes. Talvez tenha sido lamentável a ideia de torná-lo parte do ministério das "relações exteriores" — comentou Wilson, fazendo Giles sorrir pela primeira vez em dias. — Porém, vários jornalistas acentuaram em suas reportagens, bem como um ou outro líder político, que você foi um ótimo ministro. O *The Telegraph*, e logo ele, destacou que você ganhou uma Cruz do Mérito Militar em Tobruk. Você conseguiu sobreviver a essa terrível batalha. Como pode achar que não sobreviverá a esta?

— Porque acho que Gwyneth vai se divorciar de mim e, sinceramente, ela tem todos os motivos para tal.

— Lamento ouvir isso — disse Wilson, mais uma vez tentando acender o cachimbo. — Mas ainda acho que você deveria ir a Bristol e sondar o terreno. E não deixe de considerar bem o que Griff Haskins tiver a dizer, pois, quando telefonei para ele hoje de manhã, ele me deixou com a certeza de que ainda quer que você seja o candidato.

—

— Meus parabéns, major — disse Virginia. — Você conseguiu por conta própria arruinar Giles Barrington.

— Mas aí é que está a ironia da coisa — observou Fisher. — Eu não fiz isso. Não foi nossa garota que passou a noite com ele.

— Não estou entendendo.

— Tal como você mandou, peguei um avião para Berlim, onde não foi difícil localizar uma agência de acompanhantes em ambos os lados do muro. Nossa garota de programa tinha muito boas referências. Ela foi bem paga para fazer o serviço, mas teve também a promessa de que receberia uma bonificação se conseguisse fornecer fotografias de ambos na cama.

— E aí está ela — disse Virginia, apontando para uma coleção de jornais matinais que normalmente não teriam entrado em seu apartamento na Cadogan Gardens.

— Mas essa aí não é ela. Ela telefonou na manhã seguinte e me disse que Barrington pegou a garrafa de champanhe e fechou a porta na cara dela.

— Então quem é essa?

— Não faço ideia. A agência afirma que nunca a tinha visto e acha que ela trabalha para a Stasi. Afinal, a agência de espionagem alemã mandou instalar aparelhos de escuta e vigilância em todas as suítes do hotel em que os emissários ficaram hospedados durante a conferência.

— Mas por que ele rejeitou sua garota e depois se deixou seduzir por essa aí?

— Isso eu não sei explicar — respondeu Fisher. — Tudo que sei é que seu ex-marido talvez ainda não esteja arruinado.

— Mas ele se exonerou do cargo hoje de manhã. Foi manchete no noticiário matinal.

— Do cargo de ministro, sim, mas não do cargo de parlamentar. E se ele conseguir manter a cadeira na próxima eleição...

— Então, vamos ter que fazer tudo para que ele não consiga.

— E como poderemos fazer isso?

— Que bom que perguntou, major.

— Lamento dizer que não tenho escolha, a não ser me exonerar do cargo de deputado no Parlamento — disse Giles.

— Só porque você foi para a cama com uma prostituta? — questionou Griff.

— Ela não é prostituta — retrucou Giles, tal como fazia com todos que manifestavam essa suposição.

— Se você se demitir do cargo, então seria melhor entregarmos a cadeira aos conservadores. E o primeiro-ministro não ficará nem um pouco grato por isso.

— Porém, de qualquer jeito, se as pesquisas de intenção de voto estiverem corretas, os conservadores conquistarão o assento.

— Já contrariamos as pesquisas antes — lembrou Griff. — E os conservadores nem sequer escolheram seu candidato ainda.

— Nada me convencerá a mudar de ideia — insistiu Giles.

— Mas você é a única pessoa que pode conquistar a cadeira — observava Griff quando o telefone na mesa tocou. Ele atendeu. — Seja lá quem for, mande ele pastar! — ordenou ele à secretária.

— É o editor do *The Bristol Evening News* — informou ela.

— Isso serve para ele também.

— Mas ele disse que tem uma notícia pela qual os senhores se interessarão imediatamente. Será a principal reportagem da edição de amanhã.

— Passe a ligação — solicitou Griff, que ficou ouvindo durante algum tempo, mas acabou desligando com violência. — Era só o que me faltava!

— Então que notícia é essa, tão interessante para nós?

— Os conservadores anunciaram o nome de seu candidato.

— É alguém que conhecemos?

— Major Alex Fisher.

Giles caiu na gargalhada.

— Não consigo acreditar que você esteja disposto a ir tão longe, Griff, só para ter certeza de que eu continue candidato.

20

— *Bom dia. Meu nome é Giles Barrington. Sou o candidato do Partido Trabalhista pela zona portuária de Bristol na eleição geral do dia 18 de junho. Vote nos trabalhistas. Vote em Barrington em 18 de junho. Bom dia, meu nome é...*

Nos últimos 25 anos, Giles havia participado de sete eleições e vencera todas, aumentando aos poucos sua maioria de votos para 2.166. As últimas duas tinham resultado na conquista do governo pelos trabalhistas, duas ocasiões em que não havia expectativas de os conservadores vencerem na zona portuária de Bristol e nas quais os liberais sabiam que não tinham chances.

A última vez em que Giles solicitara uma recontagem dos votos foi quando seu oponente fora o major Alex Fisher. Nessa ocasião, Giles vencera por uma diferença de apenas quatro votos e mesmo assim somente depois de três recontagens. Desde o começo, fora uma campanha suja e pessoal, inclusive com o envolvimento da ex-esposa de Giles, Lady Virginia, que fora a Bristol para apoiar o major e chamá-lo de "homem decente e honesto".

Agora, quinze anos depois, Giles enfrentaria o mesmo oponente outra vez, assim como falação em torno de mais um divórcio. Ele deu graças a Deus ao fato de que Gwyneth havia deixado claro que só daria entrada nos papéis depois da eleição, e, embora ela não tivesse a intenção de visitar a base eleitoral com Giles, não iria incentivar ninguém a votar em Fisher.

— Devemos dar graças a Deus pelo pouco que a gente tem — foi tudo o que Griff Haskins achou por bem dizer a respeito da questão e não falou mais no assunto.

Quando, em 29 de maio de 1970, o primeiro-ministro solicitou à rainha que dissolvesse o Parlamento, Giles voltou a Bristol para iniciar uma campanha de três semanas. Ao ir para as ruas em busca de votos, ficou agradavelmente surpreso com a boa acolhida com que foi recebido e com quão poucas pessoas tocavam no assunto sobre o episódio em Berlim ou perguntavam por sua esposa. Os britânicos não têm o costume de julgar as pessoas, comentou Griff, embora Giles não houvesse confessado a ele que Karin quase nunca deixava seu pensamento. Ele escrevia uma carta para ela todas as noites, pouco antes de deitar-se. E, na manhã do dia seguinte, como se fosse um garoto, verificava sua caixa de correio com ansiedade. Mas nunca havia um envelope com um selo da Alemanha Oriental lá dentro.

Emma, Harry e Sebastian, juntamente com a srta. Parish, mulher formidável, leal adepta do Partido Trabalhista e que havia tirado três semanas de licença no emprego, tal como fazia em toda campanha eleitoral, acompanhavam Giles com regularidade quando ele saía às ruas em busca de votos. Emma lidava com as mulheres que manifestavam dúvida em relação à situação política de Giles, já que ele havia deixado o gabinete de ministros, enquanto Sebastian se concentrava nos jovens de 18 anos de idade, os quais votariam pela primeira vez.

Mas a caixa de surpresas foi Harry, que se revelou muito popular entre os eleitores, sob vários aspectos. Deparou-se com gente que queria saber como estava indo sua campanha para tentar fazer com que Anatoly Babakov fosse solto, ao passo que outros que gostariam de saber qual seria o próximo grande caso do inspetor Warwick. Toda vez que lhe perguntavam em quem ele votaria, Harry sempre respondia:

— Assim como todos os bristolenses sensatos, em meu cunhado.

— Não, não — corrigiu-o Griff com firmeza. — Diga Giles Barrington, e não seu cunhado. Nao há nenhum "meu cunhado" nas cédulas.

Mas houve também um terceiro grupo que considerava Harry o Cary Grant de Bristol e certamente votaria nele caso ele se candidatasse.

— Prefiro caminhar descalço num tapete de brasas — respondia Harry, levantando as mãos, mostrando-se horrorizado com a ideia.

— A senhora é ciumenta, mamãe?

— Claro que não — respondeu Emma certa feita. — A maioria dessas mulheres são pessoas de meia-idade casadas que querem apenas paparicá-lo.

— Desde que elas votem nos trabalhistas — comentou Griff —, não importa o que elas queiram fazer com ele.

—

— Bom dia. Meu nome é Giles Barrington. Sou o candidato do Partido Trabalhista pela zona portuária de Bristol na eleição geral do dia 18 de junho. Vote nos trabalhistas...

Todas as manhãs começavam com um "culto matinal" no escritório de Griff, onde ele se reunia com o candidato e os principais voluntários para mantê-los atualizados, antes de atribuir-lhes as tarefas do dia.

Na primeira segunda-feira da campanha, Griff iniciou a reunião quebrando um de seus princípios mais importantes.

— Acho que você deveria desafiar Fisher para um debate.

— Mas, no passado, você sempre disse que um deputado da situação jamais deveria dar esse tipo de importância a seus oponentes, pois isso só serve para proporcionar a eles uma chance de divulgar seus pontos de vista e vender a imagem de candidatos relevantes.

— Fisher é um candidato relevante — observou Griff. — Prova disso é que ele está três pontos na sua frente nas pesquisas de intenção de votos e, portanto, precisamos dar um jeito de tirar essa vantagem dele.

— Mas Fisher se aproveitará da ocasião para lançar um ataque pessoal contra mim e fazer o episódio virar manchete nos jornais sensacionalistas.

— Vamos torcer para que sim — sugeriu Griff —, pois nossas pesquisas de opinião revelam que, para a maioria de nossos eleitores, o que aconteceu em Berlim não tem importância para eles, e nosso malote diário confirma isso. O público está muito mais interessado no serviço nacional de saúde, no problema do desemprego, nas aposentadorias e na questão da imigração. Aliás, existem mais eleitores se queixando do excesso de zelo dos guardas de parquímetros nas ruas do que dos seus hábitos noturnos quando você não está em casa. Se quiser uma prova disso — disse, tirando algumas cartas de uma pilha em cima da mesa —, preste atenção nestas aqui: "Prezado Sir Giles, se todo mundo que dormisse com uma prostituta ou tivesse um caso votasse no senhor, o senhor dobraria sua maioria de votos. Boa sorte."

— Entendi bem agora — disse Giles. — Se você teve um caso extraconjugal, vote em Giles Barrington.

Emma fechou a cara para o irmão; desaprovava a condescendência de Griff para com o que Giles havia feito.

— E veja esta aqui — disse Griff, ignorando o comentário do candidato. — "Caro Sir Giles, nunca votei nos trabalhistas antes, mas prefiro votar num pecador a votar em alguém como Alex Fisher com essa pose de santinho dele. Sinceramente etc." Mas esta aqui é a de que mais gosto: "Devo confessar que admiro seu bom gosto em mulheres. Partirei para Berlim na próxima semana e gostaria de saber se o senhor não poderia passar-me o telefone dela."

"Eu mesmo gostaria de saber o telefone dela", pensou Giles.

—

FISHER RECUSA CONVITE PARA PARTICIPAR DE DEBATE

— Ele cometeu seu primeiro erro — comentou Griff, virando o jornal para que todos vissem a manchete estampada na primeira página.

— Mas é ele que está com três pontos percentuais de vantagem nas pesquisas de intenção de votos — observou Giles. — Isso não foi um erro, só bom senso.

— Concordo plenamente — disse Griff —, mas é a razão que ele apresentou para recusar que foi o erro. Ouça só: "Deus me livre ficar na mesma sala que esse homem." Um erro tolo. As pessoas não gostam de ataques pessoais. Portanto, devemos tentar nos aproveitar disso. Deixe claro que você comparecerá ao local do debate e, se ele não aparecer lá, que o eleitorado tire suas próprias conclusões — acrescentou Griff, que continuou a ler a reportagem e não demorou muito para sorrir pela segunda vez. — É verdade que nem sempre os liberais acabam fazendo algo para nos ajudar, mas o fato é que

Simon Fletcher disse ao *News* que terá imensa satisfação em participar do debate. Contudo, por outro lado, ele não tem nada a perder. Divulgarei um comunicado à imprensa imediatamente. Enquanto isso, tratem de voltar ao trabalho. Afinal, não conquistarão votos se ficarem sentados em meu escritório.

—

— *Bom dia. Meu nome é Giles Barrington. Sou o candidato do Partido Trabalhista pela zona portuária de Bristol na eleição geral do dia 18 de junho...*

Justamente no momento em que Giles estava começando a sentir-se um pouco mais confiante, uma pesquisa do Gallup publicada no *The Daily Mail* previa, pela primeira vez, que Edward Heath e os conservadores tinham grandes chances de vencer a eleição, conquistando uma maioria de 34 cadeiras no Parlamento.

— Estamos na trigésima quinta posição na lista de assentos que os conservadores precisam conquistar se quiserem obter maioria absoluta no pleito.

— Leia as letras miúdas — recomendou Griff. — A pesquisa informa que o resultado da disputa na zona portuária de Bristol é muito difícil de prever. Aliás, você viu o *Evening News* de hoje? — Passou o exemplar da primeira edição do jornal para seu candidato.

Giles tinha certa admiração pela atitude de neutralidade que o *News* sempre assumia durante as campanhas eleitorais, somente se manifestando a favor de um candidato no dia anterior à eleição, embora, no passado, o jornal nem sempre o tivesse apoiado. Todavia, dessa vez, ele fugiu a essa regra quando faltavam algumas semanas para o pleito. Num editorial, o jornal deixou sua posição clara, num texto embaixo de uma manchete condenatória:

DO QUE SERÁ QUE ELE ESTÁ COM MEDO?

Seus editores escreviam que, se o major Fisher não comparecesse ao debate na próxima terça-feira, eles começariam a recomendar que seus leitores votassem nos trabalhistas e mantivessem Giles Barrington em seu assento em Westminster.

— Vamos rezar para que ele não apareça — sugeriu Giles.

— Ele vai aparecer sim — previu Griff —, caso contrário, perderá a eleição. Nosso problema agora é saber como lidar com Fisher quando ele aparecer.

— É o major que deve estar preocupado — comentou Emma. — Afinal de contas, Giles é um orador bem mais experiente, com vinte anos no Parlamento.

— Isso não terá nenhuma importância na noite do debate se não descobrirmos um jeito de lidar com o assunto tabu — comentou a srta. Parish, levando Griff a fazer que sim com a cabeça.

— Talvez tenhamos que usar nossa arma secreta — propôs Griff.

— Qual? — perguntou Giles.

— Harry. É só o colocarmos na primeira fileira de assentos, de frente para o público, e pedirmos que leia em voz alta o primeiro capítulo do próximo livro. Ninguém notará o que está acontecendo no palco.

Todo mundo riu, exceto Harry.

— O que você pretende com isso? — questionou ele.

—

— *Bom dia. Meu nome é Giles Barrington. Sou o candidato do Partido Trabalhista pela zona portuária de Bristol na eleição geral...*

EU ESTAREI LÁ, anunciava a manchete na primeira página do *Bristol Evening News* no dia seguinte.

Giles leu a reportagem e reconheceu que o debate poderia decidir quem venceria a eleição.

Griff, concordando, sugeriu que reservasse um tempo para se preparar, como se estivesse sendo interrogado por Robin Day, o entrevistador da BBC especializado em política. Ele pediu que Sebastian fizesse o papel de Fisher.

— O senhor acha que um homem sem princípios morais como o senhor deveria concorrer a uma vaga no Parlamento?

— De que lado você está, Seb?

— Ele está do seu lado — respondeu Griff —, e acho melhor que você tenha uma resposta para essa pergunta até a noite de quinta.

— O senhor poderia nos dizer por que ainda não vimos sua esposa no distrito eleitoral durante a campanha eleitoral?

— Ela está numa visita aos pais no País de Gales.

— Lá se vão pelo menos mil votos — advertiu Griff.

— Diga-me uma coisa, Sir Giles. O senhor pretende fazer outra viagem a Berlim num futuro próximo?

— Aí já é golpe baixo, Seb.

— E será justamente aí que Fisher vai ficar golpeando — avisou Griff. — Portanto, não abaixe a guarda.

— Ele tem razão, Seb. Pode mandar ver.

—

— *Bom dia. Meu nome é Giles Barrington. Sou o candidato do Partido Trabalhista pela zona portuária de Bristol...*

— Eles mudaram o local do debate — informou Griff na reunião matinal.

— Por quê? — perguntou Giles.

— Houve uma procura tão grande de ingressos que ele foi transferido do Guildhall para o Hippodrome Theatre.

— Mas o Hippo comporta duas mil pessoas — observou Giles.

— Bem que eu gostaria que acomodasse dez mil — disse Griff. — Você jamais terá uma chance melhor para ter uma conversa direta com os eleitores.

— E, ao mesmo tempo, mostrar a todos o impostor que Fisher é — disse Sebastian.

— Quantos assentos foram reservados para nós? — perguntou Griff, virando-se para a srta. Parish.

— Cada um dos candidatos tem direito a trezentos lugares.

— Teremos dificuldade em ocupar nossos lugares com partidários e simpatizantes?

— De jeito nenhum. O telefone tocou a semana inteira. Parece até um show dos Rolling Stones. Aliás, entrei em contato com meu colega do Partido Liberal para saber se eles tinham ingressos sobrando.

— Eles não cometeriam a burrice de liberá-los para você.

— Isso não tem a ver com burrice — observou a srta. Parish.

— Tenho a impressão de que isso tem muito mais a ver é conosco.

— E por que será? — perguntou Griff.

— Não faço ideia, mas vou descobrir até quinta-feira.

— E quanto aos ingressos restantes? — indagou Griff. — Quem ficará com eles?

— Quem chegar primeiro, leva — respondeu a srta. Parish. — Providenciarei para que uma centena de nossos partidários estejam na fila uma hora antes de o show começar.

— É o que os conservadores farão também — observou Griff. — Melhor que sejam duzentos e duas horas antes.

—

— *Bom dia. Meu nome é Giles Barrington. Sou o candidato do Partido Trabalhista...*

Ao longo da semana seguinte, incluindo o fim de semana, Giles não relaxou um minuto sequer. Circulou pelas ruas, visitou bares, fez reuniões noturnas e participou de todo tipo de encontro em que fosse provável a presença de pelo menos meia dúzia de pessoas.

No sábado, ele pôs a gravata do condado e foi assistir ao jogo do Gloucestershire contra o Middlesex na Nevil Road, mas só ficou no local durante uma hora. Depois de uma lenta caminhada ao redor do campo, de modo que fosse visto pelos cinco mil torcedores presentes ao estádio, ele voltou para o diretório de seu distrito eleitoral na Park Street.

No domingo, participou das matinas, da comunhão e das vésperas em três igrejas diferentes, mas, durante o sermão, ficou pensando no debate, ensaiando mentalmente a apresentação, suas frases, as pausas...

— Em nome do Pai...

Na quarta-feira, as pesquisas realizadas por Griff indicavam que Giles continuava alguns pontos atrás de seu oponente na intenção de votos, mas Sebastian observou que Kennedy também estivera nessa situação antes do debate com Nixon.

Todos os detalhes haviam sido analisados à exaustão. A roupa que ele deveria usar, quando ele deveria cortar o cabelo, a conveniência de só se barbear quando faltasse uma hora para que ele subisse ao palco e, se lhe concedessem, a opção de ser o último a pronunciar-se.

— Quem presidirá? — perguntou Sebastian.

— Andy Nash, o editor do *Evening News*. Nós queremos conquistar votos, enquanto ele quer vender jornais. Todo mundo tem algo a ganhar — afirmou Griff.

— E trate de ir para a cama antes da meia-noite — aconselhou Emma. — Você precisará de uma boa noite de sono.

Giles foi mesmo deitar-se antes da meia-noite, mas não dormiu, preferindo revisar seu discurso mentalmente, muitas e muitas vezes, e ensaiar respostas a todas as perguntas feitas por Sebastian. Era difícil se concentrar com a lembrança de Karin ocorrendo-lhe a toda hora. Levantou-se às seis e, meia hora depois, estava na frente da estação de Temple Meads com o megafone na mão mais uma vez, pronto para enfrentar os primeiros trabalhadores a caminho do trabalho.

— *Bom dia. Meu nome é Giles Barrington...*

— Boa sorte hoje à noite, Sir Giles. Estarei lá para apoiá-lo.

— Desculpe, mas não moro em seu distrito eleitoral.

— Qual a sua posição em relação a castigos corporais?

— Acho que vou dar uma chance aos liberais desta vez.

— Tem um cigarro, chefe?

— *Bom dia...*

21

Griff pegou Giles de carro em Barrington Hall pouco antes das seis. A esse evento ele não poderia chegar atrasado de jeito nenhum.

Estava usando um terno cinza-escuro com uma única fileira de botões, uma camisa bege e uma gravata do uniforme da Bristol Grammar School. Presumiu que Fisher usaria o costumeiro terno azul listrado com dupla fileira de botões, uma camisa branca com o colarinho engomado e a gravata do regimento militar.

Giles estava tão nervoso que quase não falou na viagem para o Hippodrome, e Griff se manteve em respeitoso silêncio. Sabia que seu candidato estava ensaiando seu discurso em silêncio.

Trinta minutos depois, eles pararam na frente da porta de entrada de artistas, onde Giles ficara esperando, após uma matinê de *Orgulho e Preconceito*, a chance de obter um autógrafo de Celia Johnson. Griff acompanhou o candidato até os bastidores, onde se encontraram com Andy Nash, que presidiria o debate. Ele pareceu aliviado ao vê-los chegar.

Impaciente, Giles ficou andando de um lado para outro nos bastidores, esperando que as cortinas se abrissem. Embora ainda faltassem trinta minutos para que o presidente batesse o martelo no atril e pedisse silêncio, Giles já podia ouvir o burburinho de uma plateia ansiosa, o que o fez sentir-se como um atleta em plena forma, esperando que o chamassem para posicionar-se na linha de largada.

Alguns minutos depois, Alex Fisher chegou apressado, cercado pelos membros da comitiva, todos falando em voz alta, levando Giles a considerar que, quando a pessoa está nervosa, esse estado se revela sob as mais diferentes formas. Quando se deparou com o rival, Fisher passou direto, sem tentar conversar ou retribuir o cumprimento do colega.

Instantes depois, Simon Fletcher, o candidato do Partido Liberal, entrou no auditório tranquilamente. Não era para menos. É bem mais fácil relaxar quando não se tem nada a perder. Ele cumprimentou Barrington com um aperto de mão assim que o viu e disse:

— Gostaria de lhe agradecer.

— Por quê? — perguntou Giles, sinceramente intrigado.

— Por não ficar dizendo constantemente, a todo mundo, que não sou casado, ao contrário de Fisher, que menciona o fato em toda oportunidade que aparece.

— Certo, cavalheiros! — disse Nash. — Aproximem-se, por gentileza, pois chegou a hora de estabelecermos a ordem em que os senhores se pronunciarão — acrescentou, estendendo a mão fechada com a ponta de três palhinhas de diferentes tamanhos para fora. Fisher tirou a menor, enquanto Fletcher acabou ficando com a maior.

— O senhor tem o direito de escolher se quer ser o primeiro, sr. Fletcher — disse o presidente.

O candidato dos liberais inclinou a cabeça para o lado e perguntou a Giles baixinho:

— O que o senhor prefere?

— Que o senhor seja o segundo — respondeu Giles.

— Então serei o segundo — concordou Fletcher, deixando Fisher surpreso.

— E o senhor, Sir Giles? Primeiro ou último?

— Serei o último. Obrigado, presidente.

— Certo. Estamos de acordo então. O senhor discursará primeiro, sr. Fisher. Vamos lá, então, enfrentar os leões.

Quando o presidente apareceu no palco levando consigo os três candidatos, foi a única vez naquela noite que a plateia inteira aplaudiu. Giles passou os olhos por um auditório em que, ao contrário do que acontece no caso de uma produção teatral, não haveria diminuição das luzes do ambiente. Dois mil leões haviam ficado esperando impacientemente a hora de os cristãos aparecerem.

Ele gostaria de ter ficado em casa, jantando numa mesinha na frente da televisão, ou em qualquer outro lugar, menos ali. Mas sempre se sentia assim, até quando tinha que se pronunciar perante a menor das plateias. Olhou de relance para Fisher e viu uma gota de suor aflorando em sua testa que o major enxugou rapidamente com um lenço tirado de um bolso superior do paletó. Quando tornou a olhar para a plateia, Giles viu Emma e Harry sentados na segunda fileira sorrindo para ele.

— Boa noite, senhoras e senhores. Meu nome é Andy Nash. Sou editor do *Bristol Evening News*. É uma honra presidir o encontro desta noite, que será a única ocasião em que os três candidatos estarão presentes no mesmo palco. Agora, permitam-me explicar como o debate transcorrerá. Cada candidato fará um discurso inicial de seis minutos, depois do qual o público terá trinta minutos para fazer perguntas. A noite terminará com cada um dos candidatos tendo dois minutos para apresentar uma recapitulação sucinta e conclusiva de suas políticas. Agora, peço ao candidato dos conservadores, major Alex Fisher, que inicie seu pronunciamento.

Fisher se dirigiu com firmeza para o centro do palco e foi recebido com entusiasmados aplausos por uma parte da plateia. Ele pôs o discurso no leitoril e começou a lê-lo imediatamente, palavra por palavra, levantando a cabeça apenas de vez em quando.

Sentado em sua cadeira no palco tomado de considerável nervosismo, Giles ficou ouvindo atentamente o discurso do colega, esperando o comentário sarcástico, a alfinetada sutil, mas não houve nada disso. Ao contrário, Fisher se concentrou nas leis que seriam tratadas com prioridade se os conservadores formassem o próximo governo. Tinha-se a impressão de que ele estava lendo uma lista de compras que intercalava com as palavras "hora de mudanças". Em nenhum momento, ele fez alguma menção de seus oponentes. Giles logo entendeu o que Fisher pretendia. Ele não se permitiria a satisfação de fazer ataques pessoais diretos; isso ficaria ao encargo de seus correligionários, espalhados estrategicamente pela plateia. Quando voltou para o seu lugar, não foi difícil identificar os locais em que seus partidários estavam sentados; bastou observar o entusiasmo com que certos integrantes da plateia o aplaudiram.

O candidato dos liberais iniciou o discurso agradecendo a plateia lotada, por ela ter deixado de assistir ao capítulo da novela *Coronation Street* para ouvir seu pronunciamento, e foi recebido com risadas e aplausos. Depois disso, ele passou os seis minutos seguintes falando sobre os problemas da política local, desde buracos em ruas e estradas ao preço das passagens dos transportes na zona rural. Quando voltou para o seu assento, outra parte dos espectadores também demonstrou, com saudações e aplausos fervorosos, lealdade e apoio.

Assim que Fletcher se sentou, Giles foi para o centro do palco, embora não estivesse tão relaxado quanto esperava que pudesse aparentar. Ele pôs no atril um cartão com sete tópicos datilografados no verso: Educação, Desemprego, Sindicatos, Serviço Nacional de Saúde, Europa, Segurança Nacional e Bristol.

Falou com confiança e autoridade sobre cada um dos tópicos, praticamente sem olhar para o cartão, mas sempre encarando os espectadores. Quando voltou para o seu lugar, seus partidários se levantaram todos ao mesmo tempo, levando a fazer o mesmo, num ímpeto de entusiasmo contagiante, um grande número de integrantes da plateia até então indecisos. Tivesse o debate terminado então, ninguém teria tido dúvida de quem era o vencedor, mas, assim que Giles se sentou, o presidente abriu a sessão para perguntas, acrescentando:

— Espero que toda intervenção seja digna de um debate tão importante como esse e que ninguém recorra a ofensas pessoais, tentando conquistar a manchete do jornal no dia seguinte, pois asseguro que, como editor do jornal, não vai conseguir.

A advertência provocou uma salva de aplausos tão espontânea que Giles começou a relaxar pela primeira vez.

— Sim, madame. A senhora da quarta fileira, por favor.

— Com a população envelhecendo cada vez mais, poderiam os candidatos falar a respeito de seus planos de longo prazo com relação à previdência social?

Giles já havia se levantado antes mesmo que o presidente pudesse decidir qual dos candidatos deveria responder primeiro.

— Desde que o Partido Trabalhista voltou ao poder, o valor da aposentadoria tem subido ano após ano — afirmou ele —, pois este governo acredita que sociedade civilizada é aquela que cuida bem não só de seus jovens, mas também de seus idosos.

Em seguida, foi a vez de Fisher falar sobre o assunto, pronunciando-se o major com base num resumo da política do partido preparado pelo Comitê Central. O último a responder foi o candidato do Partido Liberal, que aproveitou para falar do caso de sua mãe, que estava internada num asilo de idosos.

— Queira formular sua pergunta agora, senhor, por gentileza — disse Nash, apontando para um homem sentado no balcão nobre, o qual teve que esperar que levassem um microfone até ele.

— Os candidatos acham que o Reino Unido deve mesmo entrar para o Mercado Comum?

Fisher estava bem preparado para essa pergunta e falou à plateia a respeito do velho e persistente compromisso de Ted Heath com a Europa, acrescentando que, se os conservadores chegassem ao poder, fariam tudo ao seu alcance para que a Grã-Bretanha se tornasse membro da Comunidade Econômica Europeia.

Já Simon Fletcher acentuou que seu partido era pioneiro na defesa da ideia da entrada do país no Mercado Comum e que estava muito contente com o fato de que agora os outros dois partidos haviam embarcado na onda dos liberais.

Giles se levantou para encarar a plateia. Sentiu uma vontade imensa de dizer a ela que, quando esteve em Berlim, recebeu tentativas de aproximação do ministro das Relações Exteriores francês, deixando claro que a França estaria disposta a uma abertura de negociações entre os dois países. Mas ele sabia que qualquer menção de Berlim teria sido a justificativa que uma parte da plateia estava esperando para desencadear uma discussão. Portanto, ele disse, simplesmente:

— No que se refere ao nosso ingresso no Mercado Comum, acho que posso dizer com segurança que os três partidos estão plenamente de acordo. Portanto, pressinto que será apenas uma questão de qual dos futuros primeiros-ministros finalmente assinará o Tratado de Roma.

Depois disso, os candidatos trataram de várias outras questões regionais, nacionais e estrangeiras sem recorrerem a nenhum golpe baixo, e Giles estava começando a achar que estava numa posição bastante vantajosa.

— Ainda temos tempo para mais algumas perguntas — disse Nash, olhando de relance para o relógio. — Sim, madame. A senhora em pé lá nos fundos — indicou ele. Giles reconhecera a mulher imediatamente.

— Os candidatos poderiam falar a respeito de seu estado civil e dizer se suas esposas estão com eles esta noite? — questionou ela. Para Giles, uma pergunta obviamente bem ensaiada, feita, logicamente, por uma senhora aparentemente inofensiva, da qual ele se lembrava muito bem, da época em que ela fora vereadora pelo Partido Conservador.

Dessa vez, Fisher foi o primeiro a se levantar e dar também uma resposta previamente elaborada.

— Infelizmente, faz alguns anos que estou divorciado, mas isso não me impediu de continuar a alimentar a esperança de conhecer a companheira certa um dia. Contudo, independentemente de meu estado civil, posso assegurar aos senhores que eu jamais pensaria na ideia de me envolver num caso extraconjugal.

O comentário inesperado provocou uma arfada de espanto em todo o auditório e, numa parte dele, prorrompeu uma explosão de aplausos fervorosos.

— Tenho tido tanta dificuldade para achar uma namorada quanto venho tendo para conhecer pessoas dispostas a votar em mim, mas, assim como o major, ainda não perdi a esperança — confessou o candidato dos liberais, arrancando risadas e uma intensa salva de aplausos da plateia.

Giles ficou triste com o fato de que Fletcher não havia tido coragem de se abrir a respeito de sua orientação sexual e dizer que não via o dia em que pudesse confessar que seu companheiro estava sentado na primeira fileira de assentos e que fazia muitos anos que eles vinham tendo um relacionamento feliz.

Quando Giles voltou para o centro do palco, manteve-se ao lado do atril e, olhando diretamente para a plateia, sorriu.

— Não sou nenhum santo — disse ele.

— É verdade! — bradou um partidário dos conservadores, mas sua observação foi recebida com um silêncio constrangedor.

— Confesso que não agi de forma correta e, como todos vocês sabem, é por isso que Gwyneth não está aqui hoje, algo que lamento profundamente. Afinal, ela tem sido uma esposa leal e sincera, tendo efetiva participação na política do distrito eleitoral — disse ele, fazendo uma pausa antes de acrescentar: — Porém, quando chegar a hora de os senhores votarem, espero que pesem na balança da fragilidade humana 25 anos de serviços à população desta grande cidade e um deslize simplesmente tolo, pois eu gostaria de ter a honra e o privilégio de continuar a servi-los por muitos anos ainda.

Giles abafou um sorriso quando a plateia começou a aplaudir e estava prestes a retornar para seu lugar quando alguém perguntou:

— Não acha que está na hora de o senhor nos falar a respeito de Berlim?

Um intenso burburinho prorrompeu no auditório, levando o presidente a pôr-se de pé de chofre, mas, a essa altura, Giles já tinha voltado para o leitoril, cujas bordas laterais ficou segurando com firmeza para que ninguém visse como estava nervoso. Duas mil pessoas o fitavam com imensa expectativa enquanto o parlamentar encarava seu inquisidor, que ainda estava de pé. Giles esperou que todos silenciassem.

— Terei enorme prazer em fazer isso, senhor. Berlim é uma cidade imersa num clima de tragédias intermináveis, dividida por um muro de concreto com mais de 3,5 metros de altura e encimado por arame farpado. Ele não foi construído para manter os alemães ocidentais do lado de fora, mas para manter os alemães orientais dentro de seu território, criando assim a maior prisão da Terra. Em minha opinião, uma medida nem um pouco cativante para que outros se sintam inclinados a abraçar o comunismo. Mas rezo para que eu viva bastante para um dia vê-lo totalmente destruído. Espero que estejamos ambos de acordo com relação a isso, senhor.

O homem voltou a se sentar, e Giles retornou para o seu lugar sob o estrondo de uma salva de aplausos ensurdecedora.

A última pergunta foi sobre o poder dos sindicatos, pergunta a que nem Giles nem Fisher deram uma resposta convincente; no caso de Giles, porque ele havia perdido a concentração; no de Fisher, porque ele não tinha se recuperado do fato de ter visto seu arremessador de farpas ser tirado de jogada em grande estilo pelo rival.

Giles havia se recuperado quando chegou a hora de apresentar suas considerações finais e, pelo bom desfecho de seu pronunciamento, levou um bom tempo para conseguir deixar o auditório, já que teve que cumprimentar muitas pessoas da plateia de mãos estendidas. Mas foi Griff quem encerrou a noite com chave de ouro.

— Ainda estamos no páreo.

22

O *Bristol Evening News* fez uma boa tentativa de apresentar um relato equilibrado do debate realizado no teatro Hippodrome na noite anterior, mas não era necessário ler nas entrelinhas para que ficasse claro quem o jornal achava que havia sido o vencedor. Embora os dirigentes tivessem algumas ressalvas, recomendaram que seus leitores mantivessem Sir Giles Barrington na Câmara dos Comuns.

— Ainda não vencemos — comentou Griff, jogando o jornal na lixeira mais próxima. — Então, de volta ao trabalho. Afinal, ainda temos seis dias, nove horas e quatorze minutos antes do fechamento das urnas na próxima quinta-feira.

Todos arregaçaram as mangas e voltaram às tarefas, verificando os resultados das campanhas na rua, preparando cédulas para o dia da votação, fazendo a reconferência dos eleitores que teriam de ser levados de carro para o local de votação, atendendo consultas do público, distribuindo panfletos ou procurando providenciar que o candidato se alimentasse.

— De preferência na rua durante a campanha, sem intervalo — recomendou Griff.

Ele voltou também para o escritório, onde prosseguiria com a preparação da mensagem de véspera de eleição, cujas cópias seriam postas, um dia antes do pleito, em todas as caixas de correspondência dos eleitores dos trabalhistas registrados.

—

Às 5h45 do dia da eleição, Giles estava mais uma vez do lado de fora da estação de Temple Meads lembrando a todos:

"Votem em Barrington — é hoje!"

Griff havia criado uma agenda que ocupava cada minuto do dia da eleição até o fechamento das urnas, às dez da noite. Reservou dez minutos na agenda para que Giles pudesse saborear uma torta de carne de porco, um sanduíche de queijo e meia caneca de cidra no bar mais popular do distrito.

Às seis e meia, ele olhou para o céu e xingou quando viu que estava começando a chover. Será que os deuses não sabiam que o período entre oito e dez da manhã e cinco e sete da noite eram aquele em que a maioria dos eleitores dos trabalhistas comparecia às urnas? Já os dos conservadores sempre iam votar entre as dez da manhã e as cinco da tarde. Das sete à dez da noite, momento em que se encerravam as votações, só Deus sabia o que podia acontecer. Os deuses devem ter ouvido seus apelos, pois a chuva durou apenas uns vinte minutos.

Giles terminou a jornada de dezesseis horas plantado na frente dos portões do estaleiro procurando saber se os trabalhadores do turno da noite prestes a marcar o ponto já tinham votado. Os que não haviam feito isso ainda eram despachados por ele para o local de votação do outro lado da rua.

— Mas vou marcar o ponto atrasado.

— Eu conheço o presidente — argumentava Giles. Já aos que estavam deixando o local de trabalho, Giles dizia antes que se fossem para o bar: "Não deixe de votar antes de pedir a primeira caneca de cerveja."

Griff e sua equipe verificavam constantemente os últimos levantamentos da situação do eleitorado, de modo que pudessem bater na porta dos que ainda não tivessem votado para lembrar a eles que os locais de votação só fechavam às dez da noite.

Um minuto depois desse horário, Giles deu seu último aperto de mão e, louco para tomar um drinque, foi andando pela rua do estaleiro na direção do Lord Nelson, onde se juntaria aos trabalhadores do turno anterior.

— Manda uma caneca! — solicitou ele, apoiando-se no balcão do bar.

— Desculpe, Sir Giles. Já deu dez horas e sei que o senhor não iria querer que eu perdesse minha licença.

Quando ouviram isso, dois homens sentados no bar pegaram uma caneca vazia e a encheram com o conteúdo das suas.

— Obrigado — disse Giles, levantando a caneca.

— Estamos com certo peso na consciência — confessou um deles. — Entramos aqui correndo durante a chuva e, por isso, não votamos.

Giles teve vontade de despejar a cerveja na cabeça deles. Relanceando o olhar pelo bar, perguntou-se em pensamento quantos outros votos havia perdido por conta da chuva.

Alguns minutos depois, Harry apareceu no Lord Nelson.

— Lamento ter vindo buscá-lo — disse ele —, mas Griff mandou que eu o levasse para casa.

— É um homem a que não se pode desobedecer, não é mesmo? — observou Giles, tragando de um gole o resto da cerveja.

— Então, o que vem a seguir? — perguntou Harry quando partiram em seu carro para Barrington Hall.

— Nada de novo. A polícia recolherá as urnas dos locais de votação de todo o distrito eleitoral e depois as levará para o Guildhall. Os selos serão removidos na presença do sr. Hardy, o secretário municipal, e, assim que as cédulas tiverem sido verificadas, começarão a contagem. Portanto, não faz sentido irmos para a prefeitura ainda, já que não adianta esperar que o resultado do pleito saia muito antes das 3 da madrugada. Griff me pegará lá em casa por volta da meia-noite.

Giles estava cochilando na banheira quando a campainha tocou. Saiu do banho devagar, vestiu um roupão e, quando abriu a janela do banheiro, viu Griff em pé na porta lá embaixo.

— Desculpe, Griff. Devo ter adormecido na banheira. Entre e prepare um drinque para você. Vou lá em cima, mas prometo descer o mais rápido possível.

Giles pôs o terno e a gravata que costumava usar em todas as contagens de votos, embora tivesse que reconhecer que não conseguia mais abotoar o botão do meio do paletó. Quinze minutos depois, ele desceu as escadas para partir com seu amigo e chefe de campanha.

— Não me pergunte por quê, pois não sei — avisou Griff quando passavam com o carro pelos portões. — Tudo que posso lhe dizer é que, se as pesquisas de boca de urna estiverem corretas, os conservadores venceram a eleição por uma diferença de quarenta cadeiras.

— Então, vamos voltar a ser oposição — disse Giles.

— Isso presumindo que você vença a disputa, mas nossas pesquisas de intenção de votos estão indicando que ela foi acirrada, com um resultado difícil de prever — comentou Griff. — É a repetição do pleito de 1951.

Ele não disse nem mais uma palavra enquanto não entraram no estacionamento da prefeitura, quando três semanas de frustração acumulada e poucas horas de sono provocaram uma irrupção de sentimentos de revolta.

— Não é a ideia de perder a eleição que não consigo suportar — desabafou Griff. — É a ideia do merda do major Fisher vencer.

Às vezes, Giles se esquecia de quanto Griff era apaixonado pela causa e de quanto era grande a sua sorte de poder contar com um chefe de campanha como ele.

— Mas tudo bem — disse Griff —, agora que tirei isso do peito, vamos lá concluir o nosso trabalho. — Ele saiu do carro, endireitou a gravata e se dirigiu para o prédio da prefeitura. Enquanto os dois subiam a escada, Griff se virou para Giles e recomendou: — Tente dar a impressão de que você acha que ganhará.

— E se eu não vencer?

— Então terá que fazer um discurso que nunca fez, o que será uma nova experiência para você.

Giles riu enquanto entravam num auditório lotado e barulhento, onde a contagem já estava em andamento.

Pelo menos uma dúzia de mesas montadas sobre cavaletes enchiam o espaço do auditório, sem os assentos de sempre, com autoridades da câmara municipal e seletos representantes de partidos sentados em ambos os lados do recinto, enquanto alguns dos presentes se empenhavam bastante na contagem e outros mais apenas observavam. Toda vez que o conteúdo de uma nova urna preta era despejado nas mesas, via-se um cipoal de mãos se estender sobre elas, no afã de separarem as cédulas com o nome dos candidatos em três pilhas separadas antes que a contagem dos votos de mais uma urna começasse. Pequenos lotes de dez cédulas se tornavam pilhas de cem votos, altura da contagem em que eram presas com uma faixa de elástico vermelha, azul ou amarela e postas em fileiras numa das extremidades da mesa.

Griff acompanhou os trabalhos com toda atenção, pois sabia que um simples erro podia fazer com que cem votos fossem postos na pilha errada.

— O que querem que façamos? — perguntou Sebastian quando ele e a srta. Parish chegaram para juntar-se à equipe.

— Poste-se cada um de vocês numa mesa e venham me avisar se virem algo de que não tenham gostado.

— E quanto a você? — questionou Giles.

— Vou fazer o que sempre faço — respondeu Griff. — Acompanhar atentamente a contagem dos votos das zonas eleitorais de Woodbine Estate e da Arcadia Avenue, pois, assim que eu souber o resultado desses dois locais de votação, terei condições de dizer a vocês quem vencerá a eleição.

Cada um dos integrantes da equipe de Griff tratou de postar-se diante de uma das mesas e, embora fosse lento o processo de apuração, vinha transcorrendo sem problemas. Logo que Giles percorreu todo o auditório em seu acompanhamento itinerante da contagem, habilmente evitando todo contato com Fisher, voltou a reunir-se com Griff.

— Você está duzentos votos atrás na Arcadia Avenue, mas cerca de duzentos na frente na contagem de Woodbine Estate. Portanto, só Deus sabe o que será.

Depois de mais uma volta de inspeção pelo auditório, para Giles uma coisa era certa: Simon Fletcher terminaria em terceiro lugar na disputa.

Alguns minutos depois, o sr. Hardy deu uns tapinhas no microfone no centro do palco. Os presentes no auditório silenciaram e se viraram todos para encarar o secretário municipal.

— Peço aos candidatos que se juntem a mim para verificarmos em conjunto as cédulas danificadas — solicitou ele, convocando-os para um pequeno ritual que Griff adorava.

Depois que os três candidatos e seus chefes de campanha tinham analisado 42 cédulas danificadas, concordaram que 22 delas eram válidas: 10 delas para Giles, 9 para Fisher e 3 para Fletcher.

— Vamos torcer para que isso seja um bom sinal — recomendou Griff —, pois, lembrando as famosas palavras de Churchill, apenas um é suficiente.

— Alguma surpresa? — perguntou Sebastian quando eles voltaram para a plateia.

— Não — respondeu Griff —, mas gostei de uma cédula que o secretário municipal anulou, pois assim a haviam questionado: "Sua namorada de Berlim Oriental votará em trânsito?" — Giles sorriu quando ouviu isso. — Todos de volta ao trabalho. Não podemos deixar que ocorra um erro que seja e não se esqueçam de 1951, quando Seb salvou a pátria.

De repente, apuradores começaram a levantar bruscamente as mãos pelo salão para indicar que a contagem em suas mesas havia terminado. Uma autoridade da câmara fez uma reconferência dos números antes de repassá-los ao secretário municipal, que, por sua vez, os somou com uma calculadora. Giles ainda se lembrava dos dias em que o finado sr. Wainwright registrava cada um deles num livro contábil e depois três de seus assessores conferiam e reconferiam cada um dos registros, antes que ele ficasse satisfeito e se dispusesse a anunciar o resultado.

Às 2h49 da madrugada, o secretário municipal voltou para o microfone e tornou a dar alguns tapinhas nele para testá-lo. O momentâneo silêncio foi interrompido apenas por uma caneta que caiu da mesa e rolou pelo chão. O sr. Hardy esperou que a pegassem.

— Eu, Leonard Derek Hardy, na condição de presidente da junta eleitoral do distrito da zona portuária de Bristol, declaro que o total de votos dados a cada um dos candidatos é o seguinte:

Sir Giles Barrington	18.971
Sr. Simon Fletcher	3.586
Major Alexander Fisher	18...

Assim que Giles ouviu a palavra dezoito e não dezenove, teve certeza de que tinha vencido a eleição.

— ... 994.

Os partidários do candidato conservador explodiram de alegria. Griff, tentando fazer-se ouvir em meio ao barulho imenso, solicitou que o sr. Hardy autorizasse uma recontagem, solicitação que foi prontamente atendida. Iniciaram, pois, todo o processo novamente, em que os mesários de cada uma das mesas conferiram e reconferiram os primeiros lotes de dez cédulas, depois os de cem e, por fim, os de mil, antes que voltassem a informar os números da nova apuração ao secretário municipal.

Às 3h27, o presidente da junta tornou a pedir silêncio.

— Eu, Leonard Derek Hardy, na condição de presidente da junta eleitoral... — voltou a dizer ele diante de correligionários trabalhistas de cabeça baixa e olhos fechados, ao passo que outros mais preferiram ficar de costas para o secretário, sentindo-se incapazes de olhar para o palco e mantendo os dedos cruzados, esperando a leitura dos resultados de novo. — ... O total de votos dados a cada um dos candidatos é o seguinte:

Sir Giles Barrington	18.972
Sr. Simon Fletcher	3.586
Major Alexander Fisher	18.993

Giles sabia que, depois de uma diferença tão pequena, ele podia insistir em que se fizesse uma segunda contagem, mas resolveu não fazer a solicitação. Em vez disso, embora com certa relutância, assentiu com a cabeça para o secretário municipal indicando que aceitava o resultado.

— Declaro, portanto, o major Alexander Fisher membro do parlamento, eleito legitimamente pelo distrito eleitoral da zona portuária de Bristol.

Mais uma explosão de gritos de festejo e saudações prorrompeu numa das metades da plateia, com o candidato vitorioso sendo posto nos ombros dos correligionários do partido e levado em improvisado desfile triunfal em torno do salão. Giles atravessou o auditório e apertou a mão de Fisher pela primeira vez desde o início da campanha.

Depois que findaram os discursos, com Fisher ainda exultando com a vitória, Giles se portando com elegância na derrota e Simon Fletcher acentuando que essa fora a eleição em que obteve o maior número de votos entre todas de que participou, o membro recém-eleito e seus partidários avançaram pela madrugada adentro em festejos intermináveis, enquanto os vencidos foram se retirando em grupos de dois e três. Griff e Giles foram os últimos a se retirarem do local.

— Teríamos vencido se a tendência nacional tivesse sido favorável aos trabalhistas — observou Griff enquanto levava o ex-membro do Parlamento para casa.

— Uma diferença de apenas 21 votos — lamentou Giles.

— Onze — corrigiu Griff.

— Onze? — repetiu Giles.

— Se ao menos onze eleitores tivessem mudado de ideia...

— E se não tivesse chovido durante vinte minutos a partir das seis.

— Foi um ano de muitos "se".

23

Pouco antes das cinco horas, Giles conseguiu finalmente deitar-se. Ele apagou o abajur do criado-mudo, pôs a cabeça no travesseiro e fechou os olhos bem na hora em que o alarme tocou. Cansado, resmungou e reacendeu o abajur. Não havia mais necessidade de ficar na frente da estação de Temple Meads às seis da manhã para cumprimentar os madrugadores que se dirigiam para o trabalho.

"Meu nome é Giles Barrington. Sou o candidato do Partido Trabalhista na eleição de ontem..." Por fim, ele desligou o alarme e caiu num sono profundo, só acordando às onze horas da manhã.

Depois de um café da manhã tardio, tomou um banho de chuveiro, vestiu-se, preparou uma pequena mala e passou com o carro pelos portões da Barrington Hall pouco depois do meio-dia. Não estava nem um pouco com pressa, já que seu avião só decolaria do Aeroporto de Heathrow às 4h15 da tarde.

Se — mais um se — ele tivesse ficado em casa por mais alguns minutos, poderia ter recebido um telefonema de Harold Wilson, que estava preparando uma lista dos exonerados agraciados com honra ao mérito. O novo líder da oposição ofereceria a Giles a oportunidade de fazer parte da Câmara dos Lordes, onde ele serviria, na primeira fileira de assentos da bancada da oposição, na condição de porta-voz do Ministério das Relações Exteriores.

O sr. Wilson tentou entrar em contato com ele mais uma vez naquela noite, mas, àquela altura, Giles já havia desembarcado em Berlim.

Apenas alguns meses antes, Sua Excelência Sir Giles Barrington tinha sido levada de carro direto para a pista do Heathrow, donde seu avião decolara logo depois que ele pusera o cinto de segurança na primeira classe.

Agora, espremido entre uma mulher que não parava de conversar com a amiga sentada na outra fileira de assentos e um homem que dava mostras claras de que gostava da ideia de dificultar sua mudança de páginas na leitura do *The Times*, Giles parou para pensar em tudo aquilo de que não sentia falta. A viagem de duas horas e meia lhe pareceu interminável e, quando finalmente aterrissaram, ele teve que correr debaixo de chuva para chegar ao terminal.

Embora tivesse sido um dos primeiros a desembarcar do avião, foi quase o último a deixar o setor de coleta de bagagens. Ele havia se esquecido de quanto podia demorar para que a bagagem do passageiro aparecesse na esteira. Quando recolheu a sua, foi liberado pelas autoridades da alfândega e finalmente chegou sua vez de ser atendido na fila do táxi, e estava exausto.

— Checkpoint Charlie — foi tudo que conseguiu dizer quando entrou na traseira do táxi.

Assim que ouviu para onde o passageiro queria ser levado, o motorista olhou bem para ele, mas logo depois concluiu que devia estar em seu juízo perfeito. Contudo, o taxista o deixou a algumas centenas de metros do posto de controle de fronteira. Quando Giles saiu do táxi, ainda estava chovendo.

Enquanto corria na direção do prédio da alfândega, carregando a mala com uma das mãos e, com a outra, segurando um exemplar do *The Times* sobre a cabeça para se proteger da chuva, Barrington não pôde evitar lembrar-se de sua última visita a Berlim.

Quando alcançou o interior do edifício, teve que entrar numa pequena fila, mas levou uma eternidade para chegar sua vez de ser atendido.

— Boa noite, senhor — disse um compatriota seu quando Giles lhe entregou o passaporte.

— Boa noite — respondeu Giles.

— Posso saber por que o senhor vai visitar o setor oriental da cidade, Sir Giles? — perguntou o guarda com educação enquanto examinava seus documentos.

— Vou me encontrar com uma amiga.

— E quanto tempo o senhor pretende ficar no setor oriental?

— Sete dias.

— O tempo máximo permitido por seu visto temporário — lembrou o guarda.

Giles acenou com a cabeça, indicando que estava ciente, mas alimentando a esperança de que, em sete dias, conseguiria as respostas para todas as perguntas que tinha ido buscar e finalmente saberia se Karin sentia por ele o mesmo que ele sentia por ela. O guarda sorriu, carimbou o passaporte e disse "boa sorte", como se acreditasse mesmo que ele a teria.

Pelo menos a chuva tinha cessado quando Giles saiu do edifício. Ele iniciou a longa caminhada através da terra de ninguém que se estendia entre as bordas da fronteira, embora agora não no Rolls-Royce da embaixada britânica, na companhia do embaixador, mas como um cidadão comum representando ninguém mais do que a si mesmo.

Quando viu o guarda postado na borda da Berlim Oriental, ocorreu-lhe que ninguém precisaria adverti-lo de que eles não viam com bons olhos a chegada de turistas. Mais adiante, entrou em outro edifício que não via uma camada de tinta desde os tempos em que ergueram o muro e no qual ninguém tinha pensado na situação de visitantes idosos, cansados ou doentes, e que talvez a coisa de que mais precisassem era um lugar para sentar-se. Lá dentro, mais uma fila, outro tempo de espera, mais longo dessa vez, até que finalmente pôde entregar seu passaporte a um jovem funcionário da alfândega, o qual não o recebeu com uma saudação de "boa noite, senhor", em nenhum idioma.

O funcionário virou devagar cada uma das páginas do passaporte do visitante, dando claros sinais de que estava intrigado com o grande número de países que o estrangeiro tinha visitado nos últimos quatros anos. Depois que virou a última página do documento, ele levantou a mão direita com a palma voltada para o visitante, como se fosse um policial de trânsito, e disse: "Fique" aqui, evidenciando também que era a única palavra em inglês que sabia. Em seguida, dirigiu-se para os fundos do recinto, onde bateu numa porta com uma plaqueta indicando KOMMANDANT e desapareceu por seu interior.

Demorou um pouco para que a porta voltasse a ser aberta e, quando isso aconteceu, saiu da sala um homem baixo e calvo. Aparentava ter a mesma idade de Giles, mas era difícil saber ao certo, pois seu lustroso terno de duplas fileiras de botões parecia tão antiquado que bem poderia ter pertencido a seu pai. Sua camisa desbotada estava puída no colarinho e nos punhos, e sua gravata vermelha dava a impressão de que tinha sido passada muitas e muitas vezes na vida. Mas a surpresa foi seu domínio do inglês.

— Queira me acompanhar, por gentileza, sr. Barrington — foram suas primeiras palavras.

O visitante viu que o "Queira me acompanhar" era, na verdade, uma ordem, pois o homem se virou imediatamente e voltou para o escritório sem olhar para trás. O jovem funcionário abriu o portão basculante do balcão para que Giles pudesse acompanhá-lo.

Lá dentro, o burocrata se sentou à mesa, se é que se podia chamar de mesa aquele móvel com uma única gaveta. Giles se sentou, de frente para ele, num banquinho duro e desconfortável, sem dúvida procedente da mesma fábrica.

— Qual é o objetivo de sua visita à Berlim Oriental, sr. Barrington?

— Vou visitar uma amiga.

— E qual é o nome de sua amiga?

Giles hesitou, ao passo que o homem continuou olhando para ele fixamente.

— Karin Pengelly — respondeu ele por fim.

— Ela é sua parente?

— Não. É como eu disse. Apenas amiga.

— E quanto tempo o senhor pretende ficar na Berlim Oriental?

— Como o senhor pode ver, meu visto só me permite ficar por uma semana.

O funcionário ficou estudando o visto por um tempo considerável, como se movido pela esperança de achar alguma irregularidade, mas Giles havia pedido que o documento fosse examinado por um amigo no Ministério das Relações Exteriores e ele confirmou que todos os campos tinham sido preenchidos corretamente.

— Qual é a sua profissão? — perguntou o homem.

— Sou político.

— O que isso significa?

— Eu era membro do Parlamento e um dos ministros de Estado no Ministério das Relações Exteriores. É por isso que viajei tanto nos últimos anos.

— Mas o senhor não é mais ministro, tampouco membro do Parlamento.

— Não. Não sou.

— Um momento, por favor — solicitou ele, pegando o telefone.

Em seguida, discou três números e esperou que atendessem. Quando alguém respondeu, ele iniciou uma demorada conversa, da qual Giles não conseguiu entender uma palavra sequer, mas, a julgar pela diferente modulação de voz do sujeito, não teve dúvida de que o alemão estava falando com alguém muito superior a ele. Bem que gostaria que Karin estivesse ali para traduzir a conversa.

De repente, o funcionário começou a fazer anotações no bloco deixado em cima da mesa, as quais vinham sempre acompanhadas da palavra "Ja". E só depois de vários "Jas" é que ele finalmente desligou o telefone.

— Antes que eu carimbe seu passaporte, sr. Barrington, gostaria que o senhor me respondesse a mais uma ou duas perguntas.

Giles tentou esboçar pelo menos um débil sorriso quando o homem voltou a olhar para o bloco de anotações.

— O senhor é parente do sr. Clifton?

— Sim, sou. Ele é meu cunhado.

— E o senhor apoia a campanha dele para tentar fazer com que o criminoso Anatoly Babakov seja solto da prisão?

Giles sabia que, se ele respondesse com sinceridade, seu visto seria revogado. Será que esse homem era incapaz de entender que ele ficara contando, durante o mês passado inteiro, cada hora do dia até o momento em que talvez pudesse finalmente ver Karin de novo? Teve certeza de que Harry entenderia o dilema que ele estava enfrentando.

— Vou repetir, sr. Barrington. O senhor apoia a campanha de seu cunhado para tentar libertar o criminoso Anatoly Babakov?

— Sim, apoio — respondeu Giles. — Harry Clifton é uma das melhores pessoas que conheci na vida e dou total apoio à sua campanha para tentar libertar o escritor Anatoly Babakov.

O funcionário devolveu o passaporte de Giles, abriu a gaveta da mesa e guardou o carimbo de visto.

Giles se levantou e, sem dizer nada, se virou e tratou de sair do edifício. Lá fora, viu que tinha começado a chover de novo. Ele iniciou a longa caminhada de volta para o Ocidente, perguntando-se se veria Karin de novo algum dia.

SEBASTIAN CLIFTON

1970

24

— Você já chegou a cometer uma tremenda idiotice alguma vez na vida quando tinha a minha idade? — perguntou Sebastian enquanto tomavam uns drinques na varanda.

— Não mais do que uma vez por semana se não me falha a memória — respondeu Ross Buchanan. — Agora, veja bem, melhorei um pouco com o passar dos anos, mas não muito.

— Mas você nunca cometeu um erro gravíssimo de que se arrependesse pelo resto da vida? — perguntou Sebastian, sem tocar no copo de conhaque ao seu lado.

Ross não respondeu de imediato, pois sabia perfeitamente ao que Sebastian estava se referindo.

— Nenhum que eu não tenha conseguido corrigir ou compensar de alguma forma — respondeu ele, tomando uma dose do uísque antes de acrescentar: — Mas você tem certeza absoluta de que não conseguirá reconquistá-la?

— Já enviei várias cartas, mas ela nunca responde. Acabei decidindo que irei aos Estados Unidos para saber se ela não estaria disposta a pelo menos pensar em me dar uma segunda chance.

— E você não conheceu mais ninguém? — perguntou Ross.

— Não como ela — respondeu Sebastian. — Aventuras passageiras e ocasionais, muitas relações de uma noite só, mas, sinceramente, Samantha foi a única mulher que amei. Até porque, ela não se importava com o fato de que não tenho dinheiro. Mas eu, estúpido, me importava muito com isso. Você já teve esse tipo de problema, Ross?

— Não posso fingir que tive. Quando me casei com Jean, eu tinha 27 libras, dois xelins e quatro *pence* em minha conta bancária, mas também, na época, você não tinha permissão de ficar com o saque a descoberto se trabalhasse como escriturário na Aberdeen Shipping Company. Portanto, com certeza, ela não se casou comigo por causa de dinheiro.

— Sortudo. Por que não aprendi com Cedric Hardcastle? Um aperto de mão sincero sempre deveria bastar para fechar um negócio?

— Ah, presumo que é sobre Maurice Swann que você está falando agora.

— Você conhece a história do sr. Swann?

— Apenas o que Cedric me falou a respeito. Ele estava convicto de que, se você fechasse o negócio da compra da Shifnal Farm, cumpriria sua parte do acordo. Mas então quer dizer que você não a cumpriu?

Sebastian abaixou a cabeça antes de responder.

— Foi por isso que ela me deixou. Eu a perdi porque eu queria morar em Chelsea e não percebi que ela não dava a mínima para onde fôssemos morar, desde que ficássemos juntos.

— Nunca é tarde para admitir que você está errado — advertiu Ross. — Mas reze para que o sr. Swann ainda esteja vivo. Se ele estiver, pode ter certeza de que ainda deve estar desesperado para construir esse teatro. E quanto ao Kaufman's? Esse banco basta para você? — perguntou Ross, mudando de assunto.

— O que você quer dizer com isso basta para você? — indagou Sebastian, pegando o copo de conhaque.

— É que você é o jovem mais ambicioso que conheci na vida e não sei se ficará satisfeito enquanto não se tornar presidente do banco.

— De qual banco?

Ross riu com a pergunta.

— Sempre achei que você estava de olho era na presidência do Farthings.

— Você tem razão, mas não tenho deixado de agir. Seguindo um conselho de Bob Bingham, tenho comprado ações do banco nos últimos cincos anos, sempre investindo cinquenta por cento da comissão que recebo sobre todos os negócios que fecho. Já possuo mais de três por cento das ações do Farthings. Assim que eu tiver seis por cento, o que não deve demorar tanto agora, pretendo assumir meu lugar na diretoria e botar pra quebrar.

— Eu não ficaria tão confiante assim com relação a isso, pois pode ter certeza de que Adrian Sloane o verá se aproximando pela tela de seu radar e, tal como a um submarino, o atacará quando você estiver menos esperando.

— Mas o que ele pode fazer para impedir que eu chegue lá? Afinal, de acordo com o estatuto do banco, qualquer empresa ou pessoa física que possuir seis por cento de suas ações tem direito a uma vaga na diretoria.

— Assim que você tiver adquirido seis por cento dessas ações, ele simplesmente providenciará a alteração do estatuto.

— E ele pode mesmo fazer isso?

— Por que não? Afinal, ele se elegeu presidente do banco enquanto estávamos no enterro de Cedric. Por que não modificaria o estatuto se isso servisse para impedir que você entrasse para a diretoria? Só porque é um sujeito desprezível não significa que não seja inteligente. Contudo, sinceramente, Seb, acho que você tem um problema muito maior no fronte doméstico.

— No Kaufman?

— Não. Na Barrington. Adverti sua mãe de que, se ela permitisse que Desmond Mellor se tornasse diretor, isso acabaria em lágrimas. Faz quatro anos que ele está na diretoria, e tenho certeza de que você sabe que agora ele pretende se tornar vice-presidente.

— Ele não poderia deixar isso mais claro — concordou Sebastian. — Porém, enquanto minha mãe for presidente da empresa, acho que ele pode esquecer.

— Concordo. Realmente, só enquanto sua mãe for presidente. Mas, certamente, você percebeu que ele já começou a estacionar blindados no seu quintal, não?

— Do que você está falando?

— Se você ler a edição matinal do *Financial Times* de hoje, verá que, um tanto escondido na seção de nomeação de novos executivos de grandes empresas, Adrian Sloane convidou Mellor a assumir o cargo de vice-presidente do Farthings. Agora, diga-me: o que será que esses dois têm em comum?

A notícia fez Seb silenciar pela primeira vez.

— Uma aversão imensa à sua família. Mas não se desespere — prosseguiu Ross —, pois você ainda tem uma carta na manga que será muito difícil que consigam bater.

— E o que seria isso?

— Não é o que, mas quem. Beryl Hardcastle e seus 51 por cento das ações do Farthings. Beryl jamais pensará na ideia de assinar outro documento enviado por Sloane que não tenha sido minuciosamente examinado antes pelo filho.

— E o que você me aconselha a fazer?

— Assim que tiver seis por cento das ações do banco, você poderá estacionar *o seu* tanque no quintal de Sloane e botar pra quebrar.

— Se eu conseguisse o controle dos 51 por cento das ações de Beryl Hardcastle, eu poderia estacionar um exército inteiro no quintal de Sloane e ele não teria escolha a não ser recuar.

— Ótima ideia, desde que você conheça alguém que possa dispor de quase 21 milhões de libras.

— Que tal Bob Bingham?

— Bob é um homem rico, mas acho que, se pensar melhor, verá que é uma quantia alta demais até mesmo para ele.

— Saul Kaufman?

— Desconfio que, com a saúde dele como está, o homem seja mais vendedor do que comprador.

Seb pareceu desanimado.

— Procure esquecer a ideia de tentar assumir o controle do banco por enquanto, Seb. Concentre-se na ideia de tornar-se diretor e transformar a vida de Sloane num inferno.

Seb assentiu com um aceno.

— Farei uma visita a ele assim que eu voltar dos Estados Unidos.

— Acho que você deveria fazer uma visita a outra pessoa antes de partir para os Estados Unidos.

⚊

— O que você precisa entender, Sarah, é que, embora Macbeth seja ambicioso, Lady Macbeth é a chave para que ele coloque as mãos na coroa. Esse era um tempo em que não existiam direitos das mulheres, e sua única chance de ter alguma influência de fato na Escócia era convencer seu marido fraco e vacilante de que ele precisava matar o rei enquanto ele estivesse hospedado no domínio deles. Quero repetir essa cena mais uma vez, Sarah. Tente lembrar-se de que você é uma criatura mesquinha, intrigante e maligna, que está tentando levar o próprio marido a cometer um assassinato. E, dessa vez, veja se consegue me convencer mesmo, pois, se fizer isso, será capaz de convencer a plateia também.

Sebastian ficou sentado nos fundos do auditório, assistindo a um grupo de estudantes entusiasmados, ensaiando sob o olhar atento do sr. Swann. Achou que era uma pena que o palco fosse tão pequeno e apertado.

— Muito melhor agora — comentou Swann quando chegaram ao fim do ato. — Por hoje, chega. Amanhã, quero começar com a cena do fantasma de Banquo. Rick, você não pode se esquecer de que Macbeth é a única pessoa no recinto que consegue ver o fantasma. Os convidados para o jantar estão com receio daquilo que possa estar perturbando você; alguns acham até que você está ficando louco. E, Sarah, você tentará convencer os comensais de que está tudo bem e que, apesar do estranho comportamento de seu esposo, não há com o que se preocuparem. E não importa o que fizer, jamais olhe para o fantasma, pois, se fizer isso, ainda que uma única vez, o feitiço será quebrado. Vejo todos vocês aqui amanhã, na hora de sempre. E não deixem de decorar suas falas até lá. Depois de segunda-feira, abandonaremos os roteiros.

Sebastian ouviu um lamento assim que os atores começaram a deixar o palco, logo se tornando jovens estudantes outra vez. Os meninos e as meninas pegaram suas mochilas e seus livros e foram saindo aos grupos do auditório. O jovem Clifton achou graça quando viu Lady Macbeth deixando o local de mãos dadas com Banquo. Entendeu, pois, que não era de admirar que o sr. Swann houvesse dito a Sarah que não olhasse para ele durante a execução da cena. Homem esperto.

O sr. Swann só apagou as luzes do palco depois que tinha guardado todos os objetos da cena do banquete. Em seguida, ele pegou sua cópia bem manuseada do roteiro e a pôs em sua velha pasta Gladstone, começando então a caminhar lentamente na direção da porta de saída. No início, não notou que havia alguém sentado nos fundos do auditório e não conseguiu ocultar a própria surpresa quando viu quem era.

— Não vamos encenar *Otelo* este ano — avisou ele. — Mas, se fôssemos, eu não teria muito trabalho para achar alguém que pudesse fazer o papel de Iago.

— Não, sr. Swann, é o príncipe Hal que está diante do senhor e que veio implorar de joelhos o perdão do rei, depois de ter cometido um erro terrível do qual talvez nunca se recupere.

O idoso mestre não se mexeu quando viu Sebastian tirar a carteira do bolso, pegar um cheque e estender a mão para dar a ele.

— Mas isso é muito mais do que combinamos — observou o ex--diretor da escola, sem saber muito bem o que dizer.

— Não se o senhor ainda quiser aqueles camarins novos, uma cortina decente e não tiver que se contentar com figurinos do ano passado.

— Sem falar num vestiário só para meninas patrocinado pela Shifnal High — disse Swann. — Mas posso saber o que você quis dizer, Clifton, quando disse que tinha cometido um erro terrível, do qual talvez nunca se recupere?

— É uma longa história — disse Sebastian —, e não quero incomodá-lo...

— Sou um homem idoso; tenho tempo de sobra para ouvi-lo — redarguiu Swann, sentando-se de frente para Sebastian.

O jovem Clifton contou ao sr. Swann que vira Samantha pela primeira vez na festa de formatura de Jessica, acrescentando que ficara de queixo caído quando dera com os olhos na musa de seus sonhos.

— Imagino que talvez isso não lhe aconteça com frequência — comentou Swann com um sorriso.

— Na próxima vez em que me encontrei com ela, eu havia me recuperado o suficiente do deslumbramento atordoante para convidá-la a jantar comigo. Não muito depois disso, descobri que eu queria passar o resto da vida ao lado dela — explicou ele. O velho mestre, que sabia bem quando devia permanecer em silêncio, nada disse. — Porém, quando descobriu que eu não pretendia honrar meu compromisso com o senhor, ela me deixou e voltou para os Estados Unidos — acrescentou Sebastian, fazendo uma pausa em seguida. — Não a vi mais desde então.

— Então, só me resta aconselhá-lo a não cometer de jeito nenhum o mesmo erro que cometi quando eu tinha a sua idade.

— O senhor cometeu um erro idêntico ao meu?

— Até pior, em certo sentido. Quando eu era jovem e havia acabado de sair da universidade, ofereceram-me um emprego para lecionar inglês num liceu em Worcestershire. Foi um tempo em que eu estava mais feliz do que nunca, até que acabei me apaixonando pela filha mais velha do diretor da instituição, mas não tive coragem para dizer isso a ela.

— Por que não?

— Sempre fui tímido, principalmente na presença de mulheres, e, em todo caso, eu receava que o diretor não aprovasse o namoro. Talvez pareça tolice agora, mas as coisas eram muito diferentes naquela época. Eu me transferi para outra escola e, mais tarde, soube que ela jamais se casou. Talvez eu tivesse conseguido conviver bem com isso se, no ano passado, quando fui ao enterro dela, sua irmã caçula não me tivesse dito que eu tinha sido sua primeira e única paixão, mas seu pai determinara que ela não fizesse nada, a menos que eu revelasse meus sentimentos. Que idiota que fui! Deixei escapar uma grande oportunidade para depois ter do que me arrepender pelo resto da vida. Meu jovem, espero que não cometa o mesmo erro de jeito nenhum. Afinal, um coração covarde nunca conquistou uma honrada dama.

— Robert Burns? — questionou Sebastian acerca da citação da máxima pelo velho professor.

— Mas, no seu caso, ainda existe esperança — assegurou Swann. Com a ajuda da bengala, o velho mestre se levantou e pegou Sebastian pelo braço. — Obrigado por sua generosidade. Não vejo a hora de ter a honra de conhecer a srta. Sullivan — afirmou ele, virando-se para encarar o rapaz. — O senhor faria a gentileza de perguntar à jovem, sr. Clifton, se ela não estaria disposta a conceder-me a honra de inaugurar o Samantha Sullivan Theatre?

25

— Oi, adorada mãe, estou pensando em ir ao Estados Unidos a negócios e gostaria de saber se...

— Poderia ir no *Buckingham*? Sim, claro, mas não se esqueça da regra de Bob Bingham sobre membros da família pagarem a própria passagem. Se você for na próxima semana, poderia partir na companhia de seu pai. Ele irá a Nova York tratar de negócios com o editor.

Sebastian virou uma página na agenda antes de responder.

— Terei que remarcar algumas reuniões, mas, sim, a ocasião parece ótima.

— E por que você vai aos Estados Unidos?

— O sr. Kaufman quer que eu vá dar uma olhada numa oportunidade de negócios.

Assim que Sebastian pôs o telefone no gancho, sentiu um peso na consciência por não ter revelado à mãe o verdadeiro motivo da viagem, já que receava a possibilidade de cometer uma tremenda tolice — mais uma vez.

Mas Clifton não fazia ideia de onde Samantha morava ou de como podia descobrir isso. Ele estava pensando no problema quando Vic Kaufman entrou em seu escritório, surpreendendo-o com a visita inesperada.

— Notou que meu pai anda repetindo as coisas ultimamente?

— Não, não posso dizer que notei — respondeu Sebastian. — Saul se esquece das coisas de vez em quando, mas, também, já deve ter mais de 70 anos.

— Quando ele fugiu da Polônia, não trouxe consigo a certidão de nascimento, mas como, certa vez, deixou escapar que se lembrava do enterro da rainha Vitória, ele deve estar mais perto dos 80. Tenho que confessar que estou um pouco preocupado, pois, sinceramente, acho que, se algo acontecesse com o velho, você ainda não estaria preparado para assumir o lugar dele e eu simplesmente não sou bom o bastante para isso.

Nunca tinha ocorrido a Seb que Saul Kaufman não continuaria a ser o presidente do banco para sempre e, com certeza, ele não tinha sequer pensado na ideia de assumir o cargo dele antes de Vic tocar no assunto.

Seb tinha agora quatorze funcionários trabalhando para ele, quase todos mais velhos, e seu departamento era o terceiro mais rentável do banco, não muito longe dos lucrativos departamentos de câmbio e commodities.

— Não se preocupe, Vic — aconselhou Sebastian, tentando tranquilizar o amigo. — Tenho certeza de que seu pai ainda tem muito chão pela frente.

No entanto, na reunião semanal do presidente com Seb, o sr. Kaufman perguntou, em três diferentes ocasiões, o nome do cliente que eles estavam representando na negociação de um projeto de desenvolvimento rural, embora Seb houvesse feito negócios com o homem em pelo menos duas ocasiões no passado.

Sebastian havia despendido tanto de seu tempo livre pensando no que estava acontecendo em outro banco, situado a algumas ruas dali, que não lhe ocorrera que seu futuro no Kaufman não estava garantido. Ele tentou não pensar muito na pior das hipóteses: Kaufman se aposentando por conta da saúde, uma incorporação do banco pelo Farthings e o jovem Clifton tendo que apresentar uma segunda carta de demissão ao novo presidente de ambas as instituições.

Chegou a pensar na ideia de cancelar a viagem aos Estados Unidos, mas sabia que, se não partisse na noite de sexta-feira, jamais teria coragem para tentar de novo.

—

Sebastian desfrutou muito da companhia do pai durante os cinco dias de viagem a Nova York, principalmente porque, ao contrário de sua mãe, Harry não gastava seu tempo fazendo um número interminável de perguntas que o rapaz não queria responder.

Sempre se reuniam para o jantar e às vezes para o almoço também. Durante o dia, seu pai permanecia trancado na cabine, deixando a placa de NÃO PERTURBE na porta. Passava horas e horas fazendo uma revisão do rascunho final do manuscrito de seu último livro, o qual entregaria a Harold Guinzburg uma hora depois do desembarque.

Assim, numa das manhãs da viagem, quando Seb estava fazendo uma boa caminhada em volta do convés principal para se exercitar, ficou surpreso quando viu o pai descansando numa espreguiçadeira, lendo um livro de seu autor favorito.

— Isso significa que o senhor terminou de escrever seu novo livro? — perguntou ele enquanto se sentava numa espreguiçadeira ao lado do pai.

— Sim — respondeu Harry, interrompendo a leitura de *Cuidado da piedade*. — Agora, tudo que preciso fazer é entregar o manuscrito a Harold e esperar para saber o que ele acha.

— Gostaria de saber o que acho?

— De meu livro? Não, mas de outro, sim.

— De que livro estamos falando?

— Do *Tio Joe* — respondeu Harry. — Harold ofereceu à sra. Babakov um adiantamento de 100 mil dólares pelos direitos de publicação global da obra, mais quinze por cento de direitos autorais sobre cada exemplar vendido. Só que não tenho certeza do que devo aconselhá-la a fazer.

— Mas existe a possibilidade de alguém achar um exemplar do livro?

— Eu achava que não existia quase nenhum exemplar mais. Porém, Harold me disse que a sra. Babakov sabe onde é possível conseguir um. O único problema é que está na União Soviética.

— Ela disse em qual lugar da União Soviética?

— Não. Afirmou que só revelaria o local a mim, e é por isso que irei a Pittsburgh assim que terminar de tratar de meus assuntos com Harold em Nova York.

Harry ficou surpreso com a pergunta seguinte de seu filho.

— Cem mil dólares seria uma boa quantia para a sra. Babakov ou será que ela está bem de vida?

— Ela fugiu da Rússia sem um centavo no bolso; portanto, acho que isso transformaria totalmente a vida dela.

— Então, se o senhor acha que a proposta do sr. Guinzburg é justa, eu o aconselho a dizer a ela que aceite, pois, toda vez que quero fechar um negócio, tento procurar saber de quanto a outra parte precisa do dinheiro, pois isso sempre influenciará minha maneira de raciocinar. Se ela estiver desesperada por dinheiro, isso quer dizer que estou no controle da situação. Já se ela não estiver...

Harry fez que sim com a cabeça.

— Todavia, existe uma condição séria nesse caso. Porquanto, se o senhor é a única pessoa a que ela está disposta a revelar onde o livro está escondido, pode ter certeza de que ela está esperando também que o senhor seja a pessoa que irá lá buscá-lo.

— Mas ele está na União Soviética.

— Onde o senhor ainda é uma *persona non grata*. Portanto, independentemente do que fizer, não prometa nada.

— Eu jamais a decepcionaria.

— Papai, sei que deve ser divertido enfrentar o Império Soviético inteiro sozinho, apenas com as próprias mãos, mas somente o James Bond sempre consegue triunfar na luta contra a KGB. Portanto, poderíamos voltar para o mundo real agora? Pois estou precisando de uns conselhos também.

— De mim?

— Não. Do inspetor Warwick.

— Por quê? Está planejando assassinar alguém?

— Não. Apenas tentando localizar uma pessoa desaparecida.

— E é por isso que você está indo aos Estados Unidos.

— Sim. Mas não sei onde essa pessoa mora ou como posso achá-la.

— Acho que você deveria saber que a administração do navio tem um registro do endereço residencial dela.

— Mas como isso é possível?

— Porque ela viajou conosco na viagem inaugural e, por isso, deve ter tido que entregar o passaporte ao comissário de bordo. Portanto, é praticamente certo que ele tenha o endereço dela em seus arquivos. Pode ser um tiro no escuro, visto que já se passaram vários anos, mas, pelo menos, já é um começo. Desconfio que, numa situação normal, ele não se disporia a divulgar informações pessoais de outro passageiro, mas, como você é diretor da empresa e ela foi sua convidada na viagem, imagino que não será problema.

— Como é que o senhor descobriu que a pessoa desaparecida era Samantha?

— Sua mãe me contou.

— Mas não contei isso a ela.

— Não com tantas palavras, mas, com o passar dos anos, aprendi que jamais devo subestimar sua mãe. Contudo, em questões estritamente pessoais, até ela pode cometer erros.

— Como no caso de Desmond Mellor?

— Eu jamais teria imaginado que a pessoa que substituísse Alex Fisher poderia acabar se revelando ainda mais problemática.

— E existe uma grande diferença entre Mellor e Fisher — observou Sebastian. — Mellor é inteligente, fato que o torna ainda mais perigoso.

— Você acha que ele tem alguma chance de se tornar vice-presidente?

— Eu achava que não, até que Ross me convenceu do contrário.

— Talvez seja por isso que Emma esteja pensando numa solução drástica, em forçar Mellor a pôr as cartas na mesa.

— Em qual mesa?

— Na mesa da diretoria. Ela permitirá que ele concorra ao cargo de vice-presidente, mas lhe fará oposição, apresentando e apoiando seu próprio candidato. Se Mellor perder, não terá escolha, a não ser exonerar-se do cargo.

— E se ela perder?

— Ela terá que aprender a conviver com isso.

— Quem é o candidato dela?

— Achei que seria você.

— Sem chance. Numa disputa com Mellor, a diretoria o apoiaria, principalmente por causa de minha idade, e isso faria com que mamãe acabasse tendo que se exonerar. Algo, aliás, que pode até ser parte do plano de longo prazo de Mellor. Mas, pelo visto, vou ter que convencê-la a desistir da ideia. E até parece que esse é o único problema dela atualmente.

— Se estiver se referindo a Lady Virginia e sua acusação de calúnia, acho que isso não é mais problema.

— Como pode ter tanta certeza?

— Não tenho, mas faz algum tempo que não tivemos nenhuma notícia a respeito disso. Daqui a um ano, sua mãe poderá solicitar o arquivamento do processo, mas eu a desaconselhei a fazer isso.

— Por quê?

— Porque, quando você cruza com uma cobra dormindo pelo caminho, não deve cutucá-la com vara curta, na esperança de que vá embora, pois o mais provável é que ela acorde e o morda.

— E a mordida dessa cobra é bastante venenosa — comentou Sebastian. — Mas, veja bem, na verdade nem ao menos sei por que ela está querendo processar mamãe.

— Contarei tudo durante o jantar.

—

O comissário de bordo do navio não poderia ter sido mais prestativo. Ele conseguiu fornecer a Sebastian o endereço completo da srta. Samantha Sullivan: 2043 Cable Street, Georgetown, Washington, D. C., embora houvesse dito que não podia ter certeza de que ela ainda morava lá, já que ela não viajara mais no navio desde a viagem inaugural. Sebastian esperava que o número 2043 fosse de um pequeno apartamento, no qual ela morasse sozinha ou com uma de suas colegas.

Depois de agradecer ao comissário, Sebastian subiu alguns lances de escada para chegar à churrascaria, onde jantaria com o pai. Somente depois que o garçom recolheu vasilhas e talheres do prato principal, Seb trouxe à baila o assunto do processo judicial movido por Virginia.

— Foi algo bem dramático ou pelo menos foi o que achamos na época — comentou Harry, acendendo em seguida um charuto Havana, que ele não poderia ter comprado num navio americano. — Sua mãe estava fazendo um pronunciamento na assembleia-geral de acionistas quando, durante a sessão de perguntas dos assistentes, Virginia perguntou se um dos diretores da Barrington tinha mesmo vendido todas as ações com a intenção de arruinar a empresa.

— E como mamãe respondeu?

— Fez o feitiço virar-se contra o feiticeiro; perguntou se Virginia estava se referindo às três ocasiões em que Alex Fisher, seu representante na diretoria na época, vendera e depois recomprara as ações dela, fazendo-a lucrar um bocado.

— Mas, uma vez que isso é a mais pura verdade — observou Sebastian —, está longe de ser calúnia.

— Concordo, mas sua mãe não pôde resistir ao impulso de cutucar a cobra com vara curta, acrescentando — Harry pôs o charuto de lado, encostou-se na cadeira e fechou os olhos antes de prosseguir: — "Se com isso pretendeu arruinar a empresa, Lady Virginia, então, como vê, assim como Martinez, a senhora fracassou e de forma abominável, pois foi derrotada por pessoas comuns, porém decentes, que querem bem a esta empresa..." Não, não. Na verdade — corrigiu-se Harry —, suas palavras exatas foram: "Que querem o sucesso desta empresa." A plateia vibrou e aplaudiu muito, e Virginia saiu do auditório soltando fumaça pelas ventas e dizendo: "A senhora receberá uma notificação de meu advogado." Recebemos mesmo. Mas, como isso já faz algum tempo, vamos torcer para que tenham aconselhado a ela que abandonasse o caso e, com isso, ela tenha resolvido rastejar para uma moita, preferindo ficar lá por um bom tempo.

— Se ela fez isso mesmo, deve estar se preparando para dar mais um bote no momento certo.

—

Na última manhã da viagem, Seb foi tomar café com o pai, mas Harry não falou quase nada. Era sempre assim quando ele estava prestes a entregar um manuscrito. Os três dias mais longos de sua vida, contara ele ao filho certa vez, eram aqueles nos quais ele ficava aguardando a opinião de Harold Guinzburg a respeito de seu novo trabalho.

— Mas como o senhor pode ter certeza de que o editor está sendo plenamente sincero sobre o que acha da obra quando a última coisa que ele quer no mundo é perdê-lo?

— Não ligo a mínima para o que ele diz sobre o livro — confessou Harry. — A única coisa que me interessa é o número de exemplares em capa dura que mandará imprimir na primeira tiragem. Nisso ele não tem como enganar, pois, se dessa vez a tiragem for superior a 100 mil exemplares, isso significa que ele acha que tem nas mãos um primeiro lugar na lista dos mais vendidos.

— E se for abaixo de 100 mil? — indagou Sebastian.

— Aí ele não tem tanta certeza.

Pouco mais de uma hora depois, pai e filho desceram pela prancha de desembarque juntos. Um agarrava um manuscrito debaixo do braço, dirigindo-se para uma editora em Manhattan, enquanto o outro pegava um táxi para a Penn Station, munido com nada mais do que um simples endereço em Georgetown.

26

Parado no outro lado da rua com um grande buquê de rosas vermelhas nas mãos, Sebastian ficou olhando fixamente para a porta de entrada de uma casa de tijolos ingleses de um só pavimento. Na frente da residência havia um pequeno canteiro de flores quadrangular cujo gramado, cercado de begônias, devia ter sido caprichosamente aparado com uma tesoura. Uma estreita via de acesso, varrida e conservada, conduzia a uma porta recém-pintada, ostentando uma aldrava de latão cintilando sob a luz solar matinal. "Tudo tão limpo, tão organizado, tão Samantha", pensou Sebastian.

Por que será que ele era tão destemido quando precisava enfrentar Adrian Sloane ou quando travava batalhas com alguém num negócio de mais de um milhão de libras, enquanto a perspectiva de bater naquela porta, quando talvez acabasse descobrindo que não era a da residência de Samantha, o enchia de tanta apreensão? Em todo caso, resolveu seguir em frente. Respirou fundo, atravessou a rua, avançou devagarinho pela via de acesso e bateu hesitante na porta incógnita. Quando atenderam, seu primeiro impulso foi o de se virar e sair correndo dali. Afinal, achou que o sujeito que apareceu na porta só podia ser o marido de Samantha.

— Em que posso ajudá-lo? — perguntou o homem, olhando para as rosas com desconfiança.

— Samantha está? — inquiriu Sebastian, perguntando-se com seus botões se a desconfiança do homem não se transformaria de súbito em raiva.

— Faz mais de um ano que ela não mora mais aqui.

— O senhor sabe para onde ela se mudou?

— Infelizmente não faço ideia.

— Mas ela deve ter deixado um endereço para correspondência, não? — perguntou Sebastian com desespero.

— No Smithsonian — respondeu o homem. — É lá que ela trabalha.

— Obrigado — agradeceu Sebastian, mas o homem já tinha fechado a porta.

Aquilo o fez encher-se de um pouco mais de coragem. Voltou, pois, para a rua rapidamente e fez sinal para o primeiro táxi que passou. Durante a viagem para o Smithsonian, devia ter repetido para si mesmo, pelo menos uma dúzia de vezes: "Deixe de ser tão fraco e siga em frente. A pior coisa que ela pode fazer é..."

Quando o jovem Clifton saltou do táxi, foi parar na frente de uma porta muito diferente da primeira: uma lâmina de vidro maciça que parecia que nunca se mantinha fechada por mais de alguns segundos por vez. Passada a forte impressão inicial, ele entrou no saguão, onde três jovens mulheres, trajando elegantes uniformes azuis, trabalhavam atrás de um balcão de recepção, atendendo a consultas de visitantes.

Sebastian se aproximou de uma delas, que sorriu quando viu as rosas.

— Posso ajudá-lo?

— Estou procurando Samantha Sullivan.

— Infelizmente não a conheço, mas, por outro lado, faz apenas uma semana que trabalho aqui — explicou ela, virando-se para uma colega que tinha acabado de atender ao telefone.

— Samantha Sullivan? — indagou ela. — Por muito pouco, o senhor não cruzou com ela pelo caminho. Samantha foi pegar a filha na escola. Mas só estará de volta às dez horas amanhã.

Filha, filha, filha. A palavra ficou ecoando em seus ouvidos como se fosse o estampido de um tiro. Se pelo menos soubesse disso, ele não...

— Não gostaria de deixar recado?

— Não, obrigado — respondeu ele, virando-se em seguida e rumando para a porta de saída.

— Talvez o senhor ainda possa conseguir pegá-la na escola primária Jefferson Elementary — disse uma delas enquanto ele ia saindo.

— As crianças só saem às quatro.

— Obrigado! — agradeceu Sebastian enquanto passava pela porta, mas sem olhar para trás. Quando saiu do edifício, começou a procurar outro táxi. Por sorte, um deles parou ao seu lado logo depois. Ele entrou e quase disse Union Station, mas as palavras que lhe saíram da boca foram "Jefferson Elementary".

O motorista entrou lentamente no tráfego vespertino e colou no fim de uma longa fila de carros.

— Pagarei o dobro do que o taxímetro indicar se você me fizer chegar lá antes das quatro.

O motorista mudou de pista, avançou o próximo sinal e passou tão velozmente por espaços vazios deveras estreitos que Sebastian teve que fechar os olhos. Acabaram na frente de um imponente edifício de tijolos ingleses ao estilo neogeorgiano. Clifton olhou para o taxímetro e deu uma nota de dez dólares ao motorista. Logo depois de sair do táxi, desapareceu no meio de vários pequenos grupos de mães entretidas em conversas com amigas, esperando as filhas saírem da escola. Escondido atrás de uma árvore, Seb correu o olhar pelas mães, observando uma por uma em busca de um rosto que ele conhecia bem. Mas não a viu ali, no meio das outras mães.

Às quatro, o sinal tocou e, quando as portas se abriram, a escola despejou uma turma de garotinhas barulhentas de camisas brancas, casacos vermelhos e saias cinza plissadas, com suas bolsas escolares balançando ao lado. Desceram a escada correndo e foram direto para suas respectivas mães, como se atraídas por magnetismo.

Seb deu uma boa olhada nas meninas. Deviam ter uns 5 anos, mas como isso era possível, visto que fazia menos de seis que Samantha estivera na Inglaterra? Foi então que viu sua irmã caçula descendo a escada a toda. A mesma cabeleira exuberante, de mechas escuras e onduladas, os mesmos olhos negros, o mesmo sorriso, dos quais jamais poderia esquecer-se. Sentiu vontade de correr ao seu encontro e abraçá-la com força, mas continuou petrificado, paralisado de emoção. De repente a menina sorriu, reconhecendo a mãe. Ela mudou de direção e correu para os braços de Sam.

Seb ficou olhando fixamente para a mulher que o deixara boquiaberto na primeira ocasião em que a vira. Mais uma vez, teve vontade de gritar, mas, de novo, a voz lhe calou no fundo do peito. Ficou parado no mesmo lugar, observando as duas entrarem num carro e, assim como as outras mães e filhas, partirem de volta para o lar. Instantes depois, haviam sumido de vista.

Seb continuou plantado no chão. Por que ela não lhe dissera nada? Nunca havia ficado mais triste e, ao mesmo tempo, mais feliz em toda a sua vida. Chegou a achar que deveria tentar conquistar o coração de ambas, pois se disporia a sacrificar qualquer coisa, ou tudo mesmo, para ficar com elas.

A multidão foi se dispersando, à medida que as últimas crianças foram se reencontrando com suas mães, até que, por fim, Sebastian estava sozinho ali, ainda em pé e segurando o buquê de rosas vermelhas. Pouco depois, meio recuperado da comoção intensa, atravessou mais uma rua e depois mais uma porta, na esperança de achar alguém que pudesse informá-lo onde as duas moravam.

Avançou por um longo corredor, ladeado por salas de aula ostentando a pueril decoração de desenhos e quadros das pupilas garotinhas. Pouco antes que alcançasse uma porta em que havia uma placa indicando "Dra. Rosemary Wolfe, Diretora", ele parou para admirar o retrato da mãe de uma das alunas. A impressão foi que poderia ter sido pintado por Jessica uns vinte anos antes. Notou que apresentava as mesmas pinceladas firmes e seguras, a mesma originalidade. Tudo parecia. Aquela obra era de uma qualidade superior à de qualquer outra exposta ali. Lembrou-se da ocasião em que atravessara outro corredor, quando tinha apenas 10 anos de idade, experimentando ali, do outro lado do oceano, a mesmíssima emoção — admiração e vontade de conhecer a artista.

— Posso saber o que senhor deseja? — indagou alguém num tom de voz austero.

Sebastian, virando-se num ímpeto, deparou-se com uma mulher alta, em trajes elegantes, aproximando-se dele com uma seriedade intimidadora. Ela o fez lembrar-se de sua tia Grace.

— Eu estava apenas apreciando os quadros — explicou ele, pouco convincente, mas esperando que seu sotaque inglês carregado a levasse a abandonar a atitude de desconfiança. Se bem que ela não aparentasse ser o tipo de mulher que fosse fácil desarmar. — E este aqui — acrescentou, apontando para *Minha Mãe* — é excepcional.

— Concordo — disse ela —, mas, também, Jessica tem um raro talento... Está tudo bem com o senhor? — perguntou ela quando viu Sebastian empalidecer e cambalear para a frente, embora logo se firmando na parede.

— Sim, estou bem — respondeu ele, conseguindo recompor-se.

— A senhora disse Jessica?

— Sim, Jessica Brewer. Ela é a artista mais completa que vimos na Jefferson desde que me tornei diretora da escola, se bem que nem faça ideia de como é talentosa.

— Tal como Jessica.

— O senhor é amigo da família?

— Não. Eu conheci a mãe quando ela estudou na Inglaterra.

— Se o senhor me disser seu nome, avisarei a ela que o senhor...

— É melhor que não, diretora, mas quero lhe fazer um pedido incomum — disse ele, levando a mulher a voltar a exibir o semblante austero. — Eu gostaria de comprar este quadro e levá-lo comigo para a Inglaterra, onde servirá para lembrar-me não só da mãe da garota, mas da filha também.

— Sinto muito, mas não está à venda — disse a dra. Wolfe com firmeza. — Porém, tenho certeza de que se o senhor falasse com a senhora Brewer...

— Isso não será possível — disse Sebastian, baixando a cabeça.

O semblante da diretora se abrandou, e ela o observou com mais atenção.

— Preciso ir agora — disse Sebastian —, senão perderei o trem — explicou, sentindo uma vontade imensa de sair correndo, mas suas pernas ainda estavam bambas, parecendo-lhe que mal conseguiria andar. Quando ele levantou a cabeça para se despedir, a diretora ainda estava olhando fixamente para ele.

— O senhor é o pai de Jessica.

Sebastian acenou afirmativamente a cabeça, conforme as lágrimas se formavam descontroladamente. A dra. Wolfe foi até o quadro, tirou-o da parede e o deu ao estranho.

— Por favor, não deixe que elas saibam que estive aqui — implorou ele. — Será melhor assim.

— Não direi nada — prometeu a dra. Wolfe, estendendo a mão para ele.

Seb concluiu que Cedric Hardcastle teria feito negócios com essa mulher. Afinal, parecia alguém que não precisava assinar um contrato para que cumprisse o combinado.

— Obrigado — agradeceu Seb, dando as flores à diretora.

Partiu depressa, segurando firme o quadro embaixo do braço. Assim que pôs os pés lá fora, caminhou sem parar, pensando em quanto havia sido estúpido por tê-la perdido. Muito estúpido. Sabia que agora, tal como um vaqueiro mau num faroeste de segunda categoria, ele tinha que sair da cidade, e fazer isso rápido. Somente o xerife sabia que ele havia estado lá.

— Union Station — solicitou ele ao motorista quando entrou no táxi. Assim que se acomodou no banco traseiro, não conseguiu parar de olhar para *Minha Mãe*, e não teria visto o letreiro de neon se não tivesse levantado a cabeça por um instante.

— Pare! — gritou ele. O motorista freou bruscamente, chegando a subir no meio-fio.

— Achei que o senhor disse Union Station. Ainda estamos a uns dez quarteirões de lá.

— Desculpe. Mudei de ideia — explicou ele, pagando ao motorista. Logo que desembarcou na calçada, olhou para a placa luminosa. Dessa vez, não hesitou em entrar no edifício e seguir direto para o balcão de atendimento, rezando para que sua intuição estivesse correta.

— A qual departamento gostaria de ir, senhor? — perguntou a atendente.

— Quero comprar uma cópia da fotografia de um casamento do qual tenho certeza de que vocês fizeram a cobertura.

O departamento de fotografias fica no segundo andar — informou a mulher, apontando para uma escada —, mas acho melhor o senhor correr, pois fechará dentro de alguns minutos.

Sebastian subiu a escada correndo, de três em três degraus, e atravessou num ímpeto uma porta de vaivém com FOTOGRAFIAS gravada num espelho biselado. Dessa vez era um rapaz, olhando para o relógio, que estava atrás do balcão de atendimento. Sebastian nem esperou que ele dissesse algo.

— O seu jornal fez a cobertura do casamento de Brewer e Sullivan?

— Os nomes não me parecem familiares, mas vou dar uma verificada.

Enquanto isso, Sebastian ficou andando de um lado para outro na frente do balcão, torcendo, desejando, rezando. Por fim, o rapaz reapareceu, trazendo consigo um volumoso fichário.

— Parece que cobrimos sim — comentou ele, deixando o fichário cair no balcão.

Quando Sebastian abriu o fichário de capa amarela, ele se deparou com várias dezenas de fotografias e recortes de jornais registrando o feliz acontecimento: o noivo e a noiva, Jessica, os pais, damas de honra, amigos e até um bispo, num casamento em que ele deveria ter sido o noivo.

— Se o senhor quiser cópias de algumas dessas fotografias — informou o jovem —, são cinco dólares cada. O senhor poderá pegá-las daqui a alguns dias.

— E se eu quisesse comprar todas as fotografias do fichário, quanto seria?

— Duzentos e dez dólares — respondeu o rapaz, depois de tê-las contado devagar.

Sebastian pegou a carteira, tirou três notas de cem dólares e as pôs em cima do balcão.

— Quero levar esse fichário agora.

— Infelizmente, isso não será possível, senhor. Mas, como eu disse, se o senhor puder voltar dentro de alguns dias...

Sebastian tirou mais uma cédula de cem dólares da carteira e viu o olhar de desespero no rosto do rapaz. Sentiu que o negócio estava fechado. Era só uma questão de valor.

— Mas não tenho autorização... — tentou argumentar o rapaz baixinho.

Antes mesmo que o funcionário houvesse terminado a frase, Sebastian pôs mais uma nota de cem dólares em cima das outras quatro. O jovem olhou ao redor de si e viu a maioria de seus colegas se preparando para deixar o local de trabalho. De repente, recolheu depressa as cinco notas, enfiou-as no bolso e sorriu um tanto sem graça para Seb.

Clifton pegou o fichário, saiu do departamento de fotografias, desceu as escadas apressado e, por fim, atravessou as portas de vaivém, saindo às carreiras do edifício. Sentindo-se um ladrão, continuou correndo até ter certeza de que conseguira escapar. Foi desacelerando aos poucos e acabou parando para recuperar o fôlego. Logo depois, seguiu em frente, orientando-se pelas placas para chegar à Union Station, segurando o quadro com um dos braços e, com o outro, o fichário. Quando chegou à estação, comprou uma passagem no expresso da Amtrak para Nova York e, alguns minutos depois, embarcou no trem.

Só abriu o fichário depois que o trem saiu da estação. Quando chegou à Penn Station, não conseguiu deixar de se perguntar se, tal como o sr. Swann, ele se arrependeria pelo resto da vida de não ter contado à ex-namorada o que fizera, pois a sra. Brewer tinha se casado havia apenas três meses.

27

Harold Guinzburg pôs o manuscrito diante de si, em cima da mesa. Sentado de frente para o editor, Harry ficou esperando o veredito. Guinzburg franziu o semblante quando sua secretária entrou na sala e pôs, diante deles, duas xícaras fumegantes de café e um prato de biscoitos. Enquanto ela não saiu da sala, o editor permaneceu em silêncio. Claramente saboreava a ideia de fazer Harry sofrer por mais alguns instantes. Quando a mulher finalmente fechou a porta, Harry achou que iria explodir.

Finalmente, um vago indício de sorriso despontou no rosto de Guinzburg.

— Com certeza, você deve estar morrendo de curiosidade para saber o que acho de seu novo trabalho — observou ele, pondo um pouco mais de pressão na máquina de tortura.

Harry poderia tê-lo estrangulado com prazer.

— Que tal começarmos dando uma pista ao inspetor Warwick?

E depois o poria num buraco a sete palmos abaixo da terra.

— Uma tiragem inicial de 120 mil exemplares. Na minha opinião, é o melhor que você escreveu até hoje. Estou orgulhoso de ser seu editor.

Harry ficou tão surpreso que desatou a chorar, mas, como nenhum dos dois tinha lenço, ambos caíram na gargalhada em seguida. Assim que se recuperaram, Guinzburg passou algum tempo explicando por que gostara tanto de *William Warwick e a Bomba-Relógio*. Harry logo esqueceu o fato de que passara os dois dias anteriores andando sem parar pelas ruas de Nova York, sofrendo com a expectativa de saber qual seria a reação de seu editor. Por fim, resolveu tomar um gole de café, mas a bebida já tinha esfriado.

— Será que podemos falar agora de outro escritor — indagou Guinzburg —, Anatoly Babakov e sua biografia de Josef Stalin?

Harry pôs a xícara no pires antes de responder.

— A sra. Babakov me disse que escondeu um exemplar do livro do marido num lugar em que ninguém poderia achá-lo. Coisa que parece saída de um romance de Harry Clifton — comparou o editor.

— Porém, como você sabe, além de ela ter concordado em confirmar que a obra está em algum lugar na União Soviética, você é a única pessoa a que ela se dispõe a revelar o local exato em que o livro está escondido — acrescentou ele. Harry achou melhor não o interromper. — Em minha opinião — prosseguiu Guinzburg —, acho que você não deveria envolver-se diretamente nisso, considerando que os comunistas não o consideram exatamente um tesouro nacional. Portanto, caso você descubra onde o exemplar está escondido, talvez seja melhor deixar que outra pessoa vá lá buscá-lo.

— Se eu mesmo não me dispuser a correr esse risco — questionou Harry —, então qual o sentido de ter passado todos esses anos tentando fazer com que soltassem Babakov? Em todo caso, antes que eu me decida, gostaria de lhe fazer uma pergunta. Se eu conseguisse pôr as mãos num exemplar de *Tio Joe*, qual seria o tamanho de sua primeira tiragem?

— De um milhão de exemplares — respondeu Guinzburg.

— E você ainda acha que seria eu que estaria me arriscando!

— Não se esqueça de que o livro de Svetlana Stalin, *Vinte Cartas a um Amigo*, ficou na lista dos best-sellers por mais de um ano e que, ao contrário de Babakov, ela não entrou no Kremlin uma única vez sequer durante o regime do pai — observou Guinzburg, que abriu uma gaveta na mesa e tirou um cheque de 100 mil dólares, nominal à sra. Yelena Babakov. Ele o entregou a Harry. — Se você achar o livro, ela poderá levar uma vida bem confortável pelo resto de seus dias na Terra.

— Mas se eu não o achar ou ele não estiver lá? Você terá gastado 100 mil dólares sem ter recebido nada em troca.

— É um risco que estou disposto a correr — afirmou Guinzburg. — Mas também, no fundo, todo editor que é bom mesmo naquilo que faz é, no fundo, um apostador — explicou ele. — Agora, vamos falar de coisas mais agradáveis. De minha adorada Emma, por exemplo, e de Sebastian. Sem falar em Lady Virginia Fenwick. Estou louco para saber o que ela anda aprontando.

Como o almoço com seu editor durara muito além do esperado, Harry quase não chegou a tempo à Penn Station para pegar o Pennsylvania Flyer. Durante a primeira parte da viagem para Pittsburgh, ele reviu todas as perguntas que Guinzburg gostaria de ver respondidas antes de dar o cheque de 100 mil dólares.

Algum tempo depois, quando deu uma cochilada, Harry deixou que seu pensamento se ocupasse com as imagens e as palavras da última conversa que tivera com Sebastian. Ele torcia para que o filho conseguisse recuperar Samantha e não apenas porque ele sempre gostou da jovem. Sentia que Seb tinha finalmente amadurecido e que Sam descobriria um novo homem no rapaz pelo qual havia se apaixonado.

Quando o trem finalmente chegou à Union Station, Harry lembrou-se de que havia algo que sempre quisera fazer se algum dia fosse a Pittsburgh. No entanto, não teria tempo para visitar o Carnegie Museum of Art, que, segundo Jessica, abrigava algumas das melhores obras de Cassatt presentes nos Estados Unidos.

Pegou um táxi e pediu ao motorista que o levasse para Brunswick Mansions, na zona norte. O endereço parecia ter um ar de requinte de classe média, mas quando, vinte minutos depois, chegou ao destino, Harry descobriu que a realidade do local era de pobreza e decadência. O motorista tratou de arrancar logo com o carro assim que o passageiro pagou a corrida e saltou.

Harry subiu a desgastada escada de pedras de um prédio de apartamentos coberto de pichações. A placa de COM DEFEITO, pendurada na porta do elevador, parecia ter o aspecto de um aviso permanente. Subiu as escadas até o oitavo andar devagar e começou a procurar o apartamento 86, que encontrou na extremidade oposta do bloco. Vizinhos colocavam a cabeça para fora para espiar, claramente desconfiados do homem vestido com elegância que certamente deveria ser um enviado do governo.

Sua batida leve na porta foi atendida tão prontamente que ela devia ter estado à espera dele. Harry sorriu para uma mulher idosa com olhos tristes e cansados e um rosto sulcado por rugas profundas. Podia imaginar como devia ter sido sofrida sua longa separação do marido só pelo fato de que, embora Harry e ela tivessem mais ou menos a mesma idade, a mulher parecia vinte anos mais velha.

— Boa tarde, sr. Clifton — disse ela sem nenhum vestígio de sotaque. — Por favor, entre.

Ela conduziu a visita por um estreito corredor sem tapete para a sala de estar, onde uma grande fotografia do marido, pendurada em cima de uma estante com brochuras bastante folheadas, era o único adorno em paredes de outro modo vazias.

— Por favor, sente-se — recomendou ela, gesticulando na direção de duas cadeiras que eram os únicos móveis na sala. — Muita gentileza sua ter feito uma viagem tão longa para encontrar-se comigo. E devo agradecer seus valorosos esforços para tentar fazer com que soltem meu querido Anatoly. O senhor se revelou um aliado incansável.

A sra. Babakov falava do marido como se ele estivesse demorando a chegar em casa do trabalho e fosse aparecer a qualquer momento, não como se estivesse cumprindo uma condenação de vinte anos de prisão a quase 12 mil quilômetros dali.

— Como a senhora conheceu Anatoly? — perguntou Harry.

— Ambos estudamos no Instituto de Línguas Estrangeiras de Moscou. Acabei tornando-me professora de inglês numa escola pública local, enquanto Anatoly entrou para o Kremlin logo depois de ganhar a Medalha Lenin por ter sido o melhor aluno do ano no curso. Assim que nos casamos, achei que tínhamos tudo na vida, que só podíamos ser pessoas abençoadas, gente de muita sorte, e, comparando nossa situação de então com o padrão de vida da maioria das pessoas na Rússia, realmente éramos. Porém, isso mudou da noite para o dia quando Anatoly foi escolhido como tradutor dos discursos do secretário-geral, de forma que pudessem ser usados como propaganda ideológica no Ocidente.

"Na época, o intérprete oficial do dirigente adoeceu, e Anatoly ficou no lugar. Um cargo temporário, disseram, e quiséramos nós que tivesse sido mesmo. Mas meu marido quis impressionar o dirigente máximo do país, e deve ter conseguido, pois foi logo promovido ao cargo de principal intérprete de Stalin. O senhor entenderia por que isso aconteceu se o conhecesse algum dia."

— Tempo verbal errado, senhora — redarguiu Harry. — Acho que a senhora quis dizer que entenderei isso quando eu o conhecer.

Ela sorriu.

— Quando o senhor o conhecer. Foi então que seus problemas começaram. Ele se tornou íntimo demais de Stalin e, embora fosse um simples funcionário, começou a testemunhar coisas que o fizeram ver o monstro que o secretário-geral era. A imagem transmitida ao público, de um tio gentil e benevolente, não poderia estar mais longe da verdade. Anatoly me contava as histórias mais horripilantes quando voltava do trabalho, mas nunca na frente de outras pessoas, nem mesmo de seus amigos mais íntimos. Se tivesse falado sobre isso em público, a punição dele não teria sido um mero rebaixamento: Anatoly teria simplesmente desaparecido, assim como aconteceu com muitos milhares de pessoas. Sim, milhares, ainda que elas tivessem apenas erguido uma sobrancelha em forma de protesto ou indignação.

"Seu único consolo eram seus escritos, os quais ele sabia que só poderiam ser publicados após a morte de Stalin e talvez somente depois que ele morresse também. Mas Anatoly queria que o mundo soubesse que Stalin era tão maligno quanto Hitler. A única diferença entre os dois era que o secretário-geral tinha conseguido esconder bem. E aí Stalin morreu.

"Anatoly ficou ansioso para contar ao mundo o que ele sabia. Talvez tivesse sido melhor que esperasse mais um pouco, mas, quando ele achou um editor que compartilhava de seus ideais, não conseguiu se conter. No dia da publicação, antes mesmo que *Tio Joe* houvesse chegado às lojas, todos os exemplares foram destruídos. Tão grande era o medo da KGB de que alguém descobrisse a verdade que até as prensas tipográficas com as quais as palavras de Anatoly haviam sido impressas foram destroçadas. No dia seguinte, ele foi preso e, uma semana depois, havia sido julgado e condenado a vinte anos de trabalhos forçados num gulag, por ter escrito um livro que ninguém leu. Se fosse um americano escrevendo uma biografia de Roosevelt ou Churchill, teria sido convidado a participar de todos os programas de entrevistas, e seu livro teria se tornado um best-seller."

— Mas a senhora conseguiu escapar.

— Sim. Anatoly tinha percebido o que estava para acontecer. Algumas semanas antes da publicação, ele me enviou para a casa de minha mãe em Leningrado, dando-me cada rublo que havia economizado e uma prova tipográfica do livro. Consegui atravessar a fronteira do país com a Polônia, mas só depois que subornei um guarda com a maior parte das economias de Anatoly. Cheguei aos Estados Unidos sem um centavo sequer.

— E o livro? A senhora o trouxe consigo?

— Não. Eu não podia correr esse risco. Se me capturassem e a obra fosse confiscada, a vida e o esforço de Anatoly não teriam servido para nada. Eu o deixei num lugar em que eles nunca o acharão.

—

Os três homens que estiveram esperando por ela se levantaram quando Lady Virginia entrou na sala. Finalmente, a reunião poderia começar.

Desmond Mellor se sentou de frente para ela, trajando um terno xadrez marrom que teria combinado mais se ele estivesse numa pista de corridas de galgos. Sentado à sua esquerda estava o major Fisher, com seu indefectível terno azul-marinho listrado com fileiras de botões duplas, não mais comprado em lojas de roupas prontas; afinal de contas, agora ele era parlamentar. De frente para ele, estava sentado o homem que havia reunido os quatro ali.

— Convoquei esta reunião com urgência — disse Adrian Sloane — porque aconteceu algo que poderia arruinar nosso plano de longo prazo. — Nenhum dos presentes ousou interrompê-lo. — Na última sexta-feira à tarde, pouco antes de Sebastian Clifton viajar para Nova York no *Buckingham*, ele adquiriu mais um lote de 25 mil ações do banco, tornando-se detentor de pouco mais de cinco por cento do total de títulos da empresa. Tal como informei aos senhores algum tempo atrás, qualquer pessoa que possua seis por cento das ações conquista automaticamente o direito de ocupar um lugar na diretoria. O problema é que, se isso acontecer no caso dele, não demorará muito para que descubra o que viemos planejando nos últimos seis meses.

— Quanto tempo você acha que temos? — questionou Lady Virginia.

— Poderia ser um dia, um mês, um ano... Quem sabe? — respondeu Sloane. — Tudo que sabemos ao certo é que ele precisa deter apenas mais um por cento das ações para reivindicar um cargo na diretoria. Portanto, podemos presumir que, mais cedo ou mais tarde, isso acontecerá.

— Quanto falta ainda para que possamos finalmente nos apossar das ações da velha? — inquiriu o major. — Isso resolveria todos os nossos problemas.

— Terei uma reunião com Arnold, o filho dela, na próxima terça-feira — respondeu Des Mellor. — Oficialmente para uma consulta sobre uma questão jurídica, mas só revelarei a ele meu verdadeiro objetivo quando ele tiver assinado um acordo de confidencialidade.

— Mas por que você mesmo não faz a proposta a ele? — questionou Virginia, virando-se para Sloane. — Afinal de contas, é você o presidente do banco.

— Ele jamais faria negócios comigo — explicou Sloane —, não depois que induzi a sra. Hardcastle a abrir mão de seus direitos de voto no dia do enterro de seu marido. Mas, já com Desmond, ele nunca teve nenhum contato antes.

— E, assim que ele tiver assinado o acordo de confidencialidade — informou Mellor —, farei a ele uma proposta de compra de três libras e nove xelins por unidade do lote de ações de sua mãe, um valor trinta por cento superior ao preço de mercado.

— Não acha que ele desconfiará de nada? Afinal de contas, ele sabe que você é diretor do banco.

— Certamente — concordou Sloane —, mas, como único gestor dos bens de seu pai, é sua responsabilidade conseguir o melhor negócio possível para sua mãe, que, no momento, está vivendo de seus dividendos, os quais mantive no mais baixo nível possível nos últimos dois anos.

— Depois que eu tiver falado com ele sobre isso — disse Mellor —, desferirei o golpe de misericórdia, dizendo a ele que a primeira coisa que pretendo fazer é tirar Adrian da presidência.

— Isso deve decidir o assunto — comentou o major.

— Mas o que impedirá que ele entre em contato com Clifton e simplesmente peça um preço melhor pelas ações?

— Aí é que está a vantagem do acordo de confidencialidade. Ele não pode falar com ninguém a respeito da proposta de compra, exceto com sua mãe, a menos que ele queira ser denunciado à Ordem dos Advogados. Não é um risco que um procurador da rainha estaria disposto a correr.

— E a proposta de nosso outro comprador ainda está de pé? — perguntou o major.

— O sr. Bishara está não só disposto a comprar as ações — afirmou Sloane —, mas também confirmou por escrito sua proposta de cinco libras por ação, consignando 2 milhões de libras a seu advogado para mostrar como fala sério.

— E por que ele está disposto a pagar um preço muito acima do valor de mercado? — questionou Lady Virginia.

— Porque, recentemente, o Banco Central da Inglaterra recusou seu pedido de concessão de licença para operar como banqueiro no centro financeiro de Londres e ele está tão desesperado para comprar um banco inglês, dono de uma reputação impecável, que parece não se importar muito com quanto tiver que pagar pelo Farthings.

— Mas o Banco da Inglaterra não se oporá a um negócio que está na cara que é uma incorporação? — perguntou Fisher.

— Não se ele não mudar a diretoria durante alguns anos e eu continuar na presidência. É por isso que é tão importante que Clifton não descubra o que estamos tramando.

— Mas o que acontecerá se Clifton conseguir tornar-se dono de seis por cento das ações?

— Oferecerei a ele também três libras e nove xelins por unidade de suas ações — respondeu Sloane — e tenho o pressentimento de que ele não conseguirá recusar essa proposta.

— Não tenho tanta certeza disso — disse Mellor. — Percebi certa mudança de atitude nele recentemente. Parece que está operando com base numa agenda de trabalho totalmente diferente agora.

— Então, terei que modificar essa agenda.

— O livro está onde livros devem ficar — disse a sra. Babakov.

— Numa livraria? — tentou adivinhar Harry.

— Mas não numa livraria comum — revelou a sra. Babakov, sorrindo.

— Se a senhora quiser manter isso em segredo, entenderei, principalmente se a descoberta da existência desse lugar puder levar as autoridades soviéticas a impor uma punição ainda maior ao seu marido.

— Mas que punição ainda maior poderia ser essa? Afinal, quando ele me deu o livro, suas últimas palavras foram: "Arrisquei minha vida por causa disso e a sacrificaria com imenso prazer se soubesse que ele foi publicado, para que o mundo saiba de tudo e, sobretudo, para que o povo russo possa finalmente conhecer a verdade." Portanto, só me resta um único objetivo na vida, sr. Clifton, e esse objetivo é fazer com que o livro de Anatoly seja publicado, independentemente das consequências. Do contrário, todos os sacrifícios que ele fez terão sido em vão — explicou ela, segurando a mão do escritor em seguida. — O senhor o achará numa loja de antiguidades especializada em traduções de línguas estrangeiras na esquina da Nevsky Prospekt com a rua Bolshaya Morskaya, em Leningrado — revelou ela, continuando a segurar firme a mão de Harry, como se ela fosse uma viúva solitária agarrando-se ao filho único, temerosa de vir a perdê-lo. — Ele está na última prateleira de cima, no canto esquerdo, entre a edição espanhola de *Guerra e Paz* e a edição em francês de *Tess of the d'Urbervilles*, de Thomas Hardy. Mas não procure por *Tio Joe*, pois o escondi com a sobrecapa empoeirada da edição em português de *Um Conto de Duas Cidades*, de Dickens. Acho que poucos portugueses visitam aquela loja.

— E, se ele ainda estiver lá — perguntou Harry, sorrindo — e eu conseguir trazê-lo, a senhora ficaria contente se o sr. Guinzburg o publicasse?

— Anatoly teria ficado orgulhoso de ser... — Ela parou para se corrigir, voltou a sorrir e disse: — Anatoly *ficará* orgulhoso de ter sua obra publicada pela mesma editora de Harry Clifton.

Harry pegou um envelope no bolso interno do paletó e o entregou à sra. Babakov. Ela o abriu devagar, tirando o cheque em seguida.

Clifton ficou observando para ver a reação da senhora, mas ela simplesmente pôs o cheque de volta no envelope e devolveu ao visitante.

— Mas, com certeza, Anatoly iria querer que a senhora...

— Sim, iria — concordou ela em voz baixa. — Mas não é isso o que eu quero. O senhor consegue imaginar as dores que ele sofre todo dia? Portanto, enquanto ele não for solto, não me importo em viver sem nenhum tipo de conforto. O senhor, principalmente, deve ser capaz de entender isso.

Durante alguns instantes, ambos ficaram sentados na pequena sala, segurando as mãos um do outro. Quando as sombras da noite desceram sobre o apartamento, Harry se deu conta de que não havia iluminação elétrica na residência da velha senhora. No entanto, ela exibiu tamanha dignidade diante da situação que foi Harry quem ficou embaraçado. Por fim, a sra. Babakov se levantou.

— Já o prendi demais aqui, sr. Clifton. Compreenderei se o senhor decidir não retornar à Rússia, já que tem muita coisa a perder. Mas só lhe peço uma coisa caso o senhor decida não ir lá: por favor, não fale sobre o assunto com ninguém, até que eu tenha achado alguém que esteja disposto a realizar a tarefa.

— Senhora Babakov — disse Harry —, se o livro ainda estiver lá, eu o acharei. Eu o trarei comigo e ele será publicado.

— Logicamente, entenderei se o senhor mudar de ideia — disse ela, abraçando-o.

Ao mesmo tempo triste e exultante, Harry desceu os oito lances de escada e, quando pôs os pés na calçada, viu que a rua estava totalmente deserta. Teve que caminhar vários quarteirões para finalmente achar um táxi e nem percebeu que um homem o estava seguindo, escondendo-se em meio às sombras e saindo dos esconsos da escuridão ao longo do caminho, de modo que pudesse fotografá-lo sorrateiramente de vez em quando.

— Merda — queixou-se Harry baixinho quando o trem saiu da Union Station, iniciando sua longa viagem de volta para Nova York. Ele tinha ficado tão preocupado com a visita à sra. Babakov que havia se esquecido de visitar o Carnegie Hall. Achou que Jessica o censuraria por isso. Deus do céu. Tempo verbal errado. Jessica o *teria* censurado por isso.

LADY VIRGINIA FENWICK

1970

28

— Eu gostaria de iniciar esta reunião — disse Adrian Sloane — dando meus sinceros parabéns ao major Fisher por ter sido eleito membro do Parlamento.

— Bravo, bravo! — clamou Desmond Mellor, dando uns tapinhas de elogio nas costas do parlamentar.

— Obrigado — agradeceu Fisher. — E permitam-me dizer que o melhor de tudo é que a pessoa que derrotei foi ninguém menos do que Giles Barrington.

— E, se eu conseguir o que pretendo — disse Sloane —, ele não será o único Barrington que estará prestes a sofrer uma grande perda. Mas, primeiramente, pedirei a Desmond que conte como foi seu encontro com Arnold Hardcastle.

— Não muito bem no início, pois ficou claro que ele não estava interessado em vender as ações de sua mãe, mesmo com um preço unitário bem acima do valor de mercado, de três libras e nove xelins. Mas, quando eu disse a ele que minha primeira decisão, assim que me tornasse o principal acionista da empresa, seria demitir Adrian e tirá-lo da diretoria, ele mudou completamente de atitude.

— Ele mordeu a isca? — perguntou Fisher.

— Claro que sim — respondeu Sloane. — Ele me odeia tanto quanto você odeia Emma Clifton e Giles Barrington, talvez até mais.

— Não é possível — comentou Lady Virginia.

— Porém, o fator decisivo — acrescentou Mellor — foi quando informei a pessoa que eu pretendia escolher para substituir Adrian na presidência do Farthings. — Mellor não resistiu ao impulso de fazer uma pausa a mais longa possível, visando prolongar a expectativa em torno da revelação do nome da pessoa, dizendo, por fim, alguns segundos depois: — Ross Buchanan.

— Mas basta um telefonema para Buchanan que ele saberá...

— Você se esqueceu, major, de que, como Hardcastle assinou um acordo de confidencialidade, não telefonará para ninguém. E adorarei ver a cara dele quando descobrir que estamos mudando o nome do banco de Farthings para Sloane's.

— Mas, ainda assim, ele não poderia mudar de ideia se alguém lhe oferecesse uma proposta melhor? — questionou Lady Virginia.

— É tarde demais agora — respondeu Mellor. — Ele já assinou o certificado de transferência das ações. Portanto, desde que eu as pague integralmente dentro de 21 dias, elas são minhas.

— E seu prejuízo será apenas temporário — observou Sloane —, visto que Hakim Bishara comprará suas ações a um preço bem maior.

— Todavia, se Bishara não pagar, ficaremos com uma mão na frente e outra atrás — advertiu Virginia.

— Ele tem telefonado duas vezes por dia, querendo manter-se a par de tudo que está acontecendo. Chegou até a adiar uma visita a Beirute, onde teria uma reunião com o presidente libanês. Aliás, estou pensando em aumentar o preço de cinco para seis libras a unidade, mas só na última hora.

— Não acha isso um tanto arriscado? — questionou Fisher.

— Acredite: ele está tão desesperado para adquirir o Farthings que concordará com qualquer coisa. Mas passemos a tratar agora da segunda parte de nosso plano, que envolve a senhora, Lady Virginia, e a data do julgamento de seu processo, que é fundamental para nós.

— Emma Clifton receberá a petição na próxima semana, e meus advogados me disseram que preveem que o julgamento será em novembro.

— A ocasião não poderia ser melhor — comentou Mellor, dando uma olhada na agenda —, pois a próxima reunião da diretoria da Barrington será daqui a três semanas. E insistirei então para que a sra. Clifton deixe a presidência, para o bem da empresa, pelo menos até o fim do julgamento.

— E não é preciso ser um gênio para adivinhar quem ficará no lugar dela durante esse tempo — completou Sloane.

— Assim que eu estiver na presidência — disse Mellor —, considerarei nada menos que meu dever de lealdade para com os acionistas informá-los de que sei o que realmente aconteceu na primeira noite da viagem inaugural do *Buckingham*.

— Mas eles sempre mantiveram grande sigilo em torno desse episódio — observou Fisher, parecendo um tanto nervoso.

— Mas isso não continuará assim por muito tempo. Quando me reuni pela primeira vez com a diretoria da Barrington, Jim Knowles insinuou que nada tinha dado certo naquela viagem. Contudo, embora eu tenha insistido muito, ele se recusou a entrar em detalhes. Logicamente, verifiquei a ata da reunião que eles realizaram no navio, horas depois naquela manhã, mas tudo que achei foi o registro de um pedido de desculpa do capitão aos passageiros por uma explosão ocorrida no meio da madrugada, incômodo que ele atribuiu aos navios da Marinha Real, os quais alegou que estavam realizando exercícios militares noturnos no Atlântico Norte. Acontece que basta dar uma olhada nos registros do Almirantado que se descobre rapidamente que os tais navios da Marinha Real estavam ancorados ao largo do Estreito de Gibraltar na ocasião.

— Então, o que aconteceu de verdade? — perguntou Fisher. — Também tentei arrancar a verdade de Knowles, mas, mesmo depois de uns goles de bebida, ele permaneceu calado.

— A única coisa que consegui descobrir — disse Mellor — foi que os outros membros da diretoria assinaram um acordo de confidencialidade. Até a última reunião da diretoria, no mês passado, eu tinha perdido a esperança de conseguir descobrir a verdade, mas a sra. Clifton tomou uma decisão precipitada sem se dar conta das consequências.

Ninguém se deu ao trabalho de fazer a pergunta óbvia.

— O capitão do *Buckingham* havia informado à diretoria que, durante a última viagem da nave, haviam surpreendido o terceiro oficial, um tal de sr. Jessel, em estado de completa embriaguez na ponte de comando, e que, por isso, deu ordens para que o mantivessem confinado em seu alojamento durante o resto da travessia. Indignado, o almirante Summers exigiu que Jessel fosse demitido imediatamente, sem indenização ou carta de referência. Eu o apoiei porque, assim como os outros membros da diretoria, ele havia se esquecido de que Jessel estava presente na ronda da primeira noite da viagem inaugural e deve ter presenciado tudo que aconteceu então.

Fisher secou a testa com um lenço.

— Não foi difícil — prosseguiu Mellor — localizar Jessel, que admitiu que, além de desempregado, está com três meses de aluguel atrasado. Eu o levei para uma conversa no bar local e não demorei muito a descobrir que ele ainda estava irritado e amargurado com a demissão. Após alguns minutos de conversa, afirmou que sabia de coisas que poderiam arruinar a empresa. Depois de mais algumas doses de bebida, começou a revelar os detalhes do que seriam essas coisas, presumindo que eu tinha sido enviado para reforçar a ideia de que ele deveria manter-se de bico fechado, o que serviu apenas para fazê-lo abrir-se ainda mais. Ele me disse que viu Harry Clifton e Giles Barrington subindo para o convés principal carregando um grande vaso de flores, trazido de uma das cabines da primeira classe. Contou que eles conseguiram jogá-lo para fora do navio pouco antes que o artefato que havia dentro dele explodisse. Ainda segundo ele, na manhã seguinte, três irlandeses foram presos, e o capitão pediu desculpas aos passageiros, fazendo com que engolissem a história do incidente com os navios da Marinha Real, quando, na verdade, estavam apenas a alguns segundos de um grande desastre, um que poderia ter matado um número de pessoas que só Deus sabe e, literalmente, afundado a empresa, sem deixar vestígios de que existiu um dia.

— Mas por que o IRA não divulgou o que realmente aconteceu? — perguntou Fisher com nervosismo.

— Jessel me disse que, próximo ao fim daquela manhã, os três irlandeses foram presos, levados de volta para Belfast num navio da Marinha Real e depois trancafiados numa prisão da cidade, acusados de outros crimes também. Eles foram soltos há pouco tempo e uma das condições de sua soltura sob fiança determina que, se eles disserem qualquer coisa a respeito do *Buckingham*, voltarão para a solitária no mesmo dia. E a verdade é que os integrantes do IRA não falam muito a respeito de seus fracassos.

— Mas, se o IRA não está em condições de confirmar a veracidade da história e nossa única testemunha é um bêbado que foi demitido de seu cargo por justa causa, por que alguém se interessaria por isso quase seis anos depois? — questionou Fisher. — E quanto às vezes sem conta que lemos manchetes alegando que o IRA planejou realizar um ataque a bomba ao Palácio de Buckingham, ao Banco Central da Inglaterra ou à Câmara dos Comuns?

— Concordo com você, major — ponderou Mellor —, mas talvez a imprensa tenha uma atitude muito diferente com relação ao assunto quando eu, como novo presidente da Barrington, decidir pôr essa história em pratos limpos poucas semanas antes do lançamento do *Balmoral* e do anúncio da data de sua viagem inaugural.

— Mas o preço das ações sofrerá uma tremenda queda da noite para o dia.

— E nós as compraremos por um preço irrisório com o lucro que obtivermos com a negociação do banco. Com uma nova diretoria e uma mudança do nome, conseguiremos fazer com que ela volte à sua situação anterior, a de empresa valorizada.

— Mudança de nome? — indagou Lady Virginia.

— Mellor Shipping — confirmou Desmond, sorrindo. — Adrian fica com o banco, e eu, com uma empresa de navegação.

— E eu fico com o quê? — questionou ela.

— Justamente com aquilo que você sempre quis, Virginia: o prazer de ver a família Barrington humilhada e arruinada. Além do mais, você terá nisso um papel fundamental, pois a coordenação de nossas ações será vital. Aliás, de acordo com outra informação que colhi na última reunião da diretoria, Harry e Emma Clifton farão uma visita a Nova York no próximo mês, visita que, como presidente, ela faz todos os anos. A ocasião será perfeita para que você informe a seus amigos da imprensa o que eles poderão obter na cobertura jornalística do julgamento. É importante que você conte sua versão da história enquanto ela estiver de mãos atadas no meio do Atlântico. Portanto, quando a sra. Clifton retornar, terá que se defender em duas frentes: na batalha com os acionistas, que desejarão saber por que, como presidente de uma empresa de capital aberto, ela deixou de informar a eles o que realmente acontecera naquela noite e, ao mesmo tempo, na batalha com Lady Virginia, cujo processo por calúnia ela terá que enfrentar no tribunal. Com isso, prevejo que não demorará muito para que ela seja chutada para escanteio, com seu nome passando a figurar, junto com o de seu pai, apenas numa simples nota de rodapé da história da empresa.

— Mas temos um problema — advertiu Virginia. — Meus advogados afirmam que só tenho cinquenta por cento de chance de conseguir ganhar a causa.

— Só que, quando o julgamento começar — explicou Sloane —, Emma Clifton terá perdido toda credibilidade que teve na vida. Desse modo, o júri estará de seu lado assim que você se sentar no banco de testemunhas.

— Mas, se eu não ganhar, acabarei tendo que arcar com uma enorme despesa judicial — acrescentou Virginia.

— Não consigo ver, depois que a sra. Clifton houver se exonerado do cargo de presidente da Barrington, como você poderá perder. Contudo, se isso acontecer, o banco terá toda satisfação em cobrir suas despesas. Será praticamente um tostão diante do que ganharemos.

— Isso não resolve o problema dos seis por cento de Sebastian Clifton — atalhou o major Fisher. — Pois, se ele conseguir um lugar na diretoria, saberá de tudo que nós...

— Eu tenho uma solução — afiançou Sloane. — Vou telefonar para Clifton propondo uma reunião.

— Mas talvez ele se recuse a se encontrar com você.

— Ele não conseguirá resistir à proposta e, quando eu lhe oferecer cinco libras pela unidade de suas ações, dando-lhe assim um lucro de cem por cento, ele concentrará seus investimentos em outro setor ou empresa. Pelo que me lembro a respeito desse rapaz, ele se esquece de todos os outros compromissos assim que vê uma chance de ganhar uma bolada.

— Mas e se ele recusasse a oferta? — insistiu Fisher.

— Então, terei que usar o plano B — respondeu Sloane. — Para mim, tanto faz.

~

— Tal como expliquei em nossa primeira reunião, Lady Virginia, em minha opinião, suas chances de ganhar a causa não passam de cinquenta por cento. Portanto, talvez seja melhor abandonar o processo.

— Agradeço seu conselho, Sir Edward, mas é um risco que estou disposta a correr.

— Seja como quiser então — respondeu o advogado. — Mas acho necessário fazer um registro formal de minha opinião para que não haja mal-entendidos depois.

— Entendo perfeitamente sua situação, Sir Edward.

— Então, comecemos analisando os fatos do caso da forma mais objetiva possível. Ou a senhora vendeu, ou não vendeu, e depois comprou, uma grande quantidade de ações da Barrington com o único objetivo de prejudicar a empresa.

— Mas por que eu iria querer prejudicar a empresa?

— Realmente, por quê? Diante disso, devo dizer que será responsabilidade da parte contrária provar que a senhora fez isso. Contudo, em três ocasiões, que coincidiram com a necessidade de a empresa divulgar notícias ruins, a senhora vendeu ações com cotação máxima e, dez dias depois, quando o preço delas havia caído, a senhora as recomprou. Foi isso mesmo o que aconteceu?

— Sim, mas só fiz isso depois de ter sido aconselhada pelo major Fisher.

— Acho que a senhora deveria evitar mencionar o major Fisher quando estiver no banco da testemunha.

— Mas ele é membro do Parlamento.

— Talvez esteja na hora de a senhora entender, Lady Virginia, que, na opinião da maioria dos membros de tribunais de júri, advogados, corretores de imóveis e parlamentares ficam atrás apenas de cobradores de impostos.

— Mas, sendo verdade, por que eu não deveria mencionar isso?

— Porque o major Fisher era um dos diretores da Barrington na época em que a senhora vendeu e recomprou as ações e, como ele era seu representante na diretoria, o júri não terá dúvida de quem a senhora estava obtendo informações privilegiadas. Com isso em mente, eu a aconselho a não convocar o major Fisher para depor, embora seja prudente avisá-lo da possibilidade de ele ser solicitado a testemunhar pelo advogado da contraparte. Se eu estivesse no lugar deles, certamente o intimaria a depor.

Virginia pareceu apreensiva pela primeira vez.

— E, numa ocasião posterior — prosseguiu Sir Edward —, a senhora comprou um grande lote de ações da Barrington para ter direito a uma vaga na diretoria, numa época em que a empresa estava providenciando a escolha de um novo presidente.

— Sim. O major Fisher foi meu escolhido para comandar a diretoria.

— Isso é outra coisa que devo aconselhá-la a não mencionar no banco da testemunha.

— Mas por quê? Achei que o major Fisher seria um presidente melhor.

— Talvez, mas um tribunal de júri composto por doze cidadãos comuns, escolhidos aleatoriamente, pode muito bem achar que a senhora estava fazendo uma perseguição pessoal contra a sra. Clifton, o que poderia indicar que seu objetivo com a compra e a venda das ações foi, sem dúvida, o de prejudicar a ela e a empresa.

— Eu simplesmente queria a pessoa mais bem qualificada na presidência. Em todo caso, ainda não acho que uma mulher seja capaz de exercer esse cargo.

— Lady Virginia, tente considerar que é possível que a metade do júri seja formada por mulheres e que um comentário como esse não servirá exatamente para fazer com que elas a vejam com bons olhos.

— Isso está começando a parecer mais com um concurso de beleza do que com um julgamento.

— A senhora não está muito errada em pensar dessa forma, Lady Virginia. Agora, devemos levar em conta também que a parte contrária convocará seu ex-marido Sir Giles Barrington para depor como testemunha de defesa.

— Por quê? Ele não teve nenhum envolvimento nisso...

— Mas o fato é que essas transações foram feitas depois de seu divórcio e que seu candidato à presidência foi também o oponente dele em duas eleições gerais, algo que o tribunal do júri pode achar que é muita coincidência.

— Porém, mesmo que eles convoquem Giles, como ele poderá contribuir para a causa deles? Afinal, Giles é um homem divorciado, ex-parlamentar e ex-ministro. Não tem, portanto, muita coisa a seu favor.

— Talvez tudo isso seja verdade — concordou Sir Edward —, mas tenho o pressentimento de que, ainda assim, ele impressionaria bem o júri.

— E o que faz o senhor pensar assim?

— Ele é um orador muito experiente, e o atril no Parlamento prepara bem alguém para depor no banco da testemunha. Portanto, não podemos subestimá-lo.

— Mas esse homem é um fracassado — replicou Virginia —, incapaz de controlar seus sentimentos!

— Devo acentuar que qualquer ataque pessoal servirá apenas para favorecê-los. Portanto, tente lembrar-se de que a senhora precisa manter-se calma quando estiver depondo e ater-se ao que sabe fazer melhor. A senhora é a parte lesada, alguém que não entende as práticas do centro financeiro de Londres e que não faz ideia de como arruinar uma empresa.

— Mas isso me fará parecer fraca.

— Não — disse Edward com firmeza. — Isso a fará parecer vulnerável, algo que a favorecerá quando o tribunal do júri vir que a senhora está numa disputa com uma empresária sagaz e obstinada.

— De que lado o senhor está?

— Estou do seu lado, Lady Virginia, mas cabe a mim fazer tudo para que a senhora saiba o que irá enfrentar. Por isso, devo lhe perguntar mais uma vez: a senhora está certa de que quer mesmo ir adiante com o processo?

— Sim. Tenho certeza absoluta disso, pois existe uma prova a respeito da qual eu não lhe disse nada, Sir Edward, e, assim que ela vier a público, acho que esse caso jamais chegará aos tribunais.

29

— O senhor Sloane telefonou quando você estava almoçando — informou Rachel.

— Ele disse o que queria? — perguntou Sebastian.

— Não, a não ser que se tratava de um assunto pessoal.

— Tenho certeza de que sim. Como ele descobriu que tenho quase seis por cento das ações do Farthings agora, o assunto se tornou, de repente, algo muito pessoal.

— Ele sugeriu que você fosse ao seu escritório amanhã às onze. Temos um tempo livre em sua agenda.

— Esqueça. Se ele quiser se encontrar comigo, poderá muito bem vir aqui.

— Vou telefonar para saber se ele aceita.

— Ele deve aceitar; sabe que, desta vez, sou eu que estou no controle. — Rachel não fez nenhum comentário. Apenas se virou para sair da sala. — Não está convencida disso, não é, Rachel? — indagou Sebastian antes que ela alcançasse a porta. Ela se virou, mas, antes que desse uma opinião, ele perguntou: — O que Cedric faria numa situação dessa?

— Ele daria a Sloane a impressão de que estava caindo na conversa dele para fazê-lo baixar a guarda.

— Será? — questionou Sebastian. — Então, diga a Sloane que ele pode esperar que estarei lá amanhã de manhã e que não vejo a hora de encontrar-me com ele.

— Não, acho que aí já é exagero. Mas não se atrase.

— Por que não?

— Porque aí ele recuperaria a vantagem.

Giles não estava nem um pouco animado com a ideia de voltar à Câmara dos Comuns pela primeira vez desde que perdera a cadeira no Parlamento. Um policial postado à entrada do edifício das casas parlamentares o cumprimentou.

— Que bom vê-lo aqui, senhor. Espero que não demore muito a voltar para a Câmara.

— Obrigado — agradeceu Giles enquanto entrava no edifício.

Ele passou pelo saguão e atravessou o corredor em que pessoas do povo aguardavam impacientemente, alimentando a esperança de conseguir um lugar para se sentar na Galeria dos Ilustres Desconhecidos e acompanhar as atividades do dia. Giles continuou em frente, passando em seguida pelo Salão Central, que atravessou às pressas para evitar que um dos ex-colegas o interpelasse para apresentar comiserações e prestar velhos sentimentos de solidariedade quase nunca sinceros.

Tendo passado por outro policial, começou a caminhar pelo grosso tapete verde em que pisara durante muitos anos. Além, olhou de relance para o teleimpressor que mantinha os membros do Parlamento atualizados com o que andava acontecendo em outras partes do mundo, mas não parou para verificar com mais atenção a última manchete. Logo depois, passou direto pela biblioteca dos parlamentares, horrorizado com a possibilidade de cruzar com um ex-colega que ele não queria ver de jeito nenhum. Giles dobrou à esquerda quando chegou ao gabinete do presidente da Câmara dos Comuns e acabou parando na frente de uma sala em que não entrava fazia anos. Ele bateu na porta do gabinete do líder da oposição ao governo de Sua Majestade e, quando entrou, viu, sentadas em suas mesas, as duas secretárias que haviam trabalhado com o ex-primeiro-ministro quando ele estava na Downing Street.

— Que bom vê-lo de novo, Sir Giles. Pode entrar direto. O senhor Wilson o está esperando.

Depois de mais uma batida em outra porta, Giles entrou no gabinete e se deparou com a mesma e velha cena de um homem muito conhecido seu tentando acender o cachimbo. Ele desistiu quando viu o ex-deputado na sala.

— Giles, estive ansioso o dia inteiro por encontrá-lo. É um prazer vê-lo de novo.

— Também é para mim, Harold — tornou Giles, sem dar-se ao trabalho de cumprimentar o colega com um aperto de mão no Palácio de Westminster, mantendo a tradição que a convenção preservava havia séculos.

— Mas que azar o seu ter perdido por uma diferença de apenas 21 votos — lamentou Wilson. — Não posso fingir que gosto muito de seu sucessor.

— A casa saberá quem ele realmente é — previu Giles. — É sempre assim.

— E como você tem lidado com a tristeza pós-eleição?

— Não muito bem. Devo admitir que sinto falta disso aqui.

— Lamento o que aconteceu com você e Gwyneth. Espero que vocês continuem amigos, pelo menos.

— Também espero, pois a culpa é minha. Infelizmente, fazia algum tempo que vínhamos nos afastando um do outro.

— E isso aqui não ajuda muito — observou Harold. — Um parlamentar precisa de uma mulher muito compreensiva quando raramente chega em casa antes das dez da noite.

— E quanto a você, Harold? Como tem lidado com a realidade de ter voltado a ser líder da oposição?

— Não muito bem, como você. A propósito, diga-me: como é a vida no mundo lá fora?

— Não estou gostando muito e não vou fingir que estou. Depois de ser político por quase trinta anos, é difícil encontrar outra coisa na vida que se esteja qualificado para fazer.

— Mas então temos que fazer algo com relação a isso — propôs Wilson, conseguindo finalmente acender o cachimbo. — Estou precisando de um porta-voz na bancada dos líderes da oposição na Câmara dos Lordes com experiência em relações exteriores e não consigo pensar em alguém melhor do que você para ocupar o cargo.

— Estou lisonjeado, Harold, e achei que talvez essa fosse mesmo a razão pela qual você queria um encontro comigo. Tenho pensado muito nisso, mas gostaria de lhe fazer uma pergunta antes de tomar uma decisão.

— Claro.

— Não acho que Ted Heath tenha se mostrado melhor no governo do que quando fazia parte da oposição. Os eleitores acreditam que ele está mais para merceeiro do que para parlamentar, e isso já diz tudo. Porém, o mais importante é que estou convicto de que ainda temos uma chance muito grande de vencermos a próxima eleição.

— Que Deus te ouça!

— E, se eu estiver certo, não demorará muito para que você volte para a Downing Street.

— Amém!

— Afinal, nós dois sabemos que o verdadeiro poder está na Câmara dos Comuns, e não na dos Lordes. Sinceramente, esta última mais parece uma clínica geriátrica de luxo, uma espécie de recompensa para burros de carga do partido com uma longa história de serviços e boa conduta.

— Talvez com exceção daqueles com assento na bancada dos líderes da oposição e que fazem a revisão de normas e leis — ponderou Wilson.

— Mas eu só tenho 50 anos, Harold, e não estou certo se quero passar o resto da vida esperando ser convidado para ocupar um cargo mais alto.

— Eu arranjaria trabalho para você — disse Wilson — e você teria o seu lugar no Gabinete Paralelo.

— Não sei se isso é suficiente, Harold. Portanto, preciso lhe fazer mais uma pergunta. Se, na próxima eleição, eu entrasse na corrida contra o candidato da zona portuária de Bristol... e o diretório local do partido está me pressionando a fazer isso... e você formasse o próximo governo, eu teria alguma chance de me tornar ministro das Relações Exteriores?

Wilson deu umas tragadas no cachimbo por alguns instantes, algo que sempre fazia quando precisava de tempo para pensar.

— Não. Não de imediato, Giles. Não seria justo com Denis, que, tal como você sabe, está esperando a oportunidade para ocupar o posto no momento. Mas posso garantir que eu lhe ofereceria um importante cargo no Gabinete Paralelo e, se você se saísse bem ali, ficaria entre os principais candidatos a ocupar o cargo assim que ele vagasse. Por outro lado também, se você aceitasse minha proposta, pelo menos voltaria para a Câmara. E, se você estiver certo e nós vencermos a eleição, não é segredo para ninguém que eu procuraria alguém para ocupar o cargo de presidente da Câmara dos Lordes.

— Sou um homem da Câmara dos Comuns, Harold, e acho que não está na hora de me aposentar. Portanto, é um risco que estou disposto a correr.

— Admiro sua determinação — comentou Wilson. — E agora é minha vez de lhe agradecer, pois sei que você não se disporia a correr esse risco se não acreditasse que não só é capaz de recuperar sua cadeira no Parlamento, mas também que tenho uma boa chance de voltar para a Downing Street. Todavia, se mudar de ideia, avise-me, pois então, assim como seu avô, você servirá ao país nas bancadas vermelhas, na condição de Lorde Barrington da...

— Zona portuária de Bristol — completou Giles.

—

Sebastian entrou na sede do Farthings Bank pela primeira vez desde que se demitira cinco anos antes. Ele se dirigiu à recepção e informou seu nome ao atendente.

— Ah, sim, sr. Clifton — disse o recepcionista, depois que verificou sua lista. — O presidente está esperando pelo senhor.

Quando o atendente disse "o presidente", o primeiro nome que veio à cabeça de Sebastian foi Cedric Hardcastle, e não o do usurpador que tinha sido a causa de sua demissão voluntária.

— O senhor poderia fazer a gentileza de assinar o livro de visitas?

Sebastian pegou uma caneta num dos bolsos internos do paletó e desenroscou a tampa devagar, ganhando tempo para poder analisar a lista das pessoas que tinham visitado o presidente recentemente. Correu os olhos rapidamente por duas colunas de nomes, acabando por constatar que a maioria não significava nada para ele. Porém, dois dos nomes lhe saltaram à vista: Desmond Mellor, que Sebastian sabia que Sloane havia designado vice-presidente e que, portanto, não foi nenhuma surpresa para ele, mas qual foi a razão que o major Alex Fisher teve para fazer uma visita ao presidente do Farthings?

Uma coisa era certa: Sloane não revelaria o motivo da visita. O único nome na lista que chamou sua atenção foi o de Hakim Bishara. Ele tinha certeza de que lera algo a respeito do sr. Bishara no *Financial Times* pouco tempo antes, mas não conseguia lembrar-se do que era.

— O presidente o receberá agora, senhor. O gabinete dele fica no...

— Último andar — completou Sebastian. — Muito obrigado.

Quando Sebastian saiu do elevador no andar dos executivos, atravessou lentamente o corredor na direção do antigo escritório de Cedric. Não reconheceu ninguém, nem nenhum funcionário o reconheceu também, mas ele bem sabia que Sloane não tinha perdido tempo em realizar um verdadeiro expurgo no Farthings, livrando-se de todos os assessores de confiança de Cedric.

Clifton nem teve que bater na porta do gabinete de Sloane, pois ela se abriu quando ele estava a alguns passos de distância.

— Que bom revê-lo, Seb — disse Sloane. — Faz muito tempo, não?

Sloane o convidou a entrar no gabinete, mas não se arriscou a estender a mão para cumprimentá-lo.

A primeira coisa que Seb notou quando entrou no gabinete do presidente foi que não havia mais nada ali que lembrasse Cedric. Nenhuma forma de reconhecimento dos trinta anos em que esteve no comando do banco. Nenhum retrato, nenhuma fotografia, nenhuma placa para homenageá-lo, informando às próximas gerações os feitos que realizara. Sloane havia não apenas substituído o velho presidente, mas tinha apagado todos os indícios de sua existência, como se ele fosse um político soviético que houvesse caído em desgraça.

— Sente-se — sugeriu Sloane, como se estivesse dirigindo a palavra a um simples escriturário do banco.

Sebastian olhou para seu adversário com mais atenção. Notou que ele havia engordado alguns quilos desde a última vez em que se viram, mas estavam habilmente disfarçados com um terno de fileiras de botões duplas e um talhe de excelente qualidade. Uma das coisas que não tinha mudado era o sorriso falso de um homem com o qual a maioria das pessoas do centro financeiro de Londres receava fazer negócios.

Sloane se sentou em sua mesa de presidente e não perdeu tempo com banalidades.

— Seb, acredito que uma pessoa tão inteligente quanto você já deve ter se dado conta da razão pela qual eu quis fazer esta reunião.

— Pensei que você fosse oferecer-me um cargo na diretoria do Farthings.

— Não é exatamente essa a minha intenção — disse ele, soltando uma risada forçada e fingida. — De qualquer forma, tem sido fácil observar que, ultimamente, você vem comprando ações do banco no mercado e que precisa agora apenas de 22 mil ações para atravessar a fronteira que lhe dará automaticamente o direito de ocupar um cargo na diretoria ou nomear alguém para representá-lo.

— Pode ter certeza de que eu mesmo me representarei.

— E foi por isso que eu quis ter uma conversa com você. Não é segredo para ninguém que não nos demos muito bem quando você trabalhou sob minha chefia...

— E foi por isso que me demiti.

— É por isso também que não seria nada bom que você se envolvesse nos assuntos de administração diária do banco.

— Não tenho absolutamente nenhum interesse nos assuntos da administração diária do banco. Até porque, suponho que você deva ter uma equipe de funcionários competentes para realizar esse trabalho. Nunca tive essa intenção.

— Então, o que você pretende fazer? — indagou Sloane, mal conseguindo esconder a própria irritação.

— Fazer tudo para que esta empresa volte ao padrão de excelência de que desfrutava na administração de seu antecessor e providenciar para que seus acionistas estejam sempre a par do que está sendo feito em nome deles. — Sebastian decidiu jogar uma bomba em cima da mesa para ver se ela explodiria do outro lado. — Pois está claro para mim, depois que li as minutas das últimas reuniões, que vocês não estão contando toda a verdade aos acionistas.

— O que você quer dizer com isso? — perguntou Sloane, rápido demais.

— Acho que você sabe muito bem o que quero dizer.

— Talvez possamos fazer um acordo. Afinal de contas, você sempre foi um negociador brilhante.

De prepotente a bajulador num piscar de olhos. Maurice Swann teria dado a Sloane o papel de Ricardo III, e o outro teria conseguido interpretar sem roteiro.

— Qual o tipo de acordo que você tem em mente? — perguntou Sebastian.

— Nos últimos cinco anos, você tem pago em média duas libras e dois xelins por ação. Estou disposto a pagar o dobro disso, dando cinco libras a cada uma de suas ações, e tenho certeza de que você concordará que é uma proposta generosa.

Generosa demais, pensou Sebastian, que achou que três libras deveriam ter sido sua proposta inicial, e depois quatro libras, para fechar o acordo. Por que Sloane estava tão ansioso para mantê-lo longe da diretoria?

— Muito generosa — concordou Sebastian. — Mas, mesmo assim, pretendo exercer o cargo a que tenho direito na diretoria. No meu caso, é pessoal.

— Então terei que apresentar uma queixa formal ao Banco Central da Inglaterra, acentuando que você não tem nenhum interesse em apoiar os planos de longo prazo do banco.

— Para ser sincero, só estou interessado em saber quais são os planos de longo prazo do Farthings. E foi por isso que fiz uma visita ao Banco Central na semana passada, onde tive uma longa conversa com o sr. Craig, o superintendente de fiscalização. Ele me fez a gentileza de analisar o estatuto do banco e confirmou por escrito que, desde que eu possua seis por cento das ações da empresa, tenho mesmo o direito de assumir um cargo na diretoria. Mas, na dúvida, telefone para ele.

Se Sloane fosse um dragão, com certeza estaria expelindo fogo pelas ventas a essa altura.

— E se eu lhe oferecesse dez libras por ação?

Sloane estava claramente descontrolado, de modo que Seb resolveu jogar mais uma bomba em cima da mesa.

— Então, eu começaria a achar que os boatos têm mesmo um fundo de verdade.

— Que boatos? — indagou Sloane.

Deveria arriscar-se a jogar mais uma?

— Por que não pergunta a Desmond Mellor e a Alex Fisher o que eles andam fazendo sem que você saiba?

— Como você sabe...

A bomba tinha estourado na cara de Sloane, mas Sebastian não pôde resistir ao impulso de realizar outro ataque.

— Você tem muitos inimigos no centro financeiro de Londres, Sloane, e até mesmo um ou dois dentro da própria empresa.

— Está na hora de você ir embora, Clifton.

— Sim, você tem razão. Mas não vejo a hora de me encontrar com você e seus colegas na reunião do mês seguinte. Tenho muitas perguntas para fazer a eles, principalmente ao sr. Mellor, que parece muito feliz com a possibilidade de jogar nos dois times.

Sloane não fez um único movimento sequer, mas o intenso rubor em suas faces mostrou que outra bomba tinha explodido na mesa.

Sebastian sorriu pela primeira vez desde que chegara ao encontro, levantou-se em seguida e, quando se virou para se retirar, foi a vez de Sloane atirar uma bomba.

— Sebastian, lamento dizer que não vamos nos encontrar tão cedo.

— Por que não? — questionou Sebastian, virando-se subitamente.

— Porque, na última reunião da diretoria, aprovamos uma resolução determinando que toda pessoa que quiser entrar para a diretoria no futuro terá que possuir dez por cento das ações da empresa.

— Você não pode fazer isso — protestou Sebastian com uma atitude desafiadora.

— Sim, posso e fiz — rebateu Sloane. — E tenho certeza de que você gostará de saber que o sr. Craig, o superintendente de fiscalização do Banco Central da Inglaterra, aprovou a resolução que eu e os diretores tomamos por unanimidade. Portanto, talvez só nos vejamos daqui a uns cinco anos. Mas não se iluda, Seb, pois, se você acabasse conseguindo os dez por cento necessários, simplesmente aprovaríamos outra resolução.

30

— Por quanto tempo você acha que ficará na Rússia? — perguntou Giles a Harry, levantando-se da mesa de jantar e conduzindo os convidados para a sala de estar, onde tomariam café.

— Apenas por algumas horas, talvez um pernoite no máximo.

— Mas por que você decidiu voltar lá? Afinal, ninguém volta àquele lugar uma segunda vez sem uma boa razão.

— Vou fazer compras.

— Em Paris, Roma, Nova York, tudo bem... — comentou Giles — Ninguém faz compras na Rússia além dos próprios habitantes.

— Exceto quando se quer comprar algo que só existe na Rússia e, pois, não se pode comprar em Paris, Roma ou Nova York, não acha? — ponderou Emma enquanto punha café na xícara do irmão.

— Que dificuldade a minha de entender as coisas. Eu deveria ter me lembrado de que Harry acabou de voltar dos Estados Unidos e que Harold Guinzburg não foi a única pessoa que ele visitou por lá. É uma pista que não teria passado despercebida pelo inspetor Warwick.

— Eu teria adiado a viagem para depois do julgamento de Emma — disse Harry, ignorando Giles —, mas meu visto expirará daqui a algumas semanas e o pessoal da embaixada russa me avisou que poderia levar seis meses até que tivessem condições para me conceder um novo.

— Muito cuidado — recomendou Giles. — Os russos podem ter sua própria versão do inspetor Warwick à sua espera lá.

Depois da experiência que teve na Berlim Oriental, Giles não tinha dúvida de que Harry não passaria da alfândega, mas aceitava o fato, já que o cunhado havia tomado uma decisão, de que não teria como convencê-lo a desistir do intento.

— Visto que entrarei no país e sairei de lá antes que eles se deem conta de minha visita — argumentou Harry —, não há nada com que vocês tenham que se preocupar. Aliás, estou muito mais preocupado com os problemas de Emma.

— Qual deles em especial? — perguntou Giles, dando um copo de conhaque a Harry.

— Desmond Mellor concorrerá ao cargo de vice-presidente na reunião da diretoria no próximo mês — disse Emma.

— Você está me dizendo que aquele impostor achou dois diretores dispostos a propô-lo como candidato e apoiá-lo? — inquiriu Giles, indignado.

— Sim. Seu velho amigo Jim Knowles, que está secundado por Clive Anscott, seu amigo ainda mais antigo.

— Mas, se eles não conseguirem elegê-lo — perguntou Giles —, com certeza os três terão que se demitir, não? Portanto, isso poderia acabar sendo um mal que veio para bem.

— Não exatamente, caso consigam elegê-lo — observou Harry.

— Por quê? Qual a pior coisa que Mellor poderá fazer caso se torne vice-presidente? — questionou Giles.

— Ele poderia sugerir que eu ficasse afastada da presidência até o fim do julgamento — respondeu Emma — para o bem da empresa.

— E então o vice-presidente se tornaria presidente interino.

— Mas somente durante algumas semanas — atalhou Harry. — Você reassumiria a presidência assim que o julgamento houvesse terminado.

— Você não pode se dar ao luxo de deixar Mellor tão à vontade assim para agir — advertiu Giles. — Logo que você não puder mais participar de reuniões da diretoria, ele descobrirá uma forma de transformar o cargo temporário num cargo permanente. Pode acreditar.

— Mas você poderia recusar-se a deixar a presidência, ainda que temporariamente e mesmo que ele se torne vice-presidente — sugeriu Harry.

— Não terei muita escolha se eu tiver que passar quase um mês inteiro presa num tribunal tratando de me defender.

— Mas uma vez que você ganhe a causa... — tentou argumentar Giles.

— Se eu vencer.

— Não vejo a hora de me sentar no banco da testemunha e contar ao tribunal do júri algumas verdades sobre minha vida a dois com Virginia.

— Nós não o chamaremos para depor, Giles — disse Emma baixinho.

— Mas eu sei mais a respeito de Virginia do que...

— É justamente com isso que meu advogado está preocupado. Depois de algumas palavras bem escolhidas, extraídas do depoimento de seu ex-marido, o júri poderia acabar se compadecendo da situação dela, e o sr. Trelford, meu advogado, afirma que Sir Edward Makepeace, o advogado dela, não hesitará em tocar no assunto de seu segundo divórcio e da causa que lhe deu origem.

— Então quem você convocará como testemunha?

— O major Alex Fisher.

— Mas ele não será testemunha de defesa?

— O sr. Trelford acha que não. Tanto quanto você para nós, Fisher poderia ser uma desvantagem para eles.

— Então, talvez a contraparte me convoque para depor, não? — indagou Giles, parecendo esperançoso.

— Vamos torcer para que não.

— Eu pagaria um ingresso para ver Fisher no banco da testemunha — disse Giles, ignorando a alfinetada da irmã. — Avise ao sr. Trelford que ele tem um pavio muito curto, principalmente se não for tratado com o respeito que acha que merece, embora já fosse assim antes mesmo de ter se tornado parlamentar.

— Podemos dizer o mesmo com relação a Virginia — comentou Harry. Ela não resistirá à ideia de dizer a todo mundo que é filha de um conde. Se bem que não haverá muitas pessoas de sangue azul no tribunal do júri.

— Contudo — advertiu Giles —, seria também uma tolice subestimar Sir Edward. Se me permitem citar as palavras de Trollope, ditas por ele a respeito de outro advogado, ele é "brilhante como um diamante, mas também igualmente incisivo e impassível".

— E talvez eu precise dessas mesmas qualidades na reunião da diretoria no mês vindouro, quando eu entrar no ringue da luta contra Mellor.

— Tenho o pressentimento de que Mellor e Virginia devem estar trabalhando juntos — observou Giles. — Afinal, esses acontecimentos me parecem coincidência demais.

— Sem falar em Fisher — acrescentou Harry.

— Você decidiu se irá enfrentá-lo na próxima eleição? — perguntou Emma.

— Talvez esteja na hora de dizer a vocês que Harold Wilson me ofereceu uma cadeira na Câmara dos Lordes.

— Meus parabéns! — felicitou-o Emma, levantando-se abruptamente e atirando os braços em volta do irmão. — Finalmente, uma boa notícia.

— Eu rejeitei a proposta.

— Você fez o quê?

— Eu rejeitei a proposta. Eu disse a ele que queria participar de mais uma disputa pela zona portuária de Bristol.

— E enfrentar Fisher mais uma vez, com certeza — observou Harry.

— Isso influenciou minha decisão, sem dúvida — admitiu Giles. — Mas, se ele me vencer de novo, não insistirei mais nisso.

— Acho que você está perdendo o juízo — comentou Emma.

— Foi exatamente isso o que você disse quando, vinte anos atrás, eu anunciei que iria disputar uma cadeira no Parlamento.

— Como socialista — lembrou Emma.

— Se isso a faz sentir-se melhor — observou Giles —, saiba que Sebastian concorda com você.

— Isso significa que você o encontrou depois de ele ter retornado de Nova York? — perguntou Harry.

— Sim. E, antes que você me pergunte, ele simplesmente silenciou quando toquei no assunto a respeito de Samantha.

— Uma pena — lamentou Harry. — É uma jovem admirável.

— Mas algo que tenho para lhes dizer também é que, quando passei em seu escritório para pegá-lo para almoçar, vi um quadro feito por uma criança pendurado na parede atrás da mesa dele, obra que eu nunca tinha visto. Seu nome era *Minha Mãe*, e posso jurar que a obra tinha as mesmas pinceladas de Jessica.

— Um quadro com um retrato meu? — perguntou Emma.

— Não. E foi justamente isso que achei estranho — respondeu Giles. — Era de Samantha.

—

— Sloane lhe ofereceu dez libras a cada um de seus títulos? — perguntou Ross Buchanan. — Mas isso não faz sentido. Afinal, as ações do Farthings estavam sendo negociadas a duas libras e oito xelins hoje de manhã.

— Ele estava simplesmente tentando descobrir qual seria meu limite — explicou Seb. — Assim que percebeu que eu não estava interessado em negociá-las, ele jogou a toalha e perdeu a paciência.

— Isso não me surpreende nem um pouco. Mas por que ele está tão desesperado para se apossar de seus seis por cento?

— E onde Mellor e Fisher se encaixam nessa história?

— Uma aliança diabólica e mal-intencionada, com certeza.

— Notei a presença de um nome no livro de visitas do banco que talvez nos revele esse objetivo. Você já teve algum tipo de contato na vida com alguém chamado Hakim Bishara?

— Nunca interagi com ele — respondeu Ross —, mas assisti a uma de suas palestras na London School of Economics e fiquei muito impressionado. Ele é turco, mas estudou em Beirute. Tirou o primeiro lugar nas provas de admissão de Oxford, mas não lhe deram uma bolsa de estudos.

— Por quê?

— Presumiram que ele devia ter trapaceado. Afinal de contas, como poderia um garoto chamado Hakim Bishara, filho de um comerciante de tapetes turco e de uma prostituta síria, ter condições de suplantar a nata dos estudantes do sistema de ensino público britânico? Assim, ele foi para Yale, onde, depois que se formou, ganhou uma bolsa para estudar na Harvard Business School, onde atualmente é professor convidado.

— Então, ele é acadêmico?

— Longe disso. Bishara pratica aquilo que apregoa. Quando tinha 29 anos de idade, ele montou um golpe audacioso para assumir o controle do Banco Comercial de Beirute. Agora, a empresa é uma das instituições mais respeitadas do Oriente Médio.

— Então, o que ele está fazendo na Inglaterra?

— Faz algum tempo que vem tentando convencer o Banco Central a conceder-lhe uma licença para abrir uma filial de seu banco em Londres, mas, até agora, os dirigentes se recusaram.

— Por quê?

— O Banco da Inglaterra não tem que apresentar uma justificativa para isso, e não se esqueça de que a comissão de concessão de licença é formada pelos mesmos engravatadinhos arrogantes que impediram que Bishara fosse estudar em Oxford. Mas ele não é um homem de desistir com facilidade. Li recentemente na coluna de Questor, jornalista do *The Telegraph*, que agora, para se livrar dessa barreira, ele pretende comprar um banco inglês. E qual banco poderia estar em melhores condições para uma incorporação do que o Farthings?

— A coisa estava bem diante de meu nariz e não vi nada — reconheceu Sebastian.

— Geralmente, quando você junta os pauzinhos, a coisa faz sentido — observou Ross. — Mas, ainda assim, os fatos não fazem muito sentido para mim, pois Bishara é um homem de família e um muçulmano sincero que passou anos construindo uma reputação de honestidade e justiça, assim como Cedric. Portanto, por que ele estaria disposto a fazer negócios com Sloane, que é notório por sua conduta inescrupulosa, alguém acostumado a envolver-se em negociações de baixo nível?

— Acho que só existe uma maneira de descobrir isso — respondeu Sebastian. — Encontrando-me com ele. Alguma ideia?

— Não, a não ser que você seja um jogador de gamão de categoria internacional, pois esse é o passatempo favorito dele.

— Sei o que fazer quando tiro seis e um no lançamento inicial dos dados, mas quase mais nada depois disso.

— Bem, sempre que ele está em Londres, costuma jogar com frequência no Clermont Club. Ele faz parte da "turma de Clermont": pessoas como Goldsmith, Aspinall, Lucan. Gente solitária como ele que não se encaixa muito bem na sociedade londrina. Mas não o desafie, Seb, a menos que queira perder cada centavo que tiver no bolso. Sinceramente, em se tratando de Bishara, você não teria nenhuma chance.

— Não. Eu tenho uma chance, sim — rebateu Sebastian. — Afinal, eu e ele temos algo em comum.

—

— Se eu fosse um apostador, sra. Clifton, eu responderia à sua pergunta dizendo que suas chances são meio a meio, mas, em qualquer julgamento, o fato imponderável é a performance das pessoas assim que se sentam no banco da testemunha.

— Performance? Mas a pessoa não deveria simplesmente ser ela mesma e dizer a verdade?

— Sim, claro — respondeu o sr. Trelford. — Porém, não quero que o tribunal do júri ache que são membros de uma comissão que está sendo presidida pela senhora.

— Mas é justamente isso o que faço — disse Emma.

— Não enquanto estiver no banco da testemunha. Quero que todos os homens do tribunal do júri se apaixonem pela senhora e, se possível, o juiz também.

— E quanto às mulheres?

— É necessário fazê-las achar que a senhora teve que lutar muito para alcançar seu extraordinário sucesso.

— Bem, pelo menos isso é verdade. O senhor acha que Sir Edward dará o mesmo conselho a Lady Virginia?

— Sem dúvida. Ele vai querer retratá-la perante o júri como uma mulher indefesa, perdida no cruel mundo dos negócios e das finanças, massacrada por uma agressora que está acostumada a fazer o que bem quiser.

— Mas a situação é justamente o contrário.

— Acho que teremos que deixar que os doze jurados decidam qual é a situação, sra. Clifton. Por enquanto, vamos examinar os fatos sob a luz da devida objetividade. Quanto à primeira parte de sua resposta à pergunta de Lady Virginia, feita numa reunião pública bastante concorrida e registrada na ata da empresa, alegaremos que foi uma forma de a senhora se justificar. Acentuaremos que o major Fisher não era apenas o representante de Lady Virginia na diretoria, mas também, como diretor da empresa, a fonte de informações privilegiadas que possibilitou que ela comprasse e vendesse ações em busca de lucro. Sir Edward achará difícil refutar isso e tentará passar por essa questão o mais depressa possível, visando se concentrar no que a senhora acrescentou quando ela estava se retirando do auditório: "Se com isso pretendeu arruinar a empresa, Lady Virginia, então, como vê, assim como Martinez, a senhora fracassou e de forma abominável, pois foi derrotada por pessoas comuns, porém decentes, que querem o sucesso desta empresa..." "Pessoas comuns, porém, decentes" é o nosso problema, pois será justamente assim que os membros do júri verão a si mesmos, e Sir Edward argumentará não só que sua cliente é uma pessoa comum e decente também, mas que a razão pela qual ela continuou a comprar ações da Barrington foi porque confiava na empresa e que, portanto, a última coisa que ela iria querer seria arruinar a instituição.

— Porém, toda vez que Virginia vendeu suas ações, ela obteve um lucro enorme e pôs a estabilidade da empresa em risco.

— Realmente, pode ser mesmo o caso, e estou torcendo para que Lady Virginia procure transmitir a imagem de uma pessoa ingênua quando se trata de lidar com assuntos comerciais e tente convencer o tribunal do júri que ela confiou o tempo todo no conhecimento especializado de seu consultor, o major Alex Fisher.

— Mas eles estavam trabalhando em equipe para arruinar a empresa.

— É bem provável, mas, quando Lady Virginia estiver no banco da testemunha, Sir Edward fará a ela a pergunta que a senhora evitou responder. "A quem a senhora estava se referindo, Lady Virginia, quando disse" — o sr. Trelford empurrou os óculos de meia-lua pelo nariz acima para ajeitá-lo e dar uma verificada em suas anotações — "'é verdade que um de seus diretores vendeu um grande lote de ações no fim de semana na tentativa de levar a empresa à falência?'"

— Mas Cedric Hardcastle não tinha nenhuma intenção de arruinar a empresa. Era justamente o contrário. Ele estava tentando salvá-la, tal como ele mesmo explicaria se fosse possível sentar-se no banco da testemunha.

— Considerando as circunstâncias, explicarei isso com todo cuidado possível, sra. Clifton, que na verdade estou aliviado com o fato de que a parte contrária não poderá convocar o sr. Hardcastle, pois nós mesmos, com certeza, não faríamos isso.

— Mas por que não, visto que ele era um homem absolutamente decente e honesto?

— Não duvido disso, senhora. Mas Sir Edward argumentará que o sr. Hardcastle fez exatamente a mesma coisa da qual a senhora está acusando Lady Virginia de ter feito.

— Ele fez isso para salvar a empresa, não para arruiná-la.

— É possível, mas, se insistirmos nisso, seremos derrotados não só na argumentação, mas no processo também.

— Mesmo assim, gostaria que ele ainda estivesse vivo — disse Emma.

— Preciso que a senhora se lembre exatamente da forma pela qual proferiu aquelas palavras, sra. Clifton, pois será justamente essa a imagem que desejarei que os jurados tenham da senhora quando estiverem elaborando o veredito.

— Essa ideia não me anima muito — confessou Emma.

— Então talvez seja melhor que a senhora pense na possibilidade de fazer um acordo.

— Mas por que eu deveria fazer isso?

— Para evitar um julgamento de grande repercussão, com toda a notoriedade que o caso geraria, e para que a senhora possa voltar a levar uma vida normal.

— Mas isso seria o mesmo que admitir que ela tinha razão.

— Sua declaração seria redigida com o máximo de cuidado — "num momento de exaltação, talvez uma atitude impensada na ocasião, e consignamos assim as nossas mais sinceras desculpas".

— E as implicações financeiras?

— A senhora teria que pagar os custos do processo, meus honorários e fazer uma pequena doação a uma instituição de caridade escolhida por Lady Virginia.

— O senhor pode acreditar que — disse Emma —, se seguíssemos esse caminho, Virginia veria isso como sinal de fraqueza e ficaria ainda mais determinada a avançar com o processo. Ela não quer que o caso seja solucionado amistosamente. Ela quer se vingar de mim nos tribunais, bem como pela imprensa, de preferência com manchetes que me humilhem, dia após dia.

— Talvez, mas Sir Edward tem também o dever profissional de deixar bem claro para ela que, se ela perder a causa, terá que pagar suas despesas com o processo e os honorários dele. E posso assegurar que os serviços de Sir Edward Makepeace não são nada baratos.

— Ela ignorará o conselho dele. Virginia acha que é impossível perder a causa e posso provar isso — assegurou Emma.

O sr. Trelford se encostou na cadeira e ficou ouvindo atentamente o que sua cliente tinha a dizer. Quando ela terminou a exposição, ele acreditou, pela primeira vez, que talvez eles tivessem mesmo uma chance de vencer.

31

Sebastian saiu do carro e deu as chaves e uma libra ao porteiro. Quando subiu a escada de acesso à porta de entrada do Clermont, outra pessoa a abriu para ele, e lá se foi mais uma libra de gorjeta.

— O senhor é sócio, senhor? — perguntou o homem na recepção, vestido com apurada elegância.

— Não — respondeu Seb, dessa vez desembolsando uma nota de cinco libras, que ele passou discretamente sobre o balcão.

— Então, basta assinar aqui, senhor — disse o homem, virando um formulário para ele.

Seb assinou no local indicado e recebeu um cartão de sócio temporário.

— O salão de jogos principal fica no fim da escada, à sua esquerda, senhor.

Sebastian subiu a ampla escada de mármore, admirando o deslumbrante candelabro, os quadros a óleo e o grosso tapete de luxo. Concluiu que deviam fazer tudo para que os milionários que frequentavam o local se sentissem em casa, pois, do contrário, não se disporiam a esbanjar seu dinheiro.

Ao entrar no salão de jogos, não passou os olhos pelo recinto, querendo que os frequentadores pensassem que era um deles. Seguiu tranquilamente para o bar, onde se sentou num banquinho de couro.

— O que gostaria de beber, senhor? — perguntou o atendente.

— Um Campari com soda — respondeu Sebastian, já que sabia que o clube era o tipo de estabelecimento que não servia chope.

Quando o atendente pôs a bebida diante dele, Sebastian pegou a carteira e pôs uma libra em cima do balcão.

— Não é necessário pagar, senhor.

Estabelecimentos que não cobram o consumo de bebida só podiam compensar a despesa lucrando de outra forma, pensou Seb, deixando a nota no mesmo lugar em que a pusera.

— Obrigado, senhor — agradeceu o balconista. Seb se virou e lentamente passou a observar a "outra forma".

Havia duas roletas próximas na extremidade oposta do salão e, a julgar pela grande pilha de fichas que havia na frente de cada um dos jogadores, bem como por seus rostos inexpressivos, Sebastian concluiu que deviam ser frequentadores assíduos do local. Será que ninguém explicara a eles que estavam pagando pela escada de mármore, os quadros a óleo, o candelabro e as bebidas gratuitas? Em todo caso, resolveu concentrar a atenção nas mesas de vinte e um. Ali, pelo menos, as chances de se ganhar alguma coisa eram um pouco melhores, pois, se o jogador conseguisse contar as cartas do baralho com figura, talvez fosse até possível ganhar da casa — mas apenas uma vez, pois, depois disso, nunca mais conseguiria passar pela porta do clube de novo. Afinal, os cassinos gostam de ganhadores, mas não de ganhadores frequentes.

Por fim, posou o olhar em dois homens que estavam jogando gamão. Notou que um deles tomava café puro, enquanto o outro dava umas bebericadas num copo de conhaque.

— Aquele ali é Hakim Bishara, jogando gamão? — perguntou Sebastian, virando-se para o balconista.

— Sim. É, senhor — respondeu ele, levantando a cabeça.

Sebastian olhou com mais atenção para o sujeito baixo, gordo e de bochechas coradas que lhe deu a impressão de que tinha que fazer visitas frequentes ao alfaiate. Ele era calvo, e sua papada indicava que parecia apreciar mais comer e beber do que musculação e corrida. Ao lado dele havia uma loura esguia e graciosa, com uma das mãos apoiada no ombro dele. Clifton desconfiou que ela devia sentir-se menos atraída pelas rugas profundas na testa do gordão do que pela volumosa carteira que muito provavelmente ele levava no bolso interno do paletó. Não ficou surpreso por ele viver sendo rejeitado pela sociedade inglesa. Seu oponente, mais jovem, parecia um cordeiro prestes a ser devorado por uma serpente enorme.

— Como consigo jogar uma partida com Bishara? — perguntou Sebastian, virando-se mais uma vez para falar com o balconista do bar.

320

— Não é tão difícil se o senhor tiver cem libras para torrar.

— Ele joga a valer?

— Não. Só por diversão.

— Mas e as cem libras?

— É uma taxa de participação que o jogador doa à instituição de caridade favorita dele.

— Alguma dica?

— Sim, senhor. Seria melhor que o senhor me desse cinquenta libras e voltasse para casa.

— Mas e se eu derrotá-lo?

— Então, eu lhe darei cinquenta e irei para casa. Mas, veja bem, o senhor gostará da companhia dele nos poucos minutos que o jogo durar. E, se o senhor ganhar, ele doará mil libras a uma instituição de caridade de sua escolha. É um verdadeiro cavalheiro.

Apesar das aparências, pensou Sebastian, pedindo mais um drinque em seguida. Ele continuou sentado no bar, olhando de vez em quando para a mesa de gamão, mas somente vinte minutos depois o balconista disse baixinho.

— Ele está livre agora, senhor, esperando a próxima vítima.

Quando se virou, Sebastian viu o homem corpulento se levantar da cadeira e começar a se retirar do salão de braços dados com sua jovem companheira.

— Mas achei que... — Observou com mais atenção o cordeiro que acabara de devorar a jiboia. Podia ouvir Cedric dizendo: "O que você aprendeu com isso, meu jovem?" Bishara parecia ter uns 40 anos, talvez um pouco mais, mas a pele bronzeada e o corpo atlético sugeriam que ele não precisava esvaziar a carteira para desfrutar da companhia de uma mulher bonita. Ele tinha cabelos cheios, negros e ondulados e penetrantes olhos escuros. Se fosse um pobretão, pareceria mais um ator desempregado.

Sebastian desceu do banco e caminhou lentamente na direção do banqueiro, torcendo para que parecesse que estava à vontade e seguro de si, pois não estava.

— Boa noite, sr. Bishara. O senhor está livre para uma partida amistosa?

— Não amistosa — respondeu o banqueiro, sorrindo com simpatia para Sebastian. — Na verdade, jogo valendo algo.

— Sim, tudo bem. O atendente do bar me falou de suas condições. Mas, ainda assim, quero jogar com o senhor.

— Ótimo. Então, sente-se — disse Bishara, lançando um dado sobre o tabuleiro.

Após as primeiras seis jogadas, ficou dolorosamente claro que o homem estava simplesmente em outro nível. Bishara levou apenas alguns minutos para começar a remover as pedras do tabuleiro.

— Diga-me, senhor...

— Clifton. Sebastian Clifton.

Bishara zerou o tabuleiro.

— Como está claro que o senhor não é nem mesmo um bom jogador de bar, concluo que deve ter tido uma boa razão para me dar cem libras de mão beijada assim.

— Sim, tive — admitiu Sebastian, pegando o talão de cheques. — Eu precisava de um pretexto para conhecê-lo.

— E eu poderia saber por quê?

— Porque acho que temos muitas coisas em comum, principalmente uma.

— Com certeza, não é gamão.

— Concordo — disse Sebastian. — Em nome de quem devo emitir o cheque?

— Da Sociedade de Poliomielite. O senhor não respondeu à minha pergunta.

— Acho que poderíamos trocar informações.

— Mas o que faz o senhor achar que tem alguma informação que pode me interessar?

— Porque vi seu nome num livro de visitas e achei que talvez o senhor gostasse de saber que possuo seis por cento das ações do Farthings Bank.

Sebastian não conseguiu tirar nenhuma conclusão do semblante que Bishara estampou no rosto.

— Quanto pagou por suas ações, sr. Clifton?

— Venho comprando as ações do Farthings com certa regularidade nos últimos cinco anos, e seu preço tem girado em torno de duas libras.

— Então, o investimento valeu a pena, sr. Clifton. E devo presumir que agora o senhor quer vender suas ações?

— Não. Tanto que o sr. Sloane me fez uma proposta, oferecendo cinco libras a cada um de meus títulos, mas eu recusei.

— Mas o senhor obteria um lucro enorme.

— Somente a curto prazo.

— E se eu lhe oferecesse mais por elas?

— Isso não me interessaria nem um pouco. Ainda pretendo assumir um cargo na diretoria.

— Por quê?

— Porque iniciei minha carreira profissional no Farthings como assessor de Cedric Hardcastle. Após sua morte, eu me demiti e fui trabalhar no Kaufman.

— Velho sagaz, Saul Kaufman, e um empresário inteligente. Mas por que o senhor saiu do Farthings?

— Digamos que por conta de uma diferença de opiniões quanto a quem deveria comparecer a enterros.

— Então quer dizer que Sloane não ficaria contente com a ideia de vê-lo fazendo parte da diretoria?

— Se assassinato não fosse ilegal, eu estaria morto.

Bishara pegou seu talão de cheques e perguntou:

— Qual a instituição de caridade de que o senhor mais gosta?

Era uma pergunta para a qual Sebastian não estava preparado.

— O Movimento Escoteiro.

— Sim, bem plausível — comentou Bishara, sorrindo enquanto preenchia o cheque, e não de cem, mas de mil libras. — Foi um prazer conhecê-lo, sr. Clifton — disse ele quando entregou o cheque. — Tenho o pressentimento de que voltaremos a nos encontrar.

Sebastian apertou a mão de Bishara e estava prestes a partir quando o ouviu perguntar:

— O que era mesmo aquela coisa que o senhor disse que tínhamos em comum?

— Certa ligação com a profissão mais antiga do mundo. Embora, no meu caso, por parte de minha avó, não de minha mãe.

— Qual é a opinião de Sir Edward acerca de suas chances de ganhar a causa? — perguntou o major a Virginia enquanto ela lhe preparava uma segunda dose de gim-tônica.

— Ele tem total certeza de que não perderemos. Resolvido na hora, foi o que disse. E está convicto de que o júri me concederá uma boa indenização por danos morais, talvez cerca de até 50 mil libras.

— Mas que ótima notícia! — vibrou Fisher. — Ele me convocará para depor como testemunha?

— Não. Ele afirmou que não precisará de você, embora acredite que exista alguma chance de a parte contrária fazer isso. Mas acho improvável.

— Seria embaraçoso.

— Não se você se limitar à alegação de que atuava como meu consultor quando eu precisava de orientação para lidar com ações e que não me interessei muito em conhecer os detalhes das operações, já que confiava em sua opinião.

— Mas, se eu fizesse isso, alguém poderia argumentar que era eu que estava querendo arruinar a empresa.

— Se eles cometessem a estupidez de tentar seguir essa linha, Sir Edward poderia dizer ao juiz que não é você que está sendo julgado e, como você é membro do Parlamento, o sr. Trelford logo recuaria.

— Então Sir Edward tem mesmo certeza de que você não perderá a causa? — perguntou Fisher, ainda não parecendo convencido.

— Ele diz que, desde que todos nós nos atenhamos ao roteiro da defesa, é vitória na certa.

— E ele não acha provável que eles me convoquem para depor?

— Ele ficaria surpreso se fizessem isso. Em todo caso, acho que — prosseguiu Virginia —, se se eles me concederem mesmo uma indenização de 50 mil libras, deveríamos dividi-la ao meio. Solicitei aos meus advogados que redigissem um acordo formalizando isso.

— Muita generosidade sua, Virginia.

— Nada além do que você merece, Alex.

32

Sebastian estava na banheira quando o telefone tocou. Sabia que somente uma pessoa pensaria em telefonar para ele àquela hora da manhã. Será que deveria sair às pressas da banheira e correr até o corredor para atender a ligação, deixando para trás um pequeno rastro de água ensaboada, ou continuar a se lavar, já que, certamente, sua mãe telefonaria para ele de novo alguns minutos depois? Achou melhor continuar se lavando.

E tinha razão. O telefone tocou de novo quando estava se barbeando. Dessa vez, ele foi ao corredor e atendeu.

— Bom dia, mamãe — disse ele, antes mesmo que ela tivesse chance de dizer algo.

— Desculpe por telefonar tão cedo assim, Seb, mas preciso de seu conselho. Como acha que devo proceder na votação hoje, em que Mellor tentará tornar-se vice-presidente?

— Não mudei de ideia desde ontem à noite, mamãe, quando discutimos o assunto. Acho que, se a senhora não votar em Mellor e ele ganhar a votação, isso enfraquecerá sua posição. Se a senhora se abstiver de votar e a votação terminar empatada, a senhora poderá lançar mão de seu voto de Minerva. Contudo, se a senhora votar nele...

— Eu jamais faria isso.

— Então, a senhora tem duas opções. Eu votaria contra ele de modo a, caso Mellor perca, ele não ter escolha, a não ser exonerar-se do cargo. Ross Buchanan não concorda comigo. Ele acha que a senhora deveria abster-se, adiando a decisão até o último momento. E acredito que não preciso lembrá-la do que aconteceu na última vez que a senhora fez isso, quando Fisher concorreu ao cargo de presidente.

— Mas é diferente dessa vez. Mellor me deu sua palavra de honra que não votará em si mesmo.

— Ele fez isso por escrito?

— Não — admitiu Emma.

— Então, eu não acreditaria na palavra dele.

— Sim, mas se eu...

— Mamãe, se eu não terminar de me barbear, a senhora não conseguirá nem o meu voto.

— É verdade. Desculpe. Vou pensar no que você disse. A gente se vê na reunião.

Sebastian sorriu quando repôs o fone no gancho. Mas que desperdício de tempo, sabendo ele que ela já havia decidido que se absteria. Dando uma olhada no relógio, viu que tinha tempo ainda para cozinhar um ovo e preparar uma tigela de cereais com nozes picadas e frutas secas.

—

— O que ele disse? — perguntou Harry enquanto passava uma xícara de chá para a esposa.

— Disse que eu não deveria votar em Mellor, mas que Ross acha que eu deveria abster-me. Portanto, continuo na mesma.

— Mas ontem à noite mesmo você me disse que estava confiante de que ele perderia.

— Por seis votos a quatro, ainda que eu me abstenha.

— Então, acho que você deveria abster-se.

— Por quê?

— Porque concordo com Ross. Se você não votar em Mellor e perder a disputa, isso tornaria sua posição insustentável. Contudo, estou começando a achar que eu deveria transferir minha viagem a Leningrado para depois que soubermos o resultado da eleição.

— Mas, se você não partir hoje — advertiu Emma —, terá que esperar pelo menos seis meses até que possa obter outro visto. Ao passo que, se for agora, voltará a tempo para acompanhar o julgamento.

— Porém, se você perdesse a votação hoje...

— Não vou perder, Harry. Como seis dos diretores me deram sua palavra que me apoiarão, não há nada com que tenha que se preocupar. E, visto que você empenhou sua palavra com a sra. Babakov, deve cumpri-la. Em todo caso, sua volta para casa com um exemplar de *Tio Joe* debaixo do braço não será nada menos que uma grande vitória pessoal. Portanto, trate de arrumar a mala.

—

Sebastian estava vestindo o paletó e se dirigindo para a porta quando o telefone tocou pela terceira vez. Deu uma olhada no relógio e viu que eram 7h56. Pensou em ignorar a ligação, mas acabou dando meia-volta, tirou o fone do gancho com certa irritação e se queixou:

— Não dá mais tempo, mamãe.

— Não é sua mãe — disse Rachel. — Achei que seria melhor avisar que recebi um telefonema depois que você deixou o escritório ontem à noite. Eu não o teria incomodado se ela não dissesse que era urgente. Liguei para você algumas vezes hoje de manhã, mas a linha estava ocupada.

— Ela? — questionou Sebastian.

— Uma doutora chamada Rosemary Wolfe, telefonando dos Estados Unidos. Disse que você sabia quem ela era.

— Certamente que sei. Ela deixou recado?

— Não. Apenas um número: 202 555 0319. Mas, Seb, não se esqueça de que são cinco horas mais cedo por lá. São apenas três horas da madrugada agora em Washington.

— Obrigado, Rachel. Tenho que correr, senão chegarei atrasado à reunião da diretoria da Barrington.

—

Jim Knowles foi ao Avon Gorge Hotel para tomar o café da manhã com Desmond Mellor.

— Vai ser uma disputa acirrada — observou Knowles enquanto se sentava de frente para Mellor, que parou de falar quando uma garçonete começou a encher sua xícara de café. — De acordo com minha última estimativa, serão cinco votos para cada um.

— Quem mudou de ideia de ontem para cá? — perguntou Mellor.

— Carrick. Eu o convenci da importância de termos um vice-presidente enquanto a sra. Clifton estiver presa numa sala de tribunal, enfrentando um julgamento que poderia durar um mês, talvez até mais.

— O voto dela está incluído nesses cinco?

— Não, pois tenho alguma certeza de que ela se absterá.

— Eu não faria isso no lugar dela. E, ainda que vençamos a primeira votação, o que acontecerá na segunda?

— A segunda deve ser mais fácil, desde que você mantenha a história de que acha que a presidência interina não durará mais do que um mês. Talvez até os indecisos concordem com isso.

— Um mês será mais que suficiente para conseguirmos fazer com que ela não volte nunca mais.

— Porém, se ela perder a causa, isso que estamos fazendo agora não terá mais razão de ser, pois, com a derrota nos tribunais, ela terá que se exonerar do cargo. De qualquer forma, aposto que você se tornará presidente daqui a um mês.

— Se isso acontecer, Jim, você será meu vice-presidente.

— Alguma notícia de Virginia com respeito a como está indo a parte dela do processo? — perguntou Knowles.

— Ela me telefonou ontem à noite. Pelo visto, seu advogado lhe assegurou que é impossível que ela perca a causa.

— Nunca ouvi um advogado dizer uma coisa dessas antes — comentou Knowles —, principalmente porque talvez Alex Fisher seja convocado para depor. Baseando-me em algumas experiências, posso lhe dizer, com certeza, que ele não se sai muito bem quando pressionado.

— Virginia me disse que Sir Edward não pretende convocá-lo para depor.

— O que confirma meu ponto de vista, de certo modo. No entanto, assim que ela tiver vencido a causa, tudo se resolverá. Isso presumindo que você tenha feito o pagamento a Arnold Hardcastle pela compra das ações da mãe dele.

— Ainda não. Só pretendo desembolsar a grana no último minuto. Nem mesmo eu posso arcar com um gasto desses por mais tempo que o necessário.

— Por que não pede a Sloane que lhe conceda um empréstimo de curto prazo para cobrir essa despesa?

— Bem que eu gostaria de fazer isso, mas é contra a lei o banco conceder empréstimos com a finalidade de que sejam compradas suas próprias ações. Não. Recuperarei todo o dinheiro investido e obterei um bom lucro quando Bishara concluir a parte dele do acordo. Se Sloane fizer tudo na hora certa, conseguiremos assentar um golpe duplo em nossos rivais, pois ele ficará com a presidência do banco e eu serei o novo presidente da Barrington.

— Isso se vencermos hoje — observou Knowles.

—

Assim que Sebastian conseguiu sair do intenso tráfego matinal e entrar na A40, deu uma olhada no relógio no painel de instrumentos. Ainda tinha algumas horas de sobra para chegar ao destino, mas sabia que não podia dar-se ao luxo de se atrasar mais. Foi justamente então que, de repente, uma luz vermelha se acendeu no painel de instrumentos, fazendo o indicador de combustível começar a piscar, revelando que seu tanque já estava na reserva. Pouco adiante, ele viu uma placa na estrada informando que o próximo posto de gasolina ficava a mais de trinta quilômetros de distância. Só então se lembrou daquilo que tinha que ter sido feito na noite anterior.

Achou melhor passar para a faixa interna da pista, onde poderia rodar a constantes oitenta quilômetros por hora, a fim de fazer render ao máximo até a última gota de combustível que lhe restava no tanque. E começou a rezar. Será que os deuses estariam do lado de Mellor?, pensou Clifton.

—

— Para quem você está telefonando? — perguntou Harry enquanto fechava o zíper da bolsa de viagem de pernoite.

— Giles. Quero saber se ele concorda com Ross ou Seb. Afinal de contas, ele ainda é o maior acionista da empresa.

Harry pensou se não seria melhor desistir da viagem.

— E não se esqueça do sobretudo — recomendou Emma.

— Escritório de Sir Giles Barrington.

— Bom dia, Polly. É Emma Clifton. Eu poderia falar com meu irmão?

— Infelizmente, não, sra. Clifton. Ele está fora do país no momento.

— Espero que em algum lugar interessante, não?

— Não exatamente — respondeu Polly. — Em Berlim Oriental.

—◆—

Seb relaxou quando pôde finalmente sair da via expressa e subir com o carro pela rampa de acesso do posto de gasolina. Somente depois que encheu o tanque, deu-se conta do risco que correra de ficar pelo caminho. Ele deu uma cédula de dez libras ao frentista e ficou esperando o troco.

Às 9h36, estava de volta à via expressa. Como viu que a primeira placa indicando o caminho para Bristol informava que ele se achava a 100 quilômetros de lá, ficou confiante de que ainda tinha tempo mais que suficiente para chegar ao destino na hora.

Mais adiante, passou para a faixa do meio da pista, satisfeito ao ver um longo trecho de estrada vazio pela frente. Deixou que seus pensamentos vagassem do encontro fortuito que tivera com a dra. Wolfe, que o levara a pensar no que poderia ser tão urgente assim que a fizera telefonar, para a questão da decisão que sua mãe tomaria na votação. Pensou depois em Desmond, tentando imaginar os truques de última hora a que ele poderia recorrer, e depois voltou a concentrar-se em Samantha. Seria possível que...

Quando ouviu a sirene, achou que era uma ambulância e passou rapidamente para a faixa interna da pista, mas, assim que olhou o retrovisor, viu uma viatura da polícia com suas luzes piscantes se aproximando sinistramente dele. Diminuiu a velocidade, torcendo para que a viatura passasse direto, mas ela emparelhou com ele, e seu motorista sinalizou para que parasse no acostamento. Ele relutantemente obedeceu.

O carro da polícia parou na frente de seu veículo. Dois policiais saíram da viatura e caminharam lentamente em sua direção. O primeiro tinha nas mãos um grosso caderno com capa de couro, enquanto o segundo carregava o que lhe pareceu uma pasta. Sebastian baixou o vidro e sorriu.

— Bom dia, senhores.

— Bom dia, senhor. O senhor tem consciência de que estava rodando a quase 150 quilômetros por hora?

— Infelizmente, não — admitiu Sebastian. — Eu sinto muito.

— Eu poderia ver sua carteira de motorista, senhor?

Sebastian abriu o porta-luvas, pegou a carteira e a entregou ao policial, que a examinou durante algum tempo antes que dissesse:

— Poderia fazer a gentileza de sair do carro, senhor?

Quando Sebastian saiu do carro, o outro policial abriu a pasta e pegou uma bolsa parecida com um grande balão amarelo fixado a um tubo.

— Isto aqui é um bafômetro, senhor, e devo perguntar-lhe se o senhor está disposto a submeter-se a um teste para ver se seu teor alcoólico está acima do permitido por lei.

— Às dez horas da manhã?

— É um procedimento padrão no caso de violação do limite de velocidade. Se o senhor optar por não fazer o teste, terei que pedir que me acompanhe até a delegacia mais próxima.

— Isso não será necessário, policial. Posso fazer o teste com todo o prazer.

Ele seguiu as instruções do policial à risca, perfeitamente ciente de que só tinha tomado duas doses de Campari com soda na noite anterior. Depois que deu duas assopradas no tubo — obviamente, ele não soprou forte o bastante na primeira vez —, os dois policiais ficaram observando o indicador alaranjado durante algum tempo, até que, por fim, um deles afirmou:

— Nenhum problema, senhor. O senhor está bem abaixo do limite.

— Graças a Deus — disse Sebastian, voltando a entrar no carro.

— Só um momento, senhor. Ainda não terminamos. Precisamos preencher alguns formulários. Seu nome, por favor.

— Mas estou com pressa — justificou-se Sebastian, logo se arrependendo de ter dito essas palavras.

— Nós percebemos isso, senhor.

— Sebastian Clifton.

— Endereço residencial?

Quando finalmente o policial acabou de anotar a resposta da última questão, ele deu a Sebastian uma multa por excesso de velocidade, bateu continência para ele e disse:

— Tenha um bom dia, senhor. E, por favor, dirija com mais prudência daqui por diante.

Desesperado, Sebastian olhou para o pequeno relógio no painel de instrumentos, onde constatou sua implacável precisão. Dentro de quarenta minutos, sua mãe anunciaria o início da reunião, e não teve como deixar de lembrar-se de que a eleição de um novo vice-presidente era o primeiro item da pauta.

—

Lady Virginia explicou com calma a Sir Edward o que havia realmente acontecido na primeira manhã da viagem inaugural do *Buckingham*.

— Fascinante — disse ele. — Mas não é algo que podemos usar nas provas.

— Por que não? A sra. Clifton não conseguiria negar isso e depois teria que deixar o cargo de presidente da Barrington. Com isso, não teríamos como perder a causa.

— Talvez não, mas o juiz consideraria a prova inadmissível. E essa não é a única razão pela qual não poderíamos usá-la.

— E do que mais o senhor precisa? — perguntou Virginia.

— Uma testemunha que não tivesse sido demitida por embebedar-se em serviço e que se vê claramente que está muito magoada com a empresa, e um diretor que estivesse disposto a sentar-se no banco da testemunha e depor sob juramento.

— Mas a história não é nada mais que a verdade.

— Pode ser, mas diga-me uma coisa, Lady Virginia, a senhora leu o último romance de Harry Clifton?

— Claro que não.

— Então ainda bem que eu li, pois, em *O Inspetor Warwick e a Bomba-Relógio*, a senhora verá, palavra por palavra, a história que acabou de me contar. E a senhora pode ter certeza de que pelo menos um ou dois membros do tribunal do júri o terão lido também.

— Mas, certamente, isso serviria para reforçar nossa causa, não?

— O mais provável é que ririam da nossa cara.

—

Emma relanceou o olhar lentamente em volta da mesa. Viu que todos os diretores estavam em seus lugares, exceto Sebastian. Mas nunca, em seus onze anos na presidência da Barrington, ela havia deixado de iniciar uma reunião na hora marcada.

Philip Webster, o diretor jurídico-administrativo, iniciou a sessão lendo a minuta da reunião anterior. Ela achou, porém, que ele fez isso rápido demais.

— Alguém gostaria de abordar alguma questão com base na minuta? — perguntou ela, torcendo para que algum diretor se manifestasse, mas nenhum deles assim fez.

— Então, prossigamos para o primeiro item da pauta, o da votação do vice-presidente. Desmond Mellor foi proposto como candidato por Jim Knowles e tem o apoio também de Clive Anscott. Antes que eu inicie a votação, gostaria de saber se alguém tem alguma pergunta?

Mellor abanou a cabeça e Knowles não disse nada, ambos cientes de que Sebastian Clifton podia chegar a qualquer momento. Emma olhou fixamente para o almirante em busca de apoio, mas teve a impressão de que ele parecia ter adormecido.

— Acho que todos nós tivemos tempo mais que suficiente para pensar numa decisão — comentou Anscott.

— Concordo — disse Knowles. — Prossigamos com a votação.

— Antes que façamos isso — disse Emma —, talvez seja melhor que o sr. Mellor faça um pronunciamento perante a diretoria

explicando por que acha que é o homem certo para ser o vice-
-presidente da Barrington.

— Acho que isso não será necessário — refutou Mellor, que havia despendido um tempo considerável preparando um discurso, o qual agora não tinha nenhuma intenção de fazer. — Prefiro deixar que minha experiência e reputação falem por si mesmas.

Como haviam se esgotado agora as opções de manobra prote-latória de Emma, ela não teve escolha, a não ser seguir em frente e solicitar que o diretor jurídico-administrativo iniciasse a chamada, convocando um a um os diretores para que dessem seu voto.

Webster se levantou e leu em voz alta os nomes de cada um dos diretores, começando pela presidente.

— Senhora Clifton?

— Prefiro abster-me — respondeu Emma.

— Senhor Maynard?

— A favor.

— Senhor Dixon?

— Contra.

— Senhor Anscott?

— A favor.

— Senhor Knowles?

— A favor.

— Senhor Dobbs?

— Contra.

Ele também havia mantido sua palavra. Emma não parava de olhar para a porta.

— Senhor Carrick?

— A favor.

Emma ficou surpresa. Afinal, na última conversa que tiveram, Carrick lhe assegurara que não apoiaria Mellor. Agora, só lhe restava esperar para ver se havia mais alguém que tinha virado a casaca e ela ainda não sabia disso.

— Almirante Summers?

— Contra.

Com certeza, é um homem que jamais abandonaria os amigos.

— Senhor Clifton?

Webster olhou ao redor da mesa e, depois que deixou claro sua constatação de que Sebastian não estava presente, grafou "ausente" ao lado de seu nome.

— Senhor Bingham?

— Contra.

Nenhuma surpresa nisso. Afinal, quase tanto quanto ela, ele detestava Mellor.

Emma sorriu. Eram quatro votos a favor e quatro contra. Lançando mão de seu direito legítimo de presidente, ela não hesitaria em usar seu voto de Minerva para impedir que Mellor se tornasse vice-presidente.

— E, por fim, sr. Mellor? — solicitou o diretor jurídico-administrativo.

— A favor — respondeu ele com firmeza.

Emma ficou pasma. Instantes depois, virando-se para Mellor, conseguiu por fim manifestar sua indignação.

— Ontem mesmo você me disse que se absteria de votar, e foi por essa razão que fiz isso também. Se eu soubesse que você tinha mudado de ideia...

— Desde que falei com você ontem à noite — argumentou Mellor —, um ou dois colegas meus apontaram que o estatuto da empresa permite que um membro da diretoria vote em si mesmo quando participar de eleições internas. Embora com relutância, acabei permitindo que me convencessem de que eu devia fazer isso.

— Mas você me deu sua palavra.

— E telefonei para sua casa várias vezes hoje de manhã, presidente, mas a linha estava sempre ocupada.

Era um argumento que Emma não podia refutar. Portanto, simplesmente voltou a encostar-se na cadeira, deixando-se afundar no assento sob o peso do próprio desânimo e da força das circunstâncias.

O sr. Webster reconferiu a lista com todo o cuidado, mas Emma já sabia o resultado e as consequências disso.

— Com um total de cinco votos a favor e quatro contra, o sr. Mellor foi eleito vice-presidente da empresa.

— Bravo! Bravo! — comemoraram alguns dos sentados em volta da mesa, enquanto o restante permaneceu em silêncio.

Sebastian tinha razão. Ela deveria ter votado contra a nomeação de Mellor, pois depois poderia tê-lo derrotado com seu voto de Minerva. Mas onde estava Sebastian, cujo voto teria tornado isso desnecessário? Como ele pôde tê-la deixado na mão quando Emma mais precisava dele? Assaltada por uma ideia tenebrosa, gelou de medo então, deixando de ser a presidente de uma empresa de capital aberto e voltando a ser mãe. Seria possível que seu filho tivesse se envolvido em mais um acidente horrível? Emma não conseguia nem pensar na ideia de ter que passar por tudo aquilo outra vez. Preferia muito mais ser derrotada na votação a ter que...

— De acordo com o item número dois da pauta — disse o diretor jurídico-administrativo —, precisamos escolher a data de lançamento do *Balmoral*, bem como a do período inicial de reservas de acomodações em sua viagem inaugural a Nova York.

— Antes de passarmos a tratar do item dois — interveio Mellor, levantando-se para fazer um discurso que havia sido muito bem preparado —, devo dizer que considero nada menos que meu dever lembrar aos colegas de diretoria que a sra. Clifton está prestes a enfrentar um julgamento extremamente desagradável e que já despertou um interesse considerável na imprensa. Logicamente, todos nós esperamos, e torcemos para isso, que nossa presidente consiga se livrar das sérias acusações que pesam sobre ela. Contudo, se Lady Virginia conseguir ganhar a causa, obviamente a sra. Clifton teria que repensar sua situação na empresa. Com isso em mente, talvez seja melhor que ela deixe temporariamente, e friso a palavra *temporariamente*, o cargo de presidente da empresa até o fim do julgamento. — Ele fez uma pausa e olhou para cada um de seus colegas de diretoria por alguns instantes antes que acrescentasse: — Espero que não seja necessário realizar uma votação para chegarmos a uma decisão com relação a isso.

Emma pressentiu que, caso seu afastamento fosse decidido por votação, a diretoria se mostraria, com uma ou duas exceções, amplamente de acordo com a proposta do novo vice-presidente. Ela recolheu suas coisas e deixou a sala em silêncio.

Mellor estava prestes a se transferir para a cadeira da presidente quando o almirante Summers se levantou e o fitou com um olhar que parecia que era comandante de um submarino alemão antes de dizer:

— Esta diretoria já não é a mesma que conheci há vinte anos, quando nela ingressei, e não me interessa mais continuar a ser um de seus membros.

Quando ele se retirou da sala, Bob Bingham e David Dixon fizeram a mesma coisa.

Assim que o último deles saiu e fechou a porta, Mellor se virou para Knowles e comentou:

— Eis aí um bônus que eu não havia previsto.

SEBASTIAN CLIFTON

1970

33

— O que digo a seu pai quando ele telefonar para perguntar como foi a reunião da diretoria?

— A verdade. É a única coisa que ele vai querer saber.

— Mas, se eu fizer isso, ele dará meia-volta e voltará na hora para casa.

— Por quê? Onde ele está?

— No Heathrow, esperando para embarcar em um avião para Leningrado.

— Algo que não é nada do seu feitio partir quando...

— A culpa é minha. Eu disse que não tínhamos como perder a votação e ele acreditou.

— E não teríamos perdido mesmo se eu houvesse chegado a tempo.

— É verdade. Talvez tivesse sido mais sensato se você viesse para cá na noite anterior — observou Emma.

— E, se a senhora tivesse seguido meu conselho, nada disso teria acontecido — retrucou Seb.

Ambos permaneceram em silêncio por algum tempo.

— Qual a importância da viagem de papai a Leningrado?

— Tão importante quanto era a votação hoje de manhã para mim. Faz semanas que ele vem se preparando para isso e, se ele não for agora, só terá outra chance depois de muito tempo. Se tiver. Em todo caso, ficará fora do país apenas por alguns dias. — Ela olhou para o filho antes de prosseguir. — Talvez seja melhor você atender a ligação quando ele telefonar.

— E dizer o quê? — questionou Sebastian. — Se ele me perguntar como a reunião transcorreu, terei que contar a verdade ou ele nunca mais confiará em mim. — Parou o carro diante da Manor House. — Quando mesmo a senhora disse que era mais provável que ele ligaria?

— Como o avião partirá às quatro horas, imagino que por volta das três.

— Não se preocupe — recomendou Sebastian olhando para o relógio. — Terei pensado em alguma coisa até lá.

—

Harry não precisou registrar a bagagem, pois estava levando apenas uma bolsa de pernoite. Ele sabia exatamente o que precisava fazer assim que o avião aterrissasse e que teria tempo mais que suficiente para aperfeiçoar seu plano durante a longa viagem através do continente. Se o impossível tivesse acontecido e Emma houvesse perdido a eleição, ele não teria pensado duas vezes. Teria embarcado no próximo trem para Bristol.

— Esta é a primeira chamada para os passageiros do voo 726 da BOAC para Leningrado. Queiram, por favor, encaminhar-se para o portão número três para iniciarmos o embarque.

Harry foi para a cabine telefônica mais próxima com várias moedas na mão. Discou o número de casa e pôs moedas suficientes no aparelho para que pudesse falar pelo menos durante três minutos.

— Bristol 4313 — disse alguém, cuja voz ele reconheceu imediatamente.

— Oi, Seb. O que você está fazendo em casa?

— Comemorando com mamãe. Vou buscá-la para que ela mesma possa lhe dar a boa notícia.

— Segunda chamada para os passageiros com destino a Leningrado pelo voo da BOAC número...

— Oi, querido — disse Emma. — Estou muito feliz por você ter ligado, pois... — Logo em seguida, a ligação caiu.

— Emma, está me ouvindo? — Não houve resposta. — Emma? — tentou ele de novo, mas continuou sem resposta e não tinha moedas suficientes para telefonar uma segunda vez.

— Terceira e última chamada para os passageiros do voo 726 da BOAC com destino a Leningrado.

Harry repôs o fone no gancho e tentou lembrar-se bem das palavras de Seb — "Comemorando com mamãe. Vou buscá-la para que ela mesma possa lhe dar a boa notícia." Notou que, quando Emma atendeu a ligação, pareceu estranhamente animada. Acabou achando que ela devia ter vencido mesmo a votação. Apesar disso, hesitou por alguns instantes.

— Senhor Harry Clifton, queira por gentileza encaminhar-se para o portão número três, pois ele está prestes a ser fechado.

—

— O que estamos comemorando? — perguntou Emma.

— Não sei — respondeu Sebastian —, mas pensarei em algo quando papai voltar da Rússia. Contudo, por enquanto, temos que nos concentrar em problemas urgentes.

— Não há muita coisa que possamos fazer enquanto o julgamento não houver terminado.

— Mamãe, a senhora tem que parar de se comportar como uma escoteira e começar a pensar como Mellor e Knowles.

— E o que será que eles estão pensando neste momento?

— Que as coisas não poderiam ter dado mais certo para eles se tivessem planejado tudo. Afinal, eles não apenas se livraram da senhora, mas também de três de seus maiores aliados ao mesmo tempo.

— Três homens honrados — comentou Emma.

— Tal como Bruto, e veja onde ele acabou parando.

— Bem que eu gostaria de ter estado na sala de reunião ainda quando o almirante Summers...

— A senhora voltou a pôr o uniforme de escoteira, mamãe. Tire essa farda agora e escute com toda a atenção. A primeira coisa que deve fazer é telefonar para o almirante Summers, Bob Bingham e o sr. Dixon, com o objetivo de dizer a eles que, em hipótese alguma, devem deixar a diretoria.

— Mas eles saíram, Seb. Knowles e Mellor não se importarão nem um pouco com o porquê disso.

— Mas eu me importo com a saída deles, pois minha única preocupação é com os três votos que sacrificaríamos só por causa de um gesto sem sentido. Se eles continuassem na diretoria com meu voto, o seu e o de Dobbs, teríamos seis votos contra cinco deles.

— Acontece que só voltarei para a presidência quando o julgamento houver terminado. Você se esqueceu de que deixei o cargo temporariamente?

— Não. A senhora não deixou o cargo. A senhora apenas saiu da sala de reuniões. Portanto, pode voltar a ocupá-lo normalmente, pois, se não fizer isso, não será mais presidente, ganhando ou perdendo a causa.

— Você é um homem astuto, Seb.

— E, desde que Mellor e Knowles não se deem conta disso, ainda teremos uma chance. Contudo, primeiro, a senhora tem que dar três telefonemas. Pois, acredite, Mellor e Knowles só aceitarão a derrota se vencermos todas as votações.

— Talvez fosse melhor você ser presidente — observou Emma.

— Tudo a seu tempo, mamãe. Mas o que preciso que faça agora é que trate de telefonar logo para o almirante Summers, visto que, provavelmente, ele já deve ter redigido a carta de demissão. Só nos resta torcer para que não a tenha posto no correio ainda.

Emma pegou a agenda telefônica e começou a procurar o nome do diretor na letra "s".

— E, se a senhora precisar de mim, estarei na biblioteca fazendo uma ligação internacional — disse Sebastian.

—•—

Quando faltavam cinco minutos para as onze, Adrian Sloane estava no saguão do Farthings. Ninguém na empresa se lembrava de ter visto o presidente descer do gabinete algum dia para receber uma visita.

Quatro minutos depois, quando o Bentley do sr. Bishara parou na frente do banco, um porteiro correu para abrir a porta traseira do carro. Assim que Bishara e seus dois colegas puseram os pés no saguão, Sloane foi ao encontro dele para cumprimentá-lo.

— Bom dia, sr. Bishara — disse ele enquanto se apertavam as mãos. — Bem-vindo ao seu banco.

— Obrigado, sr. Sloane. Acho que o senhor se lembra do meu advogado, sr. Moreland, e do sr. Pirie, meu contador-chefe.

— Claro — disse Sloane, cumprimentando-os com um aperto de mão.

Em seguida, ele conduziu os convidados para um elevador que estava à espera, com os funcionários postados no saguão e na recepção prorrompendo numa salva de aplausos bem ensaiada, visando dar as boas-vindas ao novo proprietário.

Bishara retribuiu a recepção com uma curta mesura e sorriu para os três jovens porteiros atrás do balcão da recepção.

— Foi ali que iniciei minha carreira no setor bancário — disse ele a Sloane enquanto entravam no elevador.

— E agora o senhor está prestes a tornar-se dono de uma das mais respeitadas instituições financeiras de Londres.

— Um dia que aguardei com ansiedade durante muitos anos — confessou Bishara, levando Sloane a ter ainda mais certeza de que poderia seguir adiante com sua mudança de planos.

— Quando chegarmos ao andar do setor executivo, iremos direto para a sala da diretoria, onde os documentos da proposta de compra foram preparados e estão aguardando sua assinatura.

— Obrigado — disse Bishara enquanto saía do elevador.

Quando ele entrou na sala, os oito diretores do banco se levantaram ao mesmo tempo e ficaram esperando que ele assumisse seu lugar na cabeceira da mesa antes que voltassem a se sentar. Um mordomo serviu a Bishara uma xícara de café turco de sua marca favorita, puro e fumegante, juntamente com biscoitos amanteigados McVitie's, também seus favoritos. Nenhum detalhe havia sido esquecido.

Sloane se sentou na extremidade oposta da mesa.

— Em nome da diretoria, sr. Bishara, permita-me que lhe dê as boas-vindas ao Farthings Bank. Com sua permissão, eu o conduzirei pelos procedimentos para a formalização da transferência de propriedade.

Bishara pegou sua caneta-tinteiro e a pôs em cima da mesa.

— Diante do senhor, estão três cópias do documento de proposta de compra, conforme aprovados por seus advogados. Ambas as partes fizeram pequenas alterações, mas nada que envolva consequências sérias — explicou ele.

O sr. Moreland concordou com um meneio afirmativo da cabeça.

— Pensei que pudesse ser útil — prosseguiu Sloane — destacar os pontos mais importantes do acordo. Você se tornará o presidente do Farthings e, com isso, poderá nomear três diretores para representá-lo nas reuniões da diretoria, um dos quais será vice-presidente.

Bishara sorriu. Eles não ficariam nada contentes quando soubessem quem ele tinha em mente como vice-presidente.

— Ficarei na presidência por um período de cinco anos, e os oito membros da diretoria presentes aqui hoje terão também seus contratos renovados para continuar no cargo pelo mesmo período. E, por fim, a quantia acordada para a compra da instituição é de 29 milhões e 800 mil libras esterlinas, o que faz com que o preço unitário de cada uma de suas ações seja de cinco libras.

Bishara se virou para seu advogado, que lhe entregou um cheque administrativo com o valor total da compra. Ele pôs o título em cima da mesa. Vê-lo à sua frente fez Sloane quase mudar de ideia.

— Contudo — disse Sloane —, aconteceu algo nas últimas 24 horas que torna necessário um pequeno ajuste no contrato.

Bishara poderia muito bem estar jogando gamão no Clermont pela expressão indecifrável que exibiu para Sloane.

— Ontem de manhã — prosseguiu o presidente —, recebemos um telefonema de uma renomada instituição de Londres para nos oferecer seis libras por ação. Como prova de sua capacidade para honrar a proposta, seus dirigentes deixaram a quantia integral em depósito com seus advogados. Essa proposta pôs a mim e à diretoria numa situação muito difícil, já que temos nossas obrigações para com os acionistas. Todavia, fizemos uma reunião de manhã cedo, na qual concordamos por unanimidade que, se o senhor conseguisse cobrir a oferta de seis libras por ação, recusaríamos a proposta de seu rival e honraríamos o acordo original. Portanto, fizemos um ajuste no documento da proposta de compra para refletir essa mudança e especificamos o novo valor da aquisição: 35 milhões e 760 mil libras. — Após um sorriso adulador, Sloane acrescentou: — Levando em conta as circunstâncias, espero que o senhor considere essa uma solução aceitável.

Bishara sorriu.

— Inicialmente, sr. Sloane, gostaria de agradecer a gentileza de me ter dado a oportunidade de cobrir a contraproposta apresentada por um terceiro proponente. — Sloane sorriu. — Contudo, devo acentuar que, pelo acordo que fizemos quase um mês atrás, o valor unitário das ações seria de cinco libras e, como consignei de boa-fé, o dinheiro da compra a meus advogados, isso é realmente uma grande surpresa para mim.

— E peço que me desculpe por isso — disse Sloane. — Mas também que procure entender o dilema em que me encontro, levando em conta que temos um dever de lealdade para com os acionistas.

— Não sei o que seu pai fazia para sobreviver, sr. Sloane — ponderou Bishara —, mas o meu era comerciante de tapetes em Istambul, e uma das muitas coisas que ele me ensinou na juventude foi que, uma vez fechado um acordo em torno do preço de um negócio, uma das partes deve mandar servir o café e que depois é bom que ambas fiquem sentadas conversando sobre banalidades durante algum tempo, fingindo que uma gosta da outra. É o equivalente ao tradicional aperto de mão entre os ingleses, seguido por um almoço num clube. Portanto, minha proposta de cinco libras ainda está de pé e, se o senhor decidir aceitá-la nas condições originais, terei a imensa satisfação de assinar o contrato.

Os oito membros da diretoria olharam para o presidente, querendo que ele aceitasse a proposta original de Bishara. Mas Sloane apenas sorriu, convicto de que o filho do comerciante de tapetes estava blefando.

— Se sua proposta definitiva é mesmo essa, sr. Bishara, infelizmente terei que aceitar a contraproposta de seu rival. Só espero que continuemos amigos.

Dessa vez, os oito diretores se viraram para o lado oposto da mesa. Um deles estava suando.

— Está claro que os valores morais dos banqueiros do centro financeiro de Londres não são os mesmos que me foram ensinados aos pés de meu pai nos mercados de Istambul. Portanto, sr. Sloane, o senhor me deixa sem outra opção que não cancelar minha oferta.

Os lábios de Sloane tremeram quando viu Bishara devolver o cheque administrativo ao advogado, levantar-se devagar e dizer:

— Tenham um bom dia, cavalheiros. Desejo a todos uma longa e próspera relação comercial com o novo dono do banco, seja lá quem for.

Bishara deixou a sala da diretoria acompanhado pelos dois assessores. E só voltou a falar quando estavam acomodados no banco traseiro de seu Bentley, ocasião em que se inclinou para a frente e disse ao motorista:

— Mudança de planos, Fred. Preciso telefonar para o Kaufman's Bank.

— Eu gostaria de falar com a doutora Wolfe — disse Sebastian.

— Quem gostaria?

— Sebastian Clifton.

— Senhor Clifton, que bom que o senhor ligou. Quem dera fosse em melhores circunstâncias.

Sentindo as pernas bambearem, Sebastian se sentou pesadamente na cadeira da mesa do escritório do pai, desesperado para saber se havia acontecido algo com Samantha ou Jessica.

— Infelizmente — prosseguiu a dra. Wolfe —, Michael, o marido de Samantha, sofreu um derrame num avião há pouco tempo quando voltava de Chicago para Washington.

— Lamento muito saber disso.

— Quando levaram o pobre homem para um hospital, ele havia entrado em estado de coma. O mais lamentável é que as coisas poderiam ter sido muito diferentes se o problema tivesse acontecido uma hora antes ou depois do embarque. Isso aconteceu algumas semanas atrás, e os médicos não estão muito otimistas com a recuperação dele. Aliás, eles não têm como saber por quanto tempo o paciente continuará nesse estado. Mas não foi por isso que telefonei.

— Suponho que tenha sido por causa de Jessica que a senhora telefonou.

— Isso mesmo, senhor. A verdade é que as despesas com serviços médicos neste país são simplesmente ïerradoras e, embora o sr. Brewer ocupasse um alto cargo no Ministério das Relações Exteriores e tivesse um bom plano de saúde, os gastos com serviços de enfermagem durante 24 horas por dia que seu estado exige fizeram Samantha decidir tirar Jessica da Jefferson Elementary no fim do ano letivo, já que ela não tem mais condições de pagar as mensalidades.

— Eu pagarei.

— Muita generosidade sua, sr. Clifton. Todavia, devo dizer que o total dessas mensalidades chega a 1.500 dólares no fim do semestre e que, no último semestre, as atividades extracurriculares de Jessica demandaram outros 302 dólares.

— Farei uma transferência bancária de 2 mil dólares imediatamente. Imagino que, depois disso, talvez a senhora possa fazer a gentileza de me enviar a conta no fim de cada semestre. Contudo, farei isso sob a condição de que nem Samantha nem Jessica jamais saibam que estou envolvido.

— Tive o pressentimento de que o senhor faria essa solicitação, sr. Clifton, e acho que criei um bom plano para proteger seu anonimato. Se o senhor concedesse uma bolsa para financiar os estudos de um aluno do curso de artes com uma doação anual de, digamos, 5 mil dólares, caberia a mim escolher qual das alunas deveria ser a beneficiária.

— Ótima solução — concordou Sebastian.

— Tenho certeza de que seu professor de inglês teria aprovado o uso correto que o senhor fez da palavra *ótima*.

— Na verdade, meu pai — revelou Sebastian. — Algo, aliás, que me faz lembrar que, quando minha irmã precisava de telas, tintas, papel de desenho, pincéis ou até lápis, meu pai sempre fazia questão de que fossem da mais alta qualidade. Ele costumava dizer que não deveria ser culpa nossa se ela não tivesse sucesso na vida. Por isso, quero a mesma coisa para minha filha. Portanto, se 5 mil dólares não forem suficientes, doutora Wolfe, não hesite em dar a ela tudo aquilo de que ela precisar que arcarei com todos os custos adicionais. Porém, repito: nem a mãe dela nem a minha filha jamais deverão saber quem foi a pessoa que tornou tudo isso possível.

— Não será o primeiro segredo do senhor que guardarei comigo, sr. Clifton.

— Desculpe — disse Sebastian —, e não apenas por isso, mas pela pergunta que farei a seguir. Quando a senhora se aposentará, dra. Wolfe?

— Só depois que sua filha ganhar a Hunter Prize Scholarship para estudar na American College of Art, a primeira na história da Jefferson Elementary.

34

Harry estava verificando seus cheques de viagem quando a aeromoça iniciou sua inspeção final para ter certeza de que os passageiros da primeira classe estivessem com o cinto de segurança afivelado, já que o avião estava se preparando para aterrissar em Leningrado.

— Por gentileza — perguntou Harry —, você saberia dizer quando será o próximo voo de volta para Londres?

— Esta aeronave tem um tempo de solo de quatro horas e sua próxima partida para Londres está programada para as 21h10 de hoje.

— É uma rotina muito árdua para você, não?

— Não — respondeu ela, abafando um sorriso. — Sempre fazemos pernoite em Leningrado. Portanto, se o senhor retornar para Londres no voo de hoje à noite, será atendido por outra tripulação.

— Obrigado — agradeceu Harry. — Bom saber.

Ele olhou para fora e ficou observando a cidade favorita de Tolstói avultando diante de seus olhos a cada segundo, embora achasse que o grande escritor ficaria pasmo se soubesse que haviam mudado o nome dela. Quando ouviu o sistema hidráulico baixando o trem de pouso, perguntou-se em pensamento se haveria tempo suficiente para fazer suas compras na cidade e voltar a embarcar a tempo, antes que a porta da aeronave fosse trancada e o avião partisse.

Quando as rodas da aeronave tocaram a pista, Harry sentiu uma emoção que só havia experimentado quando ficara atrás das linhas inimigas durante a guerra. Às vezes, ele se esquecia de que isso acontecera quase há trinta anos, quando tinha sete quilos a menos e era muito mais ágil. Bem, pelo menos dessa vez, ele não teria que enfrentar um regimento de alemães avançando em sua direção.

Ele saíra do apartamento da esposa de Babakov com tudo que a velha senhora dissera gravado na memória. Não tinha anotado nada, com receio de que alguém descobrisse o que ele havia planejado. Também não dissera a ninguém, exceto a Emma, a verdadeira razão de sua visita a Leningrado, embora Giles tivesse deduzido que ele só podia estar indo lá para pegar o livro — ainda que *pegar* não fosse bem o termo.

Enquanto, sob ligeiros solavancos, o avião avançava pela esburacada pista do aeroporto, ele calculou que levaria pelo menos uma hora para passar pela alfândega e conseguir trocar algumas libras esterlinas pela moeda corrente local. Na verdade, precisou de uma hora e quatorze minutos, apesar do fato de que levava consigo somente uma bolsa de pernoite e ter trocado apenas 10 libras por 25 rublos. Depois disso, teve que entrar numa longa fila de táxi, já que os russos não tinham aprendido muito bem o conceito de livre iniciativa.

— Esquina da Nevsky Prospekt com a Bolshaya Morskaya — solicitou ele na língua materna do taxista, torcendo para que ele soubesse onde era.

Ficou pensando no considerável número de horas que passara estudando russo, quando, na verdade, para conseguir arranjar-se, precisaria ser capaz de dizer apenas algumas frases decoradas e bem ensaiadas, já que, algumas horas depois, de missão cumprida, tal como diria seu velho oficial comandante, pretendia pôr-se no caminho de volta para a Inglaterra.

Durante a viagem para a cidade, passaram pelo Palácio Yusupov, monumento que levou Harry a lembrar-se de Rasputin. Imaginou que o arquimanipulador russo devia ter gostado bastante de seu pequeno refúgio. Mas torceu para que não acabasse sendo envenenado também, com seu corpo sendo embrulhado num tapete e depois lançado no Rio Neva através de um escoadouro de gelo. Calculou que, se quisesse voltar a tempo para o aeroporto e embarcar no voo das 21h10 com destino a Londres, teria apenas vinte ou trinta minutos. Mas achou que isso era tempo mais que suficiente.

O taxista parou na frente de uma loja de livros antigos e apontou para o taxímetro. Harry pegou uma nota de cinco rublos e pagou a corrida.

— Acho que não vou demorar muito. Portanto, o senhor não poderia fazer a gentileza de esperar?

O motorista enfiou a nota no bolso e concordou com um breve meneio de cabeça.

Assim que Harry entrou na loja, entendeu por que a sra. Babakov havia escolhido justamente esse estabelecimento para esconder seu tesouro. Teve a impressão de que seus donos não queriam vender nada. Viu que uma senhora idosa estava atrás do balcão, absorta na leitura de um livro. Harry sorriu para ela, mas a mulher nem sequer levantou a cabeça quando a campainha acima da porta tocou.

Ele tirou alguns livros de uma prateleira nas proximidades e fingiu que os compulsava enquanto seguia discreta e vagarosamente para os fundos da loja, com as batidas de seu coração aumentando a cada passo. Será que o livro ainda estaria lá? Alguém já poderia tê-lo comprado somente para descobrir depois que havia adquirido a obra errada quando chegara em casa? E se uma pessoa houvesse comprado, também por engano, o *Tio Joe* e tivesse destruído essa joia da literatura russa, com medo de que as autoridades a flagrassem na posse do livro? Achou que seria capaz de imaginar pelo menos uma dúzia de razões que poderiam fazer a viagem de quase cinco mil quilômetros acabar se revelando uma total perda de tempo. Todavia, até ali, a esperança que acalentava continuava a triunfar sobre expectativas negativas que assaltavam o seu cérebro e o coração.

Quando, finalmente, ele alcançou a estante em que a sra. Babakov lhe dissera ter escondido um exemplar do livro do marido, ele fechou os olhos e rezou. Assim que voltou a abri-los, viu que *Tess of the d'Urbervilles* não estava mais no local indicado e que havia um espaço vazio, coberto por uma fina camada de poeira, entre *Um Conto de Duas Cidades* e *Daniel Deronda*. O problema era que a senhora Babakov não tinha feito nenhuma menção de *Daniel Deronda*.

Procurando pensar rápido, olhou furtivamente, de relance, para os lados do balcão de atendimento e viu a idosa virando uma página do livro. Pondo-se na ponta dos pés, esticou bem o braço e pegou *Um Conto de Duas Cidades* na última prateleira, acompanhado de uma nuvem de poeira que caiu sobre ele. Quando abriu o livro, achou que iria ter um ataque cardíaco, pois viu que a obra não era um exemplar do livro de Dickens, mas um fino volume de autoria de Anatoly Babakov.

Como não queria chamar atenção para o tesouro, pegou outros dois romances na mesma prateleira, *Greenmantle*, de John Buchan, e *Uma Taberna na Jamaica*, de Daphne du Maurier, e fingiu que os folheava enquanto se dirigia devagar para o balcão. Sentiu certo peso na consciência com a necessidade de interromper a leitura da velha senhora, mas pôs os três livros em cima do balcão na frente dela.

Ela os abriu, um após o outro, para verificar o preço. Harry viu que a senhora Babakov havia até posto um preço na primeira página. Se a livreira tivesse virado mais uma página, teria descoberto o motivo da visita do freguês à loja. Mas ela não o fez. Usando os dedos como calculadora, disse:

— Oito rublos.

Harry deu duas cédulas de cinco rublos à mulher, visto que fora avisado, quando estivera em Moscou para participar da conferência do Pen Club, que comerciantes tinham que denunciar às autoridades qualquer um que tentasse comprar bens com moeda estrangeira e que, sobretudo, deveriam recusar-se a efetuar a venda e confiscar o dinheiro. Ele agradeceu quando recebeu o troco. Quando ele saiu da loja, ela tinha virado outra página da história que tanto a absorvia.

Harry abriu o livro mais uma vez para verificar se aquilo tudo não passava de ilusão. A emoção da caçada à obra foi substituída por um sentimento de vitória. Ele abriu o livro na primeira página e começou a ler. Achou que todas aquelas horas estudando russo haviam finalmente se mostrado compensadoras. Pouco depois, virou mais uma página.

Um engarrafamento no início da noitinha poderia fazer com que a corrida de volta para o aeroporto levasse muito mais tempo do que ele tinha previsto. Preocupado, ficou olhando de relance para o relógio a intervalos de alguns minutos, temendo perder o avião. Quando o táxi finalmente o deixou no aeroporto, ele havia chegado ao Capítulo 7 e ao trecho que tratava da morte da segunda esposa de Stalin. Ele deu outros cinco rublos ao motorista e não esperou o troco, mas entrou correndo no aeroporto e se orientou pelas placas para chegar logo ao balcão de atendimento da BOAC.

— Você consegue me pôr no voo das 21h10 com destino a Londres?

— Primeira classe ou econômica?

— Primeira.

— Janela ou corredor?

— Janela, por favor.

— Seis A — informou a atendente, dando-lhe a passagem.

Harry achou engraçado o fato de que voltaria para casa sentado no mesmo avião e no mesmo assento que ocupara na viagem de ida.

— O senhor tem bagagens para registrar, senhor?

— Não. Apenas isto — respondeu ele, levantando a bolsa.

— O avião partirá daqui a alguns minutos, senhor. Talvez seja melhor passar logo pela alfândega.

Harry se perguntou, no íntimo, quantas vezes por dia ela repetia essas mesmas palavras. Em todo caso, foi com satisfação que seguiu seu conselho e, quando passou por uma fileira de cabines telefônicas, voltou-se em pensamento para Emma e a sra. Babakov, mas sabia que teria que esperar sua chegada a Londres primeiro para que pudesse transmitir a notícia.

Estava apenas a alguns passos do setor de inspeção de passaportes quando sentiu alguém segurar-lhe firme pelo ombro. Quando se virou, deparou-se com dois jovens policiais musculosos postados em cada um de seus lados.

— Queira acompanhar-me, por favor — disse um deles, convicto de que Harry falava russo.

— Por quê? — questionou Harry. — Estou prestes a partir para Londres e não quero perder meu avião.

— Só queremos inspecionar sua bolsa. Se não houver nada errado, o senhor terá tempo mais que suficiente para pegar o avião.

Harry rezou para que estivessem querendo achar drogas, dinheiro ou contrabando quando o seguraram firme pelo braço e o levaram embora. Cogitou tentar fugir correndo. Se fosse há vinte anos...

Os policiais pararam com ele diante de uma porta sem placa, abriram-na e empurraram Harry para dentro. Em seguida, fecharam e trancaram a porta. Relanceando o olhar pelo recinto, Clifton viu que havia ali apenas uma pequena mesa, duas cadeiras e nenhuma janela. Notou também que não havia nada nas paredes, a não ser uma grande fotografia, em preto e branco, do camarada Brejnev, secretário-geral do partido.

Instantes depois, Harry ouviu alguém destrancando a porta de novo. Ele já tinha preparado pelo menos meia história para justificar sua presença no país, com a qual diria que fora a São Petersburgo para uma visita ao Hermitage. A porta se abriu e outro homem entrou na sala. Seu porte imponente, de oficial de grande estatura, trajado com elegância, deixou Harry apreensivo pela primeira vez. O sujeito usava um uniforme verde-escuro com três estrelas douradas, e parecia que o grande número de medalhas que ostentava no peito procurava sugerir que o estrangeiro poderia ser facilmente coagido. Outros dois acompanhantes entraram na sala com ele, homens cuja aparência parecia desmentir a teoria evolucionista de Darwin.

— Senhor Clifton, eu sou o coronel Marinkin, o oficial encarregado dessa investigação. Por favor, abra sua bolsa. — Harry abriu o zíper da bolsa e se afastou. — Tire tudo e ponha em cima da mesa.

Harry tirou da bolsa um estojo com artigos de higiene pessoal, uma calça, um par de meias e uma camisa creme — peças de reserva para o caso de ele ter que passar mais um dia no país — e três livros. O coronel parecia interessado apenas nos livros, os quais examinou por alguns segundos e depois repôs dois deles em cima da mesa.

— Pode recolher suas coisas agora, sr. Clifton.

Clifton soltou um longo suspiro quando começou a repor seus pertences na bolsa. Achou que, pelo menos, a operação não tinha sido uma completa perda de tempo. Afinal, sabia que o livro existia, do qual havia lido até sete capítulos, que transcreveria para o papel no avião.

— O senhor sabe que livro é esse? — perguntou o coronel, segurando o livro quase à altura do rosto.

— *Um Conto de Duas Cidades* — respondeu Harry —, um de meus favoritos, embora não seja considerado uma das obras-primas de Dickens.

— Não banque o engraçadinho comigo — advertiu Marinkin. — Não somos os idiotas que vocês, ingleses arrogantes, acham que somos. Este, como o senhor sabe muito bem, é o *Tio Joe*, livro de autoria de Anatoly Babakov, cujo exemplar o senhor vem tentando obter faz alguns anos. Hoje, o senhor quase conseguiu. Planejou tudo nos mínimos detalhes. Primeiro, fez uma visita à sra. Babakov em

Pittsburgh para saber onde ela havia escondido o livro. Quando voltou para Bristol, tratou de reciclar e aperfeiçoar seus conhecimentos de nosso idioma, chegando até a impressionar seu professor com o domínio da língua. Depois, viajou para Leningrado, quando faltavam apenas alguns dias para seu visto expirar. O senhor entrou no país trazendo apenas uma bolsa cujo conteúdo indica que o senhor não pretendia nem sequer passar a noite aqui e trocou 10 libras por alguns rublos. Em seguida, pediu que um taxista o levasse a uma obscura livraria de livros antigos no centro da cidade. Lá, o senhor comprou três livros, dois dos quais o senhor poderia ter comprado em qualquer livraria na Inglaterra. Depois, pediu ao motorista que o levasse de volta para o aeroporto e fez reserva no próximo voo para Londres, isso até na mesma cadeira que ocupara na vinda. Quem o senhor acha que está enganando? Não, sr. Clifton, sua sorte acabou e agora o senhor está preso.

— Sob qual acusação? — perguntou Harry. — Por ter comprado um livro?

— Deixe isso para o julgamento, sr. Clifton.

— *Passageiros com destino a Londres no voo da BOAC número...*

—

— Um tal de sr. Bishara está na linha três — informou Rachel. — Devo passar a ligação?

— Sim — respondeu Sebastian e, tapando o bocal do telefone, pediu aos dois colegas que o deixassem sozinho na sala por alguns minutos.

— Senhor Clifton, acho que está na hora de jogarmos mais uma partida de gamão.

— Não sei se posso bancar esse privilégio.

— Em troca de uma lição sobre os macetes do jogo, não peço nada mais do que algumas informações.

— Do que o senhor precisa saber?

— O senhor já teve algum tipo de contato com um homem chamado Desmond Mellor.

— Sim, tive.

— E o que acha dele?

— Numa escala de um a dez? Um.

— Entendo. E quanto a um tal de major Alex Fisher?

— Menos um.

— O senhor ainda tem seis por cento das ações do Farthings?

— Sete por cento agora, mas minhas ações não estão à venda.

— Não foi por isso que fiz a pergunta. Que tal nos encontrarmos às dez da noite hoje no Clermont?

— Não poderia ser um pouco mais tarde? Vou levar minha tia Grace para assistir à peça *A Morte do Caixeiro Viajante* no Aldwych, mas, como ela nunca fica em Londres e prefere pegar o último trem de volta para Cambridge, eu só poderia encontrar-me com o senhor lá pelas onze horas.

— Em consideração a sua tia, será com imenso prazer que o ficarei esperando, sr. Clifton. Não vejo a hora de que nos encontremos no Clermont, onde poderemos conversar sobre *A Morte do Caixeiro Viajante*.

35

— Arrogância e ganância é a resposta para sua pergunta — disse Desmond Mellor com desprezo e indignação. — Você tinha uma letra de câmbio nas mãos, dinheiro vivo praticamente, mas não ficou satisfeito. Você queria mais e, por causa de sua estupidez, corro o risco de ir à falência.

— Tenho certeza de que a coisa não é tão grave assim, Desmond. Afinal de contas, você ainda tem 51 por cento das ações do Farthings, sem falar em seus outros bens de valor considerável.

— Deixe-me explicar tudo direitinho, Sloane, de forma que você não tenha mais ilusões quanto às dificuldades que terei pela frente e, sobretudo, quanto ao que espero que você faça com relação a isso. Aconselhado por você, comprei de Arnold Hardcastle 51 por cento das ações do banco, no valor de três libras e nove xelins a unidade, algo que me custou pouco mais de 20 milhões de libras. Para levantar esse dinheiro, tive que pegar emprestado 11 milhões de meu banco, usando as ações, todos os meus bens, incluindo minhas duas casas, além de ter tido que assinar um contrato de garantia. Hoje de manhã, as ações do Farthings estão sendo negociadas a duas libras e onze xelins, o que significa que estou tendo um prejuízo superior a 5 milhões de libras, por causa de uma transação com a qual você disse que não tínhamos nada a perder. É possível, sim, que talvez eu consiga evitar falência, mas, com certeza, ficarei sem um tostão se tiver que pôr minhas ações à venda agora. Tudo, repito, por causa de sua arrogância e ganância.

— Mas isso é um tanto injusto — ponderou Sloane. — Lembre-se de que, na reunião da diretoria na última segunda-feira, todos nós concordamos, incluindo você, em estabelecer o preço inicial em seis libras a unidade.

— É verdade, mas o filho do comerciante de tapetes preferiu pagar para ver. Ainda assim, ele se mostrou disposto a fechar a transação com o preço unitário das ações a cinco libras, o que teria salvado a minha pele e nos dado um bom lucro. Portanto, o mínimo que você pode fazer agora é comprar minhas ações a três libras a unidade e me tirar de uma situação em que entrei por sua culpa.

— Mas, como já expliquei, Desmond, por mais que eu queira ajudar, se eu fizesse o que você está sugerindo, eu infringiria a lei.

— Isso não pareceu preocupá-lo quando você disse a Bishara que tinha recebido uma proposta de seis libras por ação de uma instituição de antiga e consagrada atuação no centro financeiro de Londres, quando, na verdade, não havia um terceiro interessado no negócio. Você deveria saber que isso é contra a lei.

— Insisto em dizer que concordamos...

O telefone na mesa de Sloane tocou, interrompendo-lhe a réplica. Ele apertou o botão do interfone e, raivoso, disse em voz alta:

— Eu lhe disse que não queria interrupções!

— É Lady Virginia Fenwick e ela diz que é urgente.

— Mal posso esperar para ouvir o que ela tem a dizer — disse Mellor.

— Bom dia, Lady Virginia — disse Sloane, tentando tirar todo sinal de impaciência da voz. — Que bom receber um telefonema seu.

— Talvez você não pense assim quando souber por que estou telefonando — afirmou Virginia. — Acabei de receber uma fatura preliminar de meus advogados no valor de 20 mil libras, a qual tem que ser paga antes do primeiro dia do início do processo. Tal como deve se lembrar, Adrian, você me prometeu que cobriria as despesas judiciais do processo. Praticamente um tostão diante do que ganharemos, se me recordo bem de suas palavras.

— Realmente, eu disse isso, Lady Virginia. Mas a senhora deve se lembrar também de que o cumprimento da promessa dependia do sucesso de nossa negociação com o sr. Bishara. Portanto, lamento dizer que...

— Mas o major Fisher me disse que você tem que culpar somente a si mesmo por sua notável falta de discernimento. Interprete isso como quiser, sr. Sloane, mas devo avisá-lo de que, se o senhor não cumprir sua promessa e pagar minhas despesas judiciais, tenho alguma influência no centro financeiro de Londres...

— A senhora está me ameaçando, Lady Virginia?

— Como eu disse, sr. Sloane, interprete isso como quiser.

—

Virginia desligou o telefone com força e se virou para Fisher.

— Darei a ele alguns dias de prazo para conseguir as 20 mil libras. Do contrário...

— Esse homem não dá um centavo a ninguém, a menos que a pessoa tenha um acordo por escrito, e talvez nem assim. É dessa forma que ele trata todo mundo. Ele me prometeu um cargo na diretoria do Farthings, mas, como o negócio com Bishara fracassou, ele não me contatou mais para falar a respeito.

— Bem, posso lhe prometer que ele não continuará trabalhando por muito mais tempo no centro financeiro se depender de mim. Mas lamento, Alex, tenho certeza de que não foi por essa razão que você quis vir aqui hoje.

— Não. Não foi. Achei que você deveria saber que recebi uma intimação hoje de manhã dos advogados da sra. Clifton, avisando-me que pretendem convocar-me para prestar testemunho no processo.

—

— Desculpe o atraso — disse Sebastian quando se sentou no banco do bar. — É que, quando saímos do teatro, estava chovendo e, como não consegui achar um táxi, tive que levar minha tia de carro até Paddington para que ela não perdesse o trem.

— Algo digno de um escoteiro — comentou Bishara.

— Boa noite, senhor — disse o atendente do bar. — Campari com soda?

Sebastian ficou impressionado, já que só tinha visitado o clube uma única vez.

— Sim — respondeu ele. — Obrigado.

— E o que sua tia faz em Cambridge? — perguntou Bishara.

— É mestre de língua inglesa na Newnham, a sabichona da família. Temos muito orgulho dela.

— O senhor é tão diferente de seus compatriotas ingleses...

— Por que o senhor diz isso? — perguntou Seb quando o balconista punha um copo de Campari com soda diante dele.

— O senhor trata todo mundo como seus iguais, do atendente de bar a sua tia, e não é arrogante com estrangeiros, como comigo, por exemplo. Muitos ingleses teriam dito: "Minha tia dá aulas de inglês na Universidade de Cambridge", mas você deu como certo que eu sabia o que é ser mestre numa universidade, que a Newnham é uma das cinco faculdades de Cambridge exclusiva para mulheres e que "sabichona" é uma mulher com ambições intelectuais. Justamente o contrário do idiota arrogante do Adrian Sloane, que, só porque frequentou o Harrow, acha que é uma pessoa instruída.

— Tenho a impressão de que o senhor detesta Sloane tanto quanto eu.

— Talvez mais, depois da última vigarice dele, quando tentou me vender seu banco.

— Mas ele não pode vender o banco, pois não é dele. Pelo menos não enquanto a viúva de Cedric Hardcastle ainda for dona de 51 por cento das ações.

— Acontece que ela não é mais — informou Bishara. — Desmond Mellor comprou as ações recentemente.

— Não é possível — disse Seb. — Mellor é um homem rico, mas não a esse ponto. Ele precisaria de 20 milhões de libras para comprar os 51 por cento das ações do Farthings e não tem esse dinheiro.

— Será que é por isso que o homem que ficou suando quando eu estava na sala da diretoria do Farthings quer se encontrar comigo? — indagou Bishara, quase como se estivesse falando consigo mesmo.

— Será que Mellor abocanhou mais do que podia engolir e, agora que cancelei minha proposta, ele precisa desfazer-se das ações?

— Que proposta? — inquiriu Sebastian, ainda sem ter tocado na bebida.

— Fiz um acordo pelo qual eu aceitaria pagar cinco libras por ação daquele que devia ser o lote de títulos de Arnold Hardcastle ou, para ser mais exato, da mãe dele. Eu estava prestes a assinar o contrato quando Sloane decidiu aumentar o preço unitário para seis

362

libras. Diante disso, cancelei a proposta, levantei acampamento, recolhi meus camelos e voltei para o deserto — explicou o banqueiro, arrancando risadas de Sebastian.

— Mas, com cinco libras por ação, ele e Mellor teriam ganhado uma pequena fortuna.

— É disso que estou falando, sr. Clifton. Você teria honrado o acordo em vez de tentar mudar o preço no último minuto. Mas Sloane só me vê como um simples comerciante de tapetes de quem pode tirar vantagem. Em todo caso, se eu obtiver resposta para duas perguntas antes de me encontrar com Mellor amanhã, ainda poderei comprar o Farthings e, ao contrário de Sloane, o senhor seria muito bem-vindo à diretoria.

— Do que o senhor precisa saber?

— Foi *mesmo* Mellor que comprou as ações da sra. Hardcastle e, nesse caso, quanto pagou pelos títulos?

— Telefonarei para Arnold Hardcastle amanhã cedo para saber. Mas não se esqueça de que ele é um advogado sério e, embora deteste Sloane quase tanto quanto eu, jamais romperia o acordo de sigilo com o cliente. Mas isso não me impede de tentar. A que horas será a reunião com Mellor?

— Ao meio-dia, em meu escritório.

— Telefonarei para o senhor assim que tiver falado com Arnold Hardcastle.

— Obrigado — agradeceu Bishara. — Tratemos agora de assuntos mais importantes. Sua primeira lição na questionável arte do jogo de gamão. Um dos poucos jogos que vocês, ingleses, não inventaram. O mais importante no gamão é sempre considerar que o aspecto fundamental do jogo é saber lidar com porcentagens. Desde que você consiga calcular bem vantagens e possibilidades depois de cada lançamento de dados, jamais poderá ser derrotado por um oponente inferior. O fator sorte entra na equação somente quando dois jogadores estão no mesmo nível.

— Assim como no setor bancário — observou Sebastian enquanto os dois se sentavam um de frente para o outro.

Quando Harry abriu os olhos, sentiu uma dor de cabeça tão forte que levou algum tempo para conseguir enxergar. Tentou levantar a cabeça, mas viu que não tinha forças. Continuou deitado, tendo a sensação de que estava se recuperando dos efeitos de uma anestesia. Ele abriu os olhos novamente e fixou o olhar no teto. Viu que era um bloco de concreto riscado por várias rachaduras, uma delas com uma goteira que pingava lentamente, como se fosse uma torneira mal fechada.

De repente, virou-se para a esquerda. Viu que se achava tão próximo da parede úmida que poderia tocá-la se não estivesse algemado à cama. Quando se virou para o outro lado, viu uma porta com uma pequena janela, através da qual, tal como Alice, ele poderia fugir se não fossem as barras de ferro entrecruzadas e os dois guardas do outro lado.

Tentou mover os pés, mas estavam presos à cama também. Por que precauções tão severas para com um inglês pego com um livro proibido? A propósito da obra, embora os primeiros sete capítulos fossem fascinantes, achava que não tinha descoberto ainda a verdadeira razão pela qual todos os exemplares haviam sido destruídos, o que o deixava ainda mais determinado a dar um jeito de ler os quatorze restantes. Talvez estivesse neles também o porquê de ele estar sendo tratado como se fosse um agente duplo ou um assassino em série.

Harry não tinha como saber quanto tempo fazia que estava naquela cela. Tinham confiscado seu relógio e ele não conseguia saber ao certo nem se era dia ou noite. Sentindo-se solitário e um tanto abalado, começou a cantar "Deus Salve a Rainha", não como um ato de patriotismo desafiador, mas porque queria ouvir o som da própria voz. Na verdade, se alguém lhe perguntasse, Harry teria confessado que preferia o hino nacional russo.

De repente, os guardas olharam para o interior da cela através da abertura gradeada na porta, mas ele os ignorou e continuou cantando. Logo em seguida, ouviu alguém bradar uma ordem. Instantes depois, abriram a porta, e o coronel Marinkin entrou na cela, acompanhado por seus dois cães de guarda.

— Senhor Clifton, peço que me desculpe pelas condições de acomodação. É que não queríamos que ninguém soubesse onde o senhor estava enquanto não o soltássemos.

A expressão *o soltássemos* soou aos ouvidos de Harry como o som da trombeta de Gabriel.

— Posso assegurar que não temos a intenção de mantê-lo preso por mais tempo que o necessário. Basta preenchermos alguns formulários e o senhor assinar uma declaração para poder seguir seu caminho.

— Uma declaração? Que tipo de declaração?

— Está mais para uma confissão — confessou o coronel. — Porém, assim que a tiver assinado, o senhor será levado ao aeroporto e estará livre para voltar para casa.

— E se eu me recusar a assiná-la?

— Isso seria uma tolice incrível, sr. Clifton, pois, assim, o senhor teria que enfrentar um julgamento em que a acusação, o veredito e a pena já foram definidos. Certa vez, o senhor escreveu sobre um julgamento de fachada em um de seus livros. O senhor terá condições de escrever uma cena muito mais precisa em seu próximo romance — explicou o oficial, fazendo uma pausa —, daqui a doze anos.

— E quanto ao tribunal do júri?

— Doze militantes do partido escolhidos a dedo e cujo vocabulário, juridicamente falando, não precisa ir além da palavra "culpado". E acho bom que saiba que sua acomodação atual é um hotel cinco estrelas em comparação com aquela para a qual o senhor iria. Naquele lugar, não existem tetos com goteiras, pois lá a água fica congelada dia e noite.

— O senhor não sairá impune dessa.

— O senhor é muito ingênuo, sr. Clifton. Não tem amigos em cargos importantes aqui para cuidar de seu caso. Não passa de um criminoso comum. Não haverá advogado para aconselhá-lo nem nenhum procurador da rainha para defender sua causa perante um tribunal do júri imparcial. E, ao contrário do que acontece nos Estados Unidos, não existe escolha de jurados aqui, nem precisamos subornar juízes para conseguirmos o veredito que quisermos. Em todo caso, eu lhe darei um tempo para pensar na sua escolha, porém, em minha opinião, ela é bem simples. O senhor pode simplesmente pegar um avião de volta para Londres, na primeira classe de uma aeronave da BOAC, ou embarcar num trem de transporte de gado para Nova

Uda que só tem a classe de forragem, na qual, infelizmente, o senhor teria que viajar na companhia de vários outros animais. E acho que devo lhe avisar também que da prisão em que o senhor ficará ninguém jamais conseguiu fugir.

Engano seu, pensou Harry, pois se lembrara de que o autor dissera, no Capítulo 3 de *Tio Joe*, que essa era a mesma prisão a que Stalin fora enviado em 1902 e da qual tinha conseguido fugir.

36

— Como vai, meu rapaz?

— Bem, obrigado, Arnold. E você?

— Melhor do que nunca. E sua querida mãe?

— Preparando-se para o julgamento na semana que vem.

— Uma experiência nada agradável, principalmente com tanta coisa em jogo. Segundo andam comentando por aí, é um processo cujo resultado é muito difícil de prever, mas a desvantagem de sua mãe está diminuindo, já que ninguém acredita que Lady Virginia será capaz de conquistar a simpatia dos jurados. Todo mundo acha que ou ela os tratará com arrogância, ou acabará insultando-os.

— Espero que ambos.

— Agora, diga-me, Sebastian: por que telefonou? Costumo cobrar por hora, não que eu já tenha começado a marcá-la.

Sebastian teria rido, mas desconfiou que Arnold não estava brincando.

— Segundo andam dizendo no centro financeiro, você vendeu suas ações do Farthings.

— Ações de minha mãe, na verdade, mas só fiz isso depois que me apresentaram uma proposta que teria sido muita tolice recusar. Ainda assim, apenas concordei quando a pessoa me assegurou que Adrian Sloane seria tirado da presidência e que Ross Buchanan ocuparia o lugar.

— Mas isso não vai acontecer — advertiu Sebastian. — O representante de Sloane mentiu para você. E posso provar isso se você puder me responder a algumas perguntas.

— Só se elas não envolverem um cliente que represento.

— Entendido — concordou Sebastian. — Mas eu estava esperando que você pudesse me revelar quem comprou as ações de sua mãe e quanto essa pessoa pagou por elas.

— Não posso responder isso, já que seria uma violação do acordo de sigilo com o cliente. — Sebastian estava prestes a xingar em pensamento quando Arnold acrescentou: — Contudo, se você tentasse adivinhar o nome do representante de Sloane e eu permanecesse em silêncio, poderia tirar suas próprias conclusões. Mas, Sebastian, vou deixar bem claro: um nome e somente um nome. Isso não é um jogo de adivinhação.

— Desmond Mellor — arriscou Sebastian, prendendo a respiração por vários segundos, mas não obteve resposta. — E existe alguma chance de você me dizer quanto ele pagou pelas ações?

— De jeito nenhum — respondeu Arnold com firmeza. — E agora preciso correr, Seb. Estou de partida para encontrar-me com minha mãe em Yorkshire e, se eu não for imediatamente, perderei o trem das 3h09 para Huddersfield. Mande um grande abraço a sua mãe e diga que lhe desejo toda a sorte do mundo no julgamento.

— Mande um abraço à sra. Hardcastle também — recomendou Sebastian, mas o interlocutor já havia desligado o telefone.

Intrigado, o jovem Clifton resolveu consultar o relógio. Quando viu que eram pouco mais de dez horas, achou que a hora da partida do trem informada pelo amigo advogado não fazia sentido. Em todo caso, voltou a tirar o fone do gancho e ligou para a linha privativa de Hakim Bishara.

— Bom dia, Sebastian. Teve sorte na tentativa de convencer o distinto procurador da rainha a responder a minhas duas perguntas?

— Acho que sim.

— Estou morrendo de curiosidade.

— Ele confirmou que foi Desmond Mellor a pessoa que comprou as ações, e acho que o preço unitário foi de três libras e nove xelins.

— Mas por que você não tem certeza? Ou ele revelou o preço, ou não revelou.

— Ele não fez nem uma coisa nem outra. Mas disse que tinha de partir imediatamente, pois, do contrário, perderia o trem das 3h09 para Huddersfield. Porém, como são pouco mais de dez horas agora e a estação de Euston fica apenas a uns vinte minutos de táxi daqui...

— Sujeito inteligente o sr. Hardcastle, pois tenho certeza de que não precisaremos verificar se existe mesmo um trem que parte para

Huddersfield às 3h09. Meus parabéns. Desconfio que ninguém mais teria conseguido obter essa informação dele. Portanto, tal como costumam dizer em meu país, tenho uma dívida de eterna gratidão para com você ou pelo menos até que eu lhe retribua o favor.

— Bem, já que é assim, existe algo em que talvez o senhor possa me ajudar.

Bishara escutou com toda atenção a solicitação de Sebastian.

— Não sei se o chefe dos escoteiros aprovaria o que você sugere. De qualquer forma, verei o que posso fazer, mas não prometo nada.

— Bom dia, sr. Mellor. Acho que o senhor já conhece meu advogado, o sr. Jason Moreland, e o sr. Nick Pirie, meu chefe de contabilidade.

Mellor cumprimentou ambos com um aperto de mão antes de se sentar com eles numa mesa oval.

— Uma vez que o senhor faz parte da diretoria do Farthings — observou Bishara —, acho que só posso presumir que veio aqui como emissário do sr. Sloane.

— Então, supôs errado — afirmou Mellor. — Ele é o último homem a quem eu me disporia a representar em qualquer negociação. Afinal, Sloane foi um completo idiota quando decidiu recusar sua proposta.

— Mas ele me disse que tinha uma proposta de seis libras de uma instituição importante.

— O senhor sabia que isso não era verdade e foi por esse motivo que desistiu do negócio e foi embora.

— E agora o senhor está disposto a reatar a negociação, já que as ações nunca foram dele.

— A verdade é que — disse Mellor — ele deu um tiro no pé. Contudo, estou disposto a lhe vender 51 por cento das ações do banco pelo preço unitário de cinco libras, tal como oferecido pelo senhor inicialmente.

— De fato, oferecido inicialmente, sr. Mellor. Porém, essa proposta não está mais de pé. Afinal, agora posso comprar os títulos do Farthings no mercado de ações por duas libras e onze xelins a unidade e tenho feito isso há várias semanas.

— Mas não os 51 por cento que o senhor quer, os quais lhe dariam um controle total sobre o banco. De qualquer forma, não posso vendê-las por esse preço.

— Não — concordou Bishara. — Tenho certeza que não, sr. Mellor. Mas o senhor pode vendê-las por três libras e nove xelins a unidade.

Mellor ficou de queixo caído e levou algum tempo para que fechasse a boca.

— Não poderia ser por pelo menos quatro libras a unidade?

— Não. Não poderia, sr. Mellor. Minha proposta final é de três libras e nove xelins — respondeu Bishara. Em seguida, virou-se para seu contador-chefe, que lhe entregou um cheque administrativo no valor de 20.562.000 libras, que ele pôs em cima da mesa.

— Talvez eu esteja errado, sr. Mellor, mas tenho o pressentimento de que o senhor não pode dar-se ao luxo de cometer o mesmo erro duas vezes.

— Onde eu assino?

O sr. Moreland abriu um fichário e pôs um contrato com três vias em cima da mesa na frente de Mellor. Assim que as assinou, ele estendeu a mão com certa brusquidez, como que exigindo que lhe entregassem logo o cheque.

— E, assim como fez o sr. Sloane — ressalvou Bishara enquanto tirava a tampa de sua caneta-tinteiro —, devo dizer que, antes que eu possa apor minha assinatura no contrato, precisamos acrescentar uma pequena emenda ao documento, prometida por mim a um amigo.

— E que emenda seria essa? — demandou Mellor, lançando-lhe um olhar desafiador.

O advogado abriu um segundo fichário, pegou uma carta e a pôs diante de Mellor, que a leu devagar.

— Não posso assinar isso. De jeito nenhum.

— Lamento ouvir isso — disse Bishara, pegando o cheque administrativo e devolvendo-a ao chefe de contabilidade.

Mellor nem se mexeu, mas, quando ele começou a suar, Bishara percebeu que era só uma questão de tempo.

— Tudo bem, tudo bem — concordou Mellor por fim. — Eu assino a maldita carta.

O advogado conferiu e reconferiu a assinatura antes de a pôr de volta no fichário. Depois disso, Bishara assinou as três vias do contrato, uma das quais o contabilista deu a Mellor, juntamente com o cheque administrativo de 20.562.000 libras esterlinas. Mellor foi embora sem dizer nem mais uma palavra. Nem agradeceu a Bishara, tampouco se despediu dele com um aperto de mão.

— Se ele tivesse pagado para ver — disse Bishara a seu advogado assim que fecharam a porta —, eu teria fechado o negócio mesmo que ele não assinasse a carta.

Harry analisou a declaração que as autoridades esperavam que ele lesse em voz alta no tribunal. Ele teria que confessar que era um espião britânico a serviço do MI5. Se fizesse isso, seria solto imediatamente e deportado para sua terra natal e nunca mais teria permissão de entrar na União Soviética.

Claro, seus familiares e amigos simplesmente desdenhariam a declaração, que para eles não teria nenhum valor. Já outros talvez achassem que ele fizera isso por absoluta falta de opção. Contudo, por outro lado, Clifton teria que enfrentar a visão e opinião de um número incontável de pessoas que não o conheciam. Estas achariam que aquilo que constava na declaração era verdade e que sua luta em benefício de Babakov não passava de uma fachada para encobrir suas atividades de espião. Bastava uma assinatura e ele estaria livre, mas sua reputação ficaria abalada. Porém, o mais grave era que a causa de Babakov estaria perdida para sempre. Mas, não, ele não se dispória a sacrificar a própria reputação, tampouco a causa de Babakov, com tanta facilidade.

Por isso, fez picadinhos da confissão e os jogou para cima, como se fossem confetes lançados sobre uma noiva.

Quando, uma hora depois, o coronel voltou, armado apenas com uma caneta, ficou olhando, abismado, para os pedacinhos de papel espalhados pelo chão.

— Somente um inglês poderia ser tão estúpido assim — comentou ele, antes de se virar e sair da cela pisando duro, fechando a porta com força.

Talvez ele tenha razão, pensou Harry, fechando os olhos em seguida. A essa altura, sabia muito bem como passaria eventuais períodos de ociosidade. Tentaria lembrar-se o mais possível dos sete primeiros capítulos de *Tio Joe*. E começou a concentrar-se. Capítulo Um...

Josef Stalin, nascido sob o nome de Iossif Vissariónovitch Djugashvili, em Gori, Geórgia, em 18 de dezembro de 1878. Na infância, era conhecido como Soso, mas, na juventude, quando se tornou revolucionário, adotou o pseudônimo de Koba, em homenagem a uma personagem fictícia à la Robin Hood, com a qual queria ser comparado, se bem que, na verdade, o príncipe dos ladrões soviéticos se parecesse mais com o xerife de Nottingham. À medida que foi subindo de posto nas fileiras do partido e aumentando sua influência, ele mudou o nome para Stalin ("Homem de Aço"). Mas...

—

— Finalmente, uma boa notícia — disse Emma — e eu queria que você fosse o primeiro a saber.

— Não vai me dizer que Lady Virginia caiu numa betoneira e agora faz parte de um arranha-céu em Lambeth? — arriscou Sebastian.

— Nada tão bom assim, mas quase.

— Papai voltou para casa com um exemplar de *Tio Joe*?

— Não. Ele ainda não voltou, embora houvesse prometido que a aventura não demoraria mais que alguns dias.

— Ele me disse que talvez visitasse o Hermitage e outros pontos turísticos enquanto estivesse lá. Então acho que não precisamos nos preocupar. Mas vamos lá, mamãe, que boa notícia é essa?

— Desmond Mellor pediu demissão da diretoria da Barrington.

— E disse por que fez isso?

— Deu uma explicação muito vaga; apenas disse que era por motivos pessoais e que desejava que a empresa tivesse todo o sucesso do mundo no futuro. Chegou até a me desejar sorte no julgamento.

— Quanta consideração da parte dele.

— Por que será que tenho a nítida impressão de que minha notícia não parece surpresa para você? — questionou Emma.

— Presidente, o sr. Clifton chegou. Devo mandá-lo entrar?

— Sim, faça isso — respondeu Sloane, recostando-se na cadeira, contente por Clifton finalmente ter criado juízo. Mesmo assim, não pretendia facilitar as coisas para ele.

Alguns segundos depois, sua secretária abriu a porta e se pôs de lado para que Sebastian entrasse no gabinete do presidente.

— Vou logo dizendo, Clifton, que minha proposta de comprar suas ações por cinco libras a unidade não está mais de pé. Todavia, em sinal de boa vontade, estou disposto a comprá-las por três libras cada, valor que, ainda assim, está bem acima do valor de mercado de hoje de manhã.

— Está mesmo, mas minhas ações não estão à venda.

— Então por que está desperdiçando meu tempo?

— Acho que não estou desperdiçando seu tempo, pois, como o novo vice-presidente do Farthings, vim aqui para tomar minha primeira medida como executivo.

— De que diabos você está falando? — inquiriu Sloane, levantando-se da mesa de um pulo.

— Ao meio-dia e meia de hoje, o sr. Desmond Mellor vendeu seus 51 por cento das ações do Farthings ao sr. Hakim Bishara.

— Mas, Sebastian...

— O que possibilitou também que o sr. Mellor finalmente cumprisse sua promessa.

— O que está querendo dizer com isso?

— Mellor prometeu a Arnold Hardcastle que você seria tirado da diretoria e que Ross Buchanan se tornaria o próximo presidente do Farthings.

HARRY E EMMA

1970

37

— Onde está Harry? — perguntou aos gritos um dos jornalistas quando o táxi parou na frente do Royal Courts of Justice e Emma, Giles e Sebastian desceram do carro.

Algo para o qual Emma não estava preparada eram os vinte ou trinta fotógrafos enfileirados atrás de cercas improvisadas em ambos os lados da entrada do edifício, acionando seus flashes sem parar. Além disso, jornalistas faziam perguntas em voz alta, mesmo sabendo que não receberiam respostas.

— Onde está Harry? — era a mais insistente delas.

— Não responda — aconselhou Giles com firmeza.

"Se ao menos eu soubesse", Emma teve vontade de dizer a eles enquanto caminhava por entre os membros da imprensa, porque também só pensara praticamente nisso nas últimas 48 horas.

Seb correu na frente da mãe e manteve aberta a porta de acesso ao setor de salas de audiências para que nada impedisse o avanço dela. O sr. Trelford, envergando sua longa beca negra e segurando sua peruca desbotada, estava à espera no lado de dentro da porta dupla. Emma apresentou o irmão e o filho ao eminente advogado. Se Trelford ficou surpreso com o fato de que o sr. Clifton não veio com eles, não deu nenhum sinal disso.

O advogado subiu a ampla escada de mármore à frente do grupo, enquanto passava instruções a Emma e a punha a par do que aconteceria na primeira manhã de julgamento.

— Assim que os membros do tribunal do júri tiverem prestado juramento, a meritíssima juíza Lane, conversará com eles a respeito das responsabilidades que lhes cabem e, quando ela houver terminado, solicitará que eu faça uma declaração inicial em seu nome. Quando eu tiver concluído essa preliminar, convocarei minhas testemunhas.

E começarei pela senhora. A primeira impressão é muito importante. Os jurados quase sempre tomam uma decisão em relação ao caso já nos primeiros dois dias do julgamento. Então, se a senhora abrir o placar em grande estilo, isso será a única coisa de que se lembrarão depois.

Quando Trelford manteve aberta a porta da sala de audiências de número catorze, a primeira pessoa que Emma viu quando entrou no tribunal foi Lady Virginia, absorta numa conversa com seu principal advogado, Sir Edward Makepeace, isolados num canto da sala.

Trelford conduziu Emma para o lado oposto do tribunal, onde se sentaram no banco da frente, com Giles e Sebastian se acomodando na segunda fileira.

— Por qual razão o marido dela não veio? — questionou Virginia.

— Não faço ideia — respondeu Sir Edward —, mas posso assegurar que isso não terá nenhuma influência no processo.

— Eu não teria tanta certeza disso — refutou Virginia, justamente no momento em que as discretas badaladas do relógio atrás deles informavam que eram dez horas.

De repente, uma porta situada à esquerda do brasão real se abriu e uma mulher alta e elegante, ostentando uma longa toga vermelha e uma peruca comprida, entrou no tribunal, pronta para imperar em seus domínios. Todos os presentes no espaço reservado aos advogados se levantaram imediatamente e a cumprimentaram com uma ligeira reverência. A juíza retribuiu a saudação antes de sentar-se na cadeira de espaldar alto, numa mesa coberta de grossos maços de documentos jurídicos e livros sobre legislação relacionada a casos de calúnia. Assim que todos haviam se acomodado em seus lugares, Dame Elizabeth Lane voltou a atenção para o tribunal do júri.

— Permitam que eu inicie o processo — disse ela, sorrindo cordialmente para os jurados —, deixando claro, desde já, que vocês são as pessoas mais importantes neste tribunal. Vocês são a prova da legitimidade de nossa democracia e os únicos árbitros da justiça, pois serão vocês, e somente vocês, que decidirão o desfecho deste caso. Mas permitam que lhes dê um conselho. Como devem ter notado que a imprensa se interessou muito por este caso, peço, por favor, que evitem ter contato com o que a imprensa diz a respeito dele ou se basear nisso. Afinal, somente a opinião de vocês é que realmente importa. Eles podem ter milhões de leitores, telespectadores e ouvintes, mas não têm direito a dar um único voto neste tribunal. O mesmo se aplica a seus familiares e amigos, que talvez tenham não só opiniões acerca do caso, mas também uma vontade imensa de manifestá-las. Porém, ao contrário de vocês — prosseguiu a juíza, sem desgrudar os olhos dos jurados um instante sequer —, eles não terão conhecimento das provas e, portanto, não poderão emitir uma opinião bem fundamentada e imparcial.

"Agora, antes que eu explique o que está prestes a acontecer, citarei a definição das palavras *calúnia* e *libelo* conforme averbadas no Oxford: 'Calúnia — imputação falsa de crime lançada contra pessoa ou país' e 'Libelo — registro escrito dessa calúnia.' Nesse caso, os senhores terão que decidir se Lady Virginia foi ou não vítima de calúnia. O sr. Trelford iniciará o processo fazendo uma declaração preliminar em nome de sua cliente, sra. Clifton, e, à medida que o processo avançar, procurarei mantê-los plenamente informados de tudo. Caso surja alguma matéria de direito ou questão jurídica de difícil compreensão, interromperei o processo e lhes explicarei sua relevância."

Dame Elizabeth voltou a atenção para a bancada de advogados.

— Senhor Trelford, queira prosseguir com sua declaração inicial.

— Agradeço, milady.

Trelford se levantou, inclinando-se ligeiramente para cumprimentá-la mais uma vez. Tal como a juíza, ele se virou para encarar os integrantes do tribunal do júri antes que iniciasse seu pronunciamento. Em seguida, abriu um grande fichário preto deixado diante de si, aprumou-se, ajeitou as lapelas da beca e lançou aos sete homens e às cinco mulheres do júri um sorriso, no mínimo ainda mais afável do que aquele que a juíza conseguira fazer raiar em seu rosto alguns minutos atrás.

— Senhores jurados — apresentou-se ele —, meu nome é Donald Trelford e represento a acusada, sra. Emma Clifton, enquanto meu douto amigo, Sir Edward Makepeace, representa a querelante, Lady Virginia Fenwick — acrescentou ele, acenando para ela com um ligeiro meneio de cabeça. — Este — continuou ele — é um caso de calúnia e libelo. A questão da calúnia foi levantada pela querelante porque as palavras em apreço foram ditas durante uma discussão acalorada, quando a acusada estava respondendo a perguntas na assembleia-geral de acionistas da Barrington Shipping Company, empresa da qual ela é presidente, e o libelo se origina do fato de que essas palavras foram registradas depois na minuta da aludida reunião.

"Lady Virginia, uma das acionistas da empresa, estava na plateia naquela manhã e, quando as perguntas começaram, ela perguntou à sra. Clifton: 'É verdade que um de seus diretores vendeu um grande lote de ações no fim de semana na tentativa de levar a empresa à falência?' Pouco depois, ela acrescentou: 'Se um de seus diretores se envolveu numa operação dessas, ele não deveria exonerar-se do cargo na diretoria?' Ao que a sra. Clifton respondeu: 'Se a senhora está se referindo ao major Fisher, eu lhe pedi que se exonerasse na última sexta-feira, quando veio me visitar no escritório, mas tenho certeza de que sabe disso, Lady Virginia.' Então, Lady Virginia inquiriu: 'O que está insinuando?' E a sra. Clifton respondeu: 'Que, em várias ocasiões, quando o major Fisher *a* representava na diretoria, a senhora permitiu que ele vendesse todas as suas ações num fim de semana e, depois de ter obtido um lucro considerável com isso, as recomprou dentro do prazo convencionado de três semanas para efetivar a transação. Quando houve uma recuperação no preço das ações, com os títulos atingindo uma nova alta, a senhora autorizou a realização da mesma operação pela segunda vez, conseguindo um lucro ainda maior. Se, com isso, pretendeu arruinar a empresa, Lady Virginia, então, como vê, [...] a senhora fracassou e de forma abominável, pois foi derrotada por pessoas comuns, porém, decentes, que querem o sucesso desta empresa.'

"Como veem, senhores membros do júri, essa foi a resposta da sra. Clifton que deu origem a este processo e cabe aos senhores, pois, decidir se Lady Virginia foi mesmo caluniada ou se as palavras de minha cliente foram, conforme sustento, nada mais do que um comentário justo. Por exemplo — prosseguiu Trelford, ainda olhando diretamente para os jurados —, se um dos senhores dissesse a Jack, o Estripador: 'Você é um assassino', com certeza isso seria um comentário justo, mas, se Jack, o Estripador, dissesse a algum dos integrantes deste júri: 'Você é um assassino' e se a acusação fosse impressa num jornal depois, sem dúvida isso seria um caso de calúnia e libelo. Este caso, porém, para ser julgado com acerto, exige um discernimento mais apurado.

"Portanto, consideremos as relevantes palavras mais uma vez. 'Se com isso pretendeu arruinar a empresa, Lady Virginia, então, como vê, [...] a senhora fracassou e de forma abominável, pois foi derrotada por pessoas comuns, porém, decentes, que querem o sucesso desta empresa.' Agora, o que a sra. Clifton quis dizer, realmente, quando pronunciou essas palavras? E não seria possível que Lady Virginia tenha reagido com exagero ao que ouvira? Desconfio que, como apenas ouviram essas palavras ditas por mim, os senhores só se sentirão capazes de chegar a uma conclusão quando tiverem conhecido todas as provas apresentadas neste caso e ouvido os depoimentos tanto da acusada quanto da querelante. Com isso em mente, milady, convocarei minha primeira testemunha, a sra. Emma Clifton.

—

Harry tinha se acostumado com a presença constante de guardas trajando fardas verdes postados na porta de sua cela. Ele não sabia quanto tempo se passara desde a ocasião em que haviam fechado a porta pela última vez, mas, em seu esforço de memorização, ele tinha chegado ao meio do Capítulo 3, um trecho do livro que ainda o fazia rir.

Yukov Bulgukov, o prefeito de Romanovskaya, viu-se às voltas com um problema potencialmente perigoso quando resolveu construir uma gigantesca estátua em homenagem a Stalin...

O frio era tão intenso que Harry não conseguia parar de tremer. Tentou desfrutar de algumas horas de um sono reconfortante, mas, justamente quando estava deixando-se tomar pelo inconsciente, abriram bruscamente a porta da cela. Por alguns instantes, não teve certeza se o que estava acontecendo era real ou apenas parte do sonho. No entanto, logo depois, os dois guardas tiraram os grilhões de seus braços e pernas, fizeram-no levantar-se do colchão e o arrastaram para fora da cela.

Quando chegaram ao pé de um longo lance de escada com degraus de pedra, Harry fez um grande esforço para subir, mas suas pernas estavam tão fracas que cederam antes que os três alcançassem o último degrau. Ainda assim, os guardas continuaram a fazê-lo atravessar um corredor escuro aos empurrões, até que, não aguentando mais tantas dores, teve vontade de gritar, mas se recusou a dar esse gostinho a eles.

A intervalos de alguns passos, eles passavam por novos grupos de soldados armados. "Será que não tinham nada melhor para fazer", pensou Harry, "do que ficar vigiando um homem com 50 anos de idade à beira da exaustão absoluta?" E caminharam ainda por muitos metros, sem parar, até que finalmente chegaram a uma porta aberta. Os guardas o empurraram para dentro do recinto, levando-o a cair bruscamente de joelhos no chão.

Assim que recuperou o fôlego, Harry tentou se pôr de pé. Como um animal encurralado, passou o olhar por um recinto que deveria ter sido, em dias melhores, uma sala de aula: bancos de madeira, pequenas cadeiras e um estrado, numa de suas extremidades, com uma grande mesa e três cadeiras de espaldar alto atrás dela. O quadro-negro na parede dos fundos confirmou a função original da sala.

Reunindo todas as forças, ele conseguiu se levantar e se sentar num dos bancos. Afinal, não queria que achassem que estava vencido. Ele começou a observar a arrumação da sala com mais atenção. Notou que, à direita do estrado, havia doze cadeiras, dispostas em duas fileiras retas de seis peças. Viu também que um homem sem farda na sala, mas trajando um terno cinza tão mal-ajustado que qualquer mendigo que se preza teria se recusado a usar, estava pondo uma folha de papel em cada uma das cadeiras. Assim que concluiu a tarefa, o estranho se sentou numa cadeira de madeira de frente para o que Harry presumiu tratar-se da bancada do júri. Resolveu observar o homem com mais atenção e se perguntou se ele não seria o escrivão, mas o sujeito continuou sentado, sem dar nenhum indício de sua função, claramente à espera da chegada de alguém.

Quando se virou para dar mais uma olhada ao redor, Harry viu mais homens de uniformes verdes usando grossos sobretudos, em pé nos fundos da sala, como se estivessem esperando uma tentativa de fuga do prisioneiro. Se pelo menos um deles tivesse ouvido falar em São Martinho, talvez se compadecesse e cortasse seu casaco ao meio para dividi-lo com o estrangeiro morrendo de frio.

Enquanto o mantinham à espera, embora ele não fizesse ideia do quê, Harry pensou em Emma, tal como havia feito muitas vezes entre os intervalos de seus raros e curtos períodos de sono. Será que ela entenderia por que ele não podia assinar a confissão e destruir definitivamente a causa de Babakov? Perguntando-se como devia estar seguindo o julgamento dela, sentiu um peso na consciência por não estar ao seu lado.

Seus pensamentos foram interrompidos quando abriram a porta situada na extremidade oposta da sala e sete mulheres e cinco homens entraram e se sentaram em lugares reservados, dando a impressão de que não era a primeira vez que realizavam a tarefa.

Nenhum deles olhou, ainda que de relance, na direção dele, o que não impediu que Harry os ficasse observando por alguns instantes. Seus rostos inexpressivos pareciam indicar que tinham apenas uma coisa em comum: suas mentes haviam sido confiscadas pelo Estado e agora não tinham mais condições de ter opinião própria. Mesmo naquele momento sinistro, Harry ficou pensando na vida privilegiada que tinha levado. Seria possível que, entre esses clones de rostos inexpressivos, haveria um cantor, um artista, um ator, um músico e até um escritor, aos quais nunca fora dada a oportunidade de dar vazão a seus talentos? Eis a loteria dos nascimentos.

Instantes depois, dois outros homens entraram na sala, seguiram para a bancada na dianteira e se sentaram de frente para o estrado, com as costas voltadas para ele. Um deles tinha 50 e poucos anos, muito mais bem-vestido do que qualquer um na sala. Seu terno tinha a medida certa e o sujeito apresentava um ar de segurança que dava a impressão de que era o tipo de profissional de que até uma ditadura não poderia prescindir se quisesse funcionar bem.

Já o outro homem era bem mais jovem e ficava olhando ao redor da sala o tempo todo, como se estivesse tentando se orientar. Se esses dois eram o procurador do Estado e o advogado de defesa, não seria difícil para ele saber qual deles o representaria.

Por fim, abriram a porta que havia atrás do estrado para que os principais atores da farsa entrassem em cena, ou seja, três pessoas, uma mulher e dois homens, que se sentaram na comprida mesa posta no centro do estrado.

Era bem possível que a mulher, que devia ter uns 60 anos, senhora de delicados cabelos grisalhos, firmemente presos num coque, tivesse sido antes uma diretora de escola, agora aposentada. Harry chegou a se perguntar se o recinto não fora sua sala de aula no passado. Estava claro também que ela era a pessoa mais importante entre os presentes, pois todos na sala a fitavam. De repente, ela abriu um fichário deixado diante de si e começou a ler um documento em voz alta. Harry agradeceu em silêncio a sua professora de russo pelas horas que despendera com seu aluno, fazendo-o ler os clássicos da literatura russa antes de levá-lo a traduzir capítulos inteiros para o inglês.

— O prisioneiro — disse a mulher, levando Harry a presumir que ela só podia estar se referindo a ele, embora ela não houvesse, nem uma vez sequer, dado algum sinal de que reparara sua presença no recinto — entrou recentemente na União Soviética de forma ilegal — Harry gostaria de poder fazer anotações, mas, como eles não lhe deram nem caneta nem papel, ele teria de contar com a própria memória, partindo do pressuposto de que, pelo menos, lhe dariam a chance de se defender — com o único objetivo de infringir a lei.

— Ela se virou para o tribunal do júri, mas não sorriu. — Vocês, camaradas, foram escolhidos para serem os juízes que deverão decidir se o prisioneiro é culpado ou não. Testemunhas serão trazidas ao tribunal para auxiliá-los nessa decisão.

"Senhor Kosanov — disse ela, virando-se para o procurador —, o senhor pode apresentar os argumentos e as provas do Estado."

O mais velho dos dois homens sentados no banco da frente se levantou devagar.

— Camarada comissária, trata-se de um caso simples que não dará trabalho ao júri nem exigirá muito de seu tempo. O prisioneiro é um inimigo bem conhecido do Estado, e este não é o primeiro delito cometido por ele.

Harry não via a hora de saber qual havia sido seu primeiro delito. Mas saberia em breve.

— O prisioneiro visitou Moscou, uns cinco anos atrás, na condição de convidado de nosso país e se aproveitou cinicamente de seu status de visitante privilegiado. Ele usou o discurso inaugural numa conferência internacional, visando montar uma campanha para libertar um criminoso confesso que se declarara culpado do cometimento de sete delitos contra o Estado. Anatoly Babakov deve ser um homem muito conhecido pela senhora, camarada comissária, como o autor de um livro sobre nosso venerável líder, nosso presidente camarada Stalin, obra que o levou a ser acusado de calúnia subversiva e condenado a cumprir pena de 20 anos de árduos trabalhos forçados.

"O prisioneiro repetiu essas calúnias, apesar de ter sido advertido, em mais de uma ocasião, que estava infringindo a lei — Harry não se lembrava disso, a não ser que a jovem mulher praticamente nua que o visitara em seu quarto de hotel no meio da noite tivesse sido usada para transmitir essa advertência, juntamente com uma garrafa de champanhe —, mas, em benefício das relações internacionais e para demonstrar nossa magnanimidade, permitimos que ele voltasse para o Ocidente, onde esse tipo de calúnia e difamação é comum da vida diária do povo. Às vezes nos perguntamos se os britânicos se lembram de que fomos seus aliados na última guerra e de que nosso líder na época era ninguém menos que o camarada Stalin.

"Meses atrás, o prisioneiro fez uma viagem aos Estados Unidos visando unicamente entrar em contato com a esposa de Babakov, que desertou e fugiu para o Ocidente dias antes da prisão do marido. Foi a traidora, Yelena Babakov, que disse ao prisioneiro onde ela havia escondido um exemplar do livro sedicioso em questão. Armado com essa informação, o prisioneiro voltou à União Soviética para completar sua missão: localizar o livro, levá-lo clandestinamente para o Ocidente e providenciar sua publicação.

"Talvez a senhora pergunte, camarada comissária, por que o prisioneiro se dispôs a envolver-se numa aventura tão arriscada. A resposta é muito simples. Ganância. Ele esperava conseguir uma imensa fortuna para si mesmo e para a sra. Babakov, impingindo essas calúnias a todos os que lhes parecessem inclinados a publicá-las, embora ele soubesse que, do início ao fim, o conteúdo do livro era pura invenção, além de ter sido escrito por um homem que só tivera contato com nosso venerável ex-líder em uma única ocasião, quando o subversivo ainda era estudante.

"Mas, graças a um brilhante trabalho de investigação realizado pelo coronel Marinkin, o criminoso foi preso enquanto tentava fugir de Leningrado com um exemplar do livro de Babakov em sua bagagem. Para que este tribunal possa entender perfeitamente até onde esse criminoso estava disposto a ir para minar o Estado, chamarei minha primeira testemunha, o coronel camarada Vitaly Marinkin."

38

Emma achou que suas pernas fossem ceder durante a curta caminhada até o banco da testemunha. Quando o escrivão lhe entregou uma Bíblia, os presentes viram que suas mãos estavam tremendo, mas, logo depois, ela ouviu bem o tom solene da própria voz.

— Juro, pelo Deus Todo-Poderoso, que o testemunho que prestarei será o da verdade pura e integral e nada mais que a verdade. Que Deus me ajude.

— A senhora poderia dizer seu nome para que conste nos autos? — solicitou Trelford.

— Emma Grace Clifton.

— Qual a sua profissão?

— Sou presidente da Barrington Shipping Company.

— E há quanto tempo a senhora é presidente dessa notável empresa?

— Há onze anos.

Emma viu o sr. Trelford abanar rapidamente a cabeça da direita para a esquerda, fazendo-a lembrar-se de suas palavras: "Preste bastante atenção em minhas perguntas, mas sempre responda olhando para o júri."

— A senhora é casada, sra. Clifton?

— Sim   respondeu Emma, virando-se para os jurados. — Há quase 25 anos.

Bem que o sr. Trelford gostaria que ela pudesse acrescentar: "Harry, meu marido, Sebastian, nosso filho, e Giles, meu irmão, estão todos presentes no tribunal." Achava que ela poderia encará-los em seguida, certamente transmitindo então aos jurados a impressão de que eles eram uma família feliz e unida. Mas Harry não estava lá. No entanto, como Emma nem mesmo sabia o paradeiro dele, ela continuou apenas olhando para os jurados. O sr. Trelford tratou, pois, de mudar logo de assunto.

— A senhora poderia dizer ao tribunal como conheceu Lady Virginia Fenwick?

— Sim — respondeu Emma, voltando a seguir o roteiro. — Por intermédio de meu irmão Giles... — Dessa vez, ela olhou para o irmão, que, como um velho profissional acostumado a lidar com o público, sorriu primeiro para a irmã e depois para o júri. — Meu irmão Giles — repetiu ela — convidou Harry e a mim para um jantar, no qual ele nos apresentaria a mulher com que havia acabado de celebrar o noivado.

— E qual foi sua primeira impressão de Lady Virginia?

— Uma mulher deslumbrante. Vi nela o tipo de beleza que, normalmente, as pessoas associam com estrelas de cinema e modelos famosas. Ficou logo claro para mim que Giles estava cego de paixão por ela.

— E vocês, com o tempo, ficaram amigas?

— Não, mas a bem da verdade, era improvável que nos tornássemos amigas íntimas.

— Por que diz isso, sra. Clifton?

— Porque não tínhamos os mesmos interesses. Nunca fiz parte da turma que gosta de caçar e pescar. E, para ser sincera, fomos criadas em ambientes diferentes, e Lady Virginia se relacionava com um grupo de pessoas com as quais, normalmente, eu jamais teria algum tipo de contato.

— A senhora sentia inveja dela?

— Somente de sua boa aparência — respondeu Emma com um largo sorriso, o qual foi recebido com outros vários sorrisos de membros do júri.

— Porém, infelizmente, o casamento de seu irmão com Lady Virginia acabou em divórcio.

— O que não foi nenhuma surpresa, pelo menos para nenhum dos membros da família — afirmou Emma.

— E por que isso não os surpreendeu, sra. Clifton?

— Jamais achei que ela era a pessoa certa para Giles.

— Mas então a senhora e Lady Virginia não deixaram de ser amigas?

— Na verdade, nunca chegamos a ser amigas, sr. Trelford.

— Apesar disso, ela voltou a entrar em sua vida alguns anos depois, não?

— Sim, mas isso não foi escolha minha. Virginia começou a comprar uma grande quantidade de ações da Barrington, fato que me surpreendeu, já que, antes, ela jamais demonstrara interesse pela empresa. Não dei muita importância ao fato, até que um dia o diretor jurídico-administrativo da empresa me informou que ela tinha passado a ser detentora de 7,5 por cento das ações.

— E por que possuir 7,5 por cento das ações da empresa era tão importante?

— Porque isso lhe dava o direito de ocupar um cargo na diretoria.

— E ela assumiu essa responsabilidade?

— Não. Ela designou o major Alex Fisher para representá-la.

— E a senhora gostou dessa indicação?

— Não. Não gostei. Desde o primeiro dia, o major Fisher deixou bem claro que estava na diretoria apenas para realizar os desejos de Lady Virginia.

— A senhora poderia ser mais específica?

— Certamente. O major Fisher dava votos contrários a quase todas as propostas que eu recomendava à diretoria e, muitas vezes, apresentava suas próprias ideias como alternativa, as quais ele devia saber muito bem que só serviriam para prejudicar a empresa.

— Mas, no fim das contas, o major Fisher acabou se exonerando do cargo.

— Se ele não tivesse feito isso, eu o teria demitido.

O sr. Trelford amarrou a cara, descontente com o fato de que sua cliente havia saído da linha de orientação estabelecida por ele. Já Sir Edward sorriu e fez uma anotação no bloco de notas que tinha diante de si.

— Passemos, agora, sra. Clifton, ao episódio ocorrido na assembleia geral de acionistas anual no Colston Hall, em Bristol, na manhã de 24 de agosto de 1964. A senhora estava na presidência na época e...

— Talvez a sra. Clifton nos possa relatá-lo com suas próprias palavras, sr. Trelford — sugeriu a juíza. — Em vez de ficar sendo orientada o tempo todo, após suas deixas.

— Como quiser, milady.

— Eu tinha acabado de apresentar o balanço anual — disse Emma —, algo que achei que tinha feito razoavelmente bem, principalmente porque tive condições de anunciar a data da cerimônia de lançamento de nosso primeiro transatlântico de luxo, o *Buckingham*.

— E, se me lembro bem — atalhou Trelford —, a cerimônia de lançamento seria presidida por Sua Majestade, a Rainha-Mãe...

— Muito esperto, sr. Trelford, mas não abuse de minha paciência.

— Desculpe, milady. É que pensei...

— Sei exatamente no que pensou, sr. Trelford. Agora, por favor, deixe a sra. Clifton falar por si mesma.

— No fim de seu discurso — perguntou Trelford, voltando a virar-se para sua cliente —, a senhora dedicou um tempo a responder perguntas dos acionistas, certo?

— Sim, eu fiz isso.

— E, entre as pessoas que fizeram perguntas, estava Lady Virginia Fenwick. Como o resultado deste processo depende desse diálogo entre as duas, lerei em voz alta perante o tribunal, com sua permissão, milady, as palavras ditas pela sra. Clifton que foram a causa deste julgamento. Em resposta a uma pergunta de Lady Virginia, ela disse: "Se com isso pretendeu arruinar a empresa, Lady Virginia, então, como vê... a senhora fracassou e de forma abominável, pois foi derrotada por pessoas comuns, porém, decentes, que querem o sucesso desta empresa." Voltando a ouvir essas palavras agora, sra. Clifton, depois de passado o momento de tensão e havendo tido tempo de refletir sobre elas, a senhora se arrepende do que disse?

— De jeito nenhum. Elas foram apenas parte de uma exposição de fatos.

— Então, a senhora nunca teve a intenção de caluniar Lady Virginia?

— Longe disso. Eu simplesmente queria que os acionistas soubessem que o major Fisher, o representante dela na diretoria, andara comprando e vendendo ações da empresa sem informar isso nem a mim nem a nenhum de seus colegas.

— Muito bem. Obrigado, sra. Clifton. Não tenho mais perguntas, milady.

— O senhor deseja interrogar a testemunha, Sir Edward? — perguntou a excelentíssima juíza Lane, perfeitamente ciente de qual seria a resposta dele.

— Certamente, milady — respondeu Sir Edward, levantando-se devagar e ajeitando a peruca de aparência antiquada. Em seguida, verificou em seus papéis a primeira pergunta que faria e, aprumando-se, sorriu para o júri da forma mais afável possível, na esperança de que o vissem como um respeitado amigo da família, ao qual todos viviam pedindo conselhos.

— Senhora Clifton — disse ele, virando-se para ficar de frente para o banco da testemunha —, vou ser bem franco com a senhora. A verdade é que a senhora se posicionou contra o casamento de Lady Virginia com seu irmão desde o dia em que a conhecera. Aliás, será que não optou por antipatizar-se com ela antes mesmo de tê-la conhecido?

Trelford ficou surpreso. Não havia imaginado que ele iria pôr o punhal no peito da testemunha logo de cara, embora houvesse avisado Emma que seu interrogatório não seria uma experiência agradável.

— Como eu disse, Sir Edward, não tínhamos nenhuma afinidade.

— Mas será que, desde o início, a senhora não planejou fazer dela sua inimiga?

— Eu não iria tão longe assim.

— A senhora foi ao casamento de seu irmão com Lady Virginia?

— Não fui convidada.

— E a senhora se surpreendeu com isso depois da forma como a tratou?

— Decepcionada, mas não surpresa.

— E seu marido — indagou Sir Edward, olhando com calma em volta do tribunal, como se estivesse tentando localizá-lo na sala — foi convidado?

— Nenhum membro da família recebeu convite.

— E por que a senhora acha que isso aconteceu?

— O senhor deve perguntar isso à sua cliente, Sir Edward.

— E perguntarei, sra. Clifton. Mas agora passemos à questão da morte de sua mãe. Eu soube que houve uma séria disputa em torno das disposições do testamento.

— Questão que foi solucionada no Superior Tribunal de Justiça, Sir Edward.

— Sim, claro que foi. Mas corrija-me se eu estiver errado, como tenho certeza de que fará, sra. Clifton. No fim das contas, a senhora e sua irmã Grace herdaram as propriedades, enquanto seu irmão, o marido de Lady Virginia, acabou sem nada.

— Isso não foi fruto de uma escolha minha, Sir Edward. Aliás, tentei dissuadir minha mãe disso.

— Isso é o que você diz, sra. Clifton.

Ao ouvir isso, o sr. Trelford se levantou rapidamente.

— Protesto, meritíssima.

— Protesto aceito, sr. Trelford. Sir Edward, isso não vem ao caso.

— Peço que me desculpe, milady. A senhora poderia dizer, sra. Clifton, se Sir Giles ficou surpreso com a decisão de sua mãe?

— Sir Edward — interveio a juíza de novo, antes mesmo que o sr. Trelford conseguisse se levantar.

— Desculpe, milady. É que sou um velho perquiridor da verdade.

— Foi um choque terrível para todos nós — disse Emma. — Afinal, minha mãe adorava Giles.

— Porém, assim como a senhora, está claro que ela não adorava Lady Virginia, pois, do contrário, seria razoável supor que ela teria providenciado a inclusão de disposições favoráveis a ele no testamento — argumentou Sir Edward e logo acrescentou: — Mas passemos a outra questão. Infelizmente, seu irmão e Lady Virginia acabaram se divorciando, por causa de um caso de adultério da parte dele.

— Como o senhor sabe, Sir Edward — ponderou Emma, tentando controlar-se —, naqueles dias o homem tinha que passar uma noite num hotel de Brighton com uma acompanhante profissional para que a justiça lhe concedesse divórcio. Giles fez isso a pedido de Virginia.

— Lamento dizer, sra. Clifton, mas, no pedido de divórcio, consta apenas adultério. Bem, pelo menos agora sabemos como a senhora reage com relação a coisas acerca das quais tem firmes convicções.

Bastou que Sir Edward desse uma rápida olhada nos jurados para ver claramente que davam a impressão de que achavam que ele tinha razão.

— Uma última pergunta relacionada ao divórcio, sra. Clifton. O acontecimento foi causa de comemoração para a senhora e sua família?

— Milady — protestou Trelford, levantando-se de chofre.

— Sir Edward, mais uma vez, o senhor está passando dos limites.

— Vou me esforçar para que isso não aconteça de novo, milady.

Contudo, quando Trelford olhou para o júri, viu que Sir Edward devia ter sentido que a reprimenda tinha surtido efeito.

— Senhora Clifton, passemos a tratar então de assuntos mais importantes, como o relacionado ao que a senhora disse e ao objetivo que pretendeu alcançar com isso quando, na assembleia geral de acionistas da Barrington Shipping Company, minha cliente lhe fez uma pergunta perfeitamente válida. Em benefício da exatidão do que foi dito, repetirei a pergunta de Lady Virginia: "É verdade que um de seus diretores vendeu um grande lote de ações no fim de semana na tentativa de levar a empresa à falência?" Se me é lícito afirmar isso, sra. Clifton, a senhora evitou muito habilmente responder essa pergunta. A senhora não gostaria de fazer isso agora?

Emma olhou de relance para Trelford. Como ele a tinha aconselhado a não responder essa pergunta, ela permaneceu em silêncio.

— Talvez eu possa inferir que a razão pela qual a senhora não quis responder essa pergunta foi porque Lady Virginia perguntou em seguida: "Se um de seus diretores se envolveu numa operação dessas, ele não deveria exonerar-se do cargo na diretoria?" E a senhora respondeu assim: "Se a senhora está se referindo ao major Fisher...", embora ela não estivesse, como a senhora sabia muito bem. Na verdade, ela estava se referindo a seu amigo íntimo e colega de trabalho, sr. Cedric Hardcastle, não é mesmo?

— Uma das melhores pessoas que conheci na vida — respondeu Emma.

— É mesmo? — questionou Sir Edward. — Então, vamos examinar a afirmação com mais cuidado, pois me parece que a senhora está querendo dizer que, quando seu grande amigo... uma das "melhores pessoas" que a senhora conheceu na vida... vendeu suas ações da noite para o dia, ele fez isso para *ajudar* a empresa, mas, quando Lady Virginia vendeu as ações dela, ela fez isso para *prejudicar* a empresa. Talvez os jurados entendam que a senhora não pode usar de um peso e duas medidas, sra. Clifton, a menos, logicamente, que a senhora consiga achar uma falha em meu argumento e explicar ao tribunal a sutil diferença entre aquilo que o sr. Hardcastle fez em nome da empresa e aquilo que o major Fisher fez em benefício de minha cliente.

Emma sabia que não podia justificar o que Cedric fizera de boa-fé e que a razão pela qual ele vendera suas ações seria extremamente difícil de explicar ao júri. Trelford a aconselhara a, na dúvida, simplesmente não responder, principalmente se a resposta pudesse prejudicá-la.

Sir Edward esperou durante algum tempo, até que, por fim, disse:

— Bem, como a senhora parece não querer responder, talvez seja melhor passarmos ao que a senhora disse em seguida, certo? "Se com isso pretendeu arruinar a empresa, Lady Virginia, então, como vê... a senhora fracassou e de forma abominável, pois foi derrotada por pessoas comuns, porém, decentes, que querem o sucesso desta empresa." É possível negar, sra. Clifton, que aquilo que a senhora quis dizer a um auditório lotado no Colston Hall, em Bristol, naquela manhã foi que Lady Virginia não é uma pessoa comum, nem decente? — questionou ele, enfatizando as palavras finais.

— Com certeza, ela não é uma pessoa comum.

— Concordo, sra. Clifton. Ela é uma pessoa extraordinária. Mas devo frisar perante o júri que sua insinuação de que minha cliente não é decente e que o objetivo dela era arruinar a empresa é caluniosa, sra. Clifton. Ou será que isso, em sua visão, é também nada mais do que a verdade?

— Eu apenas fui sincera no que eu disse — respondeu Emma.

— E a senhora estava tão certa da retidão de sua atitude que fez questão de que suas palavras fossem registradas na ata da assembleia.

— Sim, fiz.

— O diretor jurídico-administrativo a desaconselhou a fazer isso na ocasião?

Emma hesitou.

— Eu poderia muito bem convocar o sr. Webster para depor — observou Sir Edward.

— Acredito que ele deve ter feito isso.

— E eu me pergunto por que ele fez isso — disse Sir Edward, com a voz pejada de sarcasmo. Emma continuou de olhos fitos no advogado, perfeitamente ciente de que ele não estava esperando resposta. — Será que foi porque ele não queria que a senhora acrescentasse um libelo ao ato de calúnia que já havia cometido?

— Eu queria que minhas palavras constassem na ata — respondeu Emma.

Trelford baixou a cabeça, e Sir Edward prosseguiu.

— É mesmo? Então, está confirmado, sra. Clifton, que a senhora antipatizou com minha cliente já no dia em que a conheceu, que essa grande antipatia aumentou quando a senhora não foi convidada para o casamento de seu irmão e que, anos depois, na assembleia geral de sua empresa, na frente de uma plateia cheia de acionistas, a senhora procurou humilhar Lady Virginia insinuando que ela não era uma pessoa decente e comum, mas alguém que queria arruinar a empresa. Depois disso, a senhora se valeu de sua autoridade perante o diretor jurídico-administrativo da empresa para fazer com que suas palavras caluniosas fossem reproduzidas na minuta. Não é verdade, portanto, sra. Clifton, que a senhora estava querendo, com isso, simplesmente se vingar de uma pessoa comum e decente, que agora está requerendo nada mais do que uma justa reparação por causa de suas palavras inconsequentes? Aliás, acho que Shakespeare foi o que melhor resumiu essa questão quando disse: "Aquele que me rouba o bom nome priva-me daquilo que não o enriquece, mas, com certeza, me empobrece."

Sir Edward continuou a fitar Emma com um olhar severo, segurando ao mesmo tempo as lapelas de sua beca antiga e bastante usada. Quando ele achou que havia conseguido criar o efeito desejado, virou-se para a juíza e disse:

— Não tenho mais perguntas, milady.

Quando Trelford olhou para os jurados, chegou a achar que pareciam prestes a prorromper numa salva de aplausos. Concluiu, pois, que teria que se arriscar, embora de uma forma que não tinha certeza se a juíza aprovaria.

— O senhor gostaria de fazer mais perguntas à sua cliente, sr. Trelford? — perguntou a juíza Lane.

— Apenas uma, milady — respondeu Trelford. — Senhora Clifton, Sir Edward levantou a questão do testamento de sua mãe. Ela chegou a lhe confidenciar seus sentimentos para com Lady Virginia?

— Senhor Trelford — interrompeu-lhe a juíza antes que Emma pudesse responder —, como o senhor sabe muito bem, isso seria declaração de terceiro e, portanto, inadmissível.

— Mas minha mãe registrou por escrito, no testamento, a opinião dela acerca de Lady Virginia — observou Emma, olhando para a juíza.

— Queira se explicar melhor, sra. Clifton — solicitou a magistrada.

— No testamento, mamãe expôs as razões pelas quais não estava deixando nada para meu irmão.

— Eu poderia ler o trecho em questão, milady — ofereceu-se Trelford depois que pegara o testamento. — Se a senhora achasse que isso poderia ser útil, logicamente — acrescentou ele, tentando assumir os ares e o entorno de um inocente garoto de escola, artifício que fez com que Sir Edward se levantasse rapidamente.

— Com certeza, isso não passa de mais uma calúnia, milady — protestou ele, sabendo muito bem ao que Trelford estava se referindo.

— Mas isto aqui é um documento público, registrado em cartório — ponderou Trelford, gesticulando com o testamento praticamente debaixo dos narizes dos jornalistas sentados na bancada da imprensa.

— Talvez seja melhor eu ler as palavras relativas à questão antes de formar um juízo sobre o assunto — disse a juíza Lane.

— Claro, milady — disse Trelford. Ele entregou o testamento ao escrivão, que o repassou à juíza.

Visto que Trelford destacara algumas linhas, a magistrada as deve ter lido várias vezes, antes que, por fim, dissesse:

— Acho que, de um modo geral, isso é inadmissível como evidência, já que seu conteúdo poderia ser interpretado de forma deturpada. Contudo, sr. Trelford — acrescentou a juíza —, se quiser que eu suspenda o processo para que o senhor possa debater uma questão de direito, eu poderia mandar que esvaziassem o tribunal.

— Não, obrigado, milady. Para mim basta seu bom julgamento — disse Trelford, sabendo muito bem que os jornalistas, muitos dos quais já estavam se retirando do tribunal, publicariam o tal trecho na primeira página na manhã seguinte.

— Então, prossigamos — ordenou a juíza. — O senhor não gostaria de chamar sua próxima testemunha, sr. Trelford?

— Não tenho como fazer isso, milady, pois, no momento, ele está participando de um debate na Câmara dos Comuns. Todavia, o major Fisher poderá apresentar-se no tribunal às dez horas amanhã de manhã.

39

Sentado no banco de madeira na terceira fileira, Harry observou o coronel Marinkin entrar na sala do tribunal improvisado. Depois de parar na frente do procurador público, ele se pôs em posição de sentido, bateu continência e permaneceu em pé.

Marinkin trajava uma farda mais elegante do que a que Harry vira ao ser preso. Era, sem dúvida, uma a ser usada em ocasiões especiais. Os seis botões da túnica brilhavam, os vincos de suas calças eram perfeitos e suas botas estavam tão polidas que, se ele olhasse para baixo, poderia ver sua imagem refletida nelas. As cinco fileiras de medalhas no peitilho não deixariam ninguém em dúvida de que ele havia enfrentado diretamente o inimigo.

— Coronel, o senhor poderia dizer ao tribunal quando tomou conhecimento da existência do acusado?

— Sim, camarada procurador. Ele veio a Moscou pela primeira vez há uns cincos, na condição de representante britânico de uma conferência literária, quando fez o principal discurso no primeiro dia do evento.

— O senhor ouviu esse discurso?

— Sim, ouvi. E ficou claro para mim que ele acreditava que o traidor Babakov havia trabalhado durante muitos anos no Kremlin e era um dos principais assessores do finado camarada Stalin. Aliás, foi tão convincente que, quando ele se sentou, todos naquele auditório acreditavam nisso.

— O senhor tentou estabelecer contato com o acusado enquanto ele ficou em Moscou?

— Não, pois ele voltaria para a Inglaterra no dia seguinte, e confesso que presumi que, assim como acontece com muitas campanhas que provocam tanto entusiasmo no Ocidente, seria apenas uma questão de tempo até que se esquecessem dessa e aparecesse outra para ocupar suas mentes inquietas.

— Mas essa causa simplesmente não morreu.

— Não. Ficou claro que o acusado se convencera de que Babakov estava dizendo a verdade e que, se o livro do traidor pudesse ser publicado, o mundo inteiro acreditaria nele. Há alguns meses, o acusado viajou para Nova York num transatlântico de luxo, de propriedade da família de sua esposa. Ao chegar a Nova York, ele fez uma visita a um famoso editor, sem dúvida para tratar da publicação do livro de Babakov, já que, no dia seguinte, ele embarcou num trem para Pittsburgh com vistas a se encontrar com a desertora Yelena Babakov, esposa do traidor. Tenho neste fichário várias fotografias tiradas por nosso agente durante essa visita a Pittsburgh.

Marinkin entregou o fichário ao assessor da juíza, que o repassou à presidente do tribunal. Os três juízes analisaram as fotografias por algum tempo e, por fim, a presidente perguntou:

— Quanto tempo o prisioneiro ficou reunido com a sra. Babakov?

— Pouco mais de quatro horas. Depois disso, voltou para Nova York. Na manhã do dia seguinte, fez mais uma visita ao seu editor e, horas depois, embarcou no navio da família da esposa e retornou para a Inglaterra.

— Assim que ele voltou a pôr os pés na Inglaterra, o senhor manteve a vigilância?

— Sim. Um de nossos mais experientes agentes monitorou suas atividades diárias e informou depois que o acusado havia se matriculado num curso de russo na Universidade de Bristol, situada não muito longe de sua residência. Um de meus agentes se matriculou no mesmo curso e informou que o acusado era um aluno aplicado que estudava muito mais do que qualquer um dos colegas. Logo depois de ter completado o curso, ele partiu num avião para Leningrado, poucas semanas antes da expiração de seu visto.

— Por que o senhor não o prendeu imediatamente quando ele chegou a Leningrado e o pôs no primeiro voo de volta para Londres?

— Porque eu queria descobrir se ele tinha parceiros na Rússia.

— E ele tem?

— Não. O sujeito age sozinho. É um romântico, alguém que ficaria mais bem ambientado se vivesse nos tempos antigos, quando, tal como Jasão, teria partido em busca do Velo de Ouro, cujo equivalente no século XX, para ele, era a história de Babakov, tão fictícia quanto.

— E ele conseguiu?

— Sim. A esposa de Babakov claramente havia revelado a ele o local exato em que ele poderia achar um exemplar do livro do marido, pois, assim que ele chegou a Leningrado, pegou um táxi para levá-lo à loja de livros antigos de Pushkin, situada na periferia da cidade. Precisou apenas de alguns minutos para achar o livro, que se achava escondido sob a sobrecapa empoeirada de outro livro e que devia estar no mesmo lugar em que a sra. Babakov lhe dissera que estaria. Ele comprou o livro junto com dois outros e depois pediu que o taxista, que o ficara esperando lá fora, o levasse de volta para o aeroporto.

— Onde o senhor o prendeu?

— No aeroporto, mas não imediatamente, pois eu queria saber se ele tinha um cúmplice no local, ao qual talvez tentasse repassar o livro. Mas ele simplesmente comprou uma passagem e partiria no mesmo avião em que chegara ao país. Nós o prendemos pouco antes de ele tentar embarcar.

— E onde está o livro agora? — perguntou a presidente do tribunal.

— Foi destruído, camarada presidente, mas preservei a página do título para que fizesse parte dos autos. Talvez interesse ao tribunal saber que, como parece ser uma prova tipográfica da obra, é possível que fosse o último exemplar ainda existente.

— Quando o senhor prendeu o acusado, como ele reagiu? — perguntou o promotor.

— Ficou claro que ele não tinha consciência da gravidade de seu crime, pois ficou perguntando por que estava sendo preso.

— O senhor entrevistou o motorista de táxi — perguntou o promotor —, bem como a idosa que trabalhava na livraria, para saber se eles estavam mancomunados com o acusado?

— Sim. Mas verificamos que ambos tinham cartões do partido e logo ficou claro que nunca haviam tido nenhum contato com o acusado. Eu os soltei, portanto, após um breve interrogatório, já que imaginei que, quanto menos eles soubessem a respeito da investigação, melhor.

— Obrigado, coronel. Não tenho mais perguntas — disse o promotor —, mas talvez meu colega tenha — acrescentou ele antes de se sentar.

A presidente olhou de relance para os lados do jovem sentado na outra extremidade do banco. Ele se levantou e olhou para ela, mas não disse nada.

— O senhor gostaria de interrogar a testemunha? — perguntou a magistrada.

— Isso não será necessário, camarada presidente. Estou muito satisfeito com as provas apresentadas pelo comandante da polícia — disse ele e voltou a sentar-se.

A presidente voltou a atenção para o coronel.

— Aproveito então para lhe dar os parabéns, coronel, por seu minucioso trabalho de investigação — disse ela. — Mas existe algo mais que o senhor gostaria de acrescentar que pudesse nos ajudar a concluir nosso julgamento?

— Sim, camarada. Estou convicto de que o prisioneiro é meramente um idealista ingênuo e crédulo que acredita realmente que Babakov trabalhava no Kremlin. Em minha opinião, deveríamos dar a ele mais uma chance de assinar uma confissão. Se ele fizer isso, supervisionarei pessoalmente a deportação.

— Obrigada, coronel. Levarei isso em conta. Agora, o senhor pode voltar a cuidar de seus importantes deveres.

O coronel bateu continência. Quando se virou para deixar o tribunal, olhou de relance para Harry. Instantes depois, havia sumido de vista.

Foi então que Harry percebeu que esse julgamento era de fachada. Seu único objetivo era convencê-lo de que Anatoly Babakov era um impostor, de forma que, quando ele voltasse para a Inglaterra, contasse a "verdade" a todo mundo, tal como ela estava sendo encenada no tribunal. Mas essa farsa cuidadosamente orquestrada ainda incluía fazer com que ele assinasse a confissão, e ele se perguntava até onde iriam para tal.

— Camarada procurador — disse a presidente do tribunal —, o senhor pode chamar sua testemunha agora.

— Obrigado, camarada presidente — agradeceu ele antes que se levantasse mais uma vez. — Solicito a presença de Anatoly Babakov.

40

Giles se sentou para tomar café e começou a folhear os jornais matinais. Estava em sua segunda xícara de café quando Sebastian chegou para juntar-se a ele.

— O que dizem os jornais?

— Acho que um crítico de teatro diria que o primeiro dia do julgamento teve avaliações variadas.

— Então talvez tenha sido uma boa coisa — observou Sebastian — que a juíza tenha aconselhado que evitassem lê-los.

— Mas eles os lerão. Pode acreditar — disse Giles. — Principalmente depois que a juíza se recusou a deixar que Trelford contasse aos jurados o que minha mãe disse a respeito de Virginia no testamento. Pegue uma xícara de café que lerei para você. — Giles pegou o *The Daily Mail* e ficou esperando Sebastian voltar para a mesa. Pouco depois, pôs os óculos e começou a ler a reportagem. — "O restante de minha propriedade [...] deve ficar com as minhas queridas filhas... Emma e Grace, bens dos quais poderão dispor como quiserem, com a exceção de Cleópatra, minha gata siamesa, que deixo em legado para Lady Virginia Fenwick, pois as duas têm muito em comum. Afinal, são lindas, elegantes e vaidosas, mas predadoras fúteis e astutas que têm a presunção de achar que todas as demais pessoas foram postas na Terra para servi-las, incluindo meu filho cego de paixão, pelo qual me resta apenas rezar para que consiga quebrar o feitiço que ela lançou sobre ele, antes que seja tarde demais."

— Bravo! — disse Sebastian quando seu tio largou o jornal. — Que senhora formidável. Como seria bom se pudéssemos contar com ela no banco da testemunha. E quanto aos jornais sérios? O que estão dizendo sobre o julgamento?

— O *The Telegraph* está sendo cauteloso, evitando tomar partido, embora tenha feito elogios a Makepeace, por conta do interrogatório pericial e analítico a que submeteu Emma. Já o *The Times* faz especulações em torno do fato de por que a defesa, e não a acusação, convocará Fisher para depor. O título da reportagem é Testemunha Hostil — informou Giles, empurrando o *The Times* para o outro lado da mesa.

— Tenho o pressentimento de que o depoimento de Fisher não terá avaliações variadas.

— Fique olhando fixamente para ele quando ele estiver no banco da testemunha. Ele não gostará disso.

— Engraçado — comentou Sebastian. — Uma das juradas fica olhando para mim o tempo todo.

— Que bom — observou Giles. — Não deixe de sorrir para ela de vez em quando, mas não faça isso com muita frequência, pois a juíza pode perceber.

Foi quando Emma entrou na sala.

— O que estão dizendo? — perguntou ela, olhando para os jornais.

— Não dava para esperar coisa muito melhor — respondeu Giles. — O *The Mail* transformou mamãe num mito; já os jornais sérios querem saber por que Fisher será convocado por nós para depor, não pela contraparte.

— Eles saberão muito em breve — observou Emma, sentando-se à mesa. — Mas então por qual deles devo começar?

— Talvez pelo *The Times* — sugeriu Giles —, mas não se importe com o *Telegraph*.

— Não é a primeira vez — comentou Emma, pegando o *Telegraph* — que eu gostaria de poder ler hoje os jornais de amanhã.

— Bom dia — disse a juíza Lane assim que os jurados se acomodaram em seus lugares. — O processo começará hoje com um acontecimento incomum. A próxima testemunha convocada pelo sr. Trelford, major Alexander Fisher, não deporá por vontade própria, mas porque foi intimado pela defesa. Quando o sr. Trelford me apresentou o requerimento da intimação, tive que analisar a admissibilidade das provas que a testemunha poderia fornecer. Acabei concluindo que o sr. Trelford tinha o direito de convocar o major Fisher para depor, já que o nome dele foi mencionado na discussão entre a sra. Clifton e Lady Virginia, causa deste processo, e ele pode ajudar a esclarecer essa situação. Vocês não devem, porém — acentuou ela —, levar em grande conta o fato de que o major Fisher não tenha sido incluído na lista de testemunhas de Sir Edward Makepeace.

— Mas levarão — murmurou Giles ao pé do ouvido de Emma.

— O major Fisher chegou? — perguntou a juíza, olhando para o escrivão.

— Chegou, milady.

— Então, mande-o entrar no tribunal.

— Solicito a presença do major Alex Fisher — convocou-o o escrivão em voz alta.

Assim que abriram a porta dupla nos fundos da sala de audiências, o major entrou empertigado e altivo no tribunal, de tal forma que surpreendeu até Giles, deixando claro que o fato de que se tornara membro do Parlamento só tinha servido para aumentar ainda mais sua arrogância.

Ele segurou a Bíblia com a mão direita e prestou juramento, sem olhar uma única vez sequer para o cartaz com orientações que o escrivão ficou segurando para ele na sua frente. Quando o sr. Trelford se levantou para se pronunciar, Fisher cravou o olhar no advogado como se tivesse o inimigo sob mira.

— Bom dia, major Fisher — disse Trelford, sem obter resposta. — O senhor poderia fazer a gentileza de informar seu nome completo e sua profissão para que constem nos autos?

— Meu nome é Alexander Fisher e sou representante da zona portuária de Bristol no Parlamento — declarou ele, olhando diretamente para Giles.

— Na ocasião da assembleia geral de acionistas da Barrington Shipping que deu causa a este processo por calúnia, o senhor era diretor da empresa?

— Sim, era.

— E foi a sra. Clifton que o convidou para fazer parte da diretoria?

— Não. Não foi.

— Então quem foi que o convidou para tornar-se membro da diretoria?

— Lady Virginia Fenwick.

— E o senhor poderia dizer por quê? Vocês eram amigos ou isso foi simplesmente por causa de uma relação profissional entre ambos?

— Eu diria que as duas coisas — respondeu Fisher, olhando de relance para Lady Virginia, que aprovou sua atitude com um aceno de cabeça e um sorriso.

— E que conhecimento especializado o senhor tinha para oferecer a Lady Virginia?

— Eu era corretor de valores antes de me tornar parlamentar.

— Entendo — disse Trelford. — Então, o senhor tinha capacidade profissional para prestar assessoria a Lady Virginia na administração de sua carteira de ações e, por causa de seus judiciosos serviços, ela o convidou para representá-la na diretoria da Barrington.

— Perfeito. Eu não conseguiria explicar isso melhor, sr. Trelford — disse Fisher à guisa de elogio, estampando um sorriso presunçoso no rosto.

— Mas o senhor tem certeza de que essa foi a única razão pela qual Lady Virginia o escolheu para o trabalho, major?

— Sim, tenho — retrucou Fisher, o sorriso desaparecendo.

— Ainda assim, continuo intrigado, major, pois, como é possível que um corretor de valores estabelecido em Bristol se torne um consultor financeiro de uma dama residente em Londres que teria acesso a alguns dos mais destacados corretores de valores do centro financeiro da capital? Diante disso, portanto, acho que devo perguntar como foi que vocês se conheceram.

— Lady Virginia me apoiou em minha primeira campanha política como candidato do Partido Conservador a deputado pela zona portuária de Bristol.

— E quem foi o candidato do Partido Trabalhista nessa eleição?

— Sir Giles Barrington.

— O ex-marido de Lady Virginia e irmão da sra. Clifton?

— Sim.

— Então, agora sabemos por que Lady Virginia o escolheu para ser seu representante na diretoria.

— O que está querendo dizer com isso, senhor? — perguntou Fisher, irritado.

— Simplesmente que, se o senhor tivesse disputado uma cadeira no Parlamento por qualquer outro distrito eleitoral, jamais teria conhecido Lady Virginia — respondeu o sr. Trelford, olhando para os jurados enquanto esperava a resposta de Fisher, pois tinha certeza de que ele não daria nenhuma. — Agora que verificamos como nasceu seu relacionamento com a querelante, analisemos o valor e a importância de sua assessoria profissional. O senhor deve se lembrar, major, que lhe perguntei há pouco se o senhor assessorou Lady Virginia na administração de sua carteira de ações e o senhor confirmou que sim.

— Isso mesmo.

— Então, talvez o senhor possa contar ao júri quais foram as demais assessorias, além da relacionada com as ações da Barrington Shipping, que o senhor prestou a ela envolvendo outras de suas ações, certo? — questionou o sr. Trelford, que ficou esperando com paciência mais uma vez, até que, por fim, argumentou: — Desconfio que não existe resposta para isso e que o único interesse dela era usá-lo na empresa como fonte de informações privilegiadas, de modo que ela pudesse saber o que estava acontecendo na Barrington e vocês pudessem beneficiar-se de toda informação a que só uma pessoa como o senhor, como membro da diretoria, podia ter acesso.

— Isso é uma insinuação ultrajante! — protestou Fisher, olhando para a juíza, que permaneceu impassível.

— Se esse é mesmo o caso, major, o senhor poderia negar que, em três diferentes ocasiões, aconselhou Lady Virginia a vender suas ações da Barrington. Tenho diante mim as datas, o número de vezes em que isso foi feito e as quantias envolvidas e que, em cada uma dessas ocasiões, o senhor fez isso apenas alguns dias depois de a empresa ter anunciado más notícias?

— É para isso que servem os assessores, sr. Trelford.

— E, então, umas três semanas depois disso, o senhor recomprou as ações, algo que presumo que foi feito por duas razões. Primeiro, para conseguir lucro rápido e fácil e, segundo, para fazer com que ela recuperasse seus 7,5 por cento das ações da empresa e o senhor não perdesse seu cargo na diretoria. Pois, do contrário, o senhor não teria mais acesso a informações sigilosas, não é assim?

— O senhor está manchando minha reputação profissional com essa alegação infame! — bradou Fisher, revoltado.

— Será? — questionou Trelford, segurando uma folha de papel com o braço levantado para que todos a vissem, antes de começar a ler as cifras que tinha diante de si. — Nas três transações em questão, Lady Virginia obteve lucros da seguinte ordem: 17.400, 29.320 e 70.100 libras, respectivamente.

— Não é crime gerar lucros para clientes, sr. Trelford.

— Não, certamente que não, major, mas por que o senhor precisou usar um corretor de valores de Hong Kong para realizar as transações, um tal de sr. Benny Driscoll?

— Benny é um velho amigo que trabalhava no centro financeiro de Londres, e eu sou leal a meus amigos, sr. Trelford.

— Tenho certeza que sim, major, mas o senhor sabia que, na época das negociações, a polícia irlandesa tinha um mandado de prisão contra o sr. Driscoll por fraude e manipulação do preço de ações?

Indignado com a insinuação, Sir Edward se levantou de um pulo da cadeira.

— Sim, sim, Sir Edward — disse a juíza Lane. — Espero, sr. Trelford, que o senhor não esteja insinuando que o major Fisher sabia desse mandado de prisão e, mesmo assim, se dispôs a fazer negócios com o sr. Driscoll.

— Era o que eu pretendia perguntar em seguida, milady — disse Trelford, voltando a bancar o garotinho inocente.

— Não. Eu não sabia — respondeu Fisher, em tom de protesto. — Se eu tivesse sabido disso, certamente não teria continuado a fazer negócios com ele.

— Que bom, sr. Fisher — observou Trelford, que abriu um grande fichário e pegou uma folha de papel, quase totalmente coberta de números. — Quando o senhor comprou ações em nome de Lady Virginia, como ela lhe pagou?

— Por meio de comissão. Um por cento sobre o preço de compra ou venda, como é o padrão no mercado.

— Muito correto e apropriado — observou Trelford, pondo a folha de volta no fichário. Em seguida, pegou outra folha, que ele examinou, igualmente, com visível interesse. — Diga-me, major, o senhor estava ciente, em cada uma dessas ocasiões, depois de o senhor ter pedido ao seu leal amigo, o sr. Driscoll, que realizasse essas transações para Lady Virginia, de que ele comprou e vendeu ações da Barrington por conta própria, o que ele devia saber que era ilegal?

— Eu não fazia ideia de que ele estava fazendo isso e eu o teria denunciado à Bolsa de Valores se tivesse ficado sabendo.

— É mesmo? Então, o senhor não tinha ideia de que ele ganhou vários milhares de libras pegando carona nas suas transações?

— Não. Não tinha.

— Nem que, pouco tempo antes, a licença dele para atuar no mercado de ações tinha sido suspensa pela Bolsa de Valores de Hong Kong por conduta antiprofissional?

— Não sabia, mas, por outro lado, havia vários anos que eu não fazia negócios com ele.

— Ah, é? — questionou Trelford, repondo a segunda folha de papel no fichário e pegando uma terceira. Ele ajeitou os óculos e analisou uma linha com números na página posta diante de si antes de voltar a falar: — O senhor comprou e vendeu ações também, em três ocasiões, para si mesmo, obtendo um lucro considerável em cada uma delas?

Trelford continuou a olhar fixamente para a folha de papel que segurava com uma das mãos, apreensivamente ciente de que tudo que Fisher precisava dizer era "Não, não fiz isso" que seu blefe cairia por terra. No entanto, o major hesitou, ainda que por um breve instante, que foi o suficiente para permitir que Trelford acrescentasse:

— Acho que não preciso lembrá-lo, major Fisher, que o senhor, como parlamentar, está depondo sob juramento, tampouco das consequências de cometer perjúrio — disse, continuando a examinar as linhas com cifras na folha à sua frente.

— Mas eu não obtive lucro na terceira transação — deixou escapar Fisher. — Na verdade, tive prejuízo.

A resposta provocou uma sonora arfada de espanto no tribunal, seguida pela irrupção de uma série de comentários sussurrantes. Trelford esperou que se restabelecesse o silêncio na sala antes de continuar.

— Então, o senhor obteve lucro nas duas primeiras transações, major, mas sofreu prejuízo na terceira?

Inquieto e algo aflito, Fisher mudou de posição no banco de testemunha, mas não fez nenhuma tentativa de responder.

— Major Fisher, o senhor afirmou há pouco no tribunal que não é crime gerar lucros para clientes — lembrou Trelford, olhando para uma anotação, procurando verificar com exatidão as palavras do major.

— Sim, afirmei — disse Fisher, tentando se recompor.

— Mas, como corretor de valores, o senhor devia saber que era crime — prosseguiu Trelford, pegando em seguida um grosso tomo com capa de couro no banco na frente dele e abrindo-o numa página com um marcador — negociar ações numa empresa de cuja diretoria o senhor faz parte. — Trelford leu o trecho marcado em voz alta: — "A menos que a pessoa tenha informado ao presidente da empresa e buscado orientação jurídica." — Ele deixou que suas palavras fossem bem assimiladas antes de fechar o livro um tanto ruidosamente e perguntar serenamente. — O senhor informou suas transações à sra. Clifton ou buscou orientação jurídica?

Fisher segurou firme os lados do banco da testemunha para fazer com que suas mãos parassem de tremer.

— O senhor poderia dizer ao tribunal quanto lucrou quando comprou e vendeu suas ações da Barrington? — perguntou Trelford, continuando a olhar para uma conta de hotel de uma viagem recente a Hong Kong. Esperou algum tempo antes que resolvesse repor o recibo de volta no fichário, olhou para a juíza depois e ponderou: — Milady, como parece que o major Fisher não está disposto a responder outras perguntas minhas, não vejo sentido em continuar o interrogatório — explicou o advogado, sentando-se em seguida e sorrindo para Emma.

— Sir Edward — perguntou a juíza Lane —, o senhor gostaria de interrogar a testemunha?

— Se a senhora permitisse, só gostaria de fazer algumas perguntas — respondeu Sir Edward, parecendo insolitamente menos confiante.

— Major Fisher, o senhor acha que existe algum indício de que Lady Virginia sabia que o senhor estava negociando as ações da Barrington em benefício próprio?

— Não, senhor.

— Corrija-me se eu estiver errado, mas, que eu saiba, o senhor era simplesmente o consultor dela e todas as transações realizadas em nome da contratante foram realizadas dentro de todo o rigor da lei, certo?

— Com certeza, Sir Edward.

— Obrigado pelo esclarecimento. Não tenho mais perguntas, milady.

A juíza se empenhava em anotações frenéticas a essa altura, ao passo que o major Fisher permaneceu imóvel no banco da testemunha, como um animal assustado. Por fim, ela pôs a caneta de lado e disse:

— Antes que o senhor deixe o tribunal, major Fisher, devo informar que pretendo enviar uma transcrição de seu depoimento ao juizado para que as autoridades de lá decidam se é necessário tomar medidas legais em relação ao seu caso.

Quando o major deixou o banco da testemunha e saiu do tribunal, os grupos de jornalistas esvaziaram suas bancadas e o seguiram pelo corredor, como um bando de cães de caça latindo durante a perseguição a uma raposa ferida.

Giles se inclinou para a frente, deu uns tapinhas nas costas de Trelford e disse:

— Bom trabalho, doutor. O senhor acabou com ele.

— Com ele, sim, mas não com ela. Graças àquelas duas excelentes perguntas de Sir Edward, Lady Virginia continua de pé.

41

Havia alguma coisa errada. Esse homem não poderia ser Anatoly Babakov. Harry ficou olhando para o frágil trapo esquelético que entrou se arrastando no tribunal e praticamente desabou num dos bancos da sala, sentando-se de frente para o promotor.

Babakov estava coberto por um terno e uma camisa que se penduravam nele como se ele fosse um cabide. Ambos eram grandes demais, e a primeira coisa que ocorreu a Harry foi que ele as havia tomado emprestado de um estranho naquela manhã. Logo entendeu que o terno e a camisa eram mesmo de Babakov; ele simplesmente não os usava desde o dia em que fora preso, muitos anos antes. Seus cabelos estavam ralos, e os fios que ainda lhe restavam na cabeça tinham se agrisalhado. Seus olhos, também cinzentos, estavam encovados fundo nas órbitas, e sua pele se mostrava enrugada e ressecada, e não por conta da luz solar, mas das incontáveis horas de exposição aos ventos congelantes das planícies siberianas. Babakov parecia ter uns 70 anos, ou até 80, embora, como Harry sabia que ele e o colega eram contemporâneos, de modo que não poderia ter muito mais de 50.

O promotor se levantou, trocando a máscara do sicofanta pelo do valentão. Uma vez de pé, olhou diretamente para Babakov e lhe dirigiu a palavra com frieza e arrogância, numa atitude muito diferente da que tivera para com o coronel camarada enquanto este depusera no banco da testemunha.

— Informe ao tribunal seu nome e número de prisioneiro — ordenou ele.

— Babakov, número 74162, promotor camarada.

— Não fale comigo com essa intimidade.

— Desculpe, senhor — disse o prisioneiro, baixando a cabeça.

— Antes de ter sido condenado, Babakov, qual era sua profissão?

— Eu era professor de uma escola municipal no sétimo distrito de Moscou.

— Por quantos anos você trabalhou nessa escola?

— Durante treze anos, senhor.

— E que matéria você ensinava?

— Inglês.

— Quais são suas qualificações?

— Formei-me pelo Instituto de Línguas Estrangeiras de Moscou em 1941.

— Então, depois de formado, seu primeiro emprego foi de professor escolar. E você nunca trabalhou em nenhum outro lugar?

— Não, senhor. Não trabalhei.

— Durante esses treze anos como professor, o senhor foi alguma vez ao Kremlin?

— Não. Não fui, senhor. Nunca.

A veemência com que Babakov disse "nunca" foi para Harry uma clara indicação de que o prisioneiro considerava essa farsa de julgamento digno apenas de desdém. Afinal, pelo menos uma vez na vida, todo jovem estudante soviético fazia uma visita ao Kremlin para prestar homenagem a Lenin diante de seu túmulo. Como Babakov fora professor de escola pública, ele teria supervisionado tais visitas. Harry não tinha, porém, como fazê-lo saber que havia captado a mensagem, sem estragar o disfarce.

— Você teve algum tipo de contato com nosso venerável líder, o secretário-geral do Presidium do Soviete Supremo, nosso camarada Stalin? — prosseguiu o promotor.

— Sim, em certa ocasião, quando eu era estudante, ele visitou o Instituto de Línguas Estrangeiras para participar da cerimônia de entrega da premiação anual concedida pelo Estado.

— Ele falou com você?

— Sim. Ele me deu os parabéns por eu ter conseguido o diploma.

Por ter sido o prisioneiro o primeiro aluno da turma, Harry sabia que Babakov havia ganhado a Medalha Lenin. Mas por que ele não mencionara aquilo? Porque não fazia parte do roteiro muito bem preparado, ao qual ele vinha procurando ater-se. Talvez as respostas houvessem sido elaboradas pela mesma pessoa que fazia as perguntas.

— Além desse breve encontro, você teve outro tipo de contato com o camarada Stalin depois?

— Não, senhor. Nunca — respondeu ele, enfatizando mais uma vez a palavra *nunca*.

Harry estava começando a bolar um plano. Para que funcionasse mesmo, teria que convencer os três camaradas com rostos inexpressivos à frente do julgamento que ele acreditava em cada palavra que Babakov havia dito e que estava horrorizado com o fato de que fora enganado pelo sujeito.

— Passemos agora a 1954, ano em que você tentou publicar um livro, no qual alegou que havia trabalhado na equipe de assessores particulares do presidente durante treze anos na função de seu intérprete pessoal, quando, na verdade, você nunca tinha entrado no Kremlin. O que fez o senhor pensar que poderia ficar impune com a divulgação de uma mentira dessas?

— Assim como eu, nenhum daqueles que trabalhavam na editora Sarkoski jamais pusera os pés no Kremlin. Todos os funcionários só tinham visto o camarada Stalin a distância, numa ocasião em que ele passara nossas tropas em revista na parada do Dia do Trabalho. Assim, não foi difícil convencê-los de que eu havia sido membro da equipe de assessores diretos.

Enojado, Harry abanou a cabeça e olhou de cara feia para Babakov, torcendo para que não estivesse exagerando. Logo em seguida, viu a presidente fazer uma anotação num bloco de papel que tinha diante de si. Será que aquilo que viu no rosto da juíza era pelo menos um arremedo de sorriso?

— E é verdade também que você pretendia desertar, na esperança de conseguir publicar seu livro no Ocidente, pensando exclusivamente em ganhar muito dinheiro?

— Sim. Achei que, se eu conseguisse enganar os funcionários da editora, seria muito mais fácil convencer os americanos e os britânicos de que eu tinha sido uma autoridade do partido que trabalhara ao lado do secretário-geral. Afinal de contas, quantos ocidentais tinham visitado a União Soviética e, mais que isso, quantos haviam tido algum contato com o camarada Stalin, o qual todos sabemos que não falava uma palavra sequer de inglês?

Harry mergulhou a cabeça entre as mãos e, quando voltou a levantá-la, fitou Babakov com desprezo. E viu a presidente fazer outra anotação no bloco.

— Assim que você concluiu o livro, por que não desertou na primeira oportunidade?

— Porque não tinha dinheiro suficiente para isso. Haviam prometido um adiantamento no dia da publicação, mas fui preso antes que pudesse recebê-lo.

— Mas sua esposa desertou.

— Sim. Eu a mandei na frente com nossas economias, na esperança de conseguir me juntar a ela depois.

Harry ficou horrorizado com a forma pela qual o promotor misturava meias verdades com mentiras e se perguntou como podiam pensar que ele acreditaria, ainda que por alguns instantes, naquela farsa. Contudo, por outro lado, essa era justamente a fraqueza deles. Claramente se iludiam com a própria propaganda ideológica, então Harry decidiu que tentaria vencê-los usando suas próprias armas.

Começou a acenar positivamente toda vez que parecia que o promotor tinha marcado um ponto nesse jogo de mentiras. Mas lembrou-se de que, em mais de uma ocasião, seu professor de dramaturgia na escola o repreendera por exagerar na interpretação, e tratou de ser mais moderado.

— Sua esposa levou um exemplar do livro com ela? — perguntou o promotor.

— Não. Ele não tinha sido publicado ainda quando ela partiu. De qualquer forma, ela teria sido revistada quando tentasse atravessar a fronteira e, se estivesse levando um exemplar do livro com ela, teria sido presa e enviada diretamente para Moscou.

— Porém, graças a um trabalho de investigação brilhante, você foi preso, acusado e condenado antes mesmo que um exemplar de seu livro chegasse às livrarias.

— Sim — confirmou Babakov, baixando a cabeça de novo.

— E o que você alegou quando foi acusado de ter cometido crimes contra o Estado?

— Que eu era culpado de todas as acusações.

— E o tribunal do povo o condenou a vinte anos de árduos trabalhos forçados.

— Sim, senhor. Considerando o crime abominável que cometi contra a nação, tive sorte por ter recebido uma condenação tão leve.

Mais uma vez, Harry percebeu que Babakov estava tentando transmitir-lhe a mensagem de que considerava o julgamento uma grande vergonha. Mas ainda era importante para Harry fingir que estava sendo enganado pela farsa.

— Terminei, camarada presidente, o interrogatório da testemunha — disse o promotor, saudando-a em seguida com uma acentuada inclinação do corpo e sentando-se.

A presidente olhou de relance para o jovem sentado na outra extremidade do banco.

— O senhor gostaria de fazer perguntas à testemunha?

— Não, camarada presidente — respondeu o rapaz, levantando-se, hesitante. — Está claro que Babakov é um inimigo do Estado.

Harry sentiu pena do rapaz, que provavelmente acreditara em todas as palavras que ouvira no tribunal naquela manhã. Aproveitou a ocasião para fazer um ligeiro meneio da cabeça, indicando que concordava com ele, ainda que a inexperiência do jovem tivesse servido para desmascarar a farsa perante seus olhos. Achou que, se ele tivesse lido mais as obras de Chekhov, teria entendido que, muitas vezes, o silêncio pode ser mais poderoso do que as palavras.

— Levem o prisioneiro embora — ordenou a presidente do tribunal.

Enquanto retiravam Babakov do tribunal, Harry baixou a cabeça, tentando passar a impressão de que não queria ter mais nenhum tipo de ligação ou relação com o prisioneiro.

— Camaradas, tivemos um longo dia — disse a presidente, virando-se para os jurados. — Como segunda-feira será feriado nacional, no qual homenagearemos todos aqueles homens e mulheres corajosos que sacrificaram suas vidas no Cerco a Leningrado, este tribunal voltará a reunir-se somente na terça-feira de manhã, quando apresentarei um resumo da posição do Estado em relação ao caso, de modo que os senhores possam decidir se o prisioneiro é culpado ou não.

Harry teve vontade de rir. Viu que nem sequer permitiriam que ele depusesse, mas estava bem ciente agora de que esse processo era uma tragédia e não uma comédia, na qual ele ainda tinha um papel a desempenhar.

A presidente se levantou e deixou o tribunal seguida pelos colegas. Mal eles haviam saído e se fecharam as portas, dois guardas da prisão agarraram Harry pelos braços para levá-lo de volta para o cárcere.

Como sabia que teria quase quatro dias de solidão pela frente, já antegozava o desafio de tentar saber de quanto mais dos trechos que lera de *Tio Joe* ele conseguiria lembrar-se. Capítulo 3. E, com silentes movimentos dos lábios, começou a repassar mentalmente as palavras já quando iam saindo com ele do tribunal.

Stalin não apenas entrou para a história, mas também a reescrevia, e não existe melhor exemplo disso do que a forma pela qual tratou a própria família. Sua segunda esposa, Nadya, tirou a própria vida, pois "preferia morrer a continuar casada com um tirano maligno como ele". Assim que soube do suicídio da esposa, Stalin ordenou imediatamente que tratassem sua morte como um segredo de Estado, receando que a verdade o desmoralizasse perante seus aliados e inimigos também...

Um dos guardas destrancou a pesada porta da cela e seu colega empurrou o prisioneiro para dentro.

Assim que caiu no chão, Harry percebeu que não estava sozinho na cela. Quando levantou a cabeça, ele o viu agachado num canto, com o indicador em riste encostado nos lábios.

— Fale somente em inglês — foram as primeiras palavras de Babakov.

Harry concordou com um aceno de cabeça e, quando olhou para trás, viu um dos guardas olhando fixamente para a cela através das grades. A farsa ainda estava sendo encenada. Ele se agachou no piso da cela também, posicionando-se a alguns metros de Babakov.

— Eles precisam acreditar que você se convenceu de tudo que acabou de testemunhar — observou Babakov baixinho. — Se eles acreditarem nisso, permitirão que você volte para casa.

— Mas como isso poderá ajudá-lo? — questionou Harry. — Principalmente se eu tiver que assinar uma confissão, afirmando que aceito que você inventou tudo isso?

— Porque posso lhe mostrar como você pode conseguir um exemplar de *Tio Joe* sem que ninguém o prenda.

— E isso ainda é possível?

— Sim — respondeu Babakov.

Depois que ouviu atentamente o que seu novo colega de cela lhe sussurrou praticamente ao pé do ouvido, Harry sorriu.

— Por que não pensei nisso antes?

—

— Agradeço por ter arranjado um tempinho para se encontrar comigo — disse Griff —, principalmente bem no meio do julgamento de sua irmã.

— Como urgente não é uma palavra que você usa com frequência — comentou Giles — e você pegou o primeiro trem com destino a Londres, achei que devia ser algo sério.

— Embora isso só vá ser divulgado daqui a alguns dias — informou Griff —, meu informante do diretório local do Partido Conservador me disse que haverá uma reunião de seu comitê executivo hoje à noite com um único item em pauta. Uma moção para requerer a exoneração do representante do distrito no Parlamento.

— E isso resultaria numa eleição suplementar — disse Giles pensativamente.

— E foi por isso que peguei o primeiro trem para Londres.

— O Diretório Central do Partido Conservador jamais permitiria que Fisher se exonerasse do cargo num momento em que o governo está tão atrás nas pesquisas de intenção de votos.

— Eles não terão muita escolha se a imprensa continuar a chamar Fisher de "major moribundo", e você sabe muito bem o que essa gente faz quando percebe uma oportunidade de se aproveitar da desgraça alheia. Diante disso, sinceramente, não consigo imaginar que Fisher continue ainda no cargo por mais que alguns dias. Portanto, quanto mais cedo você voltar para o distrito, melhor.

— Farei isso assim que o julgamento terminar.

— Quando acha que isso acontecerá?

— Daqui a alguns dias. Dentro de uma semana, no máximo.

— Se você puder passar lá no fim de semana, para que o vejam fazendo compras na Broadmead no sábado de manhã, seria bom. Aproveite para assistir ao jogo dos Rovers à tarde e depois às matinas na St. Mary Redcliffe no domingo, pois servirá para mostrar ao povo que você ainda está vivo e forte.

— Mas quais serão minhas chances se houver mesmo uma eleição suplementar?

— De ser escolhido como candidato do partido ou de recuperar a cadeira no Parlamento?

— Ambas as coisas.

— Você ainda é o mais cotado para ser o candidato, embora várias mulheres do comitê executivo vivam levantando a questão de que você teve dois casamentos fracassados. Mas estou tentando fazer a cabeça delas, e ajuda o fato de que você recusou um cargo na Câmara dos Lordes, pois queria tentar recuperar seu assento no Parlamento.

— Mas eu lhe disse isso em caráter extremamente confidencial — observou Giles.

— E eu contei isso aos dezesseis membros do comitê executivo em caráter extremamente confidencial — replicou Griff, levando Giles a sorrir.

— E quais são minhas chances de recuperar a cadeira?

— Até um cãozinho ostentando uma guirlanda de flores vermelhas vencerá a eleição suplementar se tudo que Ted Heath consegue fazer para tentar resolver problemas econômicos é convocar um estado de emergência toda vez que ocorre uma greve.

— Bem, então acho que está na hora de lhe dar minha boa notícia — disse Giles, fazendo com que Griff, desconfiado, levantasse uma sobrancelha. — Vou pedir a mão de Karin em casamento.

— Dá para deixar isso para depois da eleição suplementar? — indagou Griff em tom de súplica.

42

Para todos os envolvidos no julgamento de Emma, o fim de semana foi longo e cansativo.

Depois de uma breve conferência com o sr. Trelford, imediatamente após a suspensão temporária do processo, Giles levou Emma de carro para Gloucestershire.

— Você não prefere passar o fim de semana em Barrington Hall? Marsden cuidaria bem de você.

— Muita gentileza sua — agradeceu Emma —, mas preciso estar em casa, pois Harry pode telefonar.

— Acho improvável — refutou Giles com serenidade.

— Por quê? — perguntou Emma.

— Fiz uma visita a Sir Alan na Downing Street antes da retomada do processo ontem de manhã e ele me disse que Harry tinha feito reserva num voo da BOAC na noite da última sexta-feira, mas não chegou a embarcar no avião.

— Então, devem tê-lo prendido.

— Receio que sim.

— Mas por que você não me disse isso logo?

— Pouco antes de você se sentar no banco da testemunha? Acho que não ajudaria.

— E Sir Alan tinha mais alguma notícia?

— Ele me disse que, em caso de não recebermos nenhuma notícia de Harry até segunda-feira de manhã, o ministro das Relações Exteriores telefonará para a embaixada russa e exigirá uma explicação.

— E de que adiantará isso?

— Os russos saberão que Harry estará na primeira página de todos os jornais do mundo no dia seguinte se não o soltarem, algo que não devem querer de jeito nenhum.

— Então por que o prenderam? — questionou Emma.

— Eles devem estar tramando alguma coisa, mas nem Sir Alan consegue descobrir o que é.

Giles não falou a Emma sobre a recente experiência que teve quando tentara entrar em Berlim Oriental, principalmente porque havia achado que era improvável que Harry conseguisse passar do setor de controle de passaportes e acabasse sendo forçado a embarcar no próximo avião com destino ao Heathrow. Afinal, para ele não fazia sentido que prendessem o presidente do PEN Clube inglês sem uma boa razão. Nem os soviéticos gostavam de propaganda negativa se pudessem evitá-la. No entanto, tal como Sir Alan, ele não havia conseguido descobrir o que pretendiam.

—

Durante um fim de semana insone, Emma preencheu o tempo respondendo a cartas, lendo e lustrando algumas das peças de prata da família, mas sem nunca ficar a mais que alguns metros do telefone.

Sebastian telefonou no sábado de manhã e, quando ela ouviu a voz do filho, chegou a pensar, ainda que por breves instantes, que era Harry.

—

— Só perderemos se bobearmos — foi a frase de advertência usada por Sir Edward na conferência que teve com Lady Virginia em sua sala de audiências na sexta-feira à noite.

Ele a aconselhou a passar um fim de semana tranquilo, evitando dormir tarde e procurando não beber muito. Disse também que precisaria estar descansada, calma e pronta para enfrentar a batalha com Trelford quando ela se sentasse no banco da testemunha na manhã de segunda-feira.

— Confirme apenas que a senhora sempre permitiu que o major Fisher, seu consultor financeiro, cuidasse de tudo que se relacionasse com a Barrington. Com bastante liberdade — foi uma frase que o advogado repetiu muitas vezes. — A senhora jamais ouviu falar no sr. Benny Driscoll, e foi um grande choque quando descobriu que Cedric Hardcastle inundou o mercado com ações a preço de banana uma semana antes da assembleia geral. A senhora simplesmente achava, como acionista, que a sra. Clifton deveria contar-lhe a verdade, e não tentar impor-lhe um cala-boca com uma resposta egoísta e trivial. E, acima de tudo, não morda a isca do sr. Trelford, pois ele tentará fisgá-la a todo custo, como se a senhora fosse uma truta. Mantenha-se em águas profundas e não se deixe tentar pelo desejo de vir à tona, pois, se fizer isso, ele a fisgará e conseguirá pescá-la. E, por fim, lembre-se de que, só porque as coisas correram bem para nós até agora, não significa que seja lícito que a senhora se sinta a pessoa mais confiante do mundo. Vi muitos casos serem perdidos no último dia de julgamento graças a um deslize de um cliente que achava que já havia ganhado a causa. Portanto, lembre-se — repetiu ele — que só perderemos se bobearmos.

—

Sebastian passou a maior parte do fim de semana no banco, tentando compensar o atraso de suas respostas a correspondências de clientes e dezenas de consultas "urgentes", deixadas por Rachel em sua bandeja de pendências. Levou a manhã de sábado inteira só para cuidar da primeira pilha.

A inspirada escolha do sr. Bishara do novo presidente do Farthings foi recebida pelo centro financeiro de Londres com entusiasmo, fato que tornou a vida de Sebastian muito mais fácil. Alguns clientes fecharam a conta quando Sloane deixou a instituição, mas muitos outros retornaram quando souberam que seu sucessor seria Ross Buchanan: considerado um executivo experiente, sagaz e embasado, como descrito pelo *The Sunday Times*.

Pouco antes do almoço no sábado, Sebastian telefonou para a mãe para tentar tranquilizá-la, dizendo que não havia motivos para preocupação.

— Talvez ele não esteja conseguindo se comunicar conosco. Imagine só como deve ser o serviço de telefonia dos russos — explicou ele, ele mesmo pouco convicto. Afinal, seu pai lhe havia dito claramente que voltaria a tempo para acompanhar o julgamento; não conseguia deixar de se lembrar de uma das máximas favoritas do pai: "Só uma desculpa justifica o atraso num encontro com uma mulher: a morte."

Seb fez um almoço rápido na companhia de Vic Kaufman, que estava preocupado com seu próprio pai, mas por um motivo diferente. Foi a primeira vez que ele mencionara a palavra Alzheimer.

— Infelizmente percebo cada vez mais como meu pai é uma verdadeira banda de um homem só. É ele quem toca os tambores enquanto nós temos permissão apenas de dar umas batidinhas nos pratos de vez em quando. Talvez esteja na hora de o Farthings e o Kaufman começarem a pensar numa fusão.

Seb não conseguia fingir que a ideia não lhe havia ocorrido ainda desde a ocasião em que se tornara vice-presidente do Farthings, mas achou que a sugestão de Vic não poderia ter vindo num momento pior, justamente quando ele tinha tantas preocupações.

— Deixemos para falar sobre isso após a ocasião em que o julgamento houver terminado. E a propósito — acrescentou Sebastian —, fique de olho bem atento em Sloane, pois andam dizendo no centro financeiro que ele tem manifestado muito interesse também na riqueza de seu pai.

Pouco depois das duas da tarde, Sebastian estava de volta à mesa de trabalho, onde retomou a tarefa de lidar com a pilha de correspondências fechadas, com a qual se ocupou durante o resto do dia. Só chegou em casa após a meia-noite.

Um dos seguranças permitiu que entrasse no banco domingo de manhã, mas foi só no fim da tarde que ele se deparou com um envelope bege sobrescrito com o aviso PARTICULAR & CONFIDENCIAL e franqueado com seis selos, colados no canto direito, exibindo o rosto de George Washington. Abriu o envelope e leu uma carta de Rosemary Wolfe. Como poderia arranjar tempo para fazer uma viagem aos Estados Unidos agora? Por outro lado, como poderia não fazê-lo?

Giles fez o que lhe fora recomendado. Passou o sábado andando de um lado para outro da Broadmead com uma grande bolsa vazia da Marks & Spencer. Trocou apertos de mão com todos que paravam para conversar com ele sobre o péssimo governo dos conservadores e do tenebroso Ted Heath. Quando mencionavam o major Fisher, ele buscava não se comprometer.

— Gostaria que o senhor ainda fosse nosso representante.

— Se eu soubesse, jamais teria votado nele.

— É um escândalo. Esse maldito tinha que se demitir — comentário a que Giles respondeu com uma resposta muito bem preparada.

— É uma decisão que cabe ao major Fisher e ao diretório local do partido tomar. Portanto, teremos que ter paciência e aguardar os acontecimentos.

Horas depois, ele estava sentado no balcão de um bar lotado, onde comeu um sanduíche de queijo com picles e salada com Griff, fazendo o lanche descer com uma caneca de sidra Somerset.

— Já avisei ao *Bristol Evening News* que, se Fisher deixar o governo e houver uma eleição suplementar — informou Griff —, o diretório local do partido não está pensando em ninguém mais para tentar reconquistar o assento que não seja seu ex-ocupante.

— Obrigado — agradeceu Giles, levantando a caneca. — Como conseguiu?

— Forcei umas barras, fiz uma ameaça aqui e outra ali, soltei umas propinas de vez em quando e prometi ao presidente que mexeria os pauzinhos para fazer que lhe concedessem a medalha da Ordem do Império Britânico.

— Então não fez nada de novo, né?

— Com exceção do fato de que eu disse ao comitê que, considerando que é possível que os conservadores acabem pondo o nome de um novo candidato na cédula dessa eleição, talvez seja melhor continuarmos com um candidato que os eleitores já conhecem.

— O que o senhor fará com relação ao aumento do barulho causado pelos aviões vindo de Filton? Essa barulheira é uma desgraça!

— Não sou mais seu representante — informou Giles ao homem com educação enquanto se dirigia para a porta.

— Eu não estava sabendo. Desde quando?

Nem Griff conseguiu segurar uma risada. Depois que deixaram o bar, ambos puseram seus cachecóis azul e branco e, juntamente com outros 6 mil torcedores, viram o Bristol Rovers derrotar o Chesterfield por 3 a 2.

À noite, Emma foi jantar em Barrington Hall, mas acabou não sendo muito boa companhia. Foi embora muito antes que Marsden servisse o chá.

Pouco depois, Giles se acomodou na cadeira favorita do avô na sala de estar, com um copo de conhaque numa das mãos e, na outra, um charuto. Estava pensando em Karin quando, de repente, o telefone tocou. Atendeu correndo, arrebatando o fone do gancho, movido pela esperança de ouvir a voz de Harry no outro lado da linha, mas era Griff. Quem mais telefonaria para ele a horas tão avançadas da noite? Quando Griff lhe falou da notícia sobre Fisher, Giles sentiu pena do sujeito pela primeira vez na vida.

—

O senhor Trelford passou o fim de semana se preparando para interrogar Lady Virginia. Mas era uma tarefa que não estava sendo nada fácil para ele. Afinal, o advogado concluiu que ela devia ter aprendido algo com o erro de Fisher e, por isso mesmo, tinha a impressão de que podia ouvir Eddie Makepeace aconselhando-a a manter-se calma o tempo todo, procurando não se deixar levar pelas provocações. Por mais que tentasse, não conseguia pensar numa estratégia que o permitiria penetrar nas defesas dela.

A essa altura, o cesto estava cheio de papéis com estratagemas descartados e, na frente dele, jazia um bloco de folhas A4 com a primeira delas em branco. Como poderia demonstrar aos jurados que a mãe de Emma estava certa ao comparar Virginia com Cleópatra, sua gata siamesa? "Ambas são lindas, elegantes e vaidosas, mas predadoras fúteis e astutas que têm a presunção de achar que todas as demais pessoas foram postas na Terra para servi-las."

Eram duas da madrugada e ele estava revendo algumas das antigas minutas das reuniões de diretoria da Barrington quando, de repente, lhe ocorreu uma nova linha de interrogatório.

Na sexta-feira à tarde, o major Fisher havia saído do estacionamento da Câmara dos Comuns logo depois do encerramento dos trabalhos na casa. Um ou outro de seus colegas tinha desejado sorte a ele, mas nenhum lhe pareceu convincente. Durante a viagem para a região sudoeste da Inglaterra, ficou pensando na carta que teria de escrever se o comitê executivo do diretório local do partido não o apoiasse.

No dia seguinte, permaneceu no apartamento o tempo todo, nem se interessando em virar sequer a primeira página dos jornais matinais, tampouco se importando em tomar café e depois não tendo também nenhuma vontade de almoçar, enquanto os tique-taques do relógio indicavam sem parar o escoar de suas horas de solidão. Muito antes da ocasião mais apropriada do dia para se ingerir álcool, ele havia começado a abrir garrafas de bebida e esvaziá-las. À noite, ficou sentado ao lado do telefone, esperando com impaciência para saber o resultado do voto de confiança. Em dado momento, voltou à cozinha, onde abriu uma lata de sardinha, mas a deixou em cima da mesa, sem nem mesmo tocá-la. Retornou depois para a sala de estar, onde assistiu a um episódio de *Dad's Army*; porém, não deu uma única risada. Por fim, pegou uma edição de sexta-feira do *Bristol Evening Post* e deu mais uma lida na manchete da primeira página:

DIRETÓRIO LOCAL DOS CONSERVADORES PRESTES
A DECIDIR DESTINO DE PARLAMENTAR.
VEJA EDITORIAL NA PÁGINA 11.

O major abriu o jornal na página 11. Afinal, como ele e o editor sempre tiveram um bom relacionamento, Fisher havia alimentado a esperança de que... mas não passou nem do título da matéria.

TOME UMA DECISÃO HONROSA, MAJOR

Fisher atirou o jornal para o lado e não acendeu a luz quando o sol desapareceu por trás do edifício mais alto da área.

O telefone tocou quando faltavam doze minutos para as dez. Ele atendeu depressa, logo reconhecendo a voz do presidente do diretório local do partido.

— Boa noite, Peter.

— Boa noite, major. Vou direto ao assunto. Lamento informar que o comitê não o apoiará.

— A votação foi acirrada?

— Infelizmente, não — respondeu Maynard. — Foi unânime. Portanto, talvez seja melhor você preparar a carta apresentando sua demissão, em vez de esperar o comitê executivo informar oficialmente que você não será mais candidato. Muito mais civilizado dessa forma, não acha? Sinto muito, Alex.

Mal ele havia reposto o fone no gancho, o telefone voltou a tocar. Era um jornalista do *The Post* querendo saber se ele desejava fazer algum comentário acerca da decisão unânime a favor do requerimento de sua exoneração. Ele nem se deu ao trabalho de dizer "nada a comentar" antes de bater o fone no gancho.

Com a visão turva, em razão da embriaguez, seguiu um tanto cambaleante para o escritório, onde se sentou, mergulhou a cabeça nas mãos e ficou pensando no teor da carta. Em seguida, pegou uma folha de papel timbrado da Câmara dos Comuns no porta-papéis e começou a escrever. Quando terminou, esperou a tinta secar e depois dobrou a carta, lacrou-a num envelope e o pôs em cima da mesa.

Abaixou-se, abriu a última gaveta da mesa, pegou seu revólver do Exército, enfiou o cano na boca e apertou o gatilho.

43

O tribunal estava lotado, com os dois adversários a postos. Só faltava alguém soar a campainha para que o primeiro golpe pudesse ser desferido.

Num dos lados do ringue, estava o sr. Trelford, revendo pela última vez a ordem das perguntas. Giles, Emma e Sebastian estavam sentados atrás dele, conversando em voz baixa, procurando não incomodá-lo.

Giles levantou a cabeça quando viu um policial entrar no tribunal. O agente foi até a bancada dos advogados e entregou um envelope ao sr. Trelford, no qual o advogado viu que tinham grafado a palavra URGENTE abaixo de seu nome. Trelford abriu o envelope, tirou a carta e a leu devagar. Giles não conseguiu descobrir do que se tratava apenas observando a expressão no rosto do advogado, mas reconheceu o emblema verde com uma porta levadiça estampado na parte superior da folha de papel.

Sir Edward estava sentado sozinho com sua cliente no outro lado do ringue, repassando-lhe as instruções finais.

— Procure ficar calma. Pense e não tenha pressa em responder a cada uma das perguntas — recomendou ele baixinho. — Não precisa ter pressa de nada. Fale sempre olhando para os jurados e nunca se esqueça de que eles são as únicas pessoas que importam.

De repente, os presentes silenciaram e se levantaram quando soou a campainha indicando o início do primeiro round e a juíza entrou no ringue. Se a juíza ficou surpresa quando se deparou com os setores da imprensa e do público lotados numa manhã de segunda-feira, não deu nenhum sinal disso. Ela se curvou para saudar os presentes, que retribuíram o cumprimento. Assim que todos se sentaram, continuando de pé apenas Sir Edward, ela autorizou o eminente advogado a chamar sua primeira testemunha.

Virginia dirigiu-se a passos lentos para o banco da testemunha e, quando prestou juramento, quase ninguém conseguiu ouvi-la direito. Ela estava usando um terninho preto feito sob medida e que lhe acentuava as formas do corpo esguio, juntamente com um chapéu de copa cilíndrica da mesma cor, mas nenhuma joia e pouca maquiagem, dando mostras claras de que desejava lembrar a todos os presentes a morte prematura do major Fisher. Tivessem os jurados se retirado para tomar uma decisão naquele momento para o veredito, certamente o resultado do julgamento teria sido unânime, deixando Sir Edward muito contente.

— Para que conste nos autos, a senhora poderia informar seu nome e endereço ao tribunal? — solicitou Sir Edward, ajeitando a peruca.

— Virginia Fenwick. Moro em um apartamento modesto em Cadogan Gardens, no distrito londrino de SW3.

Giles sorriu. Achou que teria sido mais sincero e exato se ela tivesse dito: "Meu nome é Lady Virginia Alice Sarah Lucinda Fenwick, a filha única do nono Conde de Fenwick, e tenho casas na Escócia e na Toscana, além de um grande tríplex em Knightsbridge, com mordomo, empregada e motorista."

— A senhora poderia confirmar se foi casada com o Sir Giles Barrington, do qual está divorciada agora?

— Infelizmente sim — disse Virginia, virando-se para o júri. — Giles era o amor de minha vida, mas a família não me achava digna de ser sua esposa.

Giles a teria esganado com imensa satisfação caso pudesse, enquanto Emma sentiu vontade de se levantar de chofre e protestar. Já o sr. Trelford riscou quatro de suas perguntas, cuidadosamente preparadas.

— Apesar disso e de tudo pelo que passou, a senhora não guarda rancor da sra. Clifton?

— Não. Não guardo. Na verdade, foi com muito pesar que finalmente decidi abrir este processo, pois a sra. Clifton tem muitas qualidades admiráveis, tendo se mostrado uma presidente de uma capacidade inquestionavelmente notável na condução de uma empresa de capital aberto, tornando-se um exemplo para mulheres desejosas de seguir uma carreira profissional.

Quando ouviu isso, o senhor Trelford começou a formular novas perguntas no papel.

— Mas então por que a senhora propôs a ação?

— Porque ela me acusou de haver tentado destruir a empresa de sua família. Contudo, nada poderia estar mais longe da verdade. Eu simplesmente queria saber, em nome de acionistas comuns, incluindo a mim mesma, se algum dos diretores tinha se desfeito de todas as suas ações uma semana antes da assembleia geral, pois, em minha opinião, isso teria prejudicado muito a empresa. Mas, em vez de responder à minha pergunta, ela preferiu menosprezar-me, dando a todos os presentes naquele auditório lotado a impressão de que eu não sabia do que estava falando.

— Muito bem decorado — observou Giles, sussurrante.

O senhor Trelford sorriu quando ouviu a observação. Logo depois, virou-se e murmurou:

— Concordo, mas, por outro lado, enquanto Sir Edward se mantiver de pé, ela saberá quais perguntas terá que responder. No entanto, não poderá socorrer-se de nenhuma cola quando eu a interrogar.

— Certamente — prosseguiu Sir Edward —, a senhora deve estar se referindo à resposta dada pela sra. Clifton à pergunta perfeitamente válida que fez na assembleia geral de acionistas.

— Sim. Em vez de responder a essa pergunta, ela resolveu me humilhar e arruinar minha reputação na frente de uma plateia lotada, grande parte da qual formada por amigos meus. Portanto, não tive escolha, a não ser procurar o amparo da lei.

— E a senhora estava se referindo, nessa ocasião, não ao major Fisher, tal como a sra. Clifton afirmara, mas ao sr. Cedric Hardcastle, que, como a senhora acentuou, vendeu todo o seu lote de ações no fim de semana anterior à reunião geral anual, pondo a empresa numa situação muito perigosa com essa operação.

— Isso mesmo, Sir Edward.

— Será que a vi mesmo piscar languidamente para o advogado agora? — indagou Giles baixinho.

— E o finado major Fisher foi um de seus consultores financeiros?

— Sim e, toda vez que ele recomendava que eu vendesse ou comprasse ações, eu seguia o conselho. Sempre o achei uma pessoa honesta, confiável e absolutamente profissional.

Emma não teve coragem de encarar os jurados. Mas Giles teve e, quando olhou para eles, viu que pareciam enfeitiçados pelas palavras de Virginia.

Chegando ao fim do interrogatório, Sir Edward baixou o tom de voz, como se fosse um grande ator exigindo silêncio para que pudesse interpretar o desfecho da história.

— Permita-me que lhe pergunte, por fim, Lady Virginia, se a senhora se arrepende de ter interposto este processo contra a sra. Clifton?

— Sim, claro, Sir Edward. A morte trágica e desnecessária do major Fisher, meu querido amigo, tira toda importância do resultado deste julgamento. Se, com a decisão de desistir de seguir adiante com isso, eu pudesse ter salvado a vida dele, teria feito isso sem hesitar — declarou ela, virando-se para os jurados. Assim que fez isso, tirou um lenço da manga e enxugou uma lágrima de mentirinha.

— Lamento que a senhora tenha passado por esse martírio, Lady Virginia, pouco depois da morte de seu amigo e consultor, major Alex Fisher. Não tenho mais perguntas, milady.

Se os dois estivessem reunidos sozinhos em sua sala de audiências, Trelford teria dado os parabéns ao douto amigo pelo interrogatório magistral. Ele abriu seu fichário para reler o conselho que Giles lhe tinha dado, escrito na parte superior da primeira das folhas em cima de outros documentos. FAÇA VIRGINIA PERDER A PACIÊNCIA. Em seguida, o advogado deu mais uma olhada na primeira pergunta que faria e que tinha acabado de preparar.

— Lady Virginia — observou ele, enfatizando a palavra *lady* —, a senhora falou ao tribunal a respeito de sua admiração pela sra. Clifton e de sua verdadeira adoração por seu irmão Giles Barrington, mas a senhora não convidou um único membro das famílias Barrington ou Clifton para seu casamento com Sir Giles.

— Foi uma decisão tomada a dois, sr. Trelford. Giles tinha uma posição tão firme quanto a minha com relação à questão.

— Se tal é o caso mesmo, Lady Virginia, eu pediria à senhora que explicasse as palavras ditas por seu pai na época do casamento, publicadas no *The Daily Express* por William Hickey: "Minha filha estava disposta a cancelar tudo se Giles não tivesse concordado com suas exigências."

— Boatos de coluna de fofocas, inventados para serem vendidos jornais, sr. Trelford. E, se me permite a sinceridade, estou surpresa com o fato de o senhor achar necessário recorrer a esse tipo de estratégia.

Sir Edward não conseguiu conter a vontade de sorrir. Concluiu que estava claro que sua cliente vinha esperando por isso.

— E, mais tarde, conforme consta nos autos — ponderou Trelford, mudando rapidamente de assunto —, a senhora afirmou que a sra. Clifton era culpada por seu divórcio.

— Ela pode ser uma mulher muito determinada — argumentou Virginia —, como o senhor mesmo pôde constatar.

— Mas, com certeza, seu divórcio não teve nada a ver com a sra. Clifton. Na verdade, ele foi o resultado das discussões que a senhora teve com seu marido, provocadas pelo fato de ele ter sido cortado da herança da mãe, não?

— Isso não é verdade, sr. Trelford. Nunca me interessei pela herança de Giles. Casei-me com ele para viver tanto na riqueza quanto na pobreza se necessário, e sinceramente, já que o senhor tocou no assunto, eu era mais rica do que ele.

A resposta de Virginia provocou gargalhadas no tribunal, levando a juíza a olhar para os assistentes com a cara amarrada e os olhos fuzilando ameaças.

— Então, não foi a senhora que insistiu para que Sir Giles abrisse um processo contra a própria irmã para contestar a validade do testamento da mãe dele? Essa decisão foi tomada a dois também?

— Não. Essa decisão foi tomada por Giles. Acho que o aconselhei a não fazer isso na época.

— Acho melhor a senhora reconsiderar essa resposta, Lady Virginia, uma vez que posso muito bem chamar Sir Giles para depor e interrogá-lo a respeito disso, solicitando que ele esclareça o assunto.

— Bem, admito que achei que Giles havia sido tratado de uma forma um tanto injusta pela família e que ele tinha o direito de pelo menos questionar a validade do testamento da mãe, já que o documento tinha sido modificado poucos dias antes de sua morte, quando a pobre senhora estava no hospital.

— E qual foi a decisão do tribunal naquela ocasião?

— O juiz tomou uma decisão a favor da sra. Clifton.

— Não, Lady Virginia, ele não fez isso. Eu tenho uma cópia da decisão do juiz Cameron nas mãos. Ele decidiu que o testamento era válido e que a mãe da sra. Clifton se achava mentalmente saudável quando o executou. Fato que é muito relevante, levando-se em conta o que ela tinha a dizer a seu respeito na época.

Sir Edward se levantou rapidamente.

— Senhor Trelford — disse a juíza com rispidez, antes que Sir Edward pudesse manifestar seu protesto —, já trilhamos esse caminho uma vez e vimos que ele não leva a lugar algum. Será que fui clara?

— Peço que me desculpe, milady. Mas a senhora se importaria se eu perguntasse a Lady Virginia se eu poderia ler em voz alta...

— Sim, eu me importaria. Passe adiante, sr. Trelford — ordenou ela com um tom severo.

Trelford olhou de relance para os jurados. Como viu que estava claro, a julgar por suas expressões faciais, que eles haviam ignorado a recomendação da juíza, que os aconselhara a não ler as reportagens dos jornais sobre o caso, e que agora sabiam muito bem o que a mãe da sra. Clifton pensava de Lady Virginia, foi com satisfação que obedeceu à vontade da juíza e seguiu para a próxima.

— Lady Virginia, a senhora está ciente, apesar da decisão do juiz em favor da sra. Clifton e de sua irmã, dra. Grace Barrington, de que ambas concordaram que o irmão delas poderia continuar morando na mansão da família em Gloucestershire, bem como na residência de Londres na Smith Square, ao passo que a sra. Clifton e seu marido continuaram a residir na Manor House, se bem que mais modesta, relativamente falando?

— Não faço ideia dos acordos que Giles fez com a família depois que me divorciei dele por adultério e menos ainda do que a sra. Clifton andou fazendo na época.

— A senhora não faz ideia do que a sra. Clifton andou fazendo — repetiu o sr. Trelford. — Nesse caso, Lady Virginia, a senhora tem uma memória muito curta ou muito seletiva, pois, instantes atrás, a senhora disse aos jurados que tinha grande admiração pela sra. Clifton. A propósito, permita que eu repita suas palavras textualmente. — O advogado virou lentamente uma página em seu fichário. — "Emma tem muitas qualidades admiráveis, tendo se mostrado uma presidente de uma capacidade inquestionavelmente notável na condução de uma empresa de capital aberto, tornando-se um exemplo para mulheres desejosas de seguir uma carreira profissional." Essa nem sempre foi sua opinião, não é mesmo, Lady Virginia?

— Minha opinião sobre a sra. Clifton não mudou e mantenho o que eu disse.

— A senhora comprou 7,5 por cento das ações da Barrington?

— O major Fisher fez isso em meu nome.

— Com que objetivo?

— De investimento a longo prazo.

— E não porque a senhora queria ter o direito a um assento na diretoria?

— Não. O major Fisher, como o senhor sabe, representou meus interesses na diretoria.

— Mas não em 1958, de jeito nenhum, pois, naquele ano, a senhora apareceu numa reunião extraordinária na Barrington, em Bristol, reivindicando seu direito a ocupar um cargo na diretoria para votar naquele que a senhora achava que deveria ser o próximo presidente da empresa. Para que conste nos autos, Lady Virginia, em quem a senhora votou?

— Votei no major Fisher.

— Na verdade, a senhora não quis dizer com isso que votou contra a sra. Clifton?

— Certamente que não. Ouvi o pronunciamento de ambos com o máximo de atenção e me decidi, após tudo considerar criteriosamente, em favor do major Fisher, em vez de escolher a sra. Clifton.

— Bem, então está claro que a senhora se esqueceu do que disse naquela ocasião, mas, como suas palavras foram registradas na ata da reunião, permita-me ajudá-la a lembrar-se delas: "Não acredito que as mulheres foram postas na Terra para presidir diretorias, enfrentar sindicalistas, construir transatlânticos de luxo ou conseguir grandes empréstimos bancários no centro financeiro de Londres." Algo muito distante de uma pessoa plenamente convicta de que as mulheres têm o direito de sonhar com uma carreira profissional.

— O senhor deveria prosseguir com a leitura, sr. Trelford, e não ser tão seletivo em suas citações.

Quando Trelford deu uma olhada na parte da transcrição situada além do parágrafo que ele havia destacado, hesitou em atender ao alvitre da testemunha.

Mas a juíza Lane lhe deu um empurrãozinho.

— Eu gostaria de saber o que mais Lady Virginia disse nessa ocasião.

— E eu também — disse Sir Edward em voz alta, de modo que todos no tribunal ouvissem.

Embora com relutância, Trelford concordou em ler as linhas seguintes da transcrição.

— "Apoiarei o major Fisher e torcerei para que ela aceite a generosa proposta do major de torná-la sua vice-presidente."

— Por favor, continue, sr. Trelford — solicitou Virginia.

— "Vim aqui com a mente aberta, disposta a dar a ela um voto de confiança, mas, infelizmente, ela não se mostrou à altura de minhas expectativas."

— Entendo que acabará percebendo, sr. Trelford — observou Virginia —, que é o senhor que tem uma memória muito curta ou muito seletiva, e não eu.

Sir Edward aplaudiu, mas suas mãos não chegaram a se tocar.

Já o sr. Trelford tratou de mudar logo de assunto.

— Podemos passar agora às palavras da sra. Clifton que a senhora alega que foram caluniosas e destinadas a humilhá-la?

— Com certeza.

— "Se com isso pretendeu arruinar a empresa, Lady Virginia" — prosseguiu Trelford, como se não tivesse sido interrompido —, "então, como vê, a senhora fracassou e de forma deplorável, pois foi derrotada por pessoas comuns, porém, decentes e que querem o sucesso desta empresa". O fato é que o major Fisher confessou que realizou as transações com as ações da Barrington simplesmente para ganhar dinheiro, operações que, no caso dele, foram ilegais...

— No caso dele, mas não no meu — redarguiu Lady Virginia.

— No meu caso, ele estava simplesmente agindo em meu nome. Não sei, talvez ele viesse dando o mesmo conselho a vários outros clientes.

— Então, o major Fisher não era seu amigo íntimo, que a mantinha atualizada sobre o que estava acontecendo na diretoria da Barrington, mas simplesmente seu consultor financeiro?

— Embora fôssemos amigos, sr. Trelford, quando se tratava de assuntos comerciais, tudo que ele fazia em meu nome era realizado sem meu envolvimento direto.

— Prefiro crer, Lady Virginia, que, quando se tratava de assuntos comerciais, operações dessa natureza, longe de serem realizadas sem a intervenção da contratante, tinham intensa participação direta dela e, assim, tal como observado pela sra. Clifton, vocês dois empreenderam, em três ocasiões diferentes, uma tentativa de arruinar a empresa.

— Senhor Trelford, acho que o senhor está me confundindo com o sr. Cedric Hardcastle, um dos diretores da empresa, que vendeu todas as ações dele no fim de semana anterior à assembleia geral de acionistas. Quando fiz à sra. Clifton uma pergunta perfeitamente válida sobre quem era esse diretor, me pareceu que ela achou melhor fingir que esquecera o nome. Mais uma pessoa com uma memória muito curta ou muito seletiva.

Eram cada vez mais largos os sorrisos que Sir Edward estampava no rosto a cada minuto, enquanto Trelford dava a impressão de que parecia mais e mais inseguro. Tanto que virou mais uma página rapidamente.

— Todos nós lamentamos a trágica morte do major Fisher...

— Eu com certeza lamento — atalhou Lady Virginia. — E, como eu disse antes, algo que estou certa de que o senhor deve ter registrado textualmente, sr. Trelford, eu jamais teria pensado na ideia de abrir um processo se tivesse achado, ainda que por um momento, que ele poderia resultar na morte trágica e desnecessária de meu querido amigo.

— Certamente que me lembro de suas palavras, Lady Virginia, mas eu me pergunto se a senhora percebeu que, pouco antes do início da audiência hoje de manhã, um policial entrou no tribunal e me entregou uma carta.

Sir Edward se posicionou na beira do assento, como se estivesse se preparando para reagir imediatamente.

— A senhora ficaria surpresa se soubesse que a missiva foi endereçada e enviada a mim por seu querido amigo, o major Fisher?

Se o sr. Trelford houvesse tido vontade de continuar falando, porque talvez incapaz de prever o alvoroço que suas palavras provocariam, elas teriam sido abafadas pela algaravia de vozes que prorrompeu em todos os cantos do tribunal. Somente a juíza e os jurados continuaram impassíveis. Ele esperou que um silêncio total se restabelecesse no recinto antes de voltar a falar.

— Lady Virginia, a senhora gostaria que eu lesse em voz alta para o tribunal as últimas palavras escritas pelo major Fisher, seu querido amigo, momentos antes de se suicidar?

— Milady — interveio Sir Edward, levantando-se num ímpeto —, não vi essa carta nos autos e, portanto, não tenho ideia de sua admissibilidade ou até de sua autenticidade.

— A mancha de sangue no envelope deve servir para indicar sua autenticidade, milady — ponderou Trelford, agitando o envelope diante dos jurados.

— Eu também não vi essa carta, Sir Edward — disse a juíza. — Portanto, certamente não pode ser considerada inadmissível enquanto eu não a tiver examinado e classificado como tal.

Trelford adorou a ideia de vê-los continuar discutindo as sutilezas legais em torno da questão de a carta ser juridicamente admissível ou não, sabendo que havia provado que tinha razão na questão aventada sem ter que apresentar nenhuma prova para isso.

Giles analisou o semblante enigmático que Trelford afixara no rosto e não conseguiu ter certeza se pelo menos o advogado de Emma queria mesmo que a carta fosse lida em voz alta no tribunal, mas viu que, depois daquela que começara como uma manhã triunfal para Lady Virginia, o advogado tinha conseguido plantar, mais uma vez, uma semente de dúvida na mente dos jurados. A essa altura, todos os olhares no tribunal estavam concentrados nele.

O senhor Trelford repôs o envelope no bolso interno do paletó. Em seguida, sorriu para a juíza e disse:

— Não tenho mais perguntas, milady.

44

Quando a porta da cela se abriu na terça-feira de manhã, dois guardas entraram apressados no cárcere, onde se depararam com Harry e Babakov sentados no chão em cantos opostos, ambos em silêncio.

Eles pegaram Babakov e, quando foram saindo com ele da cela, Harry baixou a cabeça, como se não quisesse ter mais nenhum tipo de ligação com o sujeito. Instantes depois, ouviu dois outros guardas se aproximando da cela, dessa vez sem pressa. Embora houvessem segurado Harry pelos braços com firmeza, não o empurraram nem o arrastaram para fora da cela, fato que o levou a se perguntar se o plano de Babakov tinha funcionado. Contudo, os guardas não soltaram de Harry enquanto subiram a escada com ele, atravessaram o corredor e entraram no tribunal, como se receassem que ele tentasse fugir. Mas para onde ele fugiria e até onde achavam que conseguiria ir?

Harry insistira para que Babakov dormisse no fino colchão que havia na cela apertada, mas o russo se recusara a fazer isso, explicando que não podia dar-se a tal luxo, já que seria levado de volta para uma cela com piso de pedra na Sibéria na terça-feira à noite. Para ele, pois, dormir num chão coberto por uma grossa camada de palha durante um fim de semana era conforto mais que suficiente. Mas, na verdade, nenhum dos dois tivera uma única hora de sono sequer, o que levou Harry a lembrar-se dos dias que passara atrás das linhas inimigas. Por isso, na terça-feira de manhã, quando os guardas voltaram para buscá-los, ambos estavam física e mentalmente esgotados, tendo aproveitado todas as horas no desafio que haviam estabelecido para si mesmos.

Assim que, acompanhado pelos dois guardas, Harry entrou no tribunal, ficou surpreso por ver que o chefe da promotoria pública e os jurados já estavam em seus lugares. Não teve tempo nem para recuperar o fôlego, pois imediatamente abriram a porta nos fundos da sala e os três juízes entraram no recinto, dirigindo-se aos seus lugares no estrado.

Mais uma vez, a presidente do tribunal não olhou nem de relance para os lados de Harry, mas se virou imediatamente para os jurados. Ela abriu um fichário deixado diante de si e começou a ler o que Harry presumiu que fossem suas alegações finais. A mulher falou durante alguns minutos apenas, raramente levantando a cabeça nem deixando de olhar para o texto por alguns instantes. Só restou a Harry perguntar-se quem o havia escrito e quando.

— Camaradas, vocês se inteiraram de todas as provas e tiveram tempo mais que suficiente para pensar no veredito. Acham que pode haver alguma dúvida de que o prisioneiro seja culpado dos crimes dos quais foi acusado e de que merece ser condenado a uma longa pena de prisão? Imagino, aliás, que ao tribunal do júri interessará saber que esta não será a primeira experiência do prisioneiro na prisão. Ele já cumpriu pena nos Estados Unidos por assassinato, mas não deixem que isso influencie sua decisão, pois são vocês, e somente vocês, que devem decidir se ele é culpado.

Harry não pôde deixar de admirar o fato de que os outros dois juízes conseguiam manter-se sérios enquanto ela continuava a ler em voz alta o pronunciamento preparado de antemão.

— Camaradas, permitam que, primeiramente, eu lhes pergunte se vocês precisam retirar-se para pensar no veredito?

Um homem sentado na ponta direita da fileira da frente, tal como um figurante, se levantou e, fiel ao roteiro, disse:

— Não, camarada presidente.

— Vocês chegaram a um veredito?

— Sim, chegamos, camarada presidente.

— E ele é unânime?

— Sim, é, camarada presidente.

— E qual é o veredito dos senhores?

Cada um dos doze integrantes do tribunal do júri pegou um pedaço de papel em sua respectiva cadeira e o levantou, revelando a palavra CULPADO.

Harry teve vontade de comentar que havia apenas um pedaço de papel em cada cadeira, mas, tal como Anatoly tinha aconselhado, procurou mostrar-se devidamente submisso quando a camarada presidente se virou para encará-lo pela primeira vez.

— O tribunal do júri — declarou ela — decidiu, por unanimidade, que você é culpado de ter cometido um crime premeditado contra o Estado. E eu, portanto, não hesito em condená-lo a doze anos de prisão num campo de trabalhos forçados, onde poderá, mais uma vez, dividir uma cela com Babakov, seu amigo criminoso. — Ela fechou o fichário, fez uma pausa considerável e acrescentou, por fim: — Contudo, tal como recomendado pelo coronel Marinkin, eu lhe concederei a última chance de assinar uma confissão, na qual poderá reconhecer seu crime e o erro terrível que cometeu. Se fizer isso, revogaremos sua condenação, você será extraditado e nunca mais terá permissão para visitar a União Soviética ou seus satélites. Se tentar visitar qualquer um deles um dia, sua condenação será reinstaurada na mesma hora. — Após mais uma pausa, ela perguntou: — Você está disposto a assinar uma confissão?

Harry baixou a cabeça antes de responder.

— Sim, estou — disse ele baixinho.

Pela primeira vez, os três juízes deram sinais de emoção — surpresa, no caso. A presidente não conseguiu esconder o próprio alívio, revelando sem querer o que seus líderes sempre quiseram.

— Então, aproxime-se do estrado — ordenou ela.

Harry se levantou e caminhou até os juízes, os quais lhe apresentaram um documento de confissão com duas cópias, uma delas em russo e a outra em inglês, ambas as quais Clifton leu com atenção.

— Agora, leia a confissão em voz alta diante do tribunal.

Harry leu a versão em russo primeiro, levando a presidente a sorrir. Em seguida, pegou a versão em inglês e começou a recitá-la. Perguntou-se se alguém naquela sala, a julgar pelos semblantes inexpressivos, conhecia pelo menos uma única palavra do idioma. Resolveu arriscar-se para confirmar isso, trocando uma ou outra palavra no texto enquanto lia, a fim de ver como eles reagiriam.

— "Eu, Harry Clifton, cidadão do Reino Unido e presidente do PEN Clube, assinei, *involuntariamente* e *sob* coerção, essa *confusão*.

Passei os últimos três *anos* na companhia de Anatoly Babakov, que me deixou claro que *trabalhou, sim,* no Kremlin, onde se encontrou com o presidente camarada Stalin em *várias ocasiões, incluindo* aquela na qual ele recebeu o diploma universitário. Babakov confessou também que o livro que ele escreveu sobre o camarada Stalin era *a mais pura verdade e não* uma invenção de sua imaginação.

"*Continuarei* a exigir que soltem Babakov, agora que sei o que este tribunal foi capaz de fazer para enganar o público com essa farsa. Sou extremamente grato a este tribunal por sua *apatia* nesta ocasião e por ter permitido que eu volte para o meu país."

A presidente deu-lhe uma caneta e ele estava prestes a assinar ambas as cópias quando resolveu correr mais um risco.

—

— Senhores jurados — disse a juíza Lane. — Agora, cabe a mim apresentar um resumo deste que foi um julgamento complexo. Alguns fatos não fazem parte do litígio. A senhora Clifton não nega que, quando discursou perante uma plateia lotada numa assembleia geral de acionistas da empresa da família, ela deu a seguinte resposta a uma pergunta de Lady Virginia Fenwick e que, depois, mandou registrar na ata da reunião: "Se com isso pretendeu arruinar a empresa, Lady Virginia, então, como vê, [...] a senhora fracassou e de forma deplorável, pois foi derrotada por pessoas comuns, porém, decentes e que querem o sucesso desta empresa."

"A acusada, sra. Clifton, declarou em testemunho que acredita que suas palavras foram justas, enquanto a querelante, Lady Virginia, alega que elas são caluniosas. A razão deste julgamento é determinar se as referidas palavras são ou não caluniosas. A esse respeito, portanto, a decisão final será dos senhores.

"Se me permitem uma observação, eu diria que seu maior desafio é formar um juízo acerca das duas mulheres envolvidas neste caso. Vocês as viram depor no banco da testemunha e imagino que devam ter formado opinião a respeito de qual das duas consideram a mais digna de crédito. Não se deixem influenciar pelo fato de que a sra. Clifton é a presidente de uma empresa de capital aberto e que, portanto, lhe possa ser concedida alguma indulgência ao responder uma pergunta de alguém que ela considera hostil. O que vocês têm que decidir é se ela caluniou ou não Lady Virginia. Do mesmo modo, vocês não devem se deixar intimidar pelo fato de que Lady Virginia é filha de um conde. No que se refere ao julgamento, vocês devem dispensar a ela o mesmo tratamento que dão aos seus vizinhos.

"Quando se recolherem na sala dos jurados para formular o veredito, pensem com calma. Pois não estou com nenhuma pressa. E não se esqueçam de que a decisão que estão prestes a tomar afetará essas duas mulheres pelo resto da vida.

"Mas, primeiramente, vocês precisam escolher um supervisor que atuará como chefe dos jurados. Quando tiverem chegado a um veredito, digam ao oficial de justiça que vocês desejam voltar para a sala de audiências, de forma que eu possa informar a todos os envolvidos direta e indiretamente no caso que retornem ao tribunal para saber sua decisão. Agora, solicitarei ao oficial de justiça que os conduza à sala dos jurados, onde poderão iniciar suas deliberações."

Nisso, um homem vestido com elegância e de porte militar, usando o que parecia uma beca de diretor de escola, deu uns passos adiante e depois saiu do tribunal à frente dos sete jurados e das cinco juradas. Instantes depois, a juíza se levantou, cumprimentou os presentes inclinando o corpo e voltou para seu gabinete.

— O que achou das alegações finais? — perguntou Emma.

— Equilibradas e justas — respondeu o sr. Trelford, procurando tranquilizá-la. — A senhora não tem do que se queixar.

— E quanto tempo o senhor acha que eles levarão para chegar a uma decisão? — perguntou Giles.

— É impossível prever. Se estiverem todos de acordo, o que eu acho muito improvável de acontecer, não mais do que algumas horas. Mas, se tiverem divididos, isso poderia levar alguns dias.

— Posso ler a carta que o major Fisher lhe enviou? — indagou Sebastian ingenuamente.

— Não. Não pode, sr. Clifton — respondeu Trelford, empurrando o envelope para o fundo do bolso interno do paletó. — Nem o senhor, nem nenhuma outra pessoa, a menos que a juíza Lane me autorize a revelar seu conteúdo. Não posso contrariar e não contrariarei o desejo expresso da juíza. Mas foi uma boa tentativa — comentou ele, sorrindo para Sebastian.

—

— Quanto tempo teremos que esperar? — perguntou Virginia, sentada com seu advogado no outro lado da sala de audiências.

— Não faço ideia — respondeu Sir Edward. — Mas me arrisco a dizer que um dia, talvez dois.

— E por que o major Fisher endereçou a carta a Trelford e não ao senhor?

— Essa eu ainda não consegui descobrir. Mas confesso que estou intrigado com o fato de que Trelford não tenha pressionado um pouco mais a juíza a autorizar que ele lesse a carta perante os jurados, embora eu também não saiba se a missiva serviria para beneficiar sua cliente.

— Talvez ele estivesse blefando.

— Ou fingindo que estava blefando.

— Será que eu poderia ausentar-me por algumas horas? — perguntou Virginia. — Preciso fazer uma coisa.

— Por que não? Acho que o júri não voltará para o tribunal esta tarde.

45

Harry não havia esperado que um motorista o fosse levar de carro para o aeroporto, mas ficou ainda mais surpreso quando viu quem dirigiria.

— Só quero ter certeza de que o senhor embarcará mesmo no avião — explicou o coronel Marinkin.

— Quanta gentileza sua, coronel — agradeceu Harry com ironia, esquecendo-se por um momento de manter a índole do personagem que estava representando.

— Não tente bancar o engraçadinho comigo, sr. Clifton. A estação ferroviária fica mais perto daqui do que o aeroporto e ainda daria tempo para que o senhor acompanhasse Babakov numa viagem de doze anos.

— Mas assinei a confissão — acentuou Harry, tentando parecer conciliatório.

— Cuja cópia, como sei que ficará contente em saber, já foi repassada aos principais jornais do Ocidente, inclusive o *The New York Times* e o *The Guardian*. Ela estará na primeira página da maioria deles antes de seu avião aterrissar no Heathrow. Portanto, mesmo que o senhor tente negar que assinou a confissão...

— Posso lhe assegurar, coronel, que, ao contrário de São Pedro, não terei necessidade de negar nada. Afinal, vi quem Babakov realmente é. E, de qualquer forma, a palavra de um inglês vale ouro.

— Fico contente por ouvir isso — disse o coronel, pisando fundo no acelerador quando entraram na via expressa. Questão de segundos depois, o velocímetro indicava que estavam a cem quilômetros por hora. Com o coronel alternando rápidas ultrapassagens com velozes aproximações de veículos obstruindo-lhe o caminho, Harry se agarrou firme ao painel e, pela primeira vez desde a ocasião em que pusera os pés na Rússia, sentiu medo. Quando passaram pelo Hermitage, o coronel não pôde deixar de perguntar:

— Já foi ao Hermitage, sr. Clifton?

— Não — respondeu Harry —, mas sempre tive vontade.

— Uma pena, pois agora o senhor nunca poderá — lamentou o coronel com ironia enquanto ultrapassava alguns caminhões.

Harry só começou a relaxar quando viu o aeroporto surgir ao longe e o coronel reduzir a velocidade para sessenta quilômetros por hora. Ficou torcendo para que a partida de seu avião se desse antes que as primeiras edições dos jornais chegassem às bancas, pois, do contrário, poderia ter que embarcar naquele trem com destino à Sibéria. E, como não podia alimentar a esperança de conseguir passar pela alfândega senão depois de pelo menos algumas horas, achou que só venceria essa corrida por uma diferença muito pequena.

De repente, o coronel saiu da estrada, passou, logo adiante, por um portão mantido aberto por dois guardas e seguiu direto para uma das pistas do aeroporto. Exibindo a mesma despreocupação com que se livrara dos outros veículos na estrada, o coronel foi se desviando velozmente das aeronaves taxiadas na pista. Mais à frente, parou bruscamente diante da escada de um dos aviões estacionados, onde dois guardas, que claramente o esperavam, se puseram em posição de sentido e bateram continência antes mesmo que saísse do carro. Marinkin desembarcou às pressas do veículo, seguido por Harry.

— Não deixe que eu o prenda por mais tempo aqui — disse o coronel. — Mas não volte nunca mais, de jeito nenhum, pois, se fizer isso, estarei ao pé da escada para recepcioná-lo — advertiu o coronel.

Os dois se separaram sem nem um aperto de mão.

Harry subiu a escada o mais depressa possível, embora sabendo que apenas se sentiria seguro quando o avião tivesse decolado. Assim que ele alcançou o último degrau, o chefe dos comissários se apresentou e disse:

— Bem-vindo a bordo, sr. Clifton. Vou levá-lo à sua poltrona.

Pelo jeito com que foi recebido, ficou claro que estiveram à espera dele. O comissário o conduziu até a seção traseira da primeira classe, onde Harry ficou aliviado quando viu que o assento ao lado estava vazio. Logo que se sentou, fecharam a porta da aeronave e ligaram o aviso solicitando que os passageiros pusessem o cinto de segurança. Apesar disso, achava que ainda não estava na hora de soltar um bom suspiro de alívio.

— Gostaria de comer e beber alguma coisa depois que tivermos decolado, sr. Clifton? — perguntou o comissário.

— Quanto tempo durará a viagem?

— Cinco horas e meia, incluindo uma escala em Estocolmo.

— Uma boa xícara de café puro forte, sem açúcar, duas canetas e o máximo de folhas de papel de carta que puder arranjar. E você poderia me avisar quando não estivermos mais no espaço aéreo russo?

— Claro, senhor — respondeu o comissário, como se lhe fizessem esse tipo de pedido todo dia.

Harry fechou os olhos e tentou se concentrar quando o avião começou a se dirigir para a extremidade oposta da pista, preparando-se para a decolagem. Anatoly havia dito a ele que tinha decorado o livro inteiro e que, nos últimos dezesseis anos, repetira seu conteúdo mentalmente muitas e muitas vezes, movido pela esperança de conseguir publicá-lo um dia se fosse solto.

Assim que desligaram o aviso do cinto de segurança, o comissário retornou e entregou a Harry uma dúzia de folhas de papel de carta timbrado da BOAC e duas canetas esferográficas.

— Lamento dizer que isso não será suficiente para o primeiro capítulo — disse Harry. — Sempre que necessário, você teria condições de me fornecer mais?

— Farei todo o possível — respondeu o comissário. — E o senhor não vai querer dormir algumas horas de sono durante a viagem?

— Não se eu puder evitar.

— Então, queira, por gentileza, deixar acesa a luz de leitura de seu assento, de forma que, quando a iluminação do setor for reduzida, o senhor possa continuar trabalhando.

— Obrigado.

— Gostaria de dar uma olhada no menu da primeira classe, senhor?

— Apenas se eu puder escrever no verso dele.

— E que tal um coquetel?

— Não. Aceito só o café mesmo. Obrigado. E posso lhe pedir algo que talvez pareça incrivelmente grosseiro, mas que, na verdade, não tem intenção nenhuma de ser?

— Claro, senhor.

— Você poderia evitar falar comigo enquanto não tivermos aterrissado em Estocolmo?

— Como quiser, senhor.

— Exceto quando for para me avisar que não estamos mais no espaço aéreo russo — acrescentou. O comissário assentiu com um meneio afirmativo da cabeça. — Obrigado.

Em seguida, pegou uma caneta e começou a escrever.

Conheci Josef Stalin em 1941, em minha formatura no Instituto de Línguas Estrangeiras. Foi quando eu estava na fila dos bacharéis para receber o diploma. Se, na época, alguém me houvesse dito que eu passaria os próximos treze anos trabalhando para um monstro que fazia Hitler parecer um pacifista, eu não teria acreditado que isso seria possível. Mas o único culpado por isso sou eu, pois jamais teriam me oferecido um emprego no Kremlin se eu não tivesse sido o primeiro aluno da turma e houvesse recebido a Medalha Lenin. Já se eu tivesse sido o segundo, teria me juntado a minha esposa Yelena e lecionado inglês com ela numa escola pública e não teria feito parte nem sequer de uma nota de rodapé na história.

Harry fez uma pausa, tentando lembrar-se de um parágrafo que começava por "Nos seis primeiros meses...".

Nos seis primeiros meses, trabalhei num pequeno escritório num dos muitos edifícios externos existentes dentro das muralhas vermelhas que cercam os 69 acres do Kremlin. Meu trabalho era traduzir, do russo para o inglês, os discursos dos dirigentes, sem que eu tivesse nenhuma ideia se alguém os leria. Mas aí, um dia, dois membros da Polícia Secreta (NKVD) apareceram diante de minha mesa e ordenaram que eu os acompanhasse. Eles me levaram para fora do edifício, atravessaram um pátio e entraram comigo no Senado, um prédio em que eu nunca tinha entrado. Acho que me revistaram uma dezena de vezes antes que me autorizassem a entrar num grande gabinete, onde me vi na presença do camarada Stalin, o secretário-geral do partido. Eu parecia um gigante diante dele, embora tivesse apenas 1,77 metro de altura, mas algo de que não me esqueço são aqueles olhos amarelados avaliando-me por inteiro. Torci para que ele não percebesse que eu estava tremendo. Soube, anos depois, que ele ficava desconfiado de todo servidor público que não tremesse quando fosse levado à sua presença pela primeira vez. E por que ele quis que eu fosse ao seu gabinete? Clement Attlee tinha acabado de ser eleito primeiro-ministro pelos britânicos e Stalin queria saber como era possível que um homúnculo insignificante (Attlee era uns três centímetros mais alto do que Stalin) havia substituído Winston Churchill, a quem ele admirava e respeitava. Depois que lhe expliquei os caprichos do sistema eleitoral britânico, tudo que ele disse foi: "Isso é a maior prova de que a democracia não funciona."

Um café pelando, o segundo de Harry, e mais folhas de papel de diferentes tamanhos e formatos foram fornecidos pelo silencioso chefe dos comissários de bordo.

Sebastian pegou um táxi para levá-lo ao Palácio Real de Justiça pouco após as onze horas. Antes que partisse para o tribunal, quando ele estava prestes a deixar o escritório, Rachel pôs a correspondência matinal e mais três volumosos fichários em cima de sua mesa. Ele vinha tentando convencer a si mesmo de que tudo voltaria ao normal na semana seguinte. Achava que não podia adiar mais a necessidade de dizer a Ross Buchanan que pretendia ir aos Estados Unidos para saber se tinha pelo menos um mínimo de chance de reconquistar Samantha, embora não tivesse certeza de que ela aceitaria vê-lo. Ross conhecera Samantha na viagem inaugural do *Buckingham* e depois lhe descrevera como o maior bem de que ele se desfizera na vida.

— Eu não me desfiz dela — tentara explicar Sebastian — e, se eu pudesse recuperá-la, certamente faria isso independentemente de quanto me custasse.

Com o táxi avançando a custo pelo trânsito matinal, ele olhava para o relógio toda hora, torcendo para que conseguisse chegar lá antes que os jurados retornassem para a sala de audiências.

Seb estava pagando a corrida quando viu Virginia nas proximidades. Congelou no lugar. Mesmo de costas para ele, só podia ser ela mesmo. Afinal, aquele ar de confiança pessoal trazido de gerações pretéritas, bem como o estilo, a classe, faria com que essa mulher se destacasse em meio a qualquer multidão. Mas o que ela estava fazendo escondida num beco sombrio, conversando com ninguém menos que Desmond Mellor? Seb nem sequer sabia que eles se conheciam. Mas, por outro lado, por que ficaria surpreso? Em todo caso, contaria isso ao seu tio Giles imediatamente e deixaria que ele decidisse se convinha relatar o fato a Emma agora. Talvez só depois do julgamento.

Para que nenhum dos dois o visse, ele colou num grupo de pedestres que ia passando pelo local. Assim que entrou no edifício do Palácio Real de Justiça, subiu a escada correndo, desviando-se de advogados de peruca, bem como de testemunhas e réus que certamente preferiam não ter que estar ali, até que, finalmente, chegou ao saguão da sala de audiências de número quatorze.

— Aqui, Seb! — ouviu alguém chamando.

Quando olhou ao redor, viu seu tio Giles e sua mãe sentados num dos cantos do saguão, confabulando com o sr. Trelford para matar o tempo.

Atravessou a antessala para reunir-se com eles. Giles disse ao sobrinho que não havia nem sinal de quando os jurados retornariam para o tribunal. Clifton esperou que sua mãe retomasse a conversa com o sr. Trelford antes que levasse Giles para um canto e contasse ao tio o que ele tinha acabado de testemunhar.

— Cedric Hardcastle me ensinou a não acreditar em coincidências — concluiu ele após o relato.

— Principalmente quando Lady Virginia está envolvida. Com ela, tudo é planejado da forma mais minuciosa possível. Contudo, acho que a hora não é boa para contar isso a sua mãe.

— Mas como é possível que aqueles dois se conheçam?

— Alex Fisher deve ser o ponto em comum — observou Giles. — Mas o que me preocupa é que Desmond Mellor é um homem muito mais perigoso e esperto do que Fisher era. Aliás, nunca entendi por que ele se demitiu da Barrington logo depois de ter-se tornado vice-presidente.

— Eu fui responsável por isso — confessou Sebastian, explicando em seguida o acordo que fizera com Hakim Bishara.

— Inteligente, mas vou logo avisando. Mellor não é o tipo de pessoa que perdoa e esquece facilmente.

— Por gentileza, poderiam todos os envolvidos no litígio entre a sra. Fenwick e a sra. Clifton dirigir-se à sala de audiências número quatorze? O júri retornará para o tribunal em alguns minutos.

Os quatro se levantaram ao mesmo tempo e seguiram rapidamente para o tribunal, onde encontraram a juíza sentada em seu assento. Viram que todos olhavam para a porta pela qual os jurados entrariam na sala de audiências, como se fossem fãs de teatro esperando o erguer das cortinas.

Quando finalmente abriram a porta, as várias conversas no tribunal cessaram, e o oficial de justiça entrou na sala na frente dos doze jurados. Logo depois, pôs-se de lado para que eles voltassem a sentar-se em suas cadeiras na bancada do júri. Assim que todos se sentaram, ele solicitou que o chefe dos jurados se levantasse.

À primeira vista, o jurado escolhido para ser o chefe do júri não era nem de longe uma escolha óbvia, ainda que desse grupo tão heterogêneo. Ele devia ter uns 60 anos de idade e não mais de 1,63 de altura. Era calvo e usava um terno de três peças, com uma camisa branca e uma gravata listrada que Giles imaginou que devia representar seu clube ou sua velha escola. Com certeza, era um homem que não atraía olhares na rua. Todavia, quando o homem abriu a boca, todos entenderam por que ele fora o escolhido. O sujeito falava com serena autoridade, e Giles não ficaria surpreso se soubesse que ele era advogado, diretor de escola ou até um graduado funcionário público.

— Ilustre chefe dos jurados — disse a juíza, inclinando-se para a frente —, os senhores chegaram a um veredito de forma unânime?

— Não, milady — respondeu ele num tom de voz calmo e moderado. — Mas achei que deveríamos informá-la do impasse a que chegamos, na esperança de que talvez assim a senhora pudesse nos aconselhar o que fazer.

— Certamente tentarei — assegurou a juíza Lane, como se estivesse lidando com um colega de confiança.

— Realizamos várias votações, mas, em cada uma delas, chegamos a um resultado de oito a quatro. Portanto, ficamos sem saber se havia sentido em continuarmos tentando.

— Eu não iria querer que vocês desistissem de forma tão prematura — observou a juíza. — Afinal, investimos uma considerável parcela de tempo, esforços e recursos neste julgamento, e o mínimo que cada um de nós pode fazer é ter certeza absoluta de que fizemos todo o possível para chegarmos a um veredito. Se o senhor acha que isso ajudará, estou disposta a aceitar um veredito com uma maioria de votos na proporção de dez por dois, mas nada menos do que isso será aceito.

— Então, tentaremos chegar lá mais uma vez, milady — prometeu o chefe dos jurados e, sem mais nenhuma palavra, conduziu seu pequeno grupo para fora do tribunal, com o oficial de justiça seguindo à retaguarda de um clube exclusivo a que ninguém mais seria convidado a associar-se.

Assim que fecharam a porta, um burburinho de vozes confabulantes prorrompeu no recinto, antes mesmo que a juíza tivesse saído do tribunal.

— Quem obteve oito votos e quem recebeu quatro? — foi a primeira pergunta de Virginia.

— Os oito foram dados à senhora — assegurou Sir Edward — e posso identificar quase todos os que deram esses votos.

— Como o senhor pode ter tanta certeza?

— Por duas razões. Enquanto o chefe do júri conversava com a juíza, fiquei observando os jurados e vi que a maioria deles estava olhando para a senhora. De acordo com minha experiência, jurados não olham para o derrotado.

— E a outra razão?

— Dê uma olhada em Trelford e verá que parece muito descontente, pois deve ter feito a mesma coisa que eu.

— Quem será que obteve a maioria? — perguntou Giles.

— Nunca é fácil adivinhar a decisão de um júri — respondeu Trelford, tocando no envelope guardado no bolso interno do paletó, embora tivesse alguma certeza de que não era sua cliente que precisava dos outros dois votos adicionais para ganhar a causa. Talvez houvesse chegado a hora de permitir que a sra. Clifton lesse a carta do major e decidisse se considerava conveniente lê-la em voz alta no tribunal.

Ele pretendia aconselhá-la a fazer isso, argumentando que seria necessário se ela quisesse continuar a alimentar a esperança de vencer a causa, mas, tendo passado a conhecê-la melhor nos últimos meses, não ficaria surpreso se ela discordasse dele.

Enquanto cumpria sua primeira pena de prisão em 1902, aos 23 anos, Stalin decidiu, assim como muitos ambiciosos membros do partido, aprender alemão para poder ler Karl Marx no original — mas conseguiu somente um conhecimento superficial do idioma. Durante o tempo que passou encarcerado, ele formou um autoproclamado comitê político composto de assassinos e gângsteres para comandar outros prisioneiros. Todos que o desobedecessem eram submetidos na base da violência. Desse modo, em pouco tempo, até os guardas passaram a temê-lo. Provavelmente ficaram aliviados quando ele fugiu. Certa vez, ele me disse que nunca havia assassinado alguém na vida. Talvez seja verdade, pois ele precisava apenas fazer uma insinuação e dizer um nome por acaso para que nunca mais se ouvisse falar da pessoa.

Durante o tempo que passei no Kremlin, a coisa mais condenável sobre Stalin de que tomei conhecimento e a respeito da qual nunca falei nada a ninguém, nem mesmo a minha esposa, por receio de comprometê-la, foi que, na juventude, quando ele fora expatriado para Kuneika, na Sibéria, teve dois filhos com uma estudante de 13 anos, chamada Lidia Pereprygina, e que, depois que ele deixou Kuneika, não apenas jamais voltou lá, mas nunca mais entrou em contato com eles também.

Harry tirou o cinto de segurança e, visando pensar um pouco melhor a respeito do próximo capítulo, ficou andando de um lado para outro no corredor da cabine.

Outra coisa com que Stalin gostava de nos entreter a respeito de sua vida era sua história de que ele havia realizado uma série de assaltos a banco por todo o país, visando levantar fundos para Lenin, em apoio à revolução. Certamente, isso deve ter sido a causa de sua rápida promoção, se bem que Stalin desejasse muito tornar-se político em vez de ficar sendo visto eternamente como bandido. Quando Stalin falou sobre suas ambições a seu amigo camarada Leonov, este simplesmente sorriu e disse: "Não se pode fazer revolução com luvas de seda." Stalin reagiu fazendo apenas um sinal com a cabeça para um de seus comparsas, que levou Leonov para fora da sala. Leonov nunca mais foi visto.

— Não estamos mais no espaço aéreo russo, sr. Clifton — informou o comissário de bordo.

— Obrigado — agradeceu Harry.

A arrogância e a insegurança de Stalin chegaram ao cúmulo do ridículo quando o grande cineasta Sergei Eisenstein foi escolhido para produzir um filme chamado Outubro, destinado a ser exibido no Teatro Bolshoi, como parte das comemorações do décimo aniversário da Revolução de Outubro. Stalin apareceu no local um dia antes da exibição de estreia e, depois que assistiu ao filme, ordenou que Eisenstein removesse toda referência a Trotski, o homem tido pelo Partido Bolchevique como o gênio por trás do golpe de outubro, mas considerado por Stalin, na época do filme, seu mais perigoso rival. Quando, no dia seguinte, o filme começou a ser exibido para o público em geral, não havia mais, do início ao fim, nenhuma menção a Trotski na película, pois ela tinha sido editada: o Pravda classificou o filme como obra-prima e não fez nenhuma menção à ausência de Trotski. O editor anterior do jornal, Sergei Persky, foi um dos que haviam desaparecido da noite para o dia por terem criticado Stalin.

— Nosso papel acabou, senhor — avisou o comissário.

— Quanto falta para chegarmos a Estocolmo? — perguntou Harry.

— Cerca de uma hora, senhor — respondeu o comissário, hesitando em seguida. — Mas tenho uma opção que talvez o senhor pense em usar.

— Estou disposto a usar qualquer coisa a perder uma hora.

— Temos duas opções a bordo — explicou o comissário. — A da primeira classe e a da classe econômica, mas acho que a da classe econômica será melhor para o senhor; tem uma textura mais resistente e é menos absorvente.

Ambos riram como meninos quando o comissário mostrou um rolo com uma das mãos e, com a outra, uma caixa. Harry aceitou a sugestão e escolheu o da classe econômica.

— A propósito, senhor, adoro seus livros.

— Este aqui não é meu — disse Harry quando já tinha voltado a escrever.

Outro persistente boato espalhado por seus inimigos era que, na juventude, Stalin atuara como agente duplo, trabalhando para a polícia secreta do czar e, ao mesmo tempo, como um dos homens de maior confiança de Lenin. Quando os inimigos de Stalin descobriram suas frequentes reuniões com membros da polícia secreta do czar, ele simplesmente alegou que estava transformando seus policiais em agentes duplos, de modo que pudessem trabalhar para os revolucionários, mas, quando alguém o denunciava, acabava desaparecendo. Portanto, ninguém jamais pôde ter certeza do lado para o qual Stalin estava trabalhando; segundo um cínico, talvez para o lado que parecesse ter mais chances de vencer. Esse sujeito foi mais um que nunca mais foi visto.

Harry fez uma pausa para tentar lembrar-se da primeira linha do capítulo seguinte.

A esta altura, o leitor deve estar se perguntando se eu tinha medo de ser assassinado. Não, pois eu era como um papel de parede que se fundia com o plano de fundo das circunstâncias para que ninguém me notasse. Poucos do círculo de assessores íntimos de Stalin sequer sabiam o meu nome. Ninguém jamais me procurava para pedir minha opinião sobre o quer que fosse e muito menos para buscar meu apoio. Eu era um simples apparatchik, *um funcionário público de baixo escalão da máquina estatal, sem nenhuma importância. E, tivesse sido substituído por um papel de parede de outras cores, todos teriam se esquecido de mim em questão de poucas horas.*

Fazia pouco mais de um ano que eu estava trabalhando no Kremlin quando me ocorreu a ideia de escrever um livro de memórias sobre o homem a respeito do qual ninguém falava nada, a não ser que fosse para reverenciá-lo — ainda que pelas costas. Mas foi necessário mais um ano para que eu criasse coragem com vistas a escrever a primeira página. Três anos depois, à medida que minha coragem foi aumentando, sempre que, à noite, eu voltava para meu pequeno apartamento, eu escrevia uma página, às vezes duas, sobre o que tinha acontecido durante o dia. E, antes de ir para a cama, eu procurava decorar, assim como um ator, a parte do roteiro que tinha acabado de ser escrita e depois a destruía.

Eu tinha tanto medo de que me pegassem que Yelena ficava na janela sempre que eu estava escrevendo para saber de antemão se eu me via prestes a receber uma visita inesperada. Se isso acontecesse, bastaria que eu jogasse no fogo da lareira a página que estava escrevendo. Mas nunca recebemos nenhuma visita, pois ninguém me considerava uma ameaça a alguém ou a qualquer outra coisa.

— Senhores passageiros, queiram, por gentileza, pôr o cinto de segurança, pois aterrissaremos em Estocolmo dentro de alguns minutos.

— Posso ficar no avião? — perguntou Harry.

— Infelizmente, não, senhor, mas temos um saguão de primeira classe no terminal, onde servimos o café da manhã e onde tenho certeza de que o senhor poderá obter uma quantidade enorme de papel.

Harry foi o primeiro a sair do avião e, minutos depois, havia se instalado numa mesa no saguão da primeira classe, acompanhado por uma xícara de café puro, vários sortimentos de biscoitos e resmas de papel ofício. Deve ter sido o único passageiro que ficou contente quando soube que o voo sofreria um atraso por causa de um problema mecânico.

Yakov Bulgukov, o prefeito de Romanovskaya, viu-se às voltas com um problema potencialmente perigoso quando resolveu construir uma gigantesca estátua em homenagem a Stalin, com o dobro do

456

tamanho natural de um homem, usando prisioneiros de um presídio local para edificar a estátua, que seria instalada às margens do Canal Volga-Don. Todas as manhãs, porém, quando chegava para trabalhar, o prefeito ficava horrorizado ao ver que a cabeça da estátua estava coberta de fezes de passarinhos. Bulgukov acabou arranjando uma solução drástica para o problema. Ordenou que dessem um jeito de manter a cabeça da estátua constantemente eletrificada. O problema foi que acabou tendo que encarregar um funcionário de baixo escalão de remover, todas as manhãs, os corpinhos dos passarinhos eletrocutados.

Harry tratou de se preparar bem antes de iniciar o quarto capítulo.

Stalin tinha uma equipe de seguranças escolhidos a dedo, comandada pelo general Nikolai Sidorovich Vlasik, um homem ao qual confiava a própria vida. E precisava confiar mesmo, pois tinha feito inimigos demais durante os expurgos, quando eliminou todos que considerava possíveis rivais, no presente como no futuro. Perdi a conta de quantas pessoas que, num dia, gozavam de sua simpatia e, no outro, desapareciam. Se um dos membros de seu estreito círculo de assessores diretos pelo menos insinuasse que alguém estava tramando algo contra ele, esse alguém desaparecia. Stalin não acreditava em aposentadoria precoce ou em fundo de pensão. Certa vez, ele me disse que, se você mata uma pessoa, é um assassino, mas, se mata milhares delas, o fato se torna mera estatística.

Stalin se gabava de seu esquema de segurança pessoal, dizendo que era superior a tudo que o serviço secreto americano podia oferecer ao presidente. Realmente, não era difícil acreditar. Quando, à noite, ele saía do Kremlin com destino à sua casa de veraneio e depois também em seu retorno ao Kremlin na manhã seguinte, Vlasik estava sempre ao seu lado para ser atingido no lugar dele pela bala de um possível assassino, embora a rota de nove quilômetros de extensão fosse patrulhada constantemente por três mil agentes armados e sua limusine blindada Zil raramente se deslocasse a menos de oitenta quilômetros por hora.

Harry estava na página 79 do manuscrito quando solicitaram que os passageiros do voo para Londres voltassem para o avião, altura do livro em que Stalin passa a considerar-se uma mistura de Henrique VIII com Catarina, a Grande. Harry se dirigiu ao balcão de registro de embarque.

— Será que eu poderia embarcar num dos próximos voos?

— Sim, claro, senhor. Temos um com escala em Amsterdã que chegará dentro de duas horas, mas lamento informar que só teremos um com conexão para Londres daqui a quatro horas.

— Perfeito.

46

Quando Giles leu a confissão assinada por William Warwick na primeira página do *The Times* na manhã seguinte, não conseguiu parar de rir.

Como é possível que não tivessem visto que a assinatura não era de Harry? Só pôde supor que os russos estavam com tanta pressa de fazer uma confissão chegar às mãos da imprensa internacional antes que ele desembarcasse na Inglaterra que acabaram cometendo uma trapalhada. Isso acontecia com frequência no Ministério das Relações Exteriores quando Giles era ministro, mas raramente ia além das paredes do departamento de comunicação social. Inclusive, quando Churchill, logo após a guerra, estava numa visita aos Estados Unidos, pediu à embaixada que providenciasse um encontro com o renomado filósofo Isaiah Berlin, mas acabou tomando chá com Irving Berlin.

Fotografias de Harry estavam em quase todos os jornais matinais, enquanto editoriais e pareceres sobre o famoso autor e sua duradoura luta pela libertação de Anatoly Babakov ocupavam várias páginas internas.

Os cartunistas fizeram a festa, retratando Harry no papel de São Jorge matando o dragão ou Davi derrubando Golias. Mas o desenho favorito de Giles foi publicado pelo *Daily Express*, no qual Harry aparecia brandindo uma caneta numa luta contra um urso com a espada quebrada, cujo título era: *Mais Poderosa que a Espada*.

Giles ainda ria quando leu a confissão de William Warwick pela segunda vez. Presumiu que cabeças iriam rolar, talvez literalmente, na Rússia.

— Qual é a graça? — perguntou Emma, chegando para lhe fazer companhia no café da manhã, ainda com a aparência de alguém necessitado de uma boa noite de sono.

— Num só dia, Harry foi capaz de causar mais constrangimento aos russos do que o Ministério das Relações Exteriores britânico ao longo de um ano inteiro. Mas temos notícias ainda melhores. Dê uma olhada na manchete do *The Telegraph*. Ele segurou o jornal com o braço levantado para que a irmã pudesse ler.

WILLIAM WARWICK CONFESSA QUE É ESPIÃO

— Não vejo nenhuma graça nisso.

— Ora, pelo menos procure ver o lado bom da coisa.

— E isso tem mesmo o lado bom?

— Com certeza que tem. Até agora, todo mundo vinha perguntando por que Harry não estava no tribunal para apoiá-la. Ora, agora as pessoas sabem o que aconteceu, fato que certamente causará boa impressão no júri.

— Mas Virginia foi brilhante no banco da testemunha. Muito mais convincente do que eu.

— Só que, a essa altura, desconfio que os jurados devem ter visto quem ela realmente é.

— Mas espero que não tenha se esquecido de que você mesmo levou mais tempo para perceber isso.

Giles pareceu adequadamente constrangido.

— Acabei de falar com ele pelo telefone — disse Emma. — O voo atrasou e ele acabou ficando preso em Estocolmo por algumas horas. Parecia preocupado, não disse muita coisa. Só falou que acha que só conseguirá chegar ao Heathrow depois das cinco da tarde de hoje.

— Ele conseguiu o livro de Babakov? — perguntou Giles.

— As moedas dele acabaram antes que eu pudesse perguntar — respondeu Emma enquanto pegava uma xícara de café. — De qualquer forma, eu estava mais interessada em saber por que ele levou quase uma semana para fazer uma viagem que a maioria das outras pessoas consegue fazer em poucas horas.

— E qual foi a explicação dele?

— Nenhuma. Disse que me contaria tudo assim que chegasse em casa — respondeu Emma, tomando um gole do café antes de acrescentar: — Parece que tem algo que ele não quis me dizer e que não virou notícia de primeira página.

— Aposto que tem a ver com o livro.

— Dane-se o livro — disse Emma. — O que deu nele para resolver se arriscar depois de ter sofrido ameaça de ser condenado e enviado para a prisão?

— Não se esqueça de que seu marido é o mesmo homem que enfrentou uma divisão de alemães armado apenas com uma pistola, um jipe e um cabo irlandês.

— E foi muita sorte dele ter conseguido sobreviver a isso também.

— Você soube que tipo de homem ele era muito antes de ter se casado com ele. Na alegria e na tristeza... — observou Giles, segurando a mão da irmã.

— Mas será que ele pelo menos entende aquilo pelo qual fez sua família passar ao longo da semana passada inteira e como é um homem de sorte por ter sido posto num avião de volta para a Inglaterra, em vez de num trem para a Sibéria, na companhia daquele amigo dele, Babakov?

— Desconfio que existe um lado de Harry que deve ter desejado seguir naquele trem com Babakov — respondeu Giles serenamente. — É por isso que nós dois o admiramos tanto.

— Nunca mais vou deixá-lo viajar para o exterior — disse Emma com emoção.

— Bem, desde que pelo menos vá só para o oeste, acho que não há problema — comentou Giles, tentando amenizar o clima.

Emma baixou a cabeça e desatou a chorar.

— Não se percebe o quanto você ama uma pessoa até achar que talvez não a veja nunca mais.

— Sei bem como é — disse Giles.

⌒

Durante a guerra, certa vez Harry ficara 36 horas acordado, mas, na época, ele fora muito mais jovem.

Um dos muitos assuntos que ninguém ousava trazer à baila em conversas com Stalin era sobre o papel exercido por ele durante o cerco de Moscou, quando o desfecho da Segunda Guerra Mundial era incerto. Ele havia mesmo, assim como a maioria dos ministros do governo e seus integrantes, batido em apressada retirada para Kuibyshev, no Volga, ou se recusara a deixar a cidade, tal como alegado por ele, e permanecera no Kremlin, organizando pessoalmente a defesa da cidade? Sua versão dos fatos se transformou em lenda, parte da história oficial soviética, embora muitas pessoas o tivessem visto na plataforma antes da partida do trem para Kuibyshev e não exista nenhum relato confiável de que alguém o tivesse visto em Moscou de novo enquanto o exército russo não expulsara o inimigo dos portões da cidade. Poucos daqueles que manifestaram dúvidas sobre a versão de Stalin continuaram vivos para contar a história.

Com uma caneta esferográfica numa das mãos e, na outra, uma fatia de queijo Edam, Clifton continuou escrevendo, enchendo páginas e mais páginas. Podia ouvir Jessica o repreendendo. Como o senhor prefere ficar sentado no saguão de um aeroporto transcrevendo o livro de outra pessoa quando está apenas a alguns minutos de táxi de uma das melhores coleções de Rembrandts, Vermeers, Steens e De Wittes do mundo? Não se passava um dia sequer que ele não pensava em Jessica. Concluiu que só lhe restava torcer para que, no fim das contas, a filha entendesse as razões por que ele tinha que substituir Rembrandt por Babakov. Fez mais uma pausa para organizar as ideias.

Stalin sempre alegou que, no dia do enterro de Nadya, acompanhou o caixão. Na verdade, ele fez isso apenas durante alguns minutos, por causa do constante medo de ser assassinado. Quando o cortejo fúnebre chegou aos primeiros edifícios residenciais na Praça Manege, ele sumiu de vista, enfiando-se no banco traseiro de um carro oficial, e seu cunhado, Alyosha Svanidze, também um homem atarracado, com um grosso bigode preto, o substituiu no préstito. Svanidze usou o sobretudo de Stalin, de modo que a multidão achasse que ele fosse o viúvo.

— Senhores passageiros...

Às quatro horas daquela tarde, a juíza Lane autorizou que todos deixassem a sala de audiências e seguissem seus caminhos, mas somente depois que se convenceu de que o júri não conseguiria chegar a um veredito até pelo menos o início da noite.

— Estou indo para o Heathrow — informou Emma, olhando para o relógio de pulso. — Acho que, com um pouco de sorte, chegarei a tempo para me encontrar com Harry quando ele estiver desembarcando do avião.

— Não gostaria que fôssemos com você?

— Claro que não. Quero ficar com ele sozinha nestas primeiras horas, mas o levarei à Smith Square hoje à noite, onde todos nós poderemos jantar juntos.

Motoristas de táxi sempre sorriem quando o passageiro pede para ser levado ao Heathrow. Emma entrou na traseira do veículo, confiante de que conseguiria chegar ao aeroporto antes que o avião aterrissasse.

A primeira coisa que ela fez quando entrou no terminal foi dar uma olhada no quadro de horários de chegadas e partidas, onde pequenos números e letras surgiam luminosos a intervalos de alguns minutos, fornecendo as últimas informações sobre cada um dos voos. Viu que o painel informava que os passageiros vindos de Amsterdã no voo da BOAC 786 estavam no setor de recolhimento de bagagens. Mas ela se lembrou de que Harry tinha partido apenas com uma bolsa de pernoite, visto que pretendia ficar em Leningrado apenas por algumas horas ou por uma noite, no máximo. Em todo caso, ele era sempre um dos primeiros a deixar o avião, já que gostava de ver-se logo percorrendo, veloz, a via expressa na viagem de volta para Bristol, antes que os últimos passageiros tivessem sido liberados pela alfândega. Fazia-o sentir que ganhara tempo.

Perguntou-se se havia se desencontrado dele, pois viu muitos passageiros passar por ela, com bagagens exibindo etiquetas com Amsterdã nelas grafado. Estava prestes a partir à procura de um telefone e ligar para Giles quando finalmente Harry apareceu diante de seus olhos.

— Sinto muito — desculpou-se ele, enlaçando-lhe o pescoço com os braços. — Não sabia que você ficaria esperando por mim. Achei que ainda estaria no tribunal.

— A juíza nos liberou às quatro, pois achou que talvez os jurados não conseguissem chegar a um veredito hoje.

— Posso fazer o mais estranho dos pedidos? — perguntou Harry, soltando-a.

— Tudo que quiser, querido.

— Podemos nos hospedar num hotel aqui perto durante algumas horas?

— Já faz um bom tempo que não fazemos isso — respondeu Emma, sorrindo.

— Eu explico depois — disse Harry, só voltando a falar depois que assinou o livro de registro de hóspedes e entraram no quarto.

Emma ficou deitada na cama, apenas observando Harry sentado numa pequena mesa perto da janela, escrevendo como se a vida dele dependesse disso. Como não teve permissão de falar, ligar a televisão e muito menos solicitar serviço de quarto, desesperada para entender melhor o que estava acontecendo, pegou o primeiro capítulo daquele que presumiu que fosse o mais novo romance estrelado por William Warwick.

Ficou empolgada com o texto já na primeira frase. Quando, três horas e meia depois, Harry finalmente largou a caneta, desabando na cama ao lado da esposa, tudo que ela disse foi:

— Não fale nada, só me dê o próximo capítulo.

Toda vez que solicitavam minha presença na casa de veraneio (o que não acontecia com muita frequência), eu sempre fazia minhas refeições na cozinha. Um verdadeiro banquete essas ocasiões, pois o chef de Stalin, Spiridon Ivanovich Putin, dava a mim e aos três degustadores a mesma comida que seria servida a Stalin e seus convidados na sala de jantar. Mas isso não deve surpreender nem um pouco. Afinal, os três degustadores eram apenas mais um exemplo da paranoia de Stalin e sua crença de que sempre podia haver alguém querendo envená-lo. Eles se sentavam em silêncio na mesa da cozinha, sem jamais abrirem a boca, exceto para comer. O chef Putin procurava falar pouco também, já que presumia que era praticamente certo que todos que entravam em seus domínios — ajudantes de cozinha, garçons, guardas, degustadores — eram espiões, incluindo eu. Quando ele falava, algo que nunca fazia antes do recolhimento das peças do serviço de mesa e enquanto o último dos comensais não houvesse deixado a sala de jantar, era sempre a respeito de sua família, da qual ele se orgulhava muito, principalmente de Vladimir, seu neto recém-nascido.

Assim que o último dos convidados se retirava, Stalin se recolhia em seu escritório e lia até de madrugada, com um quadro de Lenin na parede atrás da mesa e a luz de um abajur iluminando seu rosto. Ele adorava ler romances russos, tendo o costume de fazer comentários frequentes às margens das obras. Quando não conseguia dormir, ia para o jardim, onde podava suas roseiras e ficava admirando os pavões que vagavam soltos pelo terreno da propriedade.

Quando ele finalmente voltava para o interior da casa, somente no último minuto decidia em qual dos quartos dormiria, incapaz que se sentia de se livrar de suas lembranças distantes, dos tempos de jovem revolucionário, sempre se transferindo de um lugar para outro, na eterna incerteza de onde descansaria. Então, dormia no sofá durante algumas horas, com a porta trancada e guardas postados do lado de fora, os quais só a destrancavam quando ele os chamava. Stalin raramente se levantava antes do meio-dia, quando, após um almoço leve, sem bebida, ele era levado num dos carros de um comboio para o Kremlin, mas nunca no mesmo veículo. Quando chegava lá, começava a trabalhar imediatamente com seus seis secretários. Jamais o vi bocejar.

Emma virou a página, altura da leitura em que Harry caiu num sono profundo.

Quando, pouco depois da meia-noite, seu marido acordou, ela tinha chegado ao capítulo doze (cujo parágrafo inicial havia sido transcrito no verso de um menu da primeira classe de um avião da BOAC). Ela recolheu várias páginas de papel e, depois que as organizara da melhor forma possível, as guardou na bolsa de pernoite de Harry. Em seguida, ajudou-o a levantar-se da cama, conduziu-o para fora do quarto e seguiu com ele para o elevador mais próximo. Assim que Emma pagou a conta, pediu que o porteiro chamasse um táxi. O rapaz abriu a porta traseira do veículo para que o cansado senhor e sua companheira entrassem.

— Para onde senhora? — perguntou o motorista.

— Smith Square, 23.

—

Durante a viagem de volta para Londres, Emma pôs Harry a par do que vinha acontecendo no julgamento, da morte de Fisher e dos preparativos de Giles para a eleição suplementar, do bom desempenho de Virginia no banco da testemunha e da carta de Fisher que o sr. Trelford tinha recebido naquela manhã.

— O que ele disse na carta? — perguntou Harry.

— Não sei nem tenho certeza se quero saber.

— Mas talvez pudesse ajudá-la a vencer a causa.

— Não me parece provável se Fisher estiver envolvido.

— E olhe que só fiquei fora durante pouco mais de uma semana — comentou Harry enquanto o carro parava na frente da residência de Giles na Smith Square.

Quando tocaram a campainha, Giles atendeu depressa, deparando-se com seu melhor amigo apoiando-se na irmã com uma das mãos e no corrimão com a outra para não cair. Cada um de seus dois novos guarda-costas o segurou por um dos braços e ambos o levaram para dentro, passaram pela sala de estar e subiram a escada com ele, conduzindo-o ao quarto de hóspedes, no andar de cima. Ele nem respondeu quando Giles disse:

— Durma bem, velho amigo. — Ele saiu e fechou a porta.

Quando Emma tirou as roupas do marido e pendurou seu terno, experimentou o gostinho do cheiro horrível que deveria imperar no interior das celas de uma prisão russa, mas ele já estava em sono profundo no momento em que a esposa lhe tirou as meias.

Ela se deitou de mansinho na cama ao lado dele e, embora soubesse que ele não podia ouvi-lo, sussurrou com determinação:

— Daqui por diante, o máximo que deixarei você ir a leste será para Cambridge.

Em seguida, ela acendeu a luz no criado-mudo e retomou a leitura de *Tio Joe*. Precisou de mais uma hora para finalmente descobrir por que os russos não haviam medido esforços para não deixar que ninguém conseguisse pôr as mãos no livro.

O aniversário de 70 anos de Stalin foi comemorado em toda a União Soviética de uma forma que teria deixado um imperador romano impressionado. Ninguém que quisesse continuar vivo conversava a respeito de sua possível aposentaria. Homens jovens receavam ser promovidos, pois, muitas vezes, promoções podiam resultar em aposentadoria precoce e, como Stalin parecia determinado a se manter no poder, caso seus espiões ouvissem qualquer insinuação de mera mortalidade poderia resultar no funeral do sujeito, não de Stalin.

Enquanto acompanhava o líder nos intermináveis comícios para serem comemoradas suas realizações, comecei a fazer planos para conquistar uma pequena fatia dessa imortalidade. A publicação de minha biografia não autorizada do monstruoso líder. Mas sabia que teria que esperar, talvez durante anos após a morte de Stalin, que a ocasião certa aparecesse para que pudesse procurar um editor, um homem corajoso, que estivesse disposto a pensar na ideia de publicar o Tio Joe.

Mas algo que eu não tinha conseguido prever foi o tanto de tempo que Stalin ainda permaneceria no cargo. E, com certeza, ele não tinha nenhuma intenção de largar as rédeas do poder enquanto os carregadores de caixão não o baixassem ao fundo da cova. Alguns de seus inimigos inclusive permaneceram em silêncio por vários dias depois de sua morte, receosos da possibilidade de ele se reerguer.

Muita coisa tem sido escrita a respeito da morte de Stalin. No comunicado oficial que traduzi para ser divulgado entre órgãos da imprensa internacional, as autoridades afirmaram que ele morreu em sua mesa de trabalho no Kremlin depois de ter sofrido um derrame, e essa foi a versão aceita por muitos anos. Contudo, na verdade, ele estava em sua casa de veraneio, onde, depois do jantar regado a bebidas com seu círculo de relações íntimas, do qual faziam parte Lavrenti Beria, seu vice-primeiro-ministro e o ex-comandante da polícia secreta, Nikita Kruschev e Georgy Malenkov, ele foi deitar--se, embora somente depois que os convidados tivessem ido embora.

Beria, Malenkov e Kruschev tinham medo de morrer, pois sabiam que Stalin pretendia substituí-los por homens mais jovens e leais. Afinal de contas, foi exatamente assim que eles haviam conseguido os próprios cargos.

No dia seguinte, como até quase o fim da tarde Stalin ainda não tinha se levantado e um de seus guardas, preocupado com a ideia de que ele podia estar doente, telefonou para Beria, que desprezou os receios do guarda e lhe disse que, provavelmente, Stalin estava dormindo muito por causa da ressaca, e somente uma hora depois, o guarda telefonou para Beria de novo. Dessa vez, o contatado mandou buscar Kruschev e Malenkov, e os três partiram imediatamente de carro para a casa de veraneio.

Beria deu a ordem para destrancar a porta do quarto em que Stalin havia passado a noite e, quando, embora hesitantes, eles entraram no recinto, se depararam com o líder estendido no chão, inconsciente, mas ainda respirando. Kruschev se agachou para tomar-lhe o pulso e, de repente, sentiu um músculo contrair-se. Stalin arregalou os olhos e, olhando fixamente para Beria, agarrou-lhe o braço. Nisso, Kruschev se ajoelhou, agarrou o pescoço de Stalin e começou a estrangulá-lo. Stalin lutou durante alguns minutos, enquanto Beria e Malenkov o mantinham preso no chão.

Assim que se convenceram de que ele estava morto, saíram do quarto e trancaram a porta. Beria emitiu uma ordem imediatamente, mandando que todos os guardas de Stalin — os dezesseis homens de seu esquema de segurança pessoal — fossem fuzilados, de modo que não restasse testemunha. Enquanto não fizeram o comunicado oficial do falecimento de Stalin, apresentado várias horas depois, ninguém foi informado da morte do dirigente. Comunicado, aliás, que traduzi e no qual as autoridades afirmaram que ele morrera em consequência de um acidente vascular cerebral enquanto trabalhava em sua mesa no Kremlin. Na verdade, ele foi estrangulado por Kruschev e deixado estendido numa poça de sua própria urina por várias horas, antes que finalmente decidissem retirar seu corpo da casa de veraneio.

Nos quatorze dias seguintes, o corpo de Stalin ficou em câmara ardente no Salão das Colunas, vestido com a farda militar completa, engalanada com suas medalhas de herói da União Soviética e de Herói dos Trabalhadores Socialistas. Beria, Malenkov e Kruschev, em pé e de cabeça abaixada, se mantiveram em silencioso respeito diante do corpo embalsamado de seu antigo líder.

Esses três homens se tornariam a troica que o substituiria no controle das rédeas do poder, embora Stalin não considerasse nenhum deles dignos de sucedê-lo e eles soubessem disso. Kruschev, tido como nada mais do que um simples camponês, tornou-se secretário do partido. Malenkov, a quem Stalin chamara, certa feita, de burocrata obeso e covarde, foi nomeado primeiro-ministro, enquanto o impiedoso Beria, que Stalin considerava um libertino sórdido, assumiu o controle dos serviços secretos do país.

Alguns meses depois, em junho de 1953, Kruschev mandou prender Beria e, pouco mais tarde, que o executassem por traição. No espaço de um ano, ele havia se livrado de Malenkov e se proclamara primeiro-ministro, bem como líder supremo da nação. Ele só poupou a vida de Malenkov quando o colega concordou em anunciar publicamente que fora Beria quem assassinara Stalin.

Emma adormeceu.

47

Quando Emma acordou na manhã seguinte, deparou-se com Harry ajoelhado no chão, tentando organizar pedaços de papel de vários tamanhos e formatos, agrupando-os em pilhas ordenadas da melhor maneira possível: papel de carta da BOAC, uma dúzia de menus da primeira classe de um de seus voos com transcrições no verso e até pedaços de papel higiênico. Emma foi ajudá-lo, concentrando-se no papel higiênico. Quarenta minutos depois, eles tinham um livro.

— A que horas teremos que estar no tribunal? — perguntou Harry enquanto desciam a escada para tomar café com Giles e Seb.

— Às dez, a princípio — respondeu Emma —, mas o sr. Trelford acha que os jurados não voltarão para a sala de audiências muito antes do meio-dia.

O café da manhã foi a primeira refeição de verdade que Harry fizera depois de quase uma semana, mas, apesar disso, ficou surpreso pelo pouco que conseguia comer. Permaneceram todos sentados em silêncio enquanto ele os entretinha com a história do que havia acontecido. Harry lhes falou sobre o motorista de táxi, a velha senhora da livraria, o coronel da KGB, a presidente do tribunal, o chefe da procuradoria, o advogado de defesa, os jurados e, por fim, Anatoly Babakov, a respeito do qual disse ter gostado muito e a quem passara a admirar. Observou ainda que, num esforço para lhe contar sua história, o homem notável tinha permanecido acordado todas as horas que ficara preso com ele.

— Mas será que ele não correrá grande perigo se o livro for publicado? — indagou Giles.

— Provavelmente, mas ele deixou claro que fazia questão que *Tio Joe* fosse publicado antes que ele morresse, pois sua publicação permitiria que sua esposa levasse uma vida confortável pelo resto da vida. Portanto, tenho planos para, assim que o julgamento houver terminado, fazer uma viagem aos Estados Unidos e entregar o manuscrito a Harold Guinzburg. Depois disso, viajarei a Pittsburgh para um encontro com Yelena Babakov, à qual transmitirei várias mensagens do marido — acrescentou ele quando o Big Ben soou a primeira de dez badaladas.

— Não pode ser assim tão tarde — surpreendeu-se Emma, levantando-se bruscamente da mesa. — Seb, vá chamar um táxi enquanto seu pai e eu nos aprontamos.

Sebastian sorriu. Ficou se perguntando no íntimo quando seria que as mães parariam de tratar os filhos como se fossem eternos garotos de 15 anos.

Dez minutos depois, os três estavam a caminho da Whitehall para chegar à Strand.

— Está muito ansioso para voltar à Câmara? — perguntou Harry enquanto passavam pela Downing Street.

— Mas ainda nem fui escolhido como candidato — respondeu Giles.

— Bem, pelo menos dessa vez, Alex Fisher não lhe causará problemas.

— Eu não teria tanta certeza.

— Sua vitória está garantida — afirmou Emma.

— Em política, isso não existe — respondeu Giles quando paravam na frente do edifício do tribunal.

Os flashes começaram a luzir antes mesmo que Emma descesse do táxi. Ela e Harry atravessaram de braços dados a multidão de jornalistas e fotógrafos, a maior parte da qual parecia mais interessada no marido do que na acusada.

— Foi um alívio ter podido voltar para casa, senhor? — perguntou um deles em voz alta.

— Londres é mais fria do que a Sibéria? — inquiriu outro.

— Está contente por ele ter voltado, sra. Clifton? — indagou outro.

— Sim, com certeza — respondeu Emma, quebrando a regra número um que Giles ensinara, mas segurando com mais firmeza a mão do marido.

— A senhora acha que ganhará a causa hoje? — insistiu outro, cuja pergunta ela fingiu que não ouviu.

Mais adiante, Seb estava esperando por eles, mantendo a pesada porta aberta para que entrassem logo.

— O senhor acha que será o candidato dos trabalhistas na eleição suplementar em Bristol, Sir Giles? — O ex-deputado não disse nada. Apenas acenou e sorriu, dando a eles apenas fotografias, mas nenhuma palavra, antes que finalmente sumisse de vista pelo edifício adentro.

Pouco depois, os quatro subiram a ampla escada de mármore, ao fim da qual se depararam, no primeiro andar, com o sr. Trelford instalado num banco de seu canto favorito. O advogado se levantou assim que viu Emma se aproximando. Ela lhe apresentou o marido.

— Bom dia, inspetor Warwick — disse Trelford. — Não via a hora de conhecê-lo — acrescentou, recebendo em seguida um caloroso aperto de mão de Harry.

— Peço que me desculpe por não ter podido estar aqui antes, mas é que tive...

— Eu sei — disse Trelford — e mal posso esperar para poder lê-lo.

— Por favor, queiram todos os envolvidos no litígio entre Lady Virginia Fenwick e... — solicitou alguém pelo sistema de alto-falantes.

— O tribunal do júri deve ter chegado a um veredito — observou Trelford, já se pondo em movimento.

Após alguns passos, resolveu olhar ao redor para saber se todos viram que deveriam acompanhá-lo e acabou trombando em alguém. O advogado se desculpou, mas o jovem rapaz com que ele trombara nem olhou para trás. Sebastian, que tinha seguido na frente, manteve aberta a porta da sala de audiências número 14 para que sua mãe e seu advogado pudessem sentar-se logo em seus lugares de sempre, na fileira de assentos da frente.

Nervosa e ansiosa demais, Emma permaneceu muda e, temendo o pior, ficou olhando de relance para a fileira de trás, onde se achava sentado o marido, enquanto aguardavam todos a entrada dos jurados.

Quando a juíza Lane entrou na sala de audiências, todos se levantaram. Ela cumprimentou os presentes com uma leve mesura antes de se sentar. Emma passou a concentrar a atenção na porta fechada que havia atrás da bancada dos jurados. Não precisou esperar muito para que a porta se abrisse e logo aparecesse o oficial de justiça, que entrou na sala à frente de seus doze seguidores. Os jurados voltaram para o respectivo lugar sem nenhuma pressa, pisando nos pés uns dos outros, como se fossem frequentadores de teatro retardatários. O oficial de justiça esperou que todos se sentassem antes que batesse três vezes no piso com a ponta de seu bastão e clamasse:

— Solicito ao chefe dos jurados que se levante.

O chefe do júri pôs de pé sua baixa estatura e olhou para a juíza Lane, que se inclinou para a frente e perguntou:

— Os senhores conseguiram chegar a um veredito unânime?

Emma achou que seu coração iria parar de bater enquanto esperava a resposta.

— Não, milady.

— Então, chegaram a um veredito com uma maioria de pelo menos dez por dois?

— Chegamos, milady — respondeu o chefe do júri —, mas, infelizmente, no último minuto, um dos membros mudou de ideia, e assim não conseguimos sair de uma proporção de nove votos a três nestes últimos sessenta minutos. Como não estou convicto de que isso mudará, resolvi pedir sua orientação mais uma vez, na certeza de que nos dirá o que será melhor fazermos então.

— O senhor acredita que poderiam chegar a uma maioria com uma proporção de dez por dois se eu lhes desse um pouco mais de tempo para deliberar?

— Acredito que sim, milady, pois, com relação a uma questão, todos os doze de nós estão de acordo.

— E qual seria ela?

— Se tivéssemos autorização para conhecer o conteúdo da carta enviada pelo major Fisher ao sr. Trelford, talvez conseguíssemos chegar a uma decisão com rapidez.

Todos os olhares se voltaram para a juíza, excetuando-se o de Sir Edward Makepeace, que ficou olhando atentamente para o sr. Trelford. O advogado de Virginia achava que ou o colega era um jogador de pôquer formidável, ou não queria que o tribunal do júri soubesse o que havia naquela carta.

Trelford se levantou e, quando enfiou a mão no bolso interno do paletó, descobriu que a carta não estava mais lá. Numa atitude instintiva, olhou para o outro lado da sala, onde viu Lady Virginia sorrindo para ele.

Ele sorriu de volta.

Impresso no Brasil pelo
Sistema Cameron da Divisão Gráfica da
DISTRIBUIDORA RECORD DE SERVIÇOS DE IMPRENSA S.A.
Rua Argentina, 171 – Rio de Janeiro, RJ – 20921-380 – Tel.: (21)2585-2000